中印经典和当代作品
互译出版项目
CHINA-INDIA TRANSLATION PROJECT

鹿眼女

Mriganayani

【印】沃林达温拉尔·沃尔马◎著
姜永红◎译

中国大百科全书出版社

图字：01-2019-7775

图书在版编目（CIP）数据

鹿眼女 /（印）沃林达温拉尔·沃尔马著；姜永红译.
— 北京：中国大百科全书出版社，2020.1
（中印经典和当代作品互译）
ISBN 978-7-5202-0676-1

I. ①鹿… II. ①沃… ②姜… Ⅲ. ①长篇小说—印度—现代 IV. ①I351.45

中国版本图书馆CIP数据核字（2019）第287615号

审　　校 邓　兵
责任编辑 姚　萱
封面设计 许润泽　叶少勇
责任印制 常晓迪
出版发行 中国大百科全书出版社
地　　址 北京阜成门北大街17号　**邮政编码** 100037
电　　话 010-88390636
网　　址 http://www.ecph.com.cn
印　　刷 小森印刷（北京）有限公司
开　　本 710 毫米 × 1000 毫米　1/16
印　　张 30.5
字　　数 354 千字
印　　次 2020 年 1 月第 1 版　2020 年 1 月第 1 次印刷
书　　号 ISBN 978-7-5202-0676-1
定　　价 128.00 元

中印经典和当代作品互译出版项目
中方专家组

总序：印度经典的汉译

一、概念界定

何谓经典？经，“织也”，本义为织物的纵线，与“纬”相对，后被引申为典范之作。典，在甲骨文中上面是“册”字，下面是“大”字，本义为重要的文献，例如传说中五帝留下的文献即为“五典”[①]。《尔雅·释言》中有“典，经也”一说，可见早在战国到西汉初，“经”“典”二字已经成为近义词，“经典”也被用作一个双音节词。

先秦诸子的著作中有不少以“经”为名，例如《老子》中有《道经》和《德经》，故也名为《道德经》，《墨子》中亦有《墨经》。汉罢黜百家之后，“经”或者“经典”日益成为儒家权威著作的代称。例如《白虎通》有“五经何谓？谓《易》《尚书》《诗》《礼》《春秋》也”一说，《汉书·孙宝传》有“周公上圣，召公大贤。尚犹有不相说，著于经典，两不相损”一说。然而，由印度传来的佛教打破了儒家对这一术语的垄断。自汉译《四十二章经》以来，“经”便逐

① “典，五帝之书也。”——《说文》

渐成为梵语词 sutra 的标准对应汉译，“经典”也被用以翻译“佛法”（dharma）[①]。随着佛教在中国的传播和发展，类似以“经典”指称佛教权威著作的说法也多了起来。[②] 到了近代，随着西学的传入，“经典”不再局限于儒释道三教，而是用以泛指权威、影响力持久的著作。

来自印度的佛教虽然影响了汉语“经典”一词的语义沿革，但这又可以反过来帮助界定何为印度经典。汉译佛经具体作品的名称多以 sutra 对应“经”，但在一般表述中，“佛经”往往也囊括经、律（vinaya）、论（abhidharma）三藏。例如法显译《摩诃僧祇律》（*Mahasanghika-vinaya*）、玄奘译《瑜伽师地论》（*Yogacarabhumi-sastra*），均被收录在“大藏经”之中，其工作也统称为“译经”。来华译经的西域及印度学者多为佛教徒，故多以佛教典籍为“经典”。不过也有一些非佛教徒印度学者将非佛教著作翻译为汉语，亦多冠以“经”之名，其中不乏相对世俗、与具体宗教义理不太相关的作品，例如《婆罗门天文经》《婆罗门算经》《啰嚩拏说救疗小儿疾病经》（*Ravankumaratantra*）等。如此，仅就译名对应来说，古代汉语所说的“经典”可与 sutra, vinaya, abhidharma, sastra, tantra 等梵语词对应，这也基本囊括了印度古代大多数经典之作。

然而，古代中印文化交流也有一定的局限性，若以现在对经典的理解以及对印度了解的实际情况来看，吠陀、梵书、森林书、奥义书、往世书等古代宗教文献，两大史诗、古典梵语文学著作等文学作品，以及与语法、天文、法律、政治、艺术等相关的专门论著都是印度经典不可或缺的部分。从语言来看，除梵语外，巴利语、波罗克利特语、阿波布朗舍语等古代语言，伯勒杰语、阿沃提语等中世纪语言，印地语、孟加拉语、乌尔都语等现代语言，以及殖民时期被引入印度并在印度生根发芽的英语都在不同的历史时期承载了印度经典的传承。

---

① “又睹诸佛，圣主师子，演说经典，微妙第一。”——《妙法莲华经》卷一《序品》（T09, no. 262, c18-19）

② “佛涅槃后，世界空虚，惟是经典，与众生俱。”——白居易《苏州重玄寺法华院石壁经碑》

二、古代中国对印度经典的汉译

经典翻译，是将他者文明的经典之作译为自己的语言，以资了解、学习，乃至融合、吸纳。这一文化行为首先需要一个作为不同于自己的“他者”客体具有足以令主体倾慕的经典之作，然后需要主体“有意识”地开展翻译工作。印度文明在宗教、哲学、医学、天文等方面的经典之作具有较高的知识水平，在不同时代对中国社会各阶层产生了独特的吸引力。中印文明很早就有了互通记录，有着甚深渊源，在商品贸易、神话传说、天文历法等方面已有学者尝试考证。[①] 随着张骞出使西域，佛教传法僧远来东土，中印之间逐渐建立起“自觉”的往来，古代中国对印度经典的汉译也在汉代以佛经翻译的形式得以展开。

1. 佛教经典汉译

毫无争议，自已佚的《浮屠经》[②] 以来，佛教经典汉译在古代中国对印度经典的翻译中占有主流地位。译经人既有佛教僧人，也有在家居士，既有本土学者，也有西域、印度的传法僧人。仅以《大唐开元释教录》以及《贞元新定释教目录》的统计为例，从东汉永平十年至唐贞元十六年，这 734 年间，先后有 185 名重要的译师翻译了佛经 2 412 部 7 352 卷（见表 1），成为人类历史上少有的翻译壮举。

---

① 季羡林:《中印文化交流史》（北京：新华出版社，1993 年）及薛克翘:《中国印度文化交流史》（北京：昆仑出版社，2008 年）中部分内容均介绍了相关观点。

② 学术界关于第一部汉译佛经的认定，历来观点不一。不少学者认为,《四十二章经》是第一部汉译佛经；但有学者经过考证发现，西汉哀帝元寿元年（公元前 2 年）大月氏使臣伊存口授的《浮屠经》应该是第一部，可惜原本失佚，后世知之甚少。目前，学术界基本倾向于认为《浮屠经》为第一部汉译佛经，并已意识到《浮屠经》在中国佛教史及学术史上的重要地位。参见方广錩:《〈浮屠经〉考》,《法音》，1998 年第 6 期。

表 1　东汉至唐代汉译佛经规模[1]

朝代	年代	历时	重要译师人数	部数	卷数
东汉	永平十年至延康元年	154 年	12	292	395
魏	黄初元年至咸熙二年	46 年	5	12	18
吴	黄武元年至天纪四年	59 年	5	189	417
西晋	泰始元年至建兴四年	52 年	12	333	590
东晋	建武元年至元熙二年	104 年	16	168	468
前秦	皇始元年至太初九年	45 年	6	15	197
后秦	白雀元年至永和三年	34 年	5	94	624
西秦	建义元年至永弘四年	47 年	1	56	110
前凉	永宁元年至咸安六年	76 年	1	4	6
北凉	永安元年至承和七年	39 年	9	82	311
南朝宋	永初元年至升明三年	60 年	22	465	717
南齐	建元元年至中兴二年	24 年	7	12	33
南朝梁	天监元年至太平二年	56 年	8	46	201
北朝魏	皇始元年至东魏武定八年	155 年	12	83	274
北齐	天保元年至承光元年	28 年	2	8	52
北周	闵帝元年至大定元年	25 年	4	14	29
南朝陈	永定元年至祯明三年	33 年	3	40	133
隋	开皇元年至义宁二年	38 年	9	64	301
唐[2]	武德元年至贞元十六年	183 年	46	435	2 476

自东汉以后的约 6 个世纪中，大量佛教经典被译为汉语，其历程与佛教在中国的传播历程基本同步。在这一过程中，涌现出许多重要译师，仅译经 50 部或 100 卷以上的译师就有 16 人（见表 2），其中又以鸠摩罗什、真谛、玄奘、义净、不空做出的贡献最为卓越，故此他们被称为“汉传佛教五大译师”。他们的生平事迹和具体贡献在许多佛教典籍中均有叙述，此不赘述。

① 本表主要依据《大唐开元释教录》整理而成，其中唐代的数据引用的是《贞元新定释教目录》。

② 唐代数据至德宗贞元十六年（800）为止，并不完整。但考虑到贞元年后，大规模译经基本停止，故此数据亦有相当高的参考价值，至贞元十六年，唐代已经译经 435 部 2 476 卷，足以确立其在中国译经史上的地位。

表 2　译经 50 部或 100 卷以上的译师

时代	朝代	人名	译经部数	译经卷数
三国西晋	吴	支谦	88	118
	西晋	竺法护	175	354
东晋十六国	东晋	竺昙无兰	61	63
		瞿昙僧伽提婆	5	118
		佛陀跋陀罗	13	125
	北凉	昙无谶	19	131
	后秦	鸠摩罗什	74	384
南北朝	宋	求那跋陀罗	52	134
	陈	真谛	38	118
	北魏	菩提留支	30	101
隋唐	隋	阇那崛多	39	192
	唐	玄奘	76	1 347
		实叉难陀	19	107
		义净	68	239
		菩提流志	53	110
		不空	111	143

自唐德宗之后，译经事业由于政局等多方面因素影响而受阻，此后又经历了唐武宗和后周世宗两次灭佛，佛教在中国的发展受到冲击。直到 982 年，随着天竺僧人天灾息和施护的到访，北宋朝廷才重开译经院，此时距唐德宗年间已有约两百年，天灾息等僧人不得不借助朝廷的力量重新召集各地梵学僧，培养本土翻译人才。在此后的约半个世纪中，他们总计译出五百余卷佛经。此后，汉地虽有零星译经，却再也不复早年盛况，古代中国对印度经典的汉译逐渐落下帷幕。

2. 非佛教经典汉译

佛教经典汉译占据了古代中国对古代印度经典汉译的主流，除此之外，其他一些印度经典也被译为汉语。这些文献大致可以分为两类：一类是在翻译佛教经典的过程中无意之中被译为汉语的，尤其是佛教文献中所穿插的印度民间故事等。[①] 一类是在翻译佛教经典之外，有意翻译的非佛教经典，例如婆罗门教哲学、天文学、医学著作等，尽管数量无法与佛教经典相提并论，但这些非佛教经典的翻译在一定程度上体现了古代中华文明对古代印度文明的关注开始逐渐由佛教辐射到印度文明的其他领域，不过从译者的宗教信仰以及对经典的选择来看，这类汉译大部分是佛教经典翻译的附属产品。

3. 其他哲学经典汉译

佛教自产生以来，与印度其他思潮之间既有争论，也有共通之处。因而在佛教经典的汉译过程中，中国人也逐渐接触到古代印度的其他哲学。有关这些哲学派别的基本介绍散见于包括佛经、梵语工具书、僧人传记的作品中，例如《百论疏》对吠陀、吠陀支、数论、胜论、瑜伽论，甚至与论释天文、地理、算术、兵法、音乐法、医法的各种学派相关的记载、注释和批判也可以在这些作品中找到。[②] 很有可能出于佛教对数论派和胜论派知识的尊重，以及辨析外道与佛法差别的需要等原因，真谛和玄奘才分别译出了数论派的《金七十论》和胜论派的《胜宗十句义论》。[③] 这两部经典的汉译在一定程度上拓宽了中国知识界对印度哲学的视野，但其翻译在很大程度上受到了佛教对其他哲学派别好恶的影响，依然是在佛教经典汉译的主导思路下完成的。

4. 非哲学经典汉译

除宗教哲学经典外，古代印度的天文学、数学、医学在人类科

---

① 新文化运动以来，这一领域已有多部论著问世，此不赘述。

② 宫静：《谈汉文佛经中的印度哲学史料——兼谈印度哲学对中国思想的影响》，《南亚研究》，1985 年第 4 期，第 52~59 页。

③《金七十论》译自数论派的主要经典《数论颂》（*Samkhya-karika*），相传为三四世纪自在黑（Isvarakrsna）所作。《胜宗十句义论》的梵文原本已佚，从内容看属于胜论派较早的经典著作。参见黄心川：《印度数论哲学述评——汉译〈金七十论〉与梵文〈数论颂〉对比研究》，《南亚研究》，1983 年第 3 期，第 1~11 页。

学史上也具有重要地位，其中一些著作也被译为汉语。古代印度天文学经典多以佛教经典的形式由传法僧译出。[①] 隋唐时期，天文学著作汉译逐渐出现了由非佛教徒印度天文学家主导的潮流。据《隋书》记载，印度天文著作有《婆罗门天文经》《婆罗门竭伽仙人天文说》《婆罗门天文》。[②] 瞿昙氏（Gautama）、迦叶氏（Kasyapa）和拘摩罗氏（Kumara）三个印度天文学家氏族曾先后任职于唐代天文机构太史阁，其中瞿昙氏的瞿昙悉达翻译了印度天文学经典 *Navagraha-siddhanta*，即《九执历》。[③] 此外，印度的医学、数学、艺术经典也因其实用价值通过不同渠道被介绍到中国，其中一些著作或部分或完整地被译为汉语。

5. 落幕与影响

中国古代的印度经典汉译在唐代达到巅峰，此后逐渐走向低谷，无论是数量还是质量都难以达到唐代的水平。造成这一现象的原因主要有两个方面：一方面，唐代中后期，阿拉伯帝国的崛起以及唐朝与吐蕃关系的恶化阻断了中印之间两条重要的陆路通道：西域道和吐蕃道，之后五代十国以及宋代时期，这两条通道均未能恢复，只有南海道保持畅通。[④] 另一方面，中国宗教哲学的发展和印度佛教的密教化这两种趋势决定了中国对印度佛教经典的需求逐渐下降。在近千年的历程中，佛教由一个依附于黄老信仰的外来宗教逐渐在汉地生根发芽，成为汉地宗教生活不可缺少的一部分，其作为“中国佛教”的独立性日益增强。甚至权威如玄奘，也不能将沿袭至那烂陀寺戒贤大师

---

① 例如安世高译《佛说摩邓女经》、支谦等译《摩登伽经》、竺法护译《舍头谏太子二十八宿经》等。

②《隋书·经籍志》，北京：中华书局，1982 年，第 1019 页。

③ 参见 P.C.Bagchi, *India and China: A Thousand Years of Cultural Relations*. 1981, Calcutta, Saraswat Library, p.212. 此后，依然有传法僧翻译佛教天文学著作的记载，具体参见郭书兰：《印度与东西方古国在天文学上的相互影响》，《南亚研究》，1990 年第 1 期，第 32~39 页。

④ 菩提迦耶出土的多件北宋时期前往印度朝圣的僧人所留下的碑铭证明，宋代依然有僧人前往印度朝圣，且人数不少。法国汉学家沙畹（E. Chavannes）、荷兰汉学家施古德（G. Schlegel）、印度学者师觉月（P. C. Bagchi）等国外学者在这方面均有讨论，具体参见周达甫：《改正法国汉家沙畹对印度出土汉文碑的误释》，《历史研究》，1957 年第 6 期，第 79~82 页。

的“五种姓说”完全嵌入汉地佛教的信仰之中。汉地“伪经”的层出不穷也从某种角度反映了佛教的中国本土化进程。不空等人在中国传播密教虽然形成了风靡一时的“唐密”，但未能持久。究其根本在于汉地佛教的发展受到本土儒家信仰的影响，很难与融合了婆罗门教信仰的佛教密宗契合。此外，本土儒家、道家也在吸纳佛教哲学的基础上有了新的变革。至宋代，三教合一的趋势逐渐显现，源自印度但已本土化的佛教与儒家、道家的融合进一步加深，致使对印度经典的诉求越来越少。由此，义理上的因素使得中国的知识分子不再追求印度佛教的哲学思想；再者，随着佛教在印度的衰落，以及中国佛教自身朝圣体系的建立和完善，前往印度朝圣也失去了意义。

古代中国对古代印度经典的汉译始于佛教，也终于佛教。尽管如此，古代中国对以佛教经典为主的古代印度经典汉译已经在中国历史上烙下了深刻的印记，其影响是持久和多方面的。在这一过程中，译师们开创的汉译传统给后人翻译印度经典留下了巨大财富：

其一，汉译古代印度经典除早期借助西域地方语言外，主要翻译对象都是梵语经典，本土学者和外来学者编写了不少梵汉工具书。其二，一套与古代印度宗教哲学术语对应的意译和音译相结合的汉译体系得以建立。由于佛教经典的流传，很多术语已经成为汉语的常用语，广为人知。其三，除术语对应外，梵语作品译为汉语需要克服语法结构、文学体裁等方面的限制，其实践在一定程度上影响了汉语的一些表达法。[①] 如此等等都为后人继续翻译印度经典提供了便利之处。

更为重要的是，历史上重要的译师摸索出一套大规模翻译经典的方式方法，他们的努力对于后继的翻译工作来说具有很高的参考价值。经过早期的翻译实践，鸠摩罗什译经时便开始确立了译、论、证几道基本程序，并辅之以梵本、胡本对勘和汉字训诂，经总勘方

---

① 例如汉语中常见的“所＋动词”构成的被动句就可能源自对佛经的翻译。参见朱庆之《汉译佛典中的‘所V’式被动句及其来源》（载《古汉语研究》，1995年第1期，第29~31、45页）及其他相关著述。

定稿。在后秦朝廷的支持下，鸠摩罗什建立了大规模译场，改变了以往个人翻译的工作方式，配合翻译方法上的完善，大大提高了译经的效率和质量。唐代译场规模更大，翻译实践进一步细化，后世记载的翻译职司包括译主、证义、证文、度语、笔受、缀文、参译、刊定、润文、梵呗等十余种之多。

此外，先人还摸索出一套翻译人才的培养模式，隋代译师彦琮曾以“八备”总结了译师需具备的一系列条件，具体内容为：

一诚心受法，志在益人；二将践胜场，先牢戒足；三文诠三藏，义贯五乘；四傍涉文史，工缀典词，不过鲁拙；五襟抱平恕，器量虚融，不好专执，耽于道术，淡于名利，不欲高衒；六要识梵言；七不坠彼学；八博阅苍雅，粗谙篆隶，不昧此文。①

这八备之中，既有对译者宗教信仰、个人品行的要求，也有对梵语、汉语表达的语言技能以及对佛教义理的知识掌握等方面的要求，今天看来，依然有很大的借鉴意义。

三、近现代中国对印度经典的汉译

佛教在印度的衰落及消亡使中印失去了最为核心的交流主题。中国对印度经典的汉译停留在以梵语为主要媒介、以佛教经典为主要对象的时代，自 11 世纪末②至 20 世纪初，这一停滞状态持续了数个世纪之久。19 世纪中后期，印度士兵和商人随着欧洲殖民者的战舰再次来到中国，中印之间的交往以一种并不和谐的方式得以恢复。中印孱弱的国力和早已经深藏故纸堆的人文交往传统都不足以阻挡西方诸国强势的物质力量和文化力量，中印人文交往便在这新的格局中，借助西方列强构建起来的“全球化”体系开始复苏。

---

①《释氏要览》卷 2，T54, no. 2127, b21-29。

② 宋神宗元丰五年（1082）废置译经院，佛教经典汉译由此不再。

由于缺乏对印度现代语言和文化的了解，早期对印度经典的译介在语言工具和主题设置两个层面均在一定程度上受制于西方的话语体系。20世纪上半叶中国对泰戈尔作品的译介便是明证。1913年，泰戈尔自己译为英语的诗集《吉檀迦利》以英语文学作品的身份获得诺贝尔文学奖，这在当时的世界文坛引起了轩然大波，对当时正在探索民族出路的中国知识分子来说同样具有很大的震撼力和吸引力。陈独秀在1915年10月15日出版的《青年杂志》上刊载了自己译自《吉檀迦利》的四首《赞歌》，为此后持续了近一个世纪并且至今依然生机勃勃的泰戈尔著作汉译工程拉开了序幕。据刘安武统计，至1949年中华人民共和国成立止，"我国翻译介绍了印度文学作品40种左右（不包括发表在报刊上的散篇）。这40种中占一半的是泰戈尔的作品"。[①] 泰戈尔之所以在中国受到格外关注固然始于西方学术界对他的重视，但他的影响如此之大亦在于他的作品恰好满足了当时中国在文学思想领域的需求。首先，从语言文学来看，泰戈尔的主要创作语言是本土的孟加拉语，而非印度古典梵语。这引起了当时正致力于推广白话文的中国知识分子的广泛关注，并被视为白话文替代古文的成功榜样。[②] 此外，泰戈尔的文学创作，尤其他的散文诗为当时正在摸索之中的汉语诗歌提供了一个重要的参考对象。其次，从思想上来说，泰戈尔的思想与当时作为亚洲国家"先锋"的日本截然相反，为当时正在探索民族出路的中国知识分子提供了另一个标杆。于是，泰戈尔意外地成为中印之间自佛教之后的又一重大交流主题。尽管中国知识分子对其思想和实践的评价并不一致，许多学者依然扎实地以此为契机重启了中国翻译印度经典的进程。当时中国尚未建立起印度现代语言人才培养机制，因此早期

① 刘安武：《汉译印度文学》，《中国翻译》，1991年第6期，第44~46页。

② 胡适向青年听众强调泰戈尔对孟加拉语文学的贡献时说："泰戈尔为印度最伟大之人物，自十二岁起，即以阪格耳（孟加拉）之方言为诗，求文学革命之成功，历五十年而不改其志。今阪格耳之方言，已经泰氏之努力，而成为世界的文学，其革命的精神，实有足为吾青年取法者，故吾人对于其他方面纵不满足于泰戈尔，而于文学革命一段，亦当取法于泰戈尔。"（载《晨报》，1924年5月11日）

对泰戈尔作品的汉译多转译自英语。凭借译者深厚的文学功底，不少经典译作得以诞生，尤其是冰心、郑振铎等人翻译的泰戈尔诗歌，时至今日依然在中国广为流传。

与泰戈尔一同被引介到中国的还有诸多印度民间故事文学作品。① 如前文所述，古代翻译印度经典时就有不少印度民间故事被介绍到中国，但多以佛教经典为载体。② 近现代以来，印度民间文学以非宗教作品的形式被重新介绍过来。这在很大程度上是因为“中国缺少创作儿童文学的传统”③，印度丰富的民间文学正好满足了中国读者的需求。与此同时，印度民间文学与中国文学之间的关系也日益进入中国学者的视野，“中印文学比较研究”这一新的研究领域开始初露端倪，其研究领域最广为人知的课题之一便是《西游记》中孙悟空形象与《罗摩衍那》中哈奴曼形象的渊源，当时许多新文化运动的大家都参与其中，鲁迅、叶德均认为孙悟空形象源于本土神话形象“无支祁”，胡适、陈寅恪、郑振铎则认为孙悟空形象源于哈奴曼。④

自西方语言转译印度经典的尝试为增进对印度的认知、重燃中国知识界和民众对印度文化的兴趣起到了积极作用，许多掌握西方语言的汉语作家投身其中，其翻译作品受到读者喜爱。然而，转译的不足也显而易见，因此，对印度经典的系统汉译需要建立一支如古代梵汉翻译团队一样的专业人才队伍。

1942 年，出于抗战需要，民国政府在云南呈贡建立了国立东方语文专科学校，设有印度语科，开始培养现代印度语言人才。1946 年，季羡林自德国学成回国，在北京大学创设东语系；1948 年，金克木加盟东语系。1949 年，国立东方语文专科学校并入北京大学东

---

① 参见刘安武：《汉译印度文学》，《中国翻译》，1991 年第 6 期，第 44~46 页。

② 参见薛克翘：《中国印度文化交流史》，北京：昆仑出版社，2008 年，第 261~265 页。

③ 刘安武：《汉译印度文学》，《中国翻译》，1991 年第 6 期，第 44~46 页。

④ 参见鲁迅：《中国小说史略》，《鲁迅全集》第 9 卷，北京：人民文学出版社，1981 年；鲁迅：《中国小说的历史的变迁》，《鲁迅全集》第 9 卷，北京：人民文学出版社，1981 年、胡适：《〈西游记〉考证》，《胡适文存》第 2 集第 4 卷，上海：亚东图书馆，1924 年；陈寅恪：《〈西游记〉玄奘弟子故事之演变》，《金明馆丛稿二编》，上海：上海古籍出版社，1982 年、郑振铎《〈西游记〉的演化》，《郑振铎全集》第 4 卷，石家庄：花山文艺出版社，1998 年；叶德均：《无支祁传说考》，《戏曲小说丛考》，北京：中华书局，1999 年。

语系。东语系开设梵语－巴利语、印地语、乌尔都语三科印度语言专业，并很快培养出第二代印度语言专业队伍。随之，印度经典得以从原文翻译。第一代学者季羡林、金克木领衔的梵语团队翻译了印度大史诗《罗摩衍那》及以迦梨陀娑为代表的印度古典梵语文学作家的许多作品，如《沙恭达罗》《优哩婆湿》《云使》《伐致呵利三百咏》等，并启动了《摩诃婆罗多》等经典作品的翻译；旅居印度的徐梵澄翻译了《五十奥义书》[①] 及奥罗宾多创作、注释的诸多哲学著作。季羡林、金克木的弟子黄宝生等延续师尊开创的传统，完成了《摩诃婆罗多》、奥义书[②]、《摩奴法论》、古典梵语文论、故事文学作品等一系列著作的翻译。与此同时，由第二代学者刘安武领衔的近现代印度语言团队译介了大量的印地语、乌尔都语、孟加拉语等语言的文学作品，其中尤以对印地语/乌尔都语作家普列姆昌德和孟加拉语作家泰戈尔的作品的汉译最为突出。[③] 殷洪元对印度现代语言语法著作的翻译以及金鼎汉对中世纪印度教经典《罗摩功行之湖》的翻译也开拓了新的领域。巫白慧等学者陆续将包括"吠檀多"在内的诸多婆罗门教哲学经典译为汉语。[④] 文献资料是学术研究的基础，这一系列经典汉译成果打破了古代中国对古代印度经典汉译中存在的"佛教主导"的局限，增加了现代视角，并以经典文献为契机，首次较为全面系统地介绍了印度文明，奠定了现代中国印度学研究的基础。由这两代学者编订的《印度古代文学史》《梵语文学史》和

---

① 参见徐梵澄译:《五十奥义书》，北京：中国社会科学出版社，1995 年。

② 参见黄宝生译:《奥义书》，北京：商务印书馆，2010 年。

③ 刘安武自印地语译出的普列姆昌德作品（集）有《新婚》（贵阳：贵州人民出版社，1982 年）、《如意树》（上海：上海译文出版社，1983 年）、《普列姆昌德短篇小说选》（北京：人民文学出版社，1984 年）、《割草的女人：普列姆昌德短篇小说新集》（长沙：湖南人民出版社，1985 年）等，加之其他学者的译介，普列姆昌德的重要作品几乎全被译为汉语。此后，刘安武又主持编译出版了 24 卷本《泰戈尔全集》（石家庄：河北教育出版社，2000 年），泰戈尔的主要作品均被收录其中。

④ 其中重要的译著成果包括巫白慧译《圣教论》（乔荼波陀著，北京：商务印书馆，1999 年）、姚卫群译《古印度六派哲学经典》（节译六派哲学经典，北京：商务印书馆，2003 年）、孙晶译《示教千则》（商羯罗著，北京：商务印书馆，2012 年）等。

《印度印地语文学史》等著作成为中国现代印度学研究的必读文献。[①]

由于印度文化的独特之处及其在历史上形成的巨大影响力，以现代学术研究的方式开展的印度经典汉译所产生的影响进一步辐射了包括语言、文学、哲学、历史、考古等多个学科领域，并形成了一些跨学科研究领域：

其一，中印文化比较研究。由胡适等老一辈学者开创的中印文学比较取得了新的进展，其中一部分研究形成了中印文化交流史这一新的学术研究领域；另一部分研究成为东方文学研究领域最重要的组成部分，东南亚、西亚等区域文学研究也受益于印度文学研究的开展和所取得的成就。此外，从具体作品到文艺理论的印度文学译介也从整体上进一步拓展了比较文学研究的视野。

其二，佛教研究。现代中国对印度经典汉译的范围不再局限于传统的汉语系佛教传统经典，在许多领域都取得了新的突破。在佛教文献来源方面，开拓了对巴利语系和藏语系佛教的研究。[②]由于梵语人才的培养，中国学者得以恢复梵汉对勘的学术传统。[③]对非佛教宗教思想典籍的译介也使得对佛教的认识跳出了佛教自身的范畴，对其与其他宗教思想之间的互动与联系有了更加全面的认识。

其三，语言学研究。对梵语及相关语言的研究推动了梵汉对音，以及对古汉语句法的研究。一些接受了梵语教育的汉语言学学者结合古代语料，尤其是汉译佛经，对古汉语的语音、句法等做出研究。

---

① 单就印度文学翻译而言，据不完全统计，1950~2005 年，中国翻译印度文学作品（以书记）约 400 余种，其中中印关系交好的 1950~1962 年约有 70 种，关系不好的 1962~1976 年仅有 4 种，关系改善后的 1976~2005 年则有 300 余种。不过，2005 年之后，除黄宝生、薛克翘等少数学者仍笔耕不辍外，其他前辈学人逐渐“离席”，这类汉译工作进入某种冬眠期。

② 相关成果包括郭良鋆译《佛本生故事选》（与黄宝生合译，北京：人民文学出版社，1985 年）、《经集：巴利语佛教经典》（北京：中国社会科学出版社，1998 年），以及段晴等译《汉译巴利三藏·经藏·长部》（上海：中西书局，2012 年）等。

③ 自 2010 年以来，黄宝生主持对勘出版了《入菩提行论》（北京：中国社会科学出版社，2011 年）、《入楞伽经》（北京：中国社会科学出版社，2011 年）、《维摩诘经》（北京：中国社会科学出版社，2011 年）等佛经的梵汉对勘本，叶少勇以梵藏汉三语对勘出版了《中论颂》（上海：中西书局，2011 年）。

四、现状和汉译例解

尽管取得了上述成就，但由于印度文明积累深厚、经典众多，目前亟待翻译的印度经典还有很多。其中，以梵语创作的经典包括四部吠陀本集、梵书、森林书、往世书、《诃利世系》《利论》《牧童歌》等；以南印度语言创作的经典包括桑伽姆文学、《脚镯记》《玛妮梅格莱》《大往世书》《甘班罗摩衍那》等；以波罗克利特语创作的经典包括《波摩传》等；以中世纪北印度地方语言创作的经典包括《地王颂》《赫米尔王颂》《阿底·格兰特》《苏尔诗海》《莲花公主》，以及格比尔、米拉巴伊等人的作品等；以现代印度语言创作的经典包括帕勒登杜、杰辛格尔·普拉萨德、般吉姆·钱德拉·查特吉、萨拉特·钱德拉·查特吉、拉默金德尔·修格尔、默哈德维·沃尔马、阿格叶耶等著名现当代文学家的作品以及迦姆达普拉沙德·古鲁、提兰德尔·沃尔马等人的语言学著作等。此外，20 世纪以来，一些印度思想家、政治家、文学家以英语创作的作品也可列入印度现代经典之列，目前中国仅对圣雄甘地、贾瓦哈拉尔·尼赫鲁、辨喜、纳拉扬、安纳德、拉贾·拉奥、奈都夫人等人的个别作品有所译介，大量作品仍然处于有待翻译的名单之中。

这些经典汉译的背后离不开相关学者的努力。进入 21 世纪以来，中国从事印度经典汉译工作的人员大致有两支队伍：第一支是自 20 世纪四五十年代以来成型的印度语言专业队伍，其人员构成以高等院校和研究机构从业人员为主，兼有相关外事机构从业人员，他们均接受过系统、专业的印度语言训练。第二支是 20 世纪初译介包括泰戈尔作品在内印度文学作品的作家和出版业者，随着 80 年代改革开放以来，越来越多接受过英语教育的人或全职或兼职地参与到印度作品的汉译工作之中。相比第一支队伍，这支队伍的人员构成较为复杂，水平也参差不齐，但在市场经济的推动下，一些能够成为市场热点的著作往往很快就翻译过来，例如两位与印度相关的诺贝尔文学奖得主泰戈尔和奈保尔的作品一版再版，四位印度裔布克奖得主萨尔曼·拉什迪、阿兰达蒂·罗伊、基兰·德塞、阿拉文德·阿迪加的作品也先后译出；此外，由于瑜伽的普及，包括克里希那穆提在内的一些现代宗教家的论著也借由英语转译为汉语。一方面，随着市场化改革的需求，第二支队伍日益蓬勃发展，但其翻译质量往往难以保障。另一方面，由于现行科研体制对从事翻译和研究者的不利状况，第一支队伍也面临着诸多问题。如何在接下来的实践中取长补短，或者说既要尊重市场机制的要求，又要以学术传统克服市场失灵的状况等，这也是需要进一步思考的问题。

应该说，印度经典汉译主要依靠第一支队伍，原文经典翻译比通过其他语言转译更为重要。20 世纪 80 年代以来，这支队伍勤勤恳恳，笔耕不辍，为印度经典汉译做出了巨大贡献，取得了丰硕成果。然而，就现状看，除黄宝生、薛克翘等极少数学人外，这支队伍的第一代和第二代学人已然“离席”，后辈学人虽然已经加入进来，但毕竟年轻，经验不足，加之现行科研体制自身问题的牵制，后续汉译工作亟需动力。好在已有些年轻人在这方面产生了兴趣，其汉译意识很强，对印度梵文原典和中世纪及现当代原典的汉译工作的理解也令人刮目。可以预见，印度经典汉译将会迎来又一个高潮，汉译印度经典的水平也将有新的提升。

从某种角度说，在前文罗列的种种有待翻译的印度经典中，印度中世纪经典尤为重要。中世纪时，随着传统婆罗门教开始融合包括佛教、耆那教等在内的异端信仰与民间的大众化宗教传统，加之伊斯兰教的进入，印度进入了一个新的“百家争鸣”时代。这一时期留下了许多经典之作，它们对后世印度的宗教、社会、文化均产生了重要影响。长期以来，中国对印度中世纪经典的译介几乎一片空白，仅有一部《罗摩功行之湖》和零星的介绍。近年来，笔者组织团队着手翻译印度中世纪经典《苏尔诗海》，并初步总结了以下心得：

第一，经典汉译并非简单的语言转换，除需要精通相关语言外，还需要译者具备与印度文化相关的背景知识，以便能够精准地理解原文含义。例如，在一首描写女子优雅体态的艳情诗中，作者直接以隐喻的修辞手法描述了包括莲花、大象、狮子、湖泊等在内的一系列自然景象和动植物，若不熟悉印度古代文学中一些固定的比喻意象，则很难把握这首诗的含义。[①] 由于审美标准不同，被古代印度诗人视为美丽的“象腿”在当今语境中已经成为足以令女子不悦的比喻。此类审美视角需要辅之以例如《沙恭达罗》中豆扇陀国王对沙恭达罗丰乳肥臀之态的称赞才能理解。

第二，古代中国对古代印度经典汉译的传统在很大程度上为现代翻译经典提供了以资可鉴的便利，譬如许多专有词汇在汉语中已有完全对应的词汇可供选择，省去了译者的诸多麻烦。但是，这也要求译者了解相关传统，并能将其中的一些内容为己所用；同时，还应避免由于古代中国对古代印度经典翻译在视角、理解上的偏差所带来的问题。例如，triguna 这一数论哲学的基本概念已由真谛在《金七十论》中译为“三德”，后来的《薄伽梵歌》等哲学经典的汉译也已沿用，新译经典中便不宜音译为“三古纳”之类的新词。此外，由于受佛教信仰的影响，一些读者在看到“三德”时往往容易将之与佛教中所说的法身德、般若德、解脱德等其他概念联系起来，对此需要给出注释加以说明以免误解。

第三，现代中国对现代印度经典的汉译虽然已经取得了不俗的成绩，但由于时间、人员等条件的限制，在翻译体例、内容理解等方面依然存在不少可改进之处。

笔者以《苏尔诗海》中黑天的名号为例予以说明。黑天是印度教大神毗湿奴最重要的化身之一，梵语经典中通常称之为 Krsna，字面义为“黑”，汉语之所以译为“黑天”，很可能是因为汉译佛经将婆罗门教诸神（deva）译为“天”，固在 Krsna 的汉语译名“黑”之后加上了“天”，大约与 Brahma 被译为“梵天”、Indra 被译为“帝释天”，以及 Sri 被译为“吉祥天”等相当。后世对相关经典文

① 参见姜景奎等:《〈苏尔诗海〉六首译赏》，载《北大南亚东南亚研究》（第一卷），北京：中国青年出版社，2013 年，第 261~262 页。

献的介绍都沿用了这一名称。然而，若实际对照各类经典，可以发现毗湿奴名号繁多。[①]中世纪印度语言继承并发扬了这一传统，在伯勒杰语《苏尔诗海》中，黑天的名号有数十种之多，其中仅字面义为“黑”的常见名号就有四个，分别是 Krsna, Syama, Kanha, Kanhaiya。这四个名号之中只有 Krsna 是标准的梵语词，且使用最少，只用于黑天摄政马图拉之后人们对他的尊称；其他三个均为伯勒杰语词，多用于父母家人、玩伴女友对童年和少年黑天的称呼。因此，汉译中如果仅使用天神意义的“黑天”一名就违背了《苏尔诗海》所描述的黑天的成长情境。为此，结合不同名号的使用情状以及北印度农村生活的实际情况，笔者重新翻译了其他三个名号，即将多用于牧女和同伴对少年黑天称呼的 Syama 译为“黑子”，多用于父母和其他长辈对童年黑天称呼的 Kanha 和 Kanhaiya 分别译为“黑黑”和“黑儿”。此外，还有一些名号或表明黑天世俗身份，或描述黑天体态，或宣扬黑天神迹，笔者也重新进行了翻译，例如：nanda-namdana“难陀子”、madhava“摩图裔”等称呼说明了黑天的家族、家庭身份，kesau“美发者”、srimukha“妙口”等以黑天身体的某一部分代指黑天，giridhara“托山者”、manamohana“迷心者”等以黑天在其神迹故事中的表现代指黑天，等等。

结合以上几方面的思考，《苏尔诗海》汉译实际上兼具深入而系统的研究性质，包括四部分：第一，校对后的原文。到目前为止，印度出版了多个《苏尔诗海》版本，各版本虽大同小异，但仍有差异，笔者团队搜集到影响较大的几个主要版本，并进行核对比较，最后确定一种相对科学的原文进行翻译研究。第二，对译。从经典性和文献性出发，尽可能忠实于原文，在体例选择上尽量保持诗词的形态，在内容上尽量逐字对应，特殊情况则以注释说明。第三，释译。从文献性和思想性出发，尽可能客观地阐明原文所表现的文献内容和宗教思想。该部分为散文体，其中补充了原文省略的内容

① 参见葛维钧:《毗湿奴及其一千名号》(载《南亚研究》，2005 年第 1 期，第 48~53 页) 及相关著述。

并清楚地展现出情节的发展、人物的心理变化以及作品的思想内涵。第四，注释。给出有关字词及行文的一些背景知识，例如神话传说故事、民间信仰、生活习俗、哲学思想等，以及翻译中需要说明的其他问题。

试以下述例解说明：

【原文】略①

【对译】

此众得乐自彼时

听闻诃利②你之信，当时即刻便昏厥。

自隐蔽处蛇③出现，欣喜尽情吸空气。

鹿④心本已忘奔跃，复又撒开四蹄跑。

群鸟大会高高坐，鹦鹉⑤言称林中王。

杜鹃⑥偕同自家族，咕咕欢呼唱庆歌。

自山洞中狮子⑦出，尾巴翘到头顶上。

自密林中象王⑧来，周身上下傲慢增。

如若想要施救治，莫亨⑨现今别耽搁。

苏尔言，

如若罗陀⑩再这般，一众敌人大欢喜。

【释译】

黑天离开牛村很久了，养父难陀、养母耶雪达以及全村的牧人牧女都非常思念他，希望他能回来看看。牧女们对黑天的思念尤为

① 由于原文字体涉及较为复杂的排版问题，这里仅呈现该首诗的对译、释译和注释三部分，原文略。本诗为《苏尔诗海》（天城体推广协会版本）第 4 760 首，参见 Dhirendra Varma, *Sursagar Sara Satika*, Sahitya Bhavan Private Ltd., 1986, No. 181, p.334.

② 诃利，原文 Hari，“大神”之义，黑天的名号之一。

③ 此处以蛇代指罗陀的发辫，意在形容发辫柔软纤长、乌黑发亮。

④ 此处以鹿的眼睛代指罗陀的眼睛，意在形容眼睛大而有神、灵动美丽。

⑤ 此处以鹦鹉的鼻子代指罗陀的鼻子，意在形容鼻子又挺又尖、美妙可爱。

⑥ 此处以杜鹃的声音代指罗陀的声音，意在形容声音甜美悠扬、清脆嘹亮。

⑦ 此处以狮子的腰代指罗陀的腰，意在形容腰身纤细柔顺、婀娜灵活。

⑧ 此处以大象的腿代指罗陀的腿，意在形容腿脚步态从容、端庄稳重。

⑨ 莫亨，原文 mohana，黑天的名号之一。

⑩ 罗陀，原文 Radha，黑天最主要的恋人。

强烈，其中又以罗陀最甚。罗陀是黑天的恋人，两人青梅竹马，两小无猜，曾经你欢我爱，形影不离。可是，黑天自离开后就再也没有回来过，甚至连信也没有寄过一封。伤离别，罗陀时刻处于煎熬中。为了教育信奉无形瑜伽之道的乌陀，也为了看望牧区故人，黑天派乌陀来到牛村，表面上让他传授无形瑜伽之道，实则置他于崇尚有形之道的牛村人中间，让他迷途知返。乌陀的到来，打乱了牛村人的生活，一者，牛村人沉浸在思念黑天的离情别绪之中，乌陀破坏了气氛，于表面的宁静之中注入了不宁静。二者，牛村人本以为乌陀会带来黑天给予牛村的好消息，但适得其反，乌陀申明自己是为传授无形的瑜伽之道而来，甚至说是黑天派他来传授的，牛村人对此不解、迷茫。他们崇尚有形，膜拜黑天，难道黑天完全抛弃了他们？他们陷入了更深一层的痛苦之中。三者，对牧区女来说，与黑天离别本就艰难，但心中一直抱有再次见面再次恋爱的期望，乌陀的到来打消了她们的念头，从精神上摧毁了她们。其中，罗陀尤甚，她所遭受的打击要比别人更甚。由此，出现了本诗开头提及的罗陀晕厥以及晕厥之后乌陀“看到”的情况，具体内容是乌陀向黑天口述的：

乌陀对黑天说道：“黑天啊，你的恋人罗陀非常思念你，她忍受离别之苦，渴望与你相见。可是，你却让我去向她传授无形的瑜伽之道。唉，她一听到是你让我去的，当即就昏了过去，倒在地上，不省人事。唉，真是凄凉啊！这边罗陀昏迷不醒，那边动物界却出现了一派喜气景象：黑蛇从洞里出来了，它高兴地尽情享受空气；此前，罗陀的又黑又亮的长发辫曾使它羞于见人，认为自己形体丑陋，不得不躲藏起来。已经忘记奔跑的小鹿出来了，它撒开四蹄，愉悦地到处奔跳；此前，罗陀那明亮有神的大眼睛曾使它羞于见人，认为自己的眼睛丑陋，不敢出来乱逛。鹦鹉出来了，它参加群鸟大会，坐在高高的枝丫上，声称自己是林中之王；此前，罗陀又尖又挺的鼻子曾使它羞于见人，认为自己的鼻子丑陋，躲藏起来。杜鹃鸟出来了，它和同族一起，咕咕叫个不停，欢庆胜利；此前，罗陀那甜美悠扬的声音曾使它感到拘束，认为自己的声音难听，不敢开口。狮子从山洞中出来了，他得意扬扬，悠闲自在，尾巴翘到了头顶上；此前，罗陀纤细柔软的腰肢曾使它羞于见人，认为自己的腰肢粗笨僵硬，不敢示人，躲进山洞。大象从茂密的森林里出来了，它一步一昂头，傲慢自大，目中无人，盛气凛然；此前，罗陀稳重美丽的妙腿曾使它自惭形秽，认为自己的腿丑陋不堪，羞于展露，躲进森林。唉，黑天啊，你快救救罗陀吧，如果再不行动，稍后想要施救就来不及了……”

“此众得乐自彼时”是本诗的标题，意思是罗陀晕倒之时，即是众动物高兴之时，它们羞于与罗陀相比，虽然视罗陀为敌，却不敢直面罗陀，纷纷逃遁躲藏。听说罗陀遭到黑天抛弃，晕厥不醒，它们自然高兴，便迫不及待地恢复了原来的自由生活。“如若罗陀再这般，一众敌人大欢喜”，是诗外音，是苏尔达斯的总结性话语。在这首诗里，苏尔达斯主要展现了罗陀的美，但整首诗中没有出现任何对罗陀的溢美之词，没有提到罗陀的名字，更没有提到她的发辫、眼睛、鼻子、声音、腰肢和腿等，甚至没有提到蛇、鹿、鹦鹉、杜鹃鸟、狮子和大象的相关部位，仅以这些动物对罗陀晕厥不醒后的反应进行阐释，这就给听者和读者留下了巨大的想象空间，似形似景，情景交融。这种手法似乎是印度特有的，其审美视角值得深入研究。

上述例解仅为笔者及笔者团队之于印度中世纪经典汉译的一己之见，希望能开拓印度经典汉译与研究的新视角、新路子，以期印度经典在中国能得到更为深入系统的翻译与研究。

五、中印经典及当代作品互译出版项目

2013 年初，笔者与中国大百科全书出版社社长龚莉女士、副总编辑马汝军先生和社科分社社长滕振微先生合作，提出了“中印经

典和当代作品互译出版项目”的动议。该动议得到相关单位的积极回应。2013 年 5 月李克强总理访印期间，国家新闻出版广电总局和印度外交部签署合作文件，决定启动“中印经典和当代作品互译出版项目”，并写入两国发表的联合声明（第 17 条）。2014 年 9 月，习近平主席访问印度，该项目再次被写入两国发表的联合声明（第 11 条）。该项目成为中印两国的重大文化交流项目之一。双方商定，双方各翻译对方的 25 种图书，以 5 年为期。2016 年 5 月，国家新闻出版广电总局印发“关于实施《“十三五”国家重点图书、音像、电子出版物出版规划》的通知”，该项目被列入“‘十三五’国家重点图书出版规划”。在此期间，笔者与薛克翘先生商量组织翻译团队事宜。我们掰着指头算，资深的老辈学人几乎都不能相扰，后辈学人又大多刚刚走上工作岗位，有的还在求学，翻译资质存疑。我俩怎一个愁字了得！然，事情得做，学人得培养。我们决定抓住机遇，大胆启用后辈学人，为国家培养出一支新的汉译团队。因此，除薛克翘、刘建、邓兵等少数几位前辈学人外，我们的翻译成员绝大多数在 40 岁左右，有的还不过 30 岁。两三年的实践证明，我们的决定完全正确。新生代学人知识全面，学习能力强，执行能力更强。从已完成待出版的成果看，薛克翘先生对审读过的一本书的评价最能说明问题：“字里行间，均见功夫。”译文质量是本项目的重中之重。除薛克翘、刘建和笔者外，我们邀请了黎跃进教授、石海军研究员和邓兵教授作为特约编审，约请了尼赫鲁大学的狄伯杰（B. R. Deepak）教授以及德里大学的阿妮达·夏尔马（Anita Sharma）教授和苏林达尔·古马尔（Surinder Kumar）先生作为印方顾问，对译文质量进行全面把关。译者完成翻译后，译稿首先交予编审审校，如遇大问题时向印方顾问咨询，之后返予译者修改。如有必要，修改稿还需经过编审二次审校，译者再次修改。这以后，稿件才会交予出版社编辑进行审读，发现问题再行修改……我们认为，唯如此，译文质量才能得到保障，译者团队才能得到锻炼。

本项目是中印两国的重大文化交流项目之一。因此，印度方面也有相应团队，负责汉译印的工作，由上文提及的狄伯杰教授领衔，由印度国家图书托拉斯负责实施。需要指出的是，双方翻译的作品并非译者自选，而是由双方专家通过充分沟通磋商确定。汉译作品的选定过程是这样的，笔者先拟定了50多种印度图书，这些书抑或是中世纪以来有重要影响的经典巨著，比如《苏尔诗海》《格比尔双行诗集》和《献牛》等，抑或是印度独立以后获得过印度国家级奖项的作家之名作，如默哈德维·沃尔马、毗什摩·萨赫尼、古勒扎尔的代表作等。而后，笔者请相熟的印度学者从中圈定出30种。之后，国家新闻出版广电总局的相关领导、中国大百科全书出版社的龚莉社长和滕振微先生以及笔者本人专赴印度，与印方专家组进行面对面的交流探讨，最终确定了25种汉译印度图书名录。印度团队的印译中国图书名录的选定过程与此类似。具体的汉译书单如下表：

序号	书名	作者	备注
1	苏尔诗海 *Sursagar*	苏尔达斯 Surdas	诗歌
2	格比尔双行诗集 *Kabir Dohavali*	格比尔达斯 Kabirdas	诗歌
3	献牛 *Godan*	普列姆昌德 Premchand	长篇小说
4	帕勒登杜戏剧 *Bharatendu Natakavali*	帕勒登杜 Bharatendu	戏剧
5	普拉萨德作品集 *Prasad Rachna Sanchayan*	杰辛格尔·普拉萨德 Jaishankar Prasad	戏剧、诗歌、短篇小说
6	鹿眼女 *Mriganayani*	沃林达温拉尔·沃尔马 Vrindavanalal Verma	长篇小说
7	献灯 *Deepdan*	拉默古马尔·沃尔马 Ramkumar Verma	独幕剧
8	灯焰 *Dipshikha*	默哈德维·沃尔马 Mahadevi Verma	诗歌
9	谢克尔传 *Shekhar: Ek Jeevani*	阿格叶耶 Ajneya	长篇小说
10	黑暗 *Tamas*	毗什摩·萨赫尼 `Bhisham Sahni	长篇小说
11	肮脏的边区 *Maila Anchal*	帕尼什瓦尔·那特·雷奴 Phanishwar Nath Renu	长篇小说
12	幽闭的黑屋 *Andhere Band Kamare*	莫亨·拉盖什 Mohan Rakesh	长篇小说

序号	书名	作者	备注
13	宫廷曲调 *Raag Darbari*	室利拉尔·修格勒 Shrilal Shukla	长篇小说
14	鸟 *Parinde*	尼尔莫勒·沃尔马 Nirmal Verma	短篇小说
15	班迪 *Aapka Bunti*	曼奴·彭达利 Mannu Bhandari	长篇小说
16	一街五十七巷 *Ek Sadak Sattavan Galiyan*	格姆雷什瓦尔 Kamleshwar	长篇小说
17	被抵押的罗库 *Rehan par Ragghu*	加西纳特·辛格 Kashinath Singh	长篇小说
18	印度与中国 *India and China*	师觉月 P. C. Bagchi	学术著作
19	向导 *Guide*	纳拉扬 R. K. Narayan	长篇小说
20	烟 *Dhuan*	古勒扎尔 Gulzar	短篇小说、诗歌
21	那时候 *Sei Samaya*	苏尼尔·贡戈巴泰 Sunil Gangopadhyaya	长篇小说
22	一个婆罗门的葬礼 *Samskara*	阿南特穆尔蒂 U. R. Ananthamurthy	短篇小说
23	芥民 *Chemmeen*	比莱 T. S. Pillai	短篇小说
24	印地语文学史 *Hindi Sahitya ka Itihas*	罗摩金德尔·修格勒 Ramchandra Shukla	学术著作
25	棋王奇着 *The Chessmaster and His Moves*	拉贾·拉奥 Raja Rao	长篇小说

毫无疑问，这些作品均是印度中世纪以后的经典之作，基本上代表了印度现当代文学水准，尤其反映出印地语文学的概貌。我们以为，通过这些文字，中国读者可以大体了解印度现当代文学的基本情况。

就本项目而言，笔者在这里需要表达由衷谢意：

首先，感谢国家新闻出版广电总局的相关领导，没有他们的认可，本项目不可能正式立项。其次，感谢中国大百科全书的前社长龚莉女士、前副总编辑马汝军先生和前社科分社社长滕振微先生，没有他们的奔走，本项目不可能成立。再次，感谢中国大百科全书出版社社长刘国辉先生，社科学术分社社长郭银星女士、副社长王宇女士以及诸位编辑大德，没有他们的付出，本项目不可能实施。感谢另两位主编薛克翘先生和刘建先生，两位前辈不仅担当主编、审校工作，还是主要译者；他们是榜样，也是力量。十分感谢黎跃进和邓兵两位教授，两位是特邀编审，邓兵教授也是译者，他们认真负责的精神令人起敬。感谢印度尼赫鲁大学的狄伯杰教授以及德里大学的阿妮达·夏尔马教授和苏林达尔·古马尔先生，他们的付出为本项目的实施提供了某种保障。特别感谢石海军研究员，他是特邀编审之一，可惜天不假年，他于2017年5月13日凌晨突然辞世，享年仅55岁，天地恸哭，是中国印度文学研究的一大损失！最后，感谢翻译团队的诸位译者，他们是新时代的精英，是中国印度研究领域的后起之秀，他们的成就由读者面前的文字可见一斑。

祝福诸位，祝福所有为本项目的立项和实施有所付出的先生大德们！

自《浮屠经》以来，汉译印度经典已有两千多年的历史。这一人类历史上少有的浩大文化工程背后既有对科学技术的追求，也有对宗教信仰的热忱；既有统治者的意志，也有普通民众的需求。印度经典汉译一方面极大地丰富了中华文化，另一方面也保存和传播了印度文化；既形成了自己的学术传统，又推动了许多相关领域研究的发展。时至今日，在中印关系具有特殊意义的大背景下，继续推进对印度经典的汉译在两国关系层面有助于加深两国之间的认知和了解，构建更为均衡、更为深厚的国际关系，在学术研究层面也有助于推动相关领域研究的继续发展。

姜景奎

北京燕尚园

2017年12月31日

2019年12月25日修订

译者前言

印度历史小说是在西方文学的影响下产生的，广泛出现在印度近现代各语种文学中。这一文学体裁在印度近现代文学中的出现和迅速发展有其一定的文学和社会发展背景。首先，印度的文学传统为历史小说的产生积淀了丰厚的土壤。其次，英国殖民统治时期，在西方文化尤其是英国文化和文学思潮的影响，以及启蒙复兴运动的背景之下，一些作家开始模仿西方作家创作历史小说，在批判传统文化蒙昧落后成分的同时，也积极向传统文化寻求力量，在历史中发掘现实意义，通过重现印度过去的繁荣和辉煌来唤起民众的民族情感和爱国热忱，通过表现反抗外族入侵的历史题材的文学创作来促进民众觉醒，号召人们团结起来争取国家的复兴和独立。1947年印度独立之后，印度在政治、经济、文化等领域展现出新的面貌。而与此同时，宗教矛盾与教派冲突、种姓歧视、女性歧视、童婚制和妆奁制等陈规陋习却依然根植在这片土地上，社会发展中也依然存在不平等、不公平的现象。这一时期历史小说家们的创作更加着力于弘扬优秀文化传统，抨击传统文化中愚昧落后的方面，希望能够推动社会向着更好的方向发展。

沃林达温拉尔·沃尔马（1889~1969）是印度著名的历史小说家，在印地语文学史上有着举足轻重的地位，一些文学评论家称他为印地语文学中的沃尔特·司各特[①]。他一生从事文学创作60余年，作品包括15部历史小说、13部社会现实题材的长篇小说、20多个剧本及自传《我的故事》和相当数量的短篇小说。印度政府曾授予他莲花奖，以表彰他对印地语文学的杰出贡献。出版于1950年的《鹿眼女》是沃尔马历史小说的重要代表作，沃尔马曾因此书四度获奖[②]。小说以15世纪洛蒂王朝统治时期为背景，融合了真实与虚构的人物和事件，生动地再现了当时的历史和社会风貌。由于成功地兼顾了历史性与艺术性，这部小说获得了巨大的成功，也受到广大印度读者的喜爱。

《鹿眼女》的创作背景

1949年年末，瓜廖尔的一位女读者请求沃尔马以鹿眼女和马纳辛格的浪漫故事为蓝本创作历史小说，当时沃尔马正准备结束《断刺》的创作，于是欣然接受了这位女读者的请求，开始研究相关的历史材料。

小说的男主人公马纳辛格·多摩尔是公元1486年到1516年间瓜廖尔的国王。从现存的历史资料来看，马纳辛格是一个能力出众的统治者。英国历史学家把他统治的时期称为“多摩尔统治的黄金

① 沃尔特·司各特（Wallter Scott）（1771~1832），苏格兰作家，常被推崇为历史小说的创始者与最杰出的作者。

② 分别为赫尔基默尔·达尔米亚奖、普拉亚格文学家学会授予的萨胡·杰格蒂耶·伯勒萨德奖、北方邦政府文学奖和中印度地区政府文学艺术奖。

时代”。15 世纪末到 16 世纪初在印度历史上是一个严酷和黑暗的时代，当时德里苏丹国的统治者是洛蒂王朝的西甘达尔·洛蒂，他在宗教上的政策非常偏狭和保守，大肆破坏印度教神庙，恣意迫害印度教徒。当时的德里苏丹国政权已日趋衰落，印度各地独立的小王国林立，各王国之间经常发生混战，给人民生活带来了深重的苦难。西甘达尔曾经五次试图攻占瓜廖尔，五次都在马纳辛格的抵抗之下无功而返。除了政治上抵御外来侵略的功绩外，马纳辛格和鹿眼女在艺术方面也留下了不少珍贵的遗产，至今在瓜廖尔的城堡里还可以看到马纳辛格主持修建的马纳庙和古杰莉宫。

《鹿眼女》这部历史小说最终完成于 1950 年，当时已经是印度独立初期，英国在印度的殖民统治已经结束。这部小说以真实的历史人物为主人公，以 15 世纪封建王公混战的北印度地区为背景，加入作家的大胆想象和艺术虚构，借历史人物与事件，展现了印度人民英勇无畏的民族精神。小说中虽然有抗击穆斯林侵略者的内容，但作家的创作目的已经不再是借此号召人民反抗英国殖民统治，而是着意表现印度人民高尚的气节和精神，并且表达了作家在许多社会问题上的见解和思考。

《鹿眼女》的故事梗概

《鹿眼女》的女主人公尼妮[①]（鹿眼女）和哥哥阿德尔住在一个名叫拉伊的小村庄里，孤女拉奇虽然与他们种姓不同[②]，但是也和他们生活在一起。拉奇和尼妮亲如姐妹，和阿德尔之间也产生了真挚

① 尼妮是村里人对她的称呼，她原本的名字是鹿眼女，意思是她的眼睛像鹿一样美丽。

② 阿德尔、尼妮是古杰尔种姓，属于刹帝利种姓的一个分支。拉奇是阿希尔种姓，是以养牛为主的副种姓。

的爱情。两个姑娘都以美貌和出色的打猎技巧盛名在外。马尔瓦的苏丹吉亚斯－乌德－丁觊觎她们的美貌，派了杂耍班子前来引诱。此时瓜廖尔的王公马纳辛格也看中了尼妮，娶她为第九位王后。阿德尔和拉奇想要结婚，但是因为种姓不同遭到祭司和村里人的强烈反对，村子的五老会下令驱逐他们，为躲避迫害他们不得不背井离乡。心怀鬼胎的杂耍班子提出和他们同行，一行人在途中为躲避战祸进入纳尔沃尔的城堡。杂耍班子的舞女比莉与前来攻城的吉亚斯－乌德－丁里应外合，想要放吉亚斯的军队进城并且劫走拉奇，机智的拉奇识破了比莉的阴谋，假意答应与她一起出城，趁比莉沿绳子爬下城墙时将绳子割断。在战争的危急关头，马纳辛格领兵前来拯救了纳尔沃尔城，把这里赐给拉奇和阿德尔作为封地，还为他们二人举行了婚礼。后来拉奇和阿德尔为保护家乡在与德里苏丹国的统治者西甘达尔的战斗中不幸身亡。尼妮与马纳辛格成婚后，对音乐、舞蹈等产生了浓厚的兴趣。她积极劝导马纳辛格履行自己保护人民的职责，两人在保护印度文化艺术方面也作出了巨大的贡献。心怀妒意的大王后联合其他王后排挤尼妮，甚至三次对她下毒，尼妮却最终选择了宽容。在小说最后，尼妮放弃自己儿子的继承权，建议让大王后能力出众的儿子继承了王位。这部小说除了描写尼妮与马纳辛格的主线故事，拉奇与阿德尔的副线故事之外，还穿插描写了马纳辛格抗击穆斯林侵略者的战争、印度教王公之间的龃龉以及伊斯兰教苏丹之间的互相争战。

《鹿眼女》的叙事特点

沃尔马重视历史小说中的历史事实，他对历史记述怀有一种尊重和严谨的态度，希望能够在小说中写出历史的真实。《章西女王》

前言中的一段文字可以作为他创作态度的佐证："这部小说必须符合历史的真面目，而且可以作为历史的参考文献。为了使历史的躯壳有血有肉，只有小说才是一种良好的手段。"[①] 为了达到创作"有史可依"的目的，沃尔马通过查阅历史文本、实地考察、民间走访等方式努力收集各种书面和口头的素材和资料，为自己的创作寻找依据。

具体以《鹿眼女》这部作品来说，沃尔马在创作中采用了真实的历史人物和事件作为主要素材，除了马纳辛格、尼妮，以及穆斯林苏丹西甘达尔·洛蒂、马茂德·伯克尔拉、吉亚斯－乌德－丁·奇勒吉、纳西尔－乌德－丁这些历史人物外，阿德尔、博顿和维杰·金格姆等角色也在历史上确有其人。小说中出现的许多具体情节也是根据各种信史和非信史材料创作而来的，如尼妮要求马纳辛格为她修建水渠，把家乡的桑格河的河水引到瓜廖尔城堡来，这个情节并非作家凭空虚构，至今这条水渠的遗迹仍然可见。马纳辛格在拉伊村附近的森林里打猎时，看到力气惊人的尼妮正赤手空拳抓着一头野牛的角，这个故事在瓜廖尔的历史资料中有所提及，当地也一直流传着这样的传说。马茂德·伯克尔拉庞大的身形和惊人的食量在波斯语史书《锡坎达尔的历史》[②] 中可以找到相关记载。

从整体上看，沃尔马在历史小说的创作过程中主要运用了现实主义的创作手法。纵观印地语历史小说的整个发展进程，现实主义也是绝大多数历史小说家的选择。因为无论是更重视小说的历史真实性还是文学性，历史小说家在创作时都希望他的读者能够产生一

① [印] 沃林达沃纳拉尔·沃尔马著:《章西女王》，庄严译，上海译林出版社，1987年，第4页。

② Sikandar ibn Muhammad, Manjhu Akbar: *Mirati Sikandari: a history of Gujarat from the inception of the dynasty of the sultans of Gujarat to the conquest of Gujarat by Akbar of shaikh.* Edited with Introduction & Notes by SC Misra and ML Rahman, [M]. Maharaja Sayajirao Uuiversity of Baroda, 1961

定程度上的“历史真实感”。为了实现对过去某个历史时期的真实再现，现实主义手法就成为他们必然的选择，这种模拟历史的特点决定了历史小说与现实主义之间的天然联系。

与此同时，沃尔马的历史小说具有比较强烈的理想主义和英雄主义色彩。就《鹿眼女》这部作品来看，比起马纳辛格和尼妮的主线故事，作品中的浪漫主义色彩更明显地体现在副线和其他的支线情节上。尼妮婚前的故事无疑是具有一定浪漫主义色彩的，但在她与马纳辛格结婚之后，主线故事的浪漫主义色彩明显减弱。拉奇和阿德尔的故事却与主线不同，他们两人真诚相爱，被迫离开村子，勇敢面对种种艰难困阻，识破杂耍班子的阴谋，保卫纳尔沃尔，最后为保护家乡而英勇战死，这一系列异乎寻常的事件非常引人入胜，富于传奇性，闪耀着理想主义和英雄主义的光辉，拉奇和阿德尔也被塑造成富于理想色彩的英雄人物，充分体现了作家的理想和愿望。总的来看，沃尔马在小说中引入了一些浪漫主义的元素，但其中想象的成分并不是天马行空的，不会让读者产生强烈的失真感。具体到历史事件、场景、人物的处理上，作家也通过巧妙地处理历史真实和艺术虚构之间的关系，达到了虚实兼顾的目的。

直观再现历史场景也是沃尔马历史小说的重要特点之一。《鹿眼女》这部小说的情节可以大致梳理出尼妮与马纳辛格的主线故事和拉奇与阿德尔的副线故事两条线索，但是整部小说的情节并没有始终紧密地围绕着主、副线故事发展。几位苏丹的故事似乎就与作品的主要线索关系不大：吉亚斯－乌德－丁和马茂德·伯克尔拉与主线故事的关系只有他们都垂涎尼妮和拉奇的美貌，想要得到她们而已，而纳西尔－乌德－丁这条线索的故事基本已经独立于主线故事之外了。纵观整部小说，这些情节的设置可是说是比较松散的，但是这些苏丹的故事并非对作品全无意义，这些故事营造和展现的历史场景也是整个历史环境的组成部分。沃尔马为我们呈上的是一个巨大的花环，点缀在其中的花叶则是一个个鲜活的历史生活场景：民众欢度节日时的场景、战后重建家园的场景、打猎和看守田地的场景、工人们清理水井的场景、苏丹进行议事或者享受荒淫生活的场景、马纳辛格和王后们欣赏音乐的场景、战争的场景，等等。沃尔马通过虚构和想象对这些历史生活场景进行了生动细腻的描绘，使读者产生一种身临其境的真实感。读者可以通过阅读了解当时封建主混战的政治背景、种姓歧视和教派冲突的社会状况、印度教艺术与伊斯兰教艺术相互融合的艺术风格等，如同欣赏了一幅波澜壮阔的历史画卷，从而留下对这一时期历史环境和生活画面的整体印象。

《鹿眼女》中的众多人物

据粗略统计，《鹿眼女》这部作品中共有 25 个角色，作家对他们刻画的笔触有粗有细，其中作家浓墨重彩地进行了刻画的是马纳辛格、尼妮（鹿眼女）、阿德尔和拉奇这四个主要人物。小说中这四人的形象最为完整而立体，给读者留下了十分深刻的印象。

沃尔马的历史小说主要是以统治阶层、上流阶层的人物为主人公。这可能是历史小说的内在特性使然，能在历史上留下一笔的往往不是普通民众，而多是帝王将相，在以描绘历史为主旨的历史小说中他们自然会成为故事的主角。在《鹿眼女》中，国王马纳辛格拥有杰出的统治才能，对政事和各种工作抱着很大的热情，把保护人民和艺术作为自己的重要责任。作家不吝笔墨地安排了许多情节来展现他的品质，比如先向尼妮征求过意见后才和她结婚，为了解人民疾苦而微服私访，在战争中为穆斯林提供庇护；等等。阿德尔是一个性格非常执着的人，他对爱情忠贞，努力排除困难与拉奇结合，最后还为了保卫拉伊村献出了生命。

沃尔马经常通过重要的女性角色表达自己对于民族和社会的理想，他笔下的很多女性角色常常比男性角色更具魅力。在《鹿眼女》中，沃尔马在塑造理想中的女性角色——尼妮和拉奇时，不仅让她们拥有动人的外貌，而且还赋予她们非凡的内在力量。性格独立、拥有强烈的责任意识和不逊于男性的能力是尼妮和拉奇最为突出的特点。尼妮在大自然的怀抱中成长，身体强健结实，内心也勇敢坚强，打猎的技巧不逊于任何男性。她对家国怀着深切的热爱，认为女性不该只躲在男性的庇护之下，当侵略者到来的时候为保全贞节而自焚只是一种软弱无力的表现，女性同样应该拿起武器来保家卫国。在这一点上，拉奇更将理念付诸了行动。她在纳尔沃尔的时候凭借自己的智慧杀死了作为奸细的舞女，割断了她用来出城的绳子，又向城里的士兵示警，让穆斯林军队准备沿绳子进入城中的阴谋未能得逞，成功地保卫了纳尔沃尔。在西甘达尔再次攻来时，她也没有像那些王后们一样躲在城里准备自焚用的柴堆，而是真正拿起武器走上战场，英勇战死。

除了主要人物之外，沃尔马在小说里还塑造了一些小人物的形象，给读者留下了深刻的印象，拉伊村里的祭司博顿就是其中之一。他对宗教信仰和社会传统习俗一味地维护和肯定，坚决反对拉奇和阿德尔的结合，促使五老会作出驱逐他们的决定，马纳辛格找他来为拉奇和阿德尔主持婚礼时他严词拒绝。但是他又有着诚实、坚持信仰的另一面。面对马纳辛格的各种逼迫与利诱，他不卑不亢，坚持自己的理念；在与阿訇论辩之时也坚持自己的信仰，最终被西甘达尔杀死，在临死之时他终于放下了自己的种姓偏见和宗教偏见。这样的人物形象由于体现了人性的复杂，言谈举止也符合他们的身份、经历和当时的时代背景，更加给人以一种真实的感觉。

虽然尼妮和拉奇是沃尔马竭力渲染的理想人物，但沃尔马并没有把她们塑造成空洞的符号。尼妮虽然有着光辉的人格特点，但也有着作为普遍女孩子的一面。在拉伊村生活时，她虽然与拉奇是关系亲密的好友，但打猎时也会舍不得把数量稀少的铁箭分给拉奇，看到拉奇射到好的猎物时也会嫉妒和眼红，甚至为了这些微不足道的小事与拉奇争吵。刚进入王宫之时，她也曾感到自卑，为了维护自己的尊严而小心翼翼。这些都使得这个人物形象显得更加真实鲜活，而且无损于人物整体的性格魅力，因为这些性格上的弱点大多出现在她每一个生活阶段的初期，她与拉奇一直都是处在不断学习和自我完善的过程之中的。

沃尔马创造出这些理想的女性角色，主要是为了鼓舞和激励女性。在传统的印度文化中，女性被囿于家庭中，无法完全掌控自己的命运。在这样的文化背景下，尼妮和拉奇能够拥有自立自强的人格，并且在打猎、打仗这些传统上属于男性的领域里胜过许多男性，这一点是非常难能可贵的，即使在今天，她们的精神面貌也依然能够让人眼前为之一亮，具有强烈的感染力。

《鹿眼女》的地域特色

沃尔马的历史小说和社会现实小说都充满着一种地域色彩，具体表现为作品中故事发生的地点多属于本德尔肯德地区，在作品中作家对当地的自然风光、习俗传统、宗教信仰、节日庆典及饮食、服饰有比较详细的描写。

在《鹿眼女》这部小说中，这种“本德尔肯德色彩”主要体现在以下几个方面：（1）以本德尔肯德地区的历史人物为作品的主人公，充分运用当地的故事传说。小说的四个主要人物中，尼妮、阿德尔、拉奇来自拉伊村，马纳辛格是瓜廖尔的国王。作家以他们为代表，展现了本德尔肯德地区人民积极乐观、英勇无畏的精神特质。沃尔马在写作前特地到这些人物当初生活的地方探访，四处挖掘和汲取素材。尽管这些地区的面貌和人们的生活状况几个世纪以来不可能没有任何变化，但是整个地区的文化传统和人民的生活方式肯定有其延续性。当地的种姓状况虽然已经发生了一些变化，但古杰尔、阿希尔和多摩尔等种姓至今还在，作家也曾经向古杰尔种姓的老人请教过当地的民间传说。（2）用较大篇幅描写了本德尔肯德地区的自然风光。作家在小说中细致地描绘了拉伊村及其周边的风景，他笔下的本德尔肯德地区风景秀丽，令人沉醉，即使饱受战火蹂躏，也依然呈现出美好的一面。（3）小说中详细描写了本德尔肯德地区庆祝洒红节时的场景，写作时插入了当地民歌。小说从第二章到第四章描写了拉伊村的村民们庆祝洒红节的场景。在节日里村民们暂时忘记了生活的苦难，不分男女老少一起嬉戏、沐浴净身，黄昏时分在神庙一起分享甜食，一起唱洒红调和跳舞。沃尔马几乎再现了庆祝洒红节的整个过程。（4）小说语言中夹杂本德尔肯德方言。《鹿眼女》中使用了大量本德尔肯德地区的方言，其中有些词汇背后还隐藏着当地的传说典故。

沃尔马历史小说中对现实问题的思考

历史小说家在进行创作的时候，其目的往往是在历史之外的，他们不是单纯地为历史而历史，而是希望以历史为镜，为现实生活提供参考和指导，其指向是现在、未来而非过去。沃尔马创作历史小说也并非只是对英雄的一种追忆和纪念，更是希望人们能够从过去的生活中得到一些启示和教益。虽然历史小说无法像社会现实小说那样直接地反映现实生活中存在的问题，但是作家仍然可以从历史故事中撷取合适的素材，借小说中人物的言行来表达自己的思想。《鹿眼女》这部作品就体现了作家对很多现实问题的思考。

1. 对宗教问题的态度。沃尔马在宗教问题上的看法主要是借马纳辛格这个角色的言行体现出来的。马纳辛格反对教派之间的争执和冲突，对伊斯兰教也表现出一种比较宽容的态度，在他看来，宗教、教派之间互相仇视和对抗是毫无意义的。比起宗教，马纳辛格更为强调世俗生活，他认为人们在宗教信仰问题上应该和平共处、相互宽忍，把更多的精力和时间投入到脚踏实地的工作和劳动之中。此外，沃尔马还描写了祭司博顿在被杀害时内心世界的活动，博顿一直对宗教教义十分坚持，甚至固守一些宗教的陈规陋习，但是在临死前他也认识到人与人之间并无差别，因此甚至对杀害他的西甘达尔和阿訇们都选择了宽容。小说中的这些描述都体现出沃尔马本人在宗教、教派问题上的态度。他借由小说中人物之口表达了自己的观点。

2. 对种姓问题的揭露。沃尔马虽然是印度教徒，但他对印度教中一些不合理和歧视性的规定却并无回护之意，反而经常在作品中揭露种姓歧视所造成的危害。《鹿眼女》中古杰尔种姓的阿德尔和阿希尔种姓的拉奇彼此相爱，这种男女之间单纯的、自然的情感却不为当时的社会所容。虽然他们也有支持者，比如受到湿婆教派思想影响的维杰金格姆和马纳辛格，但是整个主流社会都反对这两个不同种姓的人结婚，村子里的祭司博顿就是其中一个典型的代表。在得知他们两人相爱后，原本一同生活、关系融洽的村里人也一反之前的态度，对这两个无辜的人恶言相向。通过阿德尔和拉奇的故事，沃尔马表现出种姓制度在印度教社会根植程度之深。同时，这种歧视性的种姓规条表面上似乎是不容更改的宗教传统，实际上却只对中下层的人民起着束缚和禁锢的作用。小说中的马纳辛格和尼妮种姓也不相同，但是他们却可以顺利结婚，因为马纳辛格是国王，无论他想做什么都可以，没有人敢对他说三道四。小说中多次借文中人物之口提到国王可以跟不同种姓的人结婚，是因为“国王做什么都可以”，这也是小说家对于种姓制度不合理性的揭露和嘲讽。此外，沃尔马认为，种姓制度虽然对印度社会的稳定起到过一定的维护作用，到现在可能也还发挥着一些作用，但是对印度社会的伤害却也同样不小。

3. 对女性问题的关注。沃尔马在其历史小说中表现出对于女性问题的深切关注。沃尔马反对深闺制、萨蒂制、一夫多妻制等传统陋习，但他在小说中并没有极力描绘在这些陋习压迫下的女性的可悲境地，而是通过树立正面的榜样来激励女性自立自强。沃尔马肯定女性的能力，反对将女性束缚在家庭中，他认为她们完全可以在传统上属于男性的领域里发挥自己的作用，甚至比男性表现得更为出色。尼妮和拉奇就是他笔下理想女性的典型代表，她们性格独立，有着积极的生活态度，无论是在艺术领域，还是在打猎这种传统上由男性垄断的工作中，她们都表现得比男性更有才能。在印度的历史传说中有很多优秀完美的妇女形象，但是却很少有尼妮和拉奇这样的巾帼英雄形象。印度传统的女性观认为，对妇女来说，丈夫就是神，她的唯一职责就是无条件地服从丈夫，无论丈夫在道德上如何卑劣，无论他的要求多不合情理，妻子都不能违逆他的意愿。但是在《鹿眼女》中，尼妮对丈夫却并非一味地顺从，而是积极发挥对丈夫的引导和激励作用。马纳辛格在她进入王宫以后更加沉迷于艺术，她及时劝导马纳辛格处理好履行国王的职责和享受艺术之间的关系，鼓励马纳辛格为百姓而战。

4. 对人生责任问题的认识。沃尔马在《鹿眼女》中强调了人的责任与义务，对积极履行职责表现出肯定和赞美的态度。小说中反复提到了“责任”这个词，其背后所体现出的思想，其实是对印度教中“达磨”（或者说“正法”）思想的一种继承。根据印度教经典，每个种姓、每个人都有自己的达磨。小说中的男主人公马纳辛格是一个热衷于政事的统治者，他虽然身份尊贵却热爱工作和劳动，于抗击侵略者和国家的建设方面都表现得非常积极。对于艺术他也非常执着和热爱，他曾经对自己的大臣表示：保护国民和艺术也就是在奉行达磨。但是在小说中谈到这种责任和义务时，沃尔马更多地还是直接使用了“责任”这个词，淡化了它的宗教色彩以及与种姓制度之间的联系。

保护国家、处理好政务是马纳辛格的责任所在，但是在小说的后半部分，他对艺术的热爱却逐渐发展到偏执的地步，在穆斯林征服者西甘达尔前来攻城时，他甚至曾经一度想过给西甘达尔一些钱以换其退兵，尼妮则及时地对他进行了劝导，提醒他国王最重要的责任是保卫自己的国家，要调和好享受艺术与履行责任之间的关系。虽然小说最后的结论落在了履行“责任”与对“艺术”的热爱之间需要保持一种均衡的观点上，但是仍然反复借尼妮之口点出了在国家危亡的情况下必须先考虑责任，然后才再考虑艺术。

这种积极履行人生责任的观点不仅体现在马纳辛格身上，也体现在因为不愿向侵略者低头而被杀死的尼哈尔辛格身上，体现在为保卫家园英勇牺牲的阿德尔和拉奇身上，体现在积极规劝马纳辛格的尼妮身上。小说中的众多人物在家园面临威胁之际，都能够勇敢地担起重任，与国家共度难关，甚至把个人的幸福置于对国家的责任之后，这对读者也有着超越时代的启示和教益。沃尔马一直以服务国家和社会作为自己的目标，也把这种积极承担责任、履行职责的人生理念融入到历史小说的创作之中。

总的来说，沃尔马对于历史小说的现实意义有着特别的坚持，他并不想钻到故纸堆中，而是始终关心着国家和民族的命运，关心着社会现实。沃尔马认为历史小说应该既能够吸引读者，又能够使他们得到教益，对社会建设和完善起到正面的激励作用。也正是出于这样的目的，他在《鹿眼女》的创作过程中也融入了自己对于现实问题的思考，小说中所体现出来的一些观点，即使在今天也是有着积极意义的。

前　言

1949年年末，瓜廖尔的一位受人尊敬的女读者请我以历史上的鹿眼女和马纳辛格·多摩尔的浪漫故事为题材创作一部长篇小说。那段时间，长篇小说《断刺》的写作已近尾声，我的心中也萌发了在这部小说结束之后再写些什么的想法。以此为契机，我开始研究这个故事的历史背景，游历了那些与小说的主要故事情节有关联的地方。

马纳辛格·多摩尔是1486~1516年间的瓜廖尔国王。法瑞士达的历史学者[①]认为马纳辛格是英雄，也是精明强干的统治者。英国的历史学家们把马纳辛格统治的时期称为多摩尔王朝的黄金时代。从政治和经济的视角来看，即使把15世纪末16世纪初称为印度历史上的黑暗时代也并不夸大其辞。在北部，西甘达尔·洛蒂与其对手征战不休，二者又残酷压迫人民；在拉贾斯坦，拉纳·贡帕被儿子毒杀之后，土邦陷入混乱状态；在马尔瓦，吉亚斯-乌德-丁和他

① 穆罕默德·卡西姆（Muhammad Qasim，Hindu Shah）（1570~1612），著有关于印度历史的著作《法瑞士达历史》（*Tarikh-i-Farishta*）。

的继承者纳西尔－乌德－丁残暴嗜血，放荡不羁；在南部，伯赫莫尼苏丹政权与维贾耶纳伽尔政权之间连年战争，伯赫莫尼苏丹政权分裂为五个苏丹国；在江普尔、比哈尔和孟加拉，帕坦首领不断抢掠……瓜廖尔大致就位于所有这些地区的中间地带。西甘达尔·洛蒂的父亲伯赫洛尔·洛蒂进攻瓜廖尔，他去世之后西甘达尔·洛蒂也不遗余力地打击瓜廖尔。他曾经五次向瓜廖尔发动猛烈进攻，但每一次都不得不从马纳辛格面前打道回府。他的史官写道：马纳辛格每次都许诺进贡金银，但每次都食言。奇怪的是，像西甘达尔·洛蒂这样残忍的武士也认了！最终，西甘达尔·洛蒂为了击败这位马纳辛格·多摩尔，被迫于1504年建设了阿格拉。在此之前，阿格拉只是一个微不足道的地方。然而尽管如此，西甘达尔·洛蒂也没能成功。他包围了瓜廖尔之后向纳尔沃尔发起进攻。纳尔沃尔在瓜廖尔统治之下，拉吉辛格一直宣告对此地的所有权。拉吉辛格支持西甘达尔·洛蒂。然而，纳尔沃尔人坚持战斗了11个月，直到野草和树皮都被吃光了才投降。此后，西甘达尔·洛蒂将全部怒火都发泄在纳尔沃尔的寺庙和神像上。为此他在纳尔沃尔驻留了6个月。

就在这样的时期、这样的困境中，马纳辛格出现了。他和鹿眼女的所有作为的直接证据今天还在我们眼前。瓜廖尔城堡内的马纳庙和古杰莉宫是建筑艺术的完美代表，特鲁沃伯德①和特马尔②的演唱形式及瓜廖尔的学院至今仍在全印度著名。被称为莫卧儿建筑学和建筑艺术的那些建筑，难道不是马纳辛格时期瓜廖尔的那些能工巧匠们的贡献吗？大诗人泰戈尔把泰姬陵称作“永恒面颊上的一滴

① 曲调的一种演唱方式，流行于15世纪末瓜廖尔国王多摩尔统治时期。
② 民歌的一种，通常于印历12月演唱。

眼泪”[1]。如果（对诗歌并无任何造诣的）我把马纳庙和古杰莉宫称作“永恒唇边的一个微笑”，也算是对大诗人泰戈尔那句诗的一种应和吧。

1527年，当巴布尔[2]看到马纳庙和古杰莉宫时，这两座建筑已建成20年了，它们建成于1507年。马纳辛格与古杰莉王后大约于1492年成婚。马纳庙和古杰莉宫的建造灵感大约是在鹿眼女的启发下产生的。拜吉纳特·纳耶格（疯子拜朱）是马纳辛格和鹿眼女的歌者。古杰莉多利[3]、吉祥古杰莉等曲调都是以鹿眼女的种姓命名的。那些请求（我）以鹿眼女的故事为蓝本创作长篇小说的读者们说得对，鹿眼女以美貌和艺术才能闻名于世。

鹿眼女属于古杰尔[4]种姓。这位拉伊村的贫苦农家女在结婚之前就因力大无比和绝世的美貌而声名远扬。关于她，后世甚至出现这样一些说法：国王马纳辛格去拉伊村打猎之时，看到鹿眼女（小说开始部分的尼妮）抓着野牛的角，将其牢牢扭住。一位先生却笃定地对我说，国王马纳辛格是坐在自己的宫廷里往下一看，发现鹿眼女正抓住野牛的角，扭动它的头。野牛来到了瓜廖尔城堡里，还是从距离瓜廖尔西南约17千米的拉伊村！鹿眼女是为了制服野牛来的！

我同意第一种说法，瓜廖尔地方志中提到过这一说法。

此后，我走访了古杰尔种姓的人，进行了访谈，他们都支持这种说法。

桑格河经过山区，从拉伊村脚下流过。桑格河上现在建起了迪

① 来自泰戈尔写泰姬陵的诗《爱》中的一句“爱情谢幕的一刻，也将成为永恒面颊上的一滴眼泪。”

② 一译巴伯尔（Babur）（1483~1530），印度莫卧儿王朝的创建人，1526~1530年在位。

③ 拂晓时分演唱的一种曲调，所有种姓都可以演唱。

④ 牧人种姓。

格拉大坝，拉伊村已被淹没了。矗立在拉伊村上方山上的那座鹿眼女兄长的堡垒，如今也已经变成废墟。然而，她的兄长阿德尔和拉奇的牺牲永远不会被遗忘。

古吉拉特的马茂德·伯克尔拉每日进食多少食物，在波斯语史书《锡坎达尔的历史》（Mirati Sikandari）中有记载。马尔瓦苏丹纳西尔－乌德－丁有15，000名后妃。为了满足自己的欲望，他毒死父亲，获得了王位。大约900年之后，莫卧儿皇帝贾汉吉尔来到马尔瓦首都芒杜。听说纳西尔－乌德－丁荒淫无度的事情后，他非常震怒，命人掘开纳西尔－乌德－丁的陵墓，将他的尸骸化为灰烬。"肮脏，他太肮脏了！！"贾汉吉尔说。即使贾汉吉尔没有掘开他的坟墓，今天它也会成为无人知晓的废墟。然而，人们永远不会忘记马纳辛格和鹿眼女，以及拉奇和阿德尔。

除了少数几个人物之外，小说中出现的所有人物都是历史人物。维杰金格姆是湿婆派信徒。正如瓜廖尔城堡内建造了戴勒庙（戴里庙的名称是谬误），维杰金格姆也是从卡纳塔克来到瓜廖尔的。湿婆教派的《巴萨瓦往世书》（*Basava Purana*）① 约于12世纪在南部成书。这一教派无视种姓差异，人们给予劳动的重视令人瞠目结舌。那个时代，世界上没有任何一个国家对劳动和劳动者这样重视。这一点要归功于湿婆教派的阿提什塔达。他对于非暴力、美德和禁酒的强调令人感觉他好像出生在20世纪。阿提什塔达是婆罗门，他的姐姐嫁给了一位刹帝利王公——他也是12世纪人。

维杰金格姆是马纳辛格·多摩尔的朋友。马纳辛格受到他的一些影响，丝毫也不奇怪。维杰金格姆是我的朋友、《萨罗斯瓦蒂》

① 该书是根据湿婆派虔诚诗人巴萨维什瓦尔（Basaveshvar）的生平所作，还穿插了另外75位湿婆派虔诚者的故事，是湿婆林伽派的主要经典之一。

（*Sarasvati*）[1] 的编辑 S.S. 杰杜尔维迪的先祖。

种姓制度在印度起到了保护性作用，今天也还在发挥着一些作用，但是它的破坏性也不小。1950 年 4 月，报纸上刊登了一个事件。在代赫里村（阿尔毛拉的一个村庄），一个铁匠与一个 12 岁的其他种姓女孩结了婚。这个铁匠被隔绝于种姓之外生活了 12 年。直到 1950 年 4 月，村里的新五老会才恢复他的种姓。由此看来，在 15、16 世纪，拉奇和阿德尔曾经遭受过什么样的对待，就可想而知了。

与拉奇和阿德尔的故事相关的还有杂耍艺人。对于杂耍艺人与纳尔沃尔的关系，流传着这样一首四行诗——

别去纳尔沃尔呀，拜勒女，
拉贾斯坦不落雨；
古德诺达没饭吃呀，
埃尔吉的砖头不用烧[2]。

传说有人让一个拜勒种姓女人用绳子（一端绑在城堡外的树上）从纳尔沃尔城堡向外送信，并向她许诺：如果她把信送到外面，就把纳尔沃尔的一半国土给她。拜勒女人借助绳子到了城堡外面。当她借助绳子往回走时，许诺的人割断了绳子，女人掉到下面的沟里，一命呜呼。

我用另外一种方式诠释了这个传说。

---

① 20 世纪印度知名的印地语文学月刊。

② 这是一首与拜勒种姓女子相关的四行诗。传说在纳尔沃尔有一个拜勒种姓女子在绳上跳舞，她通过咒语禁止一切工具伤害到自己，唯独忘记了皮匠的刮刀。于是在她舞蹈的时候皮匠用刮刀割断了绳子，女子从绳子上掉下来摔死了。从此拜勒种姓女子发誓永远不去纳尔沃尔表演。另外，四行诗中还包含了以下三个方面的内容：一是拉贾斯坦地区由于干旱，一年到头也下了不几次雨；二是古德诺达村非常贫穷，人们连吃饱饭都成问题；三是埃尔吉地区的人们直接从地里挖土来制砖，不用经过砖窑烧制。

在婚礼之前，鹿眼女得到了国王马纳辛格的承诺。其中一个承诺是：国王将桑格河水从拉伊村引到瓜廖尔城堡。国王命人建造了这个水渠，它的痕迹今天仍然存在。

有一种说法是马纳辛格有两百位王后。瓜廖尔城堡的导游告诉我第二种说法，即马纳辛格有八个（eight）王后。我如实地使用了导游的用词“eight”就是他的说法。如果不写，他就会说，你不尊重我，我还说了一个英语词呢，（你）却把它丢弃了！

在小说中，我也尊重了导游的叙述。

导游和古杰尔人说，鹿眼女生了两个儿子——一个叫拉杰，另一个叫巴莱。马纳辛格的大王后有一个儿子名叫维格尔马迪迭，是马纳辛格之后的国王。导游和古杰尔人说，由于遭到嫉恨，拉杰和巴莱在即将被害之时自杀了。我不认同这一说法。古杰尔人的另一种说法是，鹿眼女没有让国王把王国交给自己的儿子，而是交给了维格尔马迪迭。

在那个复杂而恐怖的时代，马纳辛格不得不持续不断地与突厥、帕坦侵略者们战斗，但他并不仇视穆斯林。在瓜廖尔，他收留了随同西甘达尔·洛蒂的弟弟杰拉鲁丁而来的众多穆斯林，并给予他们保护。马纳辛格和鹿眼女在艺术方面所做的一切，都将在印度历史中永存。

婆罗门博顿是一个历史人物。对于他的加害者的野蛮行径，我着墨甚少。我只是简略地描绘了他们的丑陋面目——不得不这样做。

在素材搜集方面，我得到了瓜廖尔德高望重的马哈拉尼·萨哈卜、中印度部长会议和瓜廖尔考古部门的大力帮助，我非常感谢他们。我也非常感谢瓜廖尔考古部门的负责人帕迪尔先生，经他允许，我得到了瓜廖尔城堡、马纳庙、古杰莉宫和国王马纳辛格的照片。

读者们希望我能对多摩尔、瓜廖尔和纳尔沃尔城堡及其内部的建筑作介绍性描述，有些读者希望我给出一些统计数字，以便理解当时的经济状况，但是读者们想要的是故事，因此现在是故事，其他的以后再说。

沃林达温拉尔·沃尔马

1950.7.14 于章西

目　录

349 | 56

352 | 57

356 | 58

361 | 59

368 | 60

378 | 61

381 | 62

385 | 63

392 | 64

397 | 65

399 | 66

404 | 67

413 | 68

417 | 69

421 | 70

424 | 71

427 | 72

431 | 73

1

周边和远处的村庄都毁了，田地也毁坏殆尽。森林时不时地被砍伐，但那些被砍断的树的根部却长出了新的枝条，大地就被这些枝条所覆盖。

村庄败落了，那些村里的居民，要么在入侵者的刀剑之下丧生，要么饥渴而死。劫后余生的人都流落四方。15 世纪，瓜廖尔遭受多次进犯，每一次村子都会变得荒无人烟。但不久之后，总有一些原住民又在此繁衍生息。森林里和河岸边也有少量新居民安家。林木化为灰烬，而新苗又在灰烬中萌发。一切就这样周而复始。

伯赫洛尔·洛蒂和他的继任者西甘达尔·洛蒂使出了浑身解数，也没能夺取瓜廖尔城堡。他们曾经想，国王马纳辛格乳臭未干，瓜廖尔一定会被夷为平地。村庄毁坏了，田地荒芜了，瓜廖尔也已成为孤城，然而瓜廖尔城堡的人们既没有打开高大的城门，也没有低头屈服。最后，西甘达尔·洛蒂把肮脏腐烂的动物尸体扔到井中，一边在心中咒骂着马纳辛格和他的多摩尔兄弟们及其他抵抗者，一边从卡尔比向德里进发。因为在那里，他的帕坦兄弟们造反了。

西甘达尔·洛蒂让自己的宫廷历史学者，一位顽固遵守原则的毛拉[①]写道："攻陷瓜廖尔，设置了税收之后暂时释放了土邦王。"

侵略者离开之后，那些在战争中存活下来的四处流散躲避的农民们出发去寻找自己的栖息之地。他们有的战战兢兢地回到自己原来的住所，有的穿过森林山峰，来到某条河边，重新建立了村庄。他们也再次重复了历史。从前的荤食者，以森林里的动物果腹；从前的素食者，则以难得的森林花果和自己饲养的少量家畜的奶水来维持生命。那些在战争时期把种子埋进坑穴中的人回到家园之后，便开始扑在田地里劳作了。

河岸边、村庄旁和山林间的田地里，已经能时不时地看到小麦和三角豆绿油油的幼苗。人们摇头晃脑，快乐极了。

曾经水量丰沛的桑格河与巴万河的水流欢快地交汇在一起，为半熟的谷物注入活力。

村子里有一座破烂的寺庙。在最后一次遭袭之前，它就已经是一片废墟了。然而，不断返回的村民们一次次地对它进行修缮，建起新的神像。这一次，人们用泥块把它加高，用干草苫顶。周边所有村子的长老会成员们都下令不许用砖头和石块来建造房屋，于是就出现了土墙加干草苫顶的建造方式。

在瓜廖尔的西南部大约六柯斯[②]远的桑格河边，有一座名叫拉伊的村庄。村里面除了寺庙之外，那些烧得半焦的、塌了一半的房屋也用干草苫着。其他地方都成了废墟。有些村民搬到隔壁的纳格达村居住，有些去了别的什么地方，有些哪儿也没去。

① 伊斯兰教阿訇。

② 印度长度单位，约等于 3 千米。

庄稼收割之后得放到家里或是地窖里去，可是有些庄稼还是绿的。看着绿色的麦浪，心急如焚的农民们手里拿着镰刀欲行又止："还绿油油的庄稼怎么能收割呢？在霍利[1]点燃之前都只能等着了。"人们又继续等待。

西甘达尔·洛蒂撤走了，国王马纳辛格的士兵从瓜廖尔的城堡中走了出来。他们当中的很多人开始照看自己的田地。于是，人们凭借着对命运的信赖，按捺住焦急的心情。

洒红节到来了，在拂晓时分，霍利被点燃了。

① 洒红节时用来点燃的柴火堆。

2

按照传统，洒红节通常庆祝五天，从初一到初五。曾几何时还有过庆祝一个月的先例，但生活的重压使庆祝的时间从一个月缩短到了五天。现在，即便是一天也不容易了。

拂晓时分，一些村民准备了小包的姜黄颜料，略带苦涩地开始庆祝洒红节。没有颜料的人就把路边的尘土收集起来搅到水里。人们打算暂时忘却未来的苦痛，至少疯狂个把小时。这些人当中女人居多。

女人们戴着面纱，大笑着互相涂抹颜料和泥水。她们奋力追逐着年轻小伙子们，直到给他们全身都抹上泥水才肯罢休。

没有一个男人给村里的姑娘抹颜料或泥水。姑嫂关系的女人一定会互相涂抹灰土和泥水。老天爷好不容易给了这一天，为什么不尽情欢乐呢？有颜料就用颜料——红粉自然是没有的——没有颜料就用灰土，颜料和红粉是用来进行装扮的。

几天前，一个女孩和母亲一起从一个败落的村庄来到了这个重新建起的村子里。因为她和村子里的女孩子没什么两样，所以也没有男人往她身上泼颜料和泥水。

“你现在还干干净净站在这儿呢，拉奇！”一个姑娘大笑着对另一个微笑着站在茅屋竹帘后面的姑娘说道。她一边在路上跑，一边在黑乎乎的泥罐中搅拌着泥水。

那个被挑衅的名字叫作拉奇的姑娘用羡慕的眼神盯着那些浑身被泥水浸透的女人们，似乎在用微笑邀请别人向自己发起进攻。她丢下半掩的竹帘钻了进去。

“唔唔，尼妮，别把我的衣服弄脏了！”拉奇一边阻止她，一边发出了邀请。

“出来，快出来！要是不把你从头到脚都抹上颜料，我就不叫尼妮！”手拿瓦罐的姑娘继续挑衅。

“哎呀呀呀！”拉奇笑着用双手捂着嘴，闭上了眼睛。尼妮兴高采烈地大笑着，用泥水把她全身抹了个遍。

“现在轮到我了！”拉奇冲向旁边的牛粪，抓起一把逼近了尼妮。

她们俩年龄相仿，大约十五六岁的样子。但是尼妮健壮有力，拉奇却纤瘦单薄。尼妮并不害怕牛粪的“款待”。

“来呀来呀，等这个不够了，我再给你抹稀泥。”尼妮大笑着说。

拉奇也不害怕，向尼妮贴了过去。尼妮一只手攥住了拉奇抓着牛粪的手，另一只手抢过牛粪，抹到了拉奇的额头和脸颊上。

“哎哟！你都要把我的手折断了！”拉奇笑着呻吟。

尼妮想，有点过分了。她松开了拉奇，微笑着直起身站在那里。

她说：“好了好了，别生气，你也给我抹吧，想抹哪儿就抹哪儿。”

“这可不行，把你打败之后抹才是真本事呢。”拉奇举起抓着牛粪的拳头说。

尼妮不可能输的，但她却想输。她假装要逃跑，往后退了两步。拉奇向她冲了过来，尼妮身子一软，倒在地上。拉奇抱住她，往她的额头和双颊上抹满了牛粪。

“连本带利都赚回来了！”拉奇嘻嘻笑着说，“这下你的白脸蛋儿可好看了，啊哈哈哈……看起来好像驱邪的黑点，这下没人会看你了！”

“你还剩一边脸没抹上，那还是有人会看上你的。”

“哼，那你抹呀，要不我就自己抹。”

“到外面去吧，总会有谁给你抹的。”

“怎么会有人给我抹呢？能给你抹的人，才能给我抹呢。”

“外面有不少嫂子和姐妹呢。”

“有你的小姑子吗？”

“哎呀，呸！”

拉奇大笑起来。尼妮大大的眼眸中带着佯装的怒意，唇边却带着笑。拉奇的眼睛虽不如尼妮那么大，却也足够大了，她的眼里也荡漾着笑意。

“你还没结婚？”拉奇问。

“我们古杰尔种姓的人不童婚。”尼妮回答之后又问道：“你呢？”

拉奇也否认了：“我们阿希尔种姓[①]也很少童婚，况且以后的日子又很艰难，谁还考虑结不结婚的事儿呢？”

茅屋外面传来了洒红节的喧闹声。本来想着洒红节只能玩闹上两三个钟头的人们，不知不觉中就把时间延长了。

---

① 以养牛为生的副种姓。

尼妮坚持要到外面去，拉奇也早有此意。尼妮在院子里挖了些土，放在罐子里，又从一个旧水缸中舀了水，为接下来的进攻准备着物资。拉奇手里抓了些牛粪。两个人一起走到外面。

男人们东躲西藏，四处逃跑。女人们掀开面纱，嬉笑着捏好泥团，向男人们砸去。男人们手舞足蹈，团团乱转，背上不断遭到泥团的袭击。

一个女人挖苦道：“大男人团团转，只把后背露出来！”

一个男人挺胸答道：“那就来吧，我用胸膛来抵挡你的进攻！”说完用手遮着眼睛，站在女人面前。他的脸上沾满了牛粪和泥浆，很难辨认出是谁。

女人盯着男人的前胸，把泥团砸了过去，结果没命中。

“喂！喂！喂！喂！”男人嘲笑她的失败。

女人走近了些，拿着另一个泥团砸了过去。泥团在男人胸前开了花，粘在了身上。

“哎哟喂！”男人假装受伤。

“现在咋样啊，阿德尔老兄！”女人说，“这会儿我的瓦罐里还有不少‘武器’呢！”

男人把手从眼前拿开，说道：“哎呀，嫂子啊，你的‘武器’可没准头呀！”

拉奇跟在尼妮身后，小声对尼妮说：“尼妮，这是你哥阿德尔啊！都成泥人了，一点儿都认不出来！”

阿德尔的目光落在了拉奇小麦色的漂亮脸庞上。前额上的点点牛粪如同吉祥志，一边脸颊上也粘着些许。另一边脸颊上为什么没粘上呢？为了看清楚，阿德尔又把目光投向了拉奇。

“干嘛朝那边看，老兄，瞧这个！”女人呼地把泥团按在了阿德尔胸前。

阿德尔认出躲在女人身后的是自己的妹妹，从那里逃开了。一些女人手里拿着“武器”，跟在他身后追了过去。又有一些男人露着后背逃跑，于是女人们丢下阿德尔，朝着那些男人们追去。尼妮和拉奇落在了后面。她们手里也拿着泥巴和牛粪武器，准备找个男人的胸脯、后背、头或是肩膀当目标，由于还未出阁的缘故，她们还是有些不好意思。

“你也去砸哪个男人吧！”拉奇忍不住了。

“你去砸我哥哥吧，你心里是不是也这么想的？”尼妮取笑道。

“哼！”拉奇板起了脸。“要是独自一个人让我撞见，一定给他脸上砸牛粪球！”她心想。

尼妮笑道：“好吧，算啦，去庙里！那里要唱洒红调了[①]！”

“谁会唱？”

“我，你，所有人！”

“祭司先生也会唱吗？”

“为什么不唱？他总要唱一首的。我唱那首洒红调。你也会唱吧？”

“嗯，会点儿。洒红调得唱多长时间？我娘放牛该回来了，我还得磨面粉烙饼呢。”

“家家户户不都是这样？洒红节可不是每天都有。走吧，稍微饿会儿肚子呗！”

两人朝着喧闹声传来的方向走去，喧闹的地方在一个拐弯处。

“伯赫洛尔逃跑了！西甘达尔逃跑了！”一些人叫喊着追在阿德尔的身后跑。阿德尔扮成德里皇帝的样子，一边装腔作势地跑跳着，

---

① 洒红节演唱的歌曲。

一边时不时把灰土、小石子和干牛粪团砸向身后的追兵。德里的皇帝可不是随随便便给人打的！

过了一会儿，人群来到了破庙边上。一个中年祭司笑着出现在草屋顶的破庙外面。

祭司喊道："来，一起说，诃利马特沃[①]，胜利！罗陀克利希那[②]，胜利！"人群也跟着呼喊。

祭司说："我这儿还有些红粉，放了好些年了。你们沐浴后再来，每个人都能得到神的恩惠。"

"还有甜食！"后面有个人说道。

祭司笑了："这是西甘达尔说的。"

提出甜食要求的人笑着走到了前面。

"西甘达尔已经逃跑了，是这些人给赶走的。我可是阿德尔！"

"对，没错，古杰尔种姓的阿德尔，照看自己土地的同时连罗陀克利希那的土地也一起照看呢。怎么能忘得了？沐浴后过来吧，唱洒红调，吃甜食。"

祭司暗自担心，可别有人往他身上扔牛粪、稀泥和土块啊！他想把所有人从那里支走。

拉奇低声对尼妮提议："使劲往祭司先生的肚子上扔个泥团怎么样？"

尼妮小声地笑了。她支吾着阻止道："哎呀不行！所有人都会说，这丫头太粗鲁了！"

所有人都从破庙离开了，但并没有直接去沐浴。长久以来被禁锢的内心终于释放开来，走着走着，人们就闹成了一团。最后，男

① 大神克利希那的一个称号。
② 克利希那即毗湿奴大神的化身黑天，罗陀为黑天的情人。

人和女人排成了两队，唱着歌走到了河边。两支队伍分别来到了两处河岸，中间隔着河流的转弯和一座小山丘。

沐浴的时候，拉奇看到了尼妮白皙而结实的身体。吃什么才能像她这样啊，拉奇胡思乱想起来。

沐浴过后，人们又回到了寺庙。祭司在一个盘子里化了一点红粉，给每个人身上都洒了一点儿。他还给拉奇和尼妮分别点了一个小小的吉祥志。两人觉得挺不错，却又皱起了眉头。

祭司笑着说："这是罗陀克利希那的恩惠，具有无限的力量。"

阿德尔说："恩惠在哪儿？给甜食啊，祭司先生，甜食！"

祭司从庙里——或者说破茅屋里拿来了炒黍米和红糖，给每个人分了一点儿。

祭司要求道："现在大家在黑天神的面前唱洒红调，跳舞吧！"

一个中年女人说道："还得磨面粉、做烙饼呢，已经中午了，大人！"

但是别的女人都不理会她。

尼妮赞同唱歌的要求："就唱祭司先生常唱的那首颂歌吧，唱完了再回家！"

阿德尔也表示支持。

女人们唱了起来。在一些粗鄙的声音之中，尼妮自然甜美的嗓音听起来与众不同。歌曲有三节，女人们唱完一节后停下来，由男人们接着旋律继续唱。

睡美人啊，我要唤醒我的情人，
请你离去吧，情人已来到我家中。
双眼中哪里还有睡意，

因为你已来到我眼中。

唱着唱着，女人们跳起舞来。尼妮和拉奇没有跳，她们俩只是唱歌。男人们也舞蹈起来。跳舞的时候，阿德尔偷偷地看向拉奇。其他人或许看到了，或许没看到。祭司是看到了一两次，但他并没有生气。

两个钟头就在唱唱跳跳中过去了。日头更高了。庙前的那棵茂盛的老榕树并没有被侵略者们砍掉，于是欢乐在它的树荫下继续着。没有人因为已经日上三竿而不高兴。但是，仅靠一丁点炒黍米和红糖并不能让欢乐持续太久，于是人们纷纷准备回家。

祭司依旧沉浸在欢乐之中。他说："天神给我们这些人带来了美好的一天。愿农田会常绿，牲畜和牛奶酥油会增加，总有一天你们所有人会金银满贯，把我们的寺庙修缮得跟原来一模一样。这里会有颂歌，有舞蹈，会上演黑天本事剧。[1] 愿人们每次都这样庆祝洒红节，分享更多的恩惠。"

男男女女都忘记了以往的苦痛，为了对抗即将到来的苦痛回家去了。

---

① 黑天是印度三大主神之一的毗湿奴的第八个化身，黑天本事剧即印度民间以黑天的故事为基础的演出或表演。如《牧牛》《偷窃纱丽》等。

3

刚到黄昏，村里人就开始操心各自那一小片田地的看护问题了。所有的田地并不都在同一个地方，有的在这儿，有的在那儿，也有一些是挨在一起的，但大多数都是分开的，中间隔着山丘和树林。很多上好的土地成了荒地，看起来跟小树林没什么两样。

阿德尔是个身材魁梧的小伙子，眼睛肿胀，头发很长，整个人看起来有点令人害怕。几年艰苦的林间生活让他那张长脸上的长鼻子变得更长了些。为了让自己的妹妹过得幸福和安全，他竭尽全力。他们的父母都被杀害了，家里现在只剩兄妹二人。

洒红节这一整天带来的疲乏让阿德尔有些犯懒。看护田地是一定要去的，但他的疲惫无法躲过妹妹的眼睛。

尼妮说："我去守望台那儿看庄稼，你在家睡觉吧！"

"哎呀，你一定也累了吧？"

"我倒不累，我去看庄稼，别担心！"

"那我要是明天也累的话，难道明天晚上你也一直不睡吗？"

“对，对，一直不睡！但你明天为什么会累呢？”

“明天是道吉日[①]，也要庆祝呢。”

“明天我也要庆祝，并且一整晚不睡。”

“野水牛、羚羊、梅花鹿和野猪会跑来把庄稼毁掉的，只要打个盹的功夫，田里就空空如也了。”

“难道你也整夜都醒着？”

“这的确是个让人两难的问题。”

“没什么两难的，我带着弓、满壶的箭和宝剑去，你也去！我们轮流守夜，轮流睡觉。”

“这样好，走吧！”

两人拿着武器出发去了庄稼地。入夜时分，阿德尔在守望台上睡着了。尼妮坐在那儿，边上放着弓、箭和宝剑。

月亮早已升起来，此时清辉洒向大地。附近和稍远一些的田里传来了守护者们的呼噜声。冷风掠过树枝，发出“沙沙”的声响。尼妮把厚厚的被单裹在身上，又帮阿德尔把放在脚边的另一条被单盖上。尼妮没有睡着。

她静静地坐着，眼睛望向田地的角落。每当小灌木丛因为阵风而摇动时，她就会怀疑有什么野兽来了，于是马上拉弓搭箭。

已经是午夜了，附近田里的鼾声低了下去，远处田里的声音就更微弱了。月光倾洒下来，远处的东西也都看得清清楚楚。那些好几次让尼妮误以为有野兽到来的灌木丛，此时也不再可疑。然而尼妮也时不时打起盹来。打盹的过程中，半闭的眼睛有时会看到野猪，有时会看到野牛，它们伴随着飕飕风声不断出现。它来了，来了又走了！心猛地一紧，手扶到弓箭上。

---

① 洒红节的第二天。

“要是我稍微睡一会儿呢？把哥哥叫醒？”她心想，“不行，哥哥累了一整天，而我并没有那么累。如果就我自己一个人来，也能像这样边打瞌睡边看庄稼吗？”当德里苏丹围攻瓜廖尔的时候，他们还曾在山林的大树上过夜，那个时候怎么不打瞌睡？尼妮扪心自问，顿时睡意全无。她伸伸懒腰，转转眼睛，东张西望地看看有没有野兽闯进田里，然后又小心翼翼地坐下来。现在绝对不会再打盹了，尼妮下定决心。她想：“小声唱唱歌吧。”白天唱过的歌掠过脑海，她唱了起来——

睡美人啊，我要唤醒我的情人……

尼妮很喜欢自己的嗓音和唱歌的方式。歌还没唱完，她就感觉有什么大野兽闯进了田里。她停住歌声，视线在田地的各个角落里搜寻。绝对是错觉，她确定。

离田地稍远一点的地方有一条河，一端的流水依稀可见。月亮散发出的清辉忽明忽暗，仿佛银色的帷幔一样闪闪发光。微小的波浪一次次涌起，披上这帷幔。所有的浪花都像是要争先恐后地裹进这银色的帷幔里一样。风的往来拂动使这帷幔的起伏更加明显。浪花的细流与风儿嬉戏着，一次次地涌向田野里东摇西晃的禾苗。月光仿佛在用轻柔的手指抚弄着田里绿油油的已经快要成熟的庄稼，绿叶上聚集的水珠闪烁着，光芒四散开来。风摇动着附近林中高大树木的宽阔嫩叶，像是要去往某个遥远的地方。树叶有时“沙沙”作响，有时“噼啪”作响，畏惧雄狮的羚羊和梅花鹿时而尖锐时而低缓的叫声也掺杂其中。尼妮心想：“野兽在很远的地方。”但是她心中并不确信。水牛和野猪是会悄悄溜进来的，她更加警觉起来。

守望台上面有顶棚，四面是开放的。尼妮想看看月亮，于是把头探到守望台外面，向上望去。她长长的睫毛几乎触到了眉毛。她的眼睛是如此之大，确实可以被称作小鹿的眼睛。尼妮心想："已经是半夜了。"她把头缩回守望台里面，看向哥哥。他睡得正熟，有时还会发出呼噜声，与河流的潺潺水声碰撞在一起。尼妮真希望哥哥能一直安安静静地睡觉，因为眼睛并不那么靠得住，她将大部分精力都集中在了耳朵上——可别有什么野兽过来。

风渐渐变得和缓，阿德尔的呼噜声也消失了。河里的浪花渐渐变小，好像银色的帷幔被拉紧了。田里的晃动也变得微弱，像是陷入了沉睡之中。附近高大树木的喧闹声也不再连绵不绝。

在银白色的浪花涌向的另一岸，群山之中的一座高耸的山峰昂着头，仿佛要把月光全数纳入自己昏暗的眼睛。山顶被茫茫烟雾笼罩。而从河的这一边看去，巨大树冠的后面有一座高高的山峰，好像是在邀请月亮降临人间。时不时地有小鸟在啁啾啼鸣。这鸟鸣声既没有让月光变得摇摆不定，也没有转移那座高山的顶峰对月光的注意力。尼妮的视线一会儿投向田地里浅睡着的庄稼，一会儿投向河里闪闪发光、波浪起伏的湍流，一会儿投向远处烟雾缭绕的高山，一会儿又投向附近山峦的顶峰。

无论我居住在哪里，都要把这可爱河流的闪闪发光的水流留在自己身边。如果要到别处去的话，可以把它绑起来收好，带着一起离开吗？浅睡着的、起伏不定的庄稼可以描绘在纸上。我为什么不把高高的山峰都聚集在一处呢？高大的树木要做成花叶彩带、枝条和叶子用来装饰窗子。透过窗子看着银链一般的浪花翩然起舞，然后歌唱——"为唤醒情人我已睁开了双眼"——浪花戴着白银和珍珠的项链在妖娆地舞蹈，花叶编成的彩带常绿，叶子做成的窗饰总是布满亮闪闪的月光和鲜花的香气。她这样想着，同时也想到——如果西甘达尔或者和他一样的侵略者到来，那么这一切又会被摧毁了。就像拿起弓箭保护田地不受野兽破坏一样，难道不能拿起弓箭，保卫河流、森林和山岭吗？可是，因为侵略者的毁灭行为，农民们不得不放弃这一切躲到山中去。土邦王和他的少数几个兄弟亲族关起城门，战斗而死，他们的女人跳入殉节的柴火堆中化为灰烬！这些女人就不懂得拉弓射箭吗？难道没有田地需要她们坐在守望台上，拿着弓箭和利剑去保护吗？她们的确没有田地，因为她们一直用面纱遮着脸坐在那里。我是这么听说的，但是她们的手脚真的就这样无用？面对那些盯着自己、动手动脚的男人，也不能用拳头将他们打倒在地吗？她们是些什么样的女人！吃得又多又好，内心却那么软弱。让那些侮辱女人的人在焚尸架中烧死吧！我决不会像这样死去。

尼妮突然咬紧了牙关。

她为自己的想法感到惊讶。她微笑了一下，目光投向田地里浅睡的庄稼，又开始观看河里浪花与月光的嬉戏。

风更凉了。要如何把巍峨的高山、森林里高大树木做成的彩带、宽阔绿叶装点的窗子、闪闪发光的水波、鸟儿的啼鸣都收集到一处呢？她眯起双眼，沉思起来。好吧，要把许多泥土混合在一起，做成流水、高山、树木、嫩叶、小麦和三角豆起伏的田地，所有这一切都要放进一座泥土做成的宫殿里。还有鸟儿的鸣唱？由我来歌唱："为唤醒……"但是想象无法再继续了。她开始打瞌睡，头一晃一晃的，视线慢慢集中到守望台的顶上。

半个钟头之后，她感觉到潺潺的流水声仿佛与阿德尔的呼噜声撞在了一起。匆忙睁开眼睛，她看到田里有一只大野猪正在糟蹋粮食，发出很大的响动。

尼妮坐稳，拿起弓箭，屏住呼吸瞄准了目标，箭穿过野猪的一条前腿，有一半露在脖子边。野猪发出“呼哧呼哧”的声音，开始原地打转。阿德尔醒了过来。尼妮往弓弦上搭了第二支箭。不一会儿，野猪就断了气。

阿德尔说：“瞄得这么准，连我都做不到呢。”

“是呀，我还是跟你学的射箭呢。”尼妮答道。

这样的目标，尼妮已经射中过几次了。阿德尔自己也是射箭好手，但他总是这样鼓励尼妮。况且他也为自己睡了这么久而感到内疚。阿德尔请求道：“妹妹，你去睡吧，我已经睡到心满意足了。”

尼妮也想去睡了。阿德尔坐起来看守田地，尼妮睡着了。为了威慑其他动物，野猪就那样留在了原地。

4

第二天就是道吉日。在年景好的时候，这一天要祭祀，准备点心、颜料、红粉和云母粉，唱歌跳舞来庆祝洒红节。但是在拉伊村，道吉日这一天除了祭祀和歌舞之外，没有别的安排。祭祀是祭司的任务，唱唱跳跳是普通百姓的任务——就好像是分好了工一样。

除了祭司以外，其他人都分享到了尼妮射中的那只大野猪。人们心里都非常渴望能够好好庆祝道吉日，他们喧闹着，沉浸在互相涂抹牛粪和泥浆的游戏中。

道吉日这一天，拉奇和尼妮两个人又待在了一起。阿德尔更是以多种面目示人。男男女女都欢笑着。

“拉奇，我今天要把你小麦色的身体全抹上牛粪！”尼妮扑上去，抓着拉奇说道。

拉奇也紧紧抱住尼妮说：“抹吧，我会用我的整个身子去蹭你的身子，把一半的牛粪分给你。”

“好呀，那就来吧！”

“好，你看着吧。呵！呵！呵！呵！”

“呵！呵！呵！呵！”

两个人扭作一团，纠缠了很长一段时间。上身到腰部的肌肤露了出来，她们也不在乎。听到外边传来的喧闹声，她们才分开。两人都被泥浆和牛粪浸透了，额头、脸颊和身体的其他部位也留下了牛粪横七竖八的痕迹。她俩互相看了看，放声大笑起来。两人各自整理好衣服。

拉奇说道：“你真有劲，手臂就像雾冰藜树的树枝，但是我总算还是打赢了你，不服的话就再来吧。”

“我的手臂要是像雾冰藜树的树枝，那你的手臂就像蛇皮绳。哎，老天，你说的这是什么话！好了，现在走吧，我们去折腾其他人。”

“女人们都怕你，哪有女人敢站在你面前啊。要不要去欺负男人？”

“哎呀，去你的！我是这个村子的人，不可能这么做的。你不是这个村子的姑娘，快去跟我哥哥玩吧！”

“哎呀！你怎么这样坏！！村里的人会怎么说我呀？”

“好吧，那就换个人吧。”

“应该去折腾祭司，他可是个风流的人呢。”

“为什么这么说？我觉得你是乱猜的。”

“昨天唱歌跳舞的时候，他一次次地朝我和你看，有几次看得眼睛都直了。”

“看着我？我没有察觉到。”

“如果你察觉到了，会怎么做？”

“察觉到了也什么都不会做，他又不是野兽，我会拿箭去射。”

"今天你悄悄看看他是不是在看你。"

"好吧，但是现在还有时间，我们再来玩一个游戏吧，用泥土造个宫殿出来。宫殿要有山的圆顶那样的屋顶，上边还要盖守望塔。门口要有树干一样笔直的柱子，上面有花草、孔雀、蓝颈雀和夜莺的纹样，要有叶子装点的窗子，宫殿旁边有种着小麦和三角豆的田地，下面流淌着拉伊河。"

"要做这么多东西，得好几年呢。"

"哎呀，就是个玩具，一起来做吧，做一个小宫殿，手边有多少泥土就用多少。"

两个人开始全神贯注地做这样的玩具，一连几个小时都沉浸其中，直到村民们结束了喧闹。他们准备去河里沐浴，然后去庙里，晚上还得去狩猎。

阿德尔来到拉奇的院子里。看到玩具后，他说道："这是在做什么东西呢？快去沐浴，该到神庙去了。"

拉奇看了阿德尔一眼，然后望着尼妮微笑起来。

尼妮背对着阿德尔说："先让我们造宫殿吧。"

阿德尔嘲讽道："哟呵！你们用泥团做宫殿呢！！先用干草盖一个小茅屋来住吧。"

尼妮固执地说："这个要做，那个也要做。"

阿德尔眼睛看着拉奇，坚持要尼妮出发，最后尼妮不得不妥协。两人跟着阿德尔一起去沐浴了。

沐浴过后，村里的男男女女来到庙里。

祭司早就已经准备好一些红粉。所有人一起做道吉日的祈祷——向着一个新拿来的小塑像行礼。祭司把两三滴酥油投到祭火中，然后把红粉作为神的恩赐，点到每个人头上。在为尼妮点红粉的时候，祭司的手抖了抖。他的失误成全了拉奇。拉奇的脸颊上出现了两个红点。然后，祭司用不怎么合拍的调子唱起了霍利节的歌曲：

黑天大神仿佛在说着，
花布拉得太紧就会破掉，
刚沙是个坏国王，
牛庄[①]的人们不要纪念他。
黑天大神仿佛在说着。

在这次的祭祀活动中，男人和女人分开来唱歌。尼妮甜蜜悦耳的歌喉显得鹤立鸡群。唱歌的时候，祭司的目光一落到尼妮身上，眼前就出现了她手中的弓箭和被射死的野猪。“这个姑娘真可怕。”他这样想着。

女人和男人轮流跳舞的时候，祭司有时直接盯着拉奇，有时用余光偷偷看她。拉奇的目光遮遮掩掩地投向阿德尔，因此她有一两次注意到了祭司的目光。尼妮专注于自己的歌声和别人的舞蹈，偶尔才会看一看祭司正盯着哪里，她没发现祭司看向自己。

歌舞结束后，祭司把红糖、印度黍做成的炒米分发给大家。

“要让瓜廖尔的国王看看尼妮射箭的技巧，”祭司一边给她炒米一边说，“国王和贵族们都会大吃一惊的。”

尼妮毫无犹豫也毫不造作地说：“为什么？我射的这算什么？我哥哥一箭就能将雄狮和野水牛这样的野兽射死。”

阿德尔鼓励尼妮：“祭司先生，她还能一箭射死雄狮和野水牛呢，国王要是看到了，一定会非常高兴。”

---

① 印度教大神毗湿奴的化身黑天出生的村庄的名字。

“我会带她去见瓜廖尔的土邦王，我跟国王很熟悉。瓜廖尔有许多大的庙宇，还有……”祭司没能把话说完。

尼妮不高兴地打断道：“我才不会到瓜廖尔、巴廖尔的什么国王面前去。”

所有人都笑了起来。

阿德尔说道：“瓜廖尔是一个很大的城市。”

“或许吧，”尼妮比较了一下说道，“我们这个由小茅草屋组成的村庄、桑格河和布满森林的山峦就已经很好了。”

祭司笑道：“是啊是啊，瓜廖尔城里哪能为尼妮找到野猪、狗熊、雄狮和豹子呢！”

尼妮觉得这句话里包含着对她的称赞，因为自豪而感到十分开心。

她说道：“拉奇，你也去学习拉弓射箭吧，我教你，哥哥也会教你。你以后也去杀森林里的野兽。”

拉奇偷偷瞄着阿德尔，看着旁边的女人们微笑起来。女人们都撇着嘴对着尼妮大笑，好像在说女人拉弓射箭是一件多么粗鲁的事情。

尼妮忍耐着低下了头。阿德尔发现拉奇在悄悄注视自己。他也想找个什么借口好好看看她。拉奇笑起来的时候，脸上有两个酒窝，其中一个酒窝上有两三点若隐若现的红粉，使她的笑容更加亮丽。阿德尔想好好看看，却又看不清楚。

所有人都笑着离开了。在路上，大家边走边吃那一点点供品。有一两次扭头时，拉奇发现她和阿德尔的视线交汇在一起。

到家后，拉奇心想，就算我学习射箭，也不会干什么坏事。尼妮也是女孩子，古杰尔种姓的姑娘学得会，阿希尔种姓的姑娘又比谁差呢？我马上就去学习，向尼妮学射箭。要是遇到困难，就去向阿德尔学习，没什么好犹豫的。学会后我也可以在瓜廖尔的国王面前表演射箭，国王会大吃一惊的。尼妮觉得害羞，我可不会，我要去看看瓜廖尔，那是大城市，会有宽阔的广场、四面都有商店的市场、庙宇和神像，还有穿着鲜艳衣服的男女。

拉奇家没有田地，以前养了不少牲口，但是战争时期只剩下了一头牛，其他的牲口不是被杀了就是死掉了。父亲和已经成年的哥哥被杀死了，现在母女俩只能靠牛奶和给别人做工来维持生活，有时也会到林子里采些果子充饥。

拉奇开始向尼妮学习射箭，她的母亲十分疼爱她，没有阻止她去学习，阿德尔也来指点她。

二十几天后，田里的庄稼成熟了，人们把粮食收下来，贮存到隐藏在森林中的打谷场里。人们的大部分时间开始在那里度过。他们准备好火堆、弓箭，保护粮食免受野兽糟蹋。祭司也开始到那里游逛。在打谷之后，他会因为神庙的关系分到些粮食。作为答谢，他经常会添油加醋地讲一些往世书的故事。夜里的火堆旁，有时唱祭祀的歌，有时唱英雄赞歌。

庄稼收了以后，土邦的征税者从瓜廖尔城来到村里，按照古老的传统取走收成的六分之一，他们在征税时并不严苛。村民们把剩下的粮食都偷偷藏了起来。

拉奇和她的母亲靠帮忙收割和做工得到了一点点粮食，但是这些不足以支撑到下一次收成。收割过后村子里就没人需要帮忙做工的人了。为了维持生活，拉奇更加努力地学习射箭，然而铁箭很难得到，只能用削尖的竹箭代替。即使打不到大野兽，能够射到鸟或抓到河里的鱼来填一填肚子也是好的。

拉奇开始和尼妮、阿德尔一起去森林打猎。一天，尼妮自己单独去了一个地方，只剩下拉奇和阿德尔。

阿德尔想要好好看看拉奇，他好几次都动了念头，但一次也没有成功。听到一棵树下传来野兽的声音，两人停了下来，目不转睛地盯着声音传来的方向。

阿德尔转头看看拉奇，拉奇用目光表示了自己的疑惑。阿德尔压抑住自己深呼一口气的冲动。拉奇再次有些疑惑地看着他。她长长的头发有一绺从耳际垂下来，滑到了唇边。拉奇稍稍偏着头，跟在阿德尔后面。

阿德尔定了定神，把目光投向拉奇。拉奇并没有垂下眼帘。她低声细语地说:“有什么事吗？”

“我该说什么？要怎么说？我完全说不出来！”

“然后呢？”

“我很喜欢你，非常爱你。”

“我知道。”

拉奇垂下眼帘，阿德尔用一只手臂拥住了她的肩头。

“我想和你白头偕老，永不分离。”阿德尔声音颤抖地说道。

“这怎么可能实现呢？我和你的种姓不同。”

“你喜不喜欢我？你先回答我这件事。”

“我该怎么说？你觉得呢？”

“我觉得我们会在一起。”

“但是种姓的事怎么办？”

“以前有过这样的先例，我的种姓和你的种姓之间也有互相通婚的。祭司先生在讲往世书故事的时候曾经提到过。”

“我母亲和你妹妹会同意吗？”

“我相信会的。”

“还有村里人呢？五老会和村长呢？”

“好吧，他们不同意又怎么样？”

“他们不同意的话，我又怎么能和你在一起呢？”

“即使那样，我们也会结合在一起，一起生活，我发誓。”

“尼妮有时候会和我开玩笑，她已经知道了我的心思，村子里的一些人可能也知道。”

“你心意已定了吗？”

“别问我的心意，问问你自己的吧。”

“那就够了，现在不需要再问什么了。”

好一会儿，阿德尔紧紧地把拉奇拥在怀里。原先传来声音的地方跳出来一只蓝孔雀，拉奇赶忙挣脱开阿德尔，拉满弓射出了一支尖头竹箭。孔雀悲鸣一声倒在地上，拉奇用另一支箭结束了它的痛苦。

阿德尔口中赞叹：“好！妙！”

正在这时，一只豹子从灌木丛中跳出来蹿向另一处密林。阿德尔放了一箭，但是没能射中，豹子跑掉了。他们两人离开树荫，来到那只孔雀的旁边。尼妮从后边过来了，她看到了死掉的孔雀，却没看到逃跑的豹子。

阿德尔高声说道：“快看啊，尼妮，拉奇射得多准啊！”

尼妮也赞同道：“她都快成你的老师了呢，哥哥。”

阿德尔大笑，拉奇也笑出声来。

阿德尔说道：“我向豹子射了一箭，但没射中。”

“因为豹子不能用来充饥，这只孔雀够我们吃两天的了。”拉奇说。

阿德尔找到了自己射空的那支箭。他们带着孔雀一起往家走。尼妮什么都没有猎到，看到拉奇高兴的样子，她有些眼红。

尼妮说道："要是我在，就不会随便放走那只豹子，而不是去射孔雀。"

阿德尔发觉了这句嘲讽背后隐藏的妒意，但是这对他并没有什么影响，拉奇愉快的心情也没有丝毫减少。

尼妮继续说："要是丢了箭就更好了。"

阿德尔继续火上浇油："要是你的箭射到豹子的肚子上，你就会飞快地逃上树，而豹子会带着箭跑到某个山洞里。还没有人成功地用箭射到过豹子呢。"

"豹子会带着箭逃掉？就算我没射中脖子，它也会当场毙命！"尼妮生气地说。

"好吧，好吧，很好，你说的总是对的。"阿德尔说道。

拉奇哄着尼妮说道："打到了用来填饱肚子的孔雀，也找到了射空的箭，还有什么不满意的呢？"

5

土邦的征税人离开之后，祭司收税就不那么容易了。农民们舍不得粮食，推托着不肯交。祭司说道："不要忘记宗教经典里的规定，六分之一是国王的——你们已经交出去了，二十分之一是神的，三十分之一是婆罗门的。如果推托着不交，不但这一世要遭殃，来世也没好日子过。"

一个村民强忍着怒气说道："那我们要吃些什么呢？"

"神会赐与你们的，我会为你们祈祷。"

"就算祈祷了，德里的苏丹还不是这样大开杀戒，弄得家庭离散、田地荒芜？"

"快瞧这个傻瓜，这个可怕的无神论者！这样是在招来新的灾祸。一个人这样做了，所有人都会遭到天谴的！"

"哎呀，闭上你的嘴吧，祭司怎么和神沟通呢？"

"先把粮食交给我吧，你们的家里、山沟里都被小麦和三角豆填满了。"

“我们就是不交，您又能怎么样？”

眼看要吵起来的时候，阿德尔来了。他站在祭司这一边说道：“我会高高兴兴地把自己的那份交上去，献给神明和婆罗门的部分是必须的，不知道从什么地方就能找补回来了。”

阿德尔在祭司的脸上看到了深以为然的微笑。大部分村民虽然还在推托，但也知道最终是逃不过的，所以还是勉为其难地交出来了。他们看到阿德尔这么乐意交纳，对他非常不满。阿德尔心想，如果能进一步得到祭司的好感，结婚的事情也许就能办成了。所有农民将献给神的二十分之一和献给婆罗门的三十分之一，也就是总共十二分之一的部分交了出来。上交的部分加在一起占了收成的二成半，农民们还能留七成半。他们在心里安慰着自己——如果外边的强盗把一切都抢走，那口袋里还什么都不剩了呢。

阿德尔寻到一个和祭司独处的机会，他谦恭又老实地和祭司交谈起来。

“祭司先生，您从哪儿学来这么多知识呢？您的身边又没有多少宗教经典，但是全世界的事您都知道！”

“不是这样的，兄弟，我向神祈祷，除了神的名字以外，我什么都不知道。”

“祭司先生，您熟知《罗摩衍那》《摩诃婆罗多》和很多宗教经典，我们这些人也可以读吗？”

“为什么不能读？你是刹帝利，连吠陀都可以读。”

“您读过吠陀吗？”

“随随便便读过一些。在这种迦利时期[①]，还有多少读吠陀和教吠

---

① 也称作争斗时期。印度教传说中世界历史共有四个时期：圆满时期，也是最好的时期，其期限是1，728，000年；三分时期是第二个时期，其期限为129，600年；二分时期是第三个时期，其期限为864，000年；迦利时期是最后一个时期，其期限为432，000年。

陀的人呢？”

“女人也能读吗？”

“吠陀！天哪！！女人和首陀罗是不能读吠陀的。”

“不是吠陀，先生，是往世书、旧世书之类的。”

“你这是怎么了？往世书不能叫作旧世书，你不应该这样不敬。”

“我就是那样一说，请原谅我吧，女人可以读吗？”

“可以读的。城镇和大村庄里有给男孩女孩分别开设的学塾，因为战争时遭到破坏已经关闭了。在那里，女孩子也可以诵读经典。”

“我们怎么对抗暴行呢？”

“用达磨来对抗，因为达磨不被重视，种姓规矩被破坏，暴行才会降临到我们头上。”

阿德尔沉默了一会儿，然后他的声音中谦恭的感觉更加强烈了。

他有些畏怯地问道：“祭司先生，什么达磨呢？”

“哎呀，达磨是大人物说的。普通人做到虔信罗陀黑天、悉多罗摩就足够了。”

“祭司先生，黑天是天神，但是他的种姓是什么呢？”

“你怎么连这种事情都不知道，他是刹帝利，真真正正的刹帝利。”

“是这样啊，先生，我懂了。我们这些人没文化，一直待在村子里，不知道这些事，所以才想问问神是古杰尔种姓还是阿希尔种姓？”

“古杰尔种姓认为他属于古杰尔，阿希尔种姓认为他属于阿希尔，但是往世书里面说他是雅度族的刹帝利。”

“阿希尔种姓和古杰尔种姓也是月亮族。”

“是啊，这两个种姓也称为月亮族。”

“那么古杰尔种姓和阿希尔种姓应该差不多了？”

“是啊，两者在职责上基本是一样的。”

“那么阿希尔种姓和古杰尔种姓之间也可以结婚了？既然是相同的，那么宗教经典里就不会禁止通婚了。”

“哎呀呀！你说什么呢！以前可以，现在可不行了。”

“您讲过的往世书的故事里面，还有比这更出格的事呢。”

“哎呀，真是没文化，胡说八道些什么！我讲的故事发生在三分或二分时期，现在是迦利时期了。”

“您在讲迦利时期的时候也说过一些这样的故事，比方说拉贾斯坦的一个国王不久前和贾特种姓的姑娘结了婚。”

“我就是随口说说，你这是要成为大学者吗？你是想把妹妹嫁给哪个阿希尔种姓的人吗？古杰尔种姓绝后了吗？”

“不是的，祭司先生，不是的。我不会这样做，永远不会。我会把妹妹嫁给大庄园主，应该找一个条件比她好一些的新郎。我就是随便问问。”

祭司冷静下来。他清楚阿德尔和尼妮有多强壮，再说他们兄妹在村子里还是他强有力的支持者。

祭司用亲密的口吻说道：“我刚才对你说话的语气太重了。我会为尼妮物色一个合适的新郎，你也知道，即使在这样的困难时期，我也还是会到全国各地游历。我要到瓜廖尔去，国王马纳辛格和他的大臣都认识我，在瓜廖尔有几个家世清白的古杰尔家庭跟我也很熟。”

阿德尔纯朴地向祭司致敬：“要是有人不认识您，那他就谁都不认识了。您待在这样的小村子里实在是太屈就了。”

祭司说道：“我很喜欢拉伊河和这些森林、山峦，而且我发过誓，一定要把被破坏的神庙重新修缮好，建起一座完好漂亮的神像之后再考虑到其他地方去。我就是为了这个目的才必须到瓜廖尔去的。”

“您什么时候动身去瓜廖尔？”阿德尔问道。

祭司回答：“就在这几天。”

“那什么时候回来呢，祭司先生？”

“要在那边待上一两个月。”

6

西甘达尔·洛蒂撤离瓜廖尔已经好几个月了。被困在城堡里的国王马纳辛格、王公贵族、兵士和仆人们都已走出来，重新投入瓜廖尔的重建之中。

几个月之后，人们重新回到家园，最棘手的问题是水。腐烂的尸体污染了所有的水井，一时又打不出新的水井。城堡里饮用水的设施是完备的，因此国王马纳辛格在城堡里为重新回来安家的百姓安排了临时住所，并下令迅速清洁水井。一些水井已经清理干净，井中的水被反复淘了好几遍，经过恒河水和咒语的净化之后已经适宜饮用。于是，原来家住在这些水井周边房子里的人又回到了城堡外面。然而，还有许多口水井需要净化。一开始只有少量瓜廖尔居民从城外进来，后来人们大批涌入。倒塌的房屋开始修缮，清理水井的工作也继续进行。

有一口水井倒是被清理干净了，但是还没有念咒进行净化。日头猛烈地照射着，工人们用破布遮着头，在热风中工作着。井的附近有一棵树荫浓密的楝树。人们蠢蠢欲动，想到那树荫下去小憩一会儿，可是还得再把井中的水全部淘出来一次。坐在树荫下等待净化水井的婆罗门已经不耐烦了。

一个婆罗门额头上画着毗湿奴派信徒的符志，手里拿着祈祷用的各种物事。另一个婆罗门跟他交谈着走了过来，他是湿婆派信徒。

湿婆派婆罗门对毗湿奴派婆罗门说："只靠几滴恒河水能有什么用？照我说，应该用花，如果没有花，就用干净的泥土做一个湿婆林伽[①]，念过'向湿婆致敬'的咒语后投到水井里，这样井水就会变洁净。干嘛徒增麻烦呢？"

"恒河水、花或者泥土好像没什么分别吧？"

"恒河水是从湿婆神的头上流下来的，所以湿婆跟恒河是有区别的。我问你，是湿婆伟大还是恒河伟大？"

"世界、社会和时间的差异可以使渺小变成伟大，也可以让伟大变成渺小。"

"胡言乱语什么呢？渺小的东西永远都是渺小的，伟大的东西不可能变得渺小。"

"你就是这么固执己见。毗湿奴和湿婆当中，毗湿奴被认为是伟大的，但是有些时候湿婆也会变得伟大。"

"这不可能！在湿婆面前，毗湿奴算什么呢？"

"你这是在做无谓的辩论，条条大路通罗马呀。"

"不折不扣的谎话！如果条条大路通罗马，那你就从山上或是城堡上掉进井里、河里呀！最后都能到达天堂，是不是这样？"

"像你这样的德伦加纳人[②]才会颠倒黑白，别人都不会那么做！"

---

① 印度教所崇拜的男性生殖器像，象征湿婆神和生殖能力。

② 德伦加纳居民，德伦加纳是印度安得拉邦的旧称。

“要不是德伦加纳人为吠陀做注解，你们高勒[①]的所有婆罗门都得羞死！”

“你太爱咬文嚼字了！你怎么就不明白这么简单的事情？掉进井里淹死是一回事，通过不同的方式祈祷之后达到目标又是另一回事。只要用心，人通过任何一种方式都能够获得解脱。”

“无论对河流、树木、蛇窝、山、母绵羊、水獭或是石块什么的用心进行祈祷，就能得到解脱？哎，是你把这个时代变成迦利时代了呀！你会遭报应的！”

“你和你爹才会遭报应！你把无知当力量，觉得你的湿婆信仰就是一切了！你绝对搞错了！你会下地狱的！”

两人越吵越起劲，都站起身来。在井边干活的工人们也放下手上的活计，围拢到树荫下面。“也许这热闹更好看。”这些人心里想。

“你会在地狱里受尽煎熬的！你们这些人除了个人私利，从来就不重视现实生活。是我们湿婆派信徒把这种生活变成了天堂，就算到了死的时候，吉罗娑山[②]也是为我们而存在的。”湿婆派婆罗门怒斥道。

工头来到二人中间。他边劝阻两人边说：“大人们啊，别吵了！我们这些人又有什么呢？”

毗湿奴派婆罗门激动地说：“我能这么说，但这个德伦加纳的维杰金格姆却不能这么说。”

被叫作维杰金格姆的婆罗门说：“说什么呀，说！”

“颂歌，颂歌，唱颂歌啊，蠢货！”他说道。

“谁的颂歌？”工头问。

---

① 高勒，古印度一地名。

② 印度神话中湿婆和财神在喜马拉雅山居住的一座山峰，传说就是我国西藏境内的冈仁波齐峰。

维杰金格姆立刻答道：“把这个大肚子家伙的工钱和口粮省下来，去填饱这个乞丐的肚子！这就是他和颂歌的关系！”

他（毗湿奴派婆罗门）扑了上去。工人们上前阻挡。由于害怕碰到不可接触者，他停在了原地。

维杰金格姆说：“这些人干活，而你却不停地讨施舍来享用。这就是你的颂歌的教导？”

工头说：“承受前世的报应是我们的命。您二位命中注定要读书写字、管理国家，所以才托生为高尚的种姓。”

“这些都是误解，”维杰金格姆反驳道，“在生活当中，干活挣钱糊口和呼喊湿婆的名号都是值得骄傲的事。生活的意义也在于此。乞食来享用，通过欺骗、伪善和假仁假义的手段来获得无知者的崇敬——这真是最大的罪孽。前世把业放在了主要位置上，每个人前世的所有痛苦都可以通过劳动和呼喊湿婆神的名号来消除。”

工头不明白这段话的意思。

毗湿奴派婆罗门说道：“你可真是一个呼喊着湿婆的迦叶德利[①]咒语到处闲逛的家伙。迦叶德利只有一个，只有一个！”

“你们这些人真是悄悄地抹黑了迦叶德利。你能给这些人讲讲你的迦叶德利吗？”

“你真是愚蠢！迦叶德利是能随便给什么人讲的吗？它是非常神秘的——难以捉摸。”

“湿婆的迦叶德利是旃陀罗[②]都可以念诵的咒语，并且通过它获得净化。但是你除了填饱肚子和骗人之外，哪里还有闲功夫？”

“什么地方写着湿婆还有特别的迦叶德利？”

---

① 一种吠陀咒语。

② 在印度被认为是最低贱的种姓之一，首陀罗种姓的男性和婆罗门种姓的女性所生的子女属于这一种姓。

“《巴萨瓦往世书》里呀，蠢货！”

“再骂一句，我就用石块砸破你的脑袋！”

“砸我的头之前，我会先用三叉戟[①]把你的肠子挑出来！”

两人再次向对方扑过去，工人又拦在中间。

“走啊，到德伦加纳国王那儿去！那儿会有公正，你会受到惩罚。”毗湿奴信徒叫嚣着。

维杰金格姆也喊道：“我不是德伦加纳人，蠢驴，我属于卡纳塔克[②]，湿婆神的神牛和湿婆神化身的地方。走啊，去寻求公正，你会丢尽脸面的。”

“迦利时期的化身！走，到那儿公正裁决！”另一位拖长了声音，全力喊道。接着，他对工人们命令道：“你们是证人，跟我们一起去！”

工头说：“可是这会儿什么也没发生呀，既没有扔石块，也没用三叉戟。你们俩人说的这些话我们都不懂！”

毗湿奴信徒说：“这个人说神的坏话，这你总明白吧？不能所有人都去的话，那你一个人走！”

“那这儿的活儿谁来干？”工头问。

那个辩论者骂道：“让活儿见鬼去吧！是干活重要还是关心达磨受到的伤害重要？”

“我能怎么样，”工头冷漠地说，“国王的活计要被耽搁了。您是知道的，井水已经淘干净了，您用恒河水和咒语净化了它之后就可以走了。”

“达磨的面前管什么井不井的？跟我走！”他固执己见。

---

① 湿婆神所用的武器。

② 印度邦名。

三人向城堡走去。在城堡门口，他们被拦住了。守卫告诉他们，黄昏时分才可以见到国王。那两人坚决得很，工头如愿得到了休息。

三人在城门旁边的一片浓密的树荫下坐了下来。

下午三四点钟的时候，拉伊村的祭司也背着小包袱来到那里。

到了地方，他问道："城门现在还不开吗？"

得到的回答是："六点钟开。"

维杰金格姆审视着祭司风尘仆仆、汗流浃背的样子。祭司一脸谦逊，但他也将探究的目光投向这二人。

维杰金格姆的对手问祭司："你是谁，从哪儿来的？"

他答道："离这儿六柯斯远的一个败落的小村子，名字叫拉伊。我就是从那儿来的。我叫博顿·夏斯特里。"

毗湿奴派婆罗门盘根问底——种姓、谱系、宗教、职业，连父亲是谁，儿子叫什么也一一问了个遍。所有的问题都搞清楚之后，毗湿奴派婆罗门请他喝水。博顿是喝过水来的，于是他婉言谢绝了。

"来干什么？"毗湿奴派婆罗门又问起了来这儿的意图。

博顿表明了他来这儿的目的："村子里有座神庙，侵略者把它给毁了。我是为了它的修缮事宜来寻求国王的帮助的。"

"这下有帮手了——一个夏斯特里[①]！"毗湿奴派婆罗门的内心掠过一阵激动的颤抖。博顿询问他来这里的缘由。他详尽地讲述了一遍。

毗湿奴派婆罗门说："这位名叫维杰金格姆，德伦加纳或者卡纳塔克人。他不承认人无论走哪条路，都能到达想去的地方。"

维杰金格姆说："怎么承认？误食脏东西和享用美味甜食的结果与分别如何能忘记？"

---

① 精通经典或经论的人。

博顿不同意这种说法。

毗湿奴派婆罗门说："现在我们处于同一阵线了。有多少需要辩论的就辩吧！"

博顿没有拒绝联合阵线。

维杰金格姆讥讽道："双重否定就成了肯定，可是两个蠢人加起来可成不了一个聪明人。"

博顿蹙紧了眉头，却没说什么。

毗湿奴派婆罗门反唇相讥："他虽然名叫'金格姆'[①]，骨子里却是顽固不化。"

博顿不打算参与辩论，也不想以正方或是反方的身份到国王面前去。他说："再过个把钟头就要见国王了，到时候就会有定论了。"

六点一到，城门开启，一行四人进了城。高大的城墙内坐落着一些小城堡，是士兵们的营地。各个门口都戒备森严。南边广场的一端分布着婆媳庙和代里[②]种姓的庙宇。在那里，一些居民建起小小的茅草房，艰难地捱着不幸的日子，等待水井被清理干净。王宫在北边的城堡内。在这个宫门口等候片刻之后，四人被国王召唤到寝宫内。他们以前就认识国王。除了工头，其他三人对国王还很熟悉。这三人被赐了座，工头则站着。

国王马纳辛格年过三十，稍长而圆润的脸庞，浓眉大眼，鼻梁又挺又直，唇边带着自然的笑意。他身体结实，仿佛进行过长期的训练。他高大魁梧，胡须浓密而优雅。

马纳辛格清楚这些人为什么而来，但他并不想提起争论的内容。为了知晓老熟人的近况，他问博顿："夏斯特里先生，这些日子都在

---

① 这个词的本义是"可移动的"、"可变通的"。

② 印度教中一种从事油脂行业的种姓。

哪里受苦啊？老天爷维护了我们所有人的荣誉，让我们等到了再见面的日子。”马纳辛格的嗓音铿锵有力，仿佛宝剑发出的铮铮声响。

博顿没有历数自己经历的苦难，因为他早已听说马纳辛格及其拥护者所受的磨难。他说：“大王，听说您受伤了？”

马纳辛格淡然一笑：“普通皮外伤而已，夏斯特里先生，只是挨了两三箭。我的同伴们确实有很多战死或受伤了，但他们却建立了一个英勇作战的传统。凭借它，我们得以不断地对抗这么多敌人的进攻。不过确实也有许多让人头疼的问题，人民破产了，水井到现在也还没有全部清理出来。”

工头点点头，继续站在那儿。

博顿说：“都会完成的，大王，都进行着呢。”

国王询问了村子里的情况。

博顿首先描述了寺庙的惨状，表达了自己来这儿的意图：“在200年前的一次进攻中，寺庙就曾被毁坏过，后来又不断被破坏和重建。这一次又遭到了破坏，现在顶上只用稻草苫着。我是为了请陛下下令重建它而来的。”

国王毫不迟疑地说：“首先我要改善水井、水池、池塘和沟渠的状况，然后才会关注寺庙。我将尽我最大的力量给予帮助。您也周游各地向富人们募捐一些吧。”

博顿沉默不语。国王继续说：“村里的土地和牲畜情况怎么样？”

博顿答道：“一部分土地已经恢复了生机。托老天爷的福，剩下的土地来年也都会耕种。牛还剩几头。森林里的野兽经常来捣乱。”

“森林里都有哪些野兽？”

“野水牛、野猪、狗熊、梅花鹿、羚羊……”

“老虎、豹子也有吗？”

“是的，陛下，老虎、豹子也有。”

“村子里没有猎人或是箭手吗？”

“村子很小，有两三个人箭射得很好。他们是一对古杰尔种姓的兄妹和一个阿希尔种姓的女孩。”

“女孩也射箭！这个村子真有福气！”

“阿希尔种姓的女孩是刚学的，大王，不过古杰尔种姓的女孩不仅看起来漂亮结实，对射箭也非常擅长。她只用一箭就能让野猪、老虎和豹子毙命。”

“只用一箭！好啊！哪天空闲了，我一定要去见见这个神箭手，也去看看您的寺庙，尽快制订修缮的计划。”

看起来博顿的目的都达到了。对于维杰金格姆和他的对手的辩论，他只剩下当听众的兴趣。国王本想转移这个话题，可博顿却饶有兴致地挑起了话头——

“大王，您得给他们二人的辩论做个裁决吧？”

国王用充满仁慈的目光环视众人，似乎在示意他们开始。

维杰金格姆开始述说：“战斗进行的时候，这位婆罗门不在瓜廖尔。陛下和我都被围困在这里。我们没日没夜地辛勤操劳，无怨无悔，不知疲倦。我们所有人都认为，这就叫生活。在大神湿婆的面前，种姓和非种姓、高等种姓和低等种姓没有什么分别。当我们肩并肩一起战斗时，所有人都是一样的。假如那时我们都信奉这些人的不可接触理论，那我们肯定早就一个一个地死掉了！”

“那是灾难时期。困难的时刻做正确的事情，这些都是达磨。但是在安全时期却不能这么自由，这也是亘古不变的原则。”维杰金格姆的对手说。

国王问：“还有什么问题吗？还是就这些了？”他问工头：“你怎

么来了？”

工头恭敬地答道：“我在指挥清理水井。我不说谎，陛下，这两位既没动手，也没动脚，只是一直打嘴仗。他们也不说平时我们说的那些脏话。只是说蠢货啊，傻瓜之类的，感觉全世界都是蠢货了，恩主①。”

国王忍住笑说道：“你回去干你的活吧！你没必要做证人了。”

工头走了。国王的视线转向两位辩论者。

维杰金格姆说：“这个人还说，不管走哪条路，都可以达到与神合一。持剑砍向世人的脖颈，然后念诵大神的名号，通过这样的道路也能获得解脱？心怀种姓的差异，相互憎恨，不把不可接触者当人看，在不可接触制的地狱里戴上祈祷的花环，这样就能抵达天堂？把能使所有人变得圣洁的迦叶德利关在肮脏的暗室里，然后说，如果有其他人瞥见了它，它就会变得不圣洁！这是什么迦叶德利？”

对手不想让他接着往下说，便阻止道：“大王，他有什么证据？”

“我们的《巴萨瓦往世书》，”维杰金格姆答道，“大王知道，我在打仗的时候有时会念诵。”

对手说：“世界上充满了罪孽和罪人，祈祷和奉献能让人摆脱罪孽。这个人说，享受生活吧，沉浸在稍纵即逝的生活之爱的幻象中吧，甚至连一句‘向湿婆神致敬’都不说就渡过冥界河②了。”

眼看辩论愈演愈烈，国王微笑着做手势制止。他说：“这似乎是无谓的辩论。我没有读过经典。”国王沉默了片刻。

维杰金格姆插嘴说：“不管读没读过经典，总听说过吧？”

国王示意他安静下来。

---

① 给粮食的人，养育者。

② 传说中的阳间与地府之间的一条河，河中满是血污、头发和遗骸，善者安然渡过，罪孽者则落入河中长期受苦。

“苦行是很伟大的事物，可是我听说，修炼苦行者由于恐惧和傲慢常常沉浸于自我克制。他们认为自我克制是最高境界，于是开始给他人制造恐惧。当这些人在现世得不到荣耀时，那么在来世得到如此荣耀的希望会让他们感到惊异，令他们疯狂。”国王思忖着说道。

国王沉默了一会儿，两位辩论者也不吭声。博顿则默默地坐在那儿，保持着中立。两位辩论者在想，国王像是在下结论，但他到底站在哪边，他们却弄不明白。

国王欲结束话题：“这样坐着打嘴仗毫无意义，行动是根本。想得到解脱，就得四处去寻找出路。”

整个寝宫陷入了沉默。

维杰金格姆率先打破了沉寂：“在《巴萨瓦往世书》中，这一类的话是讲到说谎者和真正的伪善者时说的。”

对手说：“我们的经典里也说过类似这样的话。”

“佛教经典中也说过类似这样的话。”博顿慢吞吞地发表了自己的见解。

国王笑道：“我不知道，我只是把我从什么地方听说的事情说出来而已。我既不是夏斯特里，也不是潘迪特[①]，只能劝你们别再吵了。做点实事，投入到未来的准备中吧。侵略者还会一次又一次地来践踏我们的民众。”他又安慰博顿说：“我很快会去你的村子。”

---

① 通晓经典的婆罗门学者。

7

下午三点钟，热风猛烈地刮着。拉奇的母亲牵着母牛去河边的一小块绿地上吃草，自己则在附近的树荫下休息。拉奇光着脚，来到尼妮家的茅屋前。她肩上一边挂着装满竹箭的箭壶，另一边挎着弓，腰间别着把匕首。阿德尔牵着两头公牛和一头母牛向着离河岸稍远的地方去了。

“现在日头太大了，等会儿再走。”尼妮懒洋洋地说。

“野猪和野牛肯定在河边的哪个水塘里打滚呢，再过一会儿它们就钻到森林里吃草去了，还怎么捉得住？现在走吧，虽然热风呼呼的，但不会觉得热的。”拉奇坚持。

“那你自己去吧！”

“借我两支铁箭！竹箭一点儿也伤不到野牛，拿野猪也是没办法。”

“我就说嘛，你不是来叫我，是来借箭的吧？”

“要是今年的收成能剩下点儿，我就给你买上好的铁箭和水果。”

“好了，你走吧！”

“就借我一支箭嘛，好不好？”

“去找我哥要吧，他会随便给你好几支。”

“谁也不会随便给谁什么。”

“这大中午的，你是来吵架的？”

“要是我来你不高兴，那我走了！”

“好啊，去树林里吧，说不定会碰上我哥，从他儿拿箭吧！”

拉奇扭过脸，准备走。

尼妮恳求道：“唉呀，再等一会儿，咋就生气了？我这就走，箭也给你！”

拉奇转过身站住了。她气呼呼的，纤瘦的身体上胸脯上下起伏。尼妮拿好弓箭和匕首，穿上鞋。看到拉奇光着脚，她对自己的鞋感到得意。

她说：“要是天上掉下点粮食的话，你也叫人做双鞋吧。”

拉奇脸上现出一丝怒意。她屏住呼吸，努力作出微笑的样子抢白道：“哪天我买铁箭的时候，也让人做双鞋。”

尼妮有点于心不忍。她说：“如果收成好，我就给自己做双新鞋，把这双给你。”

“尼妮的脚很大，要是穿上她的鞋，走路的时候肯定踢里踏拉的。要是跑起来，一只脚上的鞋不知会飞到哪儿，另一只脚可能会绊在什么地方，摔个狗啃泥吧。”这么想着，拉奇笑了起来。

尼妮喜欢拉奇笑。她从箭壶里抽出一支铁箭，递给她说：“到了紧要关头，我再给你一支。”

拉奇异常兴奋地把箭放进箭壶里。两人出发了。森林在村子边上，另一头是河。潺潺的河水与强烈的热风嬉戏着。目睹这样的情景，两人的眼中也感觉到了凉意。也许这水流附近的什么地方会有野猪和野牛出没呢。这样想着，两人兴奋起来。她们离开河边，钻进树林。两人各自一手拿弓，另一只手握着一支铁箭。拉奇觉得手中仿佛擎着因陀罗的金刚杵。两人在树林中缓缓前行，竖着耳朵倾听周围的动静。地上细小的砂砾和散落的干树叶被一阵阵热风吹得飞舞起来，时而落到尼妮白皙的脸庞之上，时而落到拉奇黝黑的脸庞之上。两人用披肩包着头，穿着肥大的及膝裙裤，上身裹着紧身胸衣，腰部裸露在外面。她们脖子上戴着珊瑚和玻璃项链，手腕上各有两只粗玻璃手镯，脚上连青铜或黄铜脚镯都没有。身上的汗水和着腿肚子上的尘土，勾勒出一道道粗细不一的纹路。尼妮大大的双眸与拉奇稍小的黑眸仔细地在密林中搜寻着。两人弯着腰，仿佛随时会跃起来扑向猎物似的。

她们两人在凹凸不平的树林里走了好一段之后，河岸出现在眼前。尼妮的嘴唇有点干，她缓缓地说："到河边去吧，有点渴。"

拉奇"扑哧"一笑："就这么会儿工夫？"

尼妮纤细笔直的鼻子皱了起来。

"我不喝了，"她看起来下定了决心，"直到黄昏我都不喝水，要是你说要喝水，我也不让你喝！"

拉奇示意她噤声。周围仿佛什么也没有，又似乎到处都是猎物。两人这样思忖着继续往前走，来到了一座小山丘的背阴处，那阴影径直伸向小河的方向。四目对视之后，两人朝着阴影的下方走去。小山丘下生长着高大的娑罗树、柚子树、雾冰藜树和阿贾尔树。山顶上是一片浓密的浅褐色灌木丛。两人本想爬到上面去，从那里监视下方树林里的动静，可是小山丘上连钻到灌木丛那里的羊肠小道也没有。两人把裙裤向上高高卷起，紧紧地打了个结，白皙的大腿露出一半。拉奇的腿纤细消瘦，而尼妮腿上肌肉结实，仿佛是角斗士的腿。为了寻找到达灌木丛的小路，两人一手持弓，一手握着铁箭。铁箭在强烈的日光照射下闪闪发着光。她俩弓着腰，喘着气，屏住呼吸在林中来回穿梭。尼妮的嘴唇更干了，但是她已经下定决心不喝水。因为光脚的缘故，拉奇的脚发烫。为了不发出“窸窸窣窣”的声响，两人小心翼翼地在干树叶上走着。拉奇虽然光着脚，但是她的双眼一直在灌木浓密的山间搜寻着，已经忘记了光脚的灼烫。

在另一边不远处，拉奇看到了地上不甚清晰的爪印和断树枝被踩踏的痕迹，她那黝黑而红润的脸上顿时绽开笑容。她用箭暗示尼妮，尼妮马上也看到了，红润白皙的脸庞也展开了笑颜。

尼妮探头看了看，示意道：“从这儿走过去！”两人走到了断枝被踩踏的地方。

尼妮悄悄在拉奇耳畔说：“野牛从这儿过去了！”

“我们走。”拉奇很兴奋。

她想，要是能杀死一头野牛，就能用它的皮给自己和妈妈各做一双鞋，剩余的皮卖了可以买些粮食回来，肉可以用来结算工人的工钱。但是，另一个念头也同时涌上心头——要是没碰到野牛，或是它负箭逃跑了，那就不知道什么时候才能偿还尼妮的箭了。

尼妮率先钻进灌木丛。她想把拉奇甩在身后。不管是站立还是弯腰走，空间都不够，得坐着或是趴着才能前进。于是两人时而坐着向前挪动，时而匍匐着向前进。高耸的胸脯时不时地撞击在石块和荆棘的尖刺上，可是她们的胸中似乎充满了与石块和尖刺斗争的力量。荆棘弯弯曲曲的枝条不时钩住裹在头上的披肩，白皙和黝黑的胳膊被尖刺划出一道道血痕，尘土和阳光则像是在给伤口涂上药膏，使它们愈合。两人小心地把钩在枝条上的披肩解下来，绑在腰间。她俩的头发没抹头油，不时刮起的阵风将尘土和枯叶吹落在她们又黑又长的头发上。此时两人已经缓缓来到山顶。在一大丛灌木下面正好有一块适合站立的地方，两人备好弓箭站在那里，目光四处逡巡，却什么也没发现。膝盖上的皮擦破了，风一吹隐隐作痛。她们弯腰擦拭伤口，又轻拍几下。两人坐下休息，脑中思索着，耳朵却没有放松警惕。巴万河方向传来流水声。从树叶的“沙沙”声能够分辨出风的缓急。片刻之后，河那边传来石块撞击的声响。两人吃了一惊，探头望过去，却什么也没看到。于是两人站起身来，看到河那边有两只大野猪正要从水中离开。一眨眼，它们已经走到了河边的一处浅水坑。

尼妮说：“它们喝完水要回去了，走！”

拉奇不同意：“喝完水，它们一定会在河边的水坑里打滚的，再等等！”

待了一会儿，两个人快速下到小土丘上。走到下面，她们稍事休息。她们解开绑在腰上的披肩重新裹在头上，小心翼翼地朝河边走去。

她们边听动静边走。除了风的呼呼声，别的什么也听不到。两个人小心翼翼地来到了野猪所在的水坑附近。水坑有一个拐弯，野猪打滚的声音清晰可闻。水坑上方有一小片灌木丛。两个人借着灌木丛的掩护，匍匐着顺着水坑的斜坡向上爬过去，弓弦和箭被牢牢地咬在嘴里。

到了上面，她们首先调整了一下呼吸，然后探头看土丘下面的水坑。水坑里一只野猪的头露出水面，另一只不见踪影。野猪长着长长的獠牙。尼妮透过灌木的缝隙瞄准野猪的脖颈，拉满弓将箭射了出去。箭射中了野猪的脖颈，野猪痛苦地在水中扑腾。一只野猪跳上岸，“嗷嗷”地嚎叫着，另一只则从水坑的下方朝着树林的方向逃去。拉奇和尼妮都没能射中它。

伴随着野猪的扑腾和嚎叫声，水坑里发出了“扑通扑通”的声响。不一会儿，一头肥壮的野牛出现在那个水坑上方的土丘上。它站在那里，盯着那只濒死的野猪看，后者正在水坑和土丘之间的岸上挣扎。野牛浑身污泥，看起来甚是吓人。

两人同时搭箭上弦，拉奇的箭率先飞了出去，尼妮没有射。

拉奇的箭正中野牛的心窝。箭身的大部分没入了野牛的身体。野牛哀嚎一声，立刻冲向土丘下方。第二箭没来得及射出。

野牛向树林的方向奔逃。树叶的“沙沙”声、石块的撞击声和树枝的“咔嚓”声依稀可闻。但过了一会儿，就什么也听不到了。

河岸上的野猪只剩了最后一口气。它一死，尼妮和拉奇都走了过去。

尼妮干燥的唇上满是笑意。她说：“我在想，是先喝水，然后从野猪的脖子上把箭拔下来呢，还是先找着野牛，再回来喝水。”

“我先喝水！你赢了，我输了！”拉奇说。

两人笑着跳进水里，开怀畅饮一番。

尼妮把箭从野猪脖子上拔下来，洗了洗。她围着野猪转了一圈，仔细地看了看。她对自己的猎物感到很满意。拉奇说：“去看看那头野牛吧，把这支箭给我，也许派得上用场。”

尼妮皱起了眉头。她说：“野牛肚子上已经有一支箭了，不知道给带到哪儿去了。牛跑了，箭也没了。要是这支也给你，那两支箭就都没了。”

拉奇很不高兴地说：“不是肚子，是心窝，我是瞄准了射的。它可能已经死在附近了。箭我会还你的。”

“为什么不射脖子？”

“要是刮风的话，箭就会偏，就算射中头骨也是白费。”

“哟嗬，对射箭很有研究啊！”

“今天不行，改天再给你演示。给我一支箭！你守着野猪，我去找野牛。”

“不给！你不是拿了竹箭嘛，一天之内怎么能丢两支箭？”

“你不给，我就拿竹箭去把野牛找出来！”

拉奇耷拉着脸，就要去找野牛。

尼妮阻止道：“别让我头痛了，等等，我也去。”拉奇不肯停下来，尼妮跑着追上了她。

她说：“你的脾气可真坏。你要是当我嫂子，我可咋办呢？”

拉奇的眼里迸出了火花。

她生气道：“你现在说话越来越过分了，就像是哪里的王后。小小的箭就让你这么高傲？我就让你看看，你用铁箭和梭镖都做不到的事情，我用竹箭能不能做到？不用竹箭把那头野牛射死，我就不叫拉奇！”

尼妮跑过去，想抱住拉奇，她躲开了。

拉奇说：“别管我，扛着你的野猪走吧！作为古杰尔，你有你的骄傲，作为阿希尔，我的自尊一点也不少！”

尼妮不答应，她硬把铁箭塞到了拉奇手里。

“我和你一样，都是穷人。你的财富是你妈，我的是我哥。你一定会成为我和他的家人。别生气了，拉奇！”尼妮说。

拉奇收下箭，转过脸去说：“谁跟你说我会住你家里的？”

“不管有没有人说，反正所有人都知道。你和他的眼睛都在敲锣打鼓地宣示着呢。”

“你的眼睛才打鼓呢，胡说八道。”

“唉呀，我是胡说八道了！祭司先生从瓜廖尔回来之后对我哥说的呢。”

“他还说呢，你要当瓜廖尔国王的王后了！”

“让哪个倒霉鬼当去吧！让我抛弃拉伊河跟这片广阔的森林，到瓜廖尔的城堡里去当囚徒？我疯了吗？”

“难道你不是疯了吗？让我到你家里去当女仆？”

“不是的，拉奇，是家里的女主人！”

“又说这种话！你再这么说，我可要哭了。我会骂人的，还要跟我妈告状。我发誓！你说，是谁跟你说的？”

“我哥！”

“什么时候？”

“祭司先生回来的时候。我哥说，国王要来狩猎，重建寺庙，还要免除来年的赋税呢。”

“既然是你哥说的，那我要问问他是不是说了？”

尼妮搂住了拉奇，她没有反抗。

尼妮说：“你说真的，你和我哥是不是曾经说过这种话？”

拉奇埋着脸说：“这种话是什么话？”

“没说过什么谈情说爱的话？就像故事里听来的那种？”

“呸！”

“哎嗨，别呸呀，说真话！”

“我和你们的种姓之间怎么可能有这种事呢？”

“为什么不能？我可说了，可能的。”

“村里人会怎么说？”

“村里人要是说三道四，我们就搬到河上游的哪个山里或是森林里去住，不达到让你当我嫂子的目的，我是不会罢休的。”

拉奇扭头转向另一边，脸庞浮现出羞涩。

尼妮说：“我去请求你妈。”

拉奇佯装生气地说：“唉呀，这都是什么跟什么呀，这样大的日头底下，我们到底在干什么？”

尼妮捧住拉奇的脸，让它转向自己。她用手亲热地揉揉她的下巴，说：“笑吧，我的拉奇，要不然我要捣乱了，我的好拉奇！”

拉奇笑了。她说：“好，现在走吧，去找野牛。”

“还需要箭吗？”尼妮笑着问。

拉奇敛住心神，收起唇边略带羞赧的笑意，答道：“一支足够了，万不得已时再找你要。”

两人出发去找野牛。

走了一会儿，拉奇忽然停住脚步说：“我们把野猪丢在那儿就过来了，要是有老虎、豹子什么的来把它拖走了……你回去！”

“拖走就拖走吧，”尼妮说，“我不想丢下你一个人。”

但她转念一想，如果老虎或是豹子来把猎物拖走，那两家解决吃饭问题的计划肯定就泡汤了。她稍稍犹豫了一下。拉奇明白她为什么犹豫，坚持叫她回去。

尼妮从箭壶中抽出铁箭，说：“如果野牛受伤了，你就得面对激战。拿两支箭吧，我回野猪那儿去。早点回来！”

拉奇接过第二支箭，继续去找野牛。尼妮回到野猪那儿。

拉奇一边走，一边小心翼翼地寻找受伤野牛的踪迹。在一块石头上，她发现了血点，血迹一直往前延伸。前方有一座光秃秃的山丘。爬上山丘后，她环顾四周，发现受伤的野牛正卧在一丛小灌木旁打盹。拉奇从箭壶中抽出一支又大又尖的竹箭，用尽全力向野牛的脖颈射去。箭在野牛身上钻了一个小孔。野牛站起身来，看到拉奇，它的眼中喷出了怒火。它竖起尾巴朝她冲了过去。拉奇站在山丘上，她相信水牛已经没力气了，但她还是在弓弦上搭上一支铁箭，全力射向野牛的眉心。箭如同钉子一样钉进野牛的头。野牛低下头，蹄子在地上刨着，努力想摆脱箭，但终于跌倒在地。拉奇又把另一支箭也搭在弓上瞄准，万一野牛再站起来，就再补上一箭。野牛的头缓缓地耷拉下来。竹箭从脖子上脱落，掉在地上。又过了一会儿，野牛的腿也松弛了。为了检查野牛剩余的力量，拉奇再次拉满弓弦，将一支竹箭射了出去，竹箭浅浅地扎进野牛脖子。野牛晃了晃头，却没能站起。拉奇知道，它快死了。

拉奇朝尼妮的方向转过头，呼喊着尼妮，但尼妮没听到。

拉奇沉浸在兴奋之中，在那儿站了半晌。野牛最后动了一下，然后伸直了腿。一切都结束了。拉奇把第二支铁箭搭上弓弦，小心翼翼地从土丘上走了下去。她没有马上走到它身边，而是远远地转了个圈。她在野牛红红的眼睛盯着的方向停住了。看到那双眼睛，她不禁打了个寒战。“这野牛多可怕呀。”她想。然后她端着弓箭走到它跟前。这时她才确信，野牛早就死了。

她踩上野牛的头，又踢了几脚。把两支竹箭放进箭壶，她开始用双手拔那支射进心脏的铁箭，拔不动。她坐下来，双脚蹬着野牛，艰难地拔出了箭。拔出眉心的箭也费了不少劲儿。她拿着两支箭跑到了尼妮身边。

“找到了？”尼妮一见她就问。

“对，对，你看！”她一边回答，一边把沾着血的箭给她看。

“我也去看看，出了这么大动静，老虎、豹子肯定不会来这儿了。

“走，在哪儿？”尼妮说。

两人跑到了野牛身边。

尼妮端详着野牛，暗自发誓：“如果我不能一箭把野牛射翻在地，我的名字就叫骗子！”

她问：“你用竹箭射穿了它的脖子，还是刺穿了它的头皮？”

“都没有，我太自负了，妹妹！”

“不是妹妹，叫小姑子，小姑子！”

“又说浑话了！”

“不是浑话，是漂亮话，就像你一样漂亮！”

“比你这样白皙红润的还漂亮？”

“好吧，这段时间，我不叫你嫂子，你也别叫我小姑子，在我哥面前我们还跟以前一样。谁都不会知道的。”

“怎么浸在蜜汁里了？还是操心一下怎么搬运这些动物的事吧。”

尼妮笑着说：“你扛着牛走，我来扛野猪！”

“我的老天呀，”拉奇说，“我们俩一块儿还抬不动一只野猪呢，野牛得需要四五个人吧。”

尼妮建议道：“我们先把野猪抬走，然后村子里就会来人把野牛抬走。”

两人回到野猪那儿，努力想抬起野猪，却没能成功。尼妮火冒三丈。

“我坐下，从背后抓着它的两条腿往背上拽，你使最大的劲儿推。我一个人把它背回去。”

“一个人！”拉奇大吃一惊。

“对，一个人把它背回去。我们俩这样是弄不动的。”

“你拿着我的武器！”

经过多番努力，在拉奇的帮助下，尼妮终于把那头大野猪驮到背上。两人沿着河岸，在黄昏时分回到村子。尼妮把野猪卸在自己家里。村民们有的在村里，有的在村外。所有人都来了。听说了野牛的所在地之后，五六个人出发去抬了。拉奇正要回自己家，一个女人告诉她：“你娘中暑了，在家里昏迷不醒地躺着呢。”

拉奇和尼妮拔腿就跑。

8

两人到家时，发现老人家不是昏迷，而是已经去世了。拉奇号啕大哭。尼妮也哭了，但看到拉奇悲伤得难以自持，她努力克制住自己的情绪。

拉奇说："现在我什么亲人也没了。"

尼妮劝道："还有我们，今生今世我们都不会抛弃你的。"

女人们也过来劝解。

一个女人说："当我们还在山谷里度日的时候，就算是娘死了，也不敢哭，生怕被人听见了会大祸临头。现在我们和你在一起呢，别再伤心了！好好养活母牛，家里还有点粮食，就算没有了，大家也多少会给点。更何况旁边还有森林呢，老天爷会给的。"

阿德尔来了，他也劝了劝。该给老太太进行火葬了。有几个人拿来了抬野牛用的架子。阿德尔把它收拾停当，就把老太太抬去火葬了。

火葬结束，阿德尔回来的时候，天已经黑了。此后，拉奇和几个女人一起去河里沐浴。沐浴后回到家里，她觉得孤零零的，于是又哭开了。

尼妮劝解道："你说让我们来这儿睡，我们就来这儿睡，如果你想去我们家，就去我们家。我肯定不会让你一个人孤单单地住在这个黑漆漆、空落落的家里。"

阿德尔也这样坚持。

拉奇想："命中注定我要以这种方式到那个家里去。"但是没办法，空荡荡的家感觉阴森森的，她不想一个人躺在刚死了人的房子里。可是，娘刚刚去世，自己就住到阿德尔家去，这也太说不过去了。

阿德尔看着她不声不响、伤心难过的样子，到院子里解开了母牛。

他说："尼妮，你跟她带着锅碗瓢盆一起走吧。"

拉奇没法拒绝。阿德尔牵着牛，回了自己家。

村里有些人想："这小子霸占了母牛，早晚也得把姑娘骗到手。"

尼妮在拉奇家收拾好仅有的一点粮食，带着拉奇和少得可怜的锅碗瓢盆，回到了自己家。

村里人正忙着分野猪和野牛，整个村子好几天的吃食都有了。拉奇得到了野牛皮。

尼妮安顿拉奇吃喝完毕，让她跟自己睡在一起。拉奇睡不着。她的思绪飘忽不定，忽而是死去的娘，忽而是猎杀野猪，忽而又是野牛那双血红的眼睛。

有一次她想，如果野牛没受那么重的伤，而是冲上山丘，那可能她们母女俩就要一起被火葬了。"我是不是也死了算了？可为什么要去死呢？为什么这样去死？为什么不好好地，好好地生活过后再死？人人都要死，但是总该见见世面再死。”

尼妮想，拉奇正难过呢。她说：“拉奇，今天我对你唠叨了很多废话，你能原谅我吗？从今往后，我要是让你心里难过，你就把我的舌头拔出来扔掉！”

“不，我的尼妮。”拉奇说着，又啜泣起来。阿德尔听到了她的啜泣声，便焦急地说：“不管世界如何变化，不管我遭受多少磨难，我都不会让你受苦的，拉奇！”

“我本来也想这么说的。”尼妮说。

拉奇停止了啜泣。她缓缓说道：“我相信你们。我就是因为相信，才这样到这个家里来了。”

村里人很快把野猪开膛破肚，分给了各家。阿德尔分到了一大块。阿德尔很为尼妮的力量和箭术的精准感到骄傲。但他想不明白这一点——纤瘦柔弱的拉奇也可以——可以击倒野牛！

野牛皮很值钱，能换来很多粮食，可以过好些日子了。阿德尔这样想着，又嫌恶地斥责自己——想用那张皮？该死！一个穷姑娘，冒着生命危险得来的奖赏，我却像豺狗一样窥伺它，想把它偷走？我的天！整张皮都是她的，我一小块都不会要。她脚上没鞋穿，要光着脚去放牛，光着脚去面对野兽。她的粮食也只有一点点。野牛皮的收益也应该属于她，我要把它换来的钱给拉奇种田用。

第二天，阿德尔看到拉奇很沮丧，尼妮也在她跟前。他把从瓜廖尔回来的祭司的话转述了一遍。

他说：“尼妮神射手的名声已经四处传开了，你也会声名远扬的，拉奇！”

尼妮做了个鬼脸，说：“那我们能得到什么呢？”

阿德尔接着说：“现在更得声名大震了，我们尼妮一个人把那么重的野猪背回来了。国王马纳辛格从瓜廖尔来狩猎时，就会看到这一点。箭射得多好啊，尼妮和拉奇！”

沮丧的拉奇开口了：“国王能一个人把野猪背回来吗？从森林里？”

9

多摩尔的破坏性打击并没有一下子使德里苏丹国变得孱弱不堪。长久以来，拉贾斯坦的拉其普特人和婆罗摩伐多[①]的帕坦人与德里苏丹国连年作战，持续不断地引发骚乱，这些倒大大削弱了它的实力。德里的统治者把婆罗摩伐多到孟加拉的地区分封给了一个个小帕坦领主。这些领主拥有规模不等的军队，少则几千人，多则四五万人。在婆罗摩伐多，仅一个领主的手中就有四万五千帕坦兵士和七百头战象。德里统治者的腰杆不硬了，这些领主们想要独立的欲望就高涨起来。他们中大多数人的目的都是杀戮、压榨百姓、依靠政权作威作福。由于相互间的争斗和厮杀，拉其普特人难以得到喘息的机会，因此，他们想要完好无损也没那么轻松。

梅瓦尔[②]是那些少数一直为保护臣民而努力的土邦国之一。梅瓦尔与古吉拉特和马尔瓦[③]的帕坦统治者之间经常发生战争，有时也

① 古印度地名，指恒河和叶木拿河之间的地区。
② 印度中世纪一独立王国名，在今拉贾斯坦邦境内。
③ 今印度中央邦境内一地名，古为“摩婆腊”国。

不得不与德里统治者发生冲突。击败马尔瓦的马茂德·基尔吉之后，拉纳·贡帕在吉多尔建立了荣誉柱，而马茂德·基尔吉为了平息妒火，在芒杜建造了七层宫殿。江普尔统治者的王国从本得尔肯特的北部地区，直到卡尔比。马茂德·基尔吉看到在梅瓦尔和古吉拉特无机可乘，便转而进攻卡尔比，把它纳入了自己的统治之下。

马茂德·基尔吉死后，他的儿子吉亚斯－乌德－丁继位。吉亚斯－乌德－丁在位时期，卡尔比脱离了他的统治，可是他始终心怀重新占领卡尔比的欲望。吉亚斯－乌德－丁与梅瓦尔建立了同盟。当时，大量的拉其普特人居住在马尔瓦。他善待这些人，希望借助他们的力量对抗古吉拉特和德里。

卡尔比彼时已成为德里的附属地。吉亚斯－乌德－丁认为，如果在梅瓦尔与德里交锋之际进攻卡尔比，势必取得成功。但是，他为人急躁自负、伪善好色。一喝酒，他的本性立刻暴露无遗。虽然他喝酒并不多，但只要喝了酒，他的冷漠、荒唐和好色就更加过分。他善待印度教徒。喝酒的时候，他总是拿宗教顽固派打趣，因此毛拉[①]阶层对他很不满。由于好色，他并不把男女之大妨放在心上。

吉亚斯－乌德－丁四十四五岁的时候，其子纳西尔－乌德－丁二十五岁，风华正茂。纳西尔非常热衷于权力，常常周旋于毛拉之间。他深知毛拉对国家政权的影响力。他对祈祷和斋戒的热衷，远不如他对所期待未来的热衷。而他看到，这个未来掌握在毛拉和他们影响、煽动的穆斯林贵族手中。吉亚斯－乌德－丁想，若是把纳西尔托付给毛拉，就能从二者那里得到喘息之机，但他却没能看到，有一天“才离虎口，又入狼窝”的谚语会成为现实。他相信目前还是高枕无忧的，纳西尔还羽翼未丰。

---

① 毛拉（Mulla），穆斯林阿訇。

阴云密布，大雨滂沱。芒杜的秃山都披上了绿装。河水漫过了堤岸。巴掌大的地方都开始灌水了。

宫殿下方的护城河水伴随着雨点和一阵阵劲风快速地上涨。虽然只是黄昏时分，感觉上却像已经入夜。

寝宫的房间内，吉亚斯－乌德－丁靠坐在窗边宝座上，仿佛陷进了又松又软、五彩斑斓的丝绸坐垫和靠枕之中。女仆们端着镶嵌着宝石的金制细长颈水壶和碗侍立一旁。克瓦贾·莫特鲁坐在下首与他交谈。喝过一两杯之后，吉亚斯－乌德－丁示意女仆们退下。窗口吹来一阵冷风，吉亚斯－乌德－丁打了个寒战。

“从来也没有在什么地方见过这样的美女，陛下！”克瓦贾低眉顺眼地说。

“什么样的美女？”吉亚斯－乌德－丁摇晃着花白的长须，抚摸着腮边的胡须问道。

“在瓜廖尔附近，一个村子里。”

“哪个村子？离瓜廖尔多远？她们是谁？”

克瓦贾一一作答。

“为什么你到现在才说？这些日子，这样的天气里，她们俩本应该在我身边的呀。”吉亚斯－乌德－丁显得急切不已。

克瓦贾·莫特鲁解释道：“陛下啊，一般在乡下是不可能找到美女的，所以最初听说的时候，我并不相信。在这之后，陛下又被那些毛拉的麻烦事和其他政务缠身了。”

“让毛拉和毛拉维[1]们都见鬼去吧！我要是能办到，就把他们所有人都送到印度教徒的天堂去，让他们在那里讨论上至仙女天使，下至世界末日的话题。唉，雨季一过就要进攻卡尔比，再往东一点

① 毛拉维（Maulawi），即大毛拉，其地位、声望和权势均高于毛拉。

就到瓜廖尔附近了。说说她们的情况吧。”

“一个是古杰尔种姓，另一个是阿希尔种姓。两人都打猎、射箭。”

“猎取的是什么东西？射什么箭？亲眼所见吗？你也是莫特鲁·夏耶尔[①]呢。”

“不是的，陛下，这不是诗，是真真切切的事。她们猎取森林里的野兽，射的是铁箭。”

“我的天，而且她们还很漂亮！你说胡话呢吧？没喝醉吧，克瓦贾？”

“没有，陛下，我是在向您报告有人看到的情况。两人都是村子里穷人家的女儿。她们缺衣少食，所以靠打猎过活，住的是茅草屋，没办法遮挡雨季的倾盆大雨。脚上连鞋也没有。”

“可怜的人儿，脚常常起水泡吧？”

“打不到猎物的时候，就靠森林里的草根果腹；衣服破得打不了补丁，就拿树叶蔽体。陛下肯定听说过异教徒诗人迦梨陀娑[②]的沙恭达罗[③]吧，就像她那样。”

“这儿又没坐着什么毛拉，你为什么把迦梨陀娑称为异教徒？他是普通的诗人吗？不是，他是诗人之宝啊！世上哪个朝代也没有过这样的诗人。”吉亚斯－乌德－丁声音哽咽，眼眶也湿润了。克瓦贾明白，酒壶里的美味已将他拥入怀中了。

克瓦贾说道：“世界的庇护者啊，她们的名字也很甜美。在村子里，叫尼妮的那个，真正的名字叫作鹿眼女，另一个叫拉奇的，真

① 本词印地语义为“诗人”。

② 印度诗人、剧作家。梵语古典文学最杰出的代表，约活动于 4 世纪下半叶 ~5 世纪上半叶。

③ 迦梨陀娑的剧作《沙恭达罗》中的女主人公。

名是拉奇拉妮。”

“她们还有别的亲人吗？”

“有一个哥哥，名字很不起眼，穷得很。”

“我会让他们富有的。想想办法，召她们来吧。”

“我的阅历无法与仁慈的陛下相比。老苏丹时期，金钱和珠宝的诱惑是无法成事的，进攻卡尔比时就可以成功了。”

“在这倒霉的雨季里能干什么呢？你看，很快又要下雨，就好像天上破了个窟窿似的。我倒是今晚就能下令去进攻，可是路上数不尽的淤泥和洪水会让我们吃尽苦头的。”

“到那时我会想办法的，虽然希望渺茫。”

“然后呢？”

“流浪者、戏班子、歌舞艺人和根杰勒人[①]在各个地方游走，有时借助他们也能成事。我试试看。”

“真是我可爱的莫特鲁！你从今天起就开始吧！这些戏班和歌舞艺人如今在哪儿？”

“这些人不住在城市里。他们是流浪者，有时住在村子边上，有时住在森林里。我会弄清楚。”

一个女仆轻咳着走过来，垂手站立，似乎要说些什么。吉亚斯－乌德－丁示意她说。

“大法官求见。”女仆说。

吉亚斯－乌德－丁咬咬牙，心里嘀咕着：“这个时间他到这里来找死吗？”可是大法官是有影响力的人物，吉亚斯－乌德－丁不得不同意接见。女仆出去了。过了一会儿，大法官礼貌地进来了，吉亚斯－乌德－丁冷淡地赐坐。

① 一个不定居的非雅利安族。

吉亚斯－乌德－丁示意大法官说明来意。但还没等他开口，吉亚斯－乌德－丁又说："您知道，这个时间是我独处的时间。下这么大的雨，您怎么来了？"

"陛下！"

"说吧，快请说！现在您已经在我面前了。"

"陛下，修清真寺的工匠们想干坏事……"

"又是这些事！真主的不幸！您的脑子里多少应该有点智慧啊！"大法官受到多数帕坦首领的尊崇，纳西尔－乌德－丁也随时准备投靠他。大法官稍微加快了语速。

"陛下！清真寺的大门和两侧的石头上，工匠们除了雕刻花纹、叶子和花朵之外，还雕刻了鸟儿和猴子的形象。有人阻止了，可工匠们不听。明天一早，他们就要装饰好这些石头，建造上面一层了。那时清真寺的这一部分就得全部拆掉。这就太糟糕了！"

"还有什么？"

"还有，陛下，这些人没有按照伊拉克的式样，把宣礼塔圆顶的窗户修成安装弹簧的窗户，而是擅自修成了带横闩的窗户，里面像印度教寺庙一样挂了很多彩带。"

"还有吗？"

"是的，陛下。大门窗户的网格、光孔和上面的角塔也修成了印度教寺庙的式样。角塔是用上面雕刻了孔雀和马头的石头建造的。他们定在明天把所有这些装饰装上去。这些都与图纸不符，也违背了朴素的初衷。来清真寺的人看到这些装饰都会产生疑惑，这到底是清真寺还是印度教寺庙？"

"里面没有神像还是不行？"

"毫无疑问，陛下！"

“什么人说的？”

“毛拉和毛拉维们宣布的。”

“到现在为止，他们都在哪儿睡大觉呢？清真寺的大部分都已经建好了。”

“前面修建的那些部分里没有这么大的缺陷。”

“毛拉和毛拉维的父辈以前在印度斯坦盖过房子？”

“陛下！”

“你们更多反对的是鸟、猴子、马和孔雀的画像，是不是这样？”

“陛下说得很对。”

“工匠们只是把古时学到的那些工艺习俗表现出来了而已嘛。”

“可那些习俗是错误的，陛下，是违背伊斯兰教义的。工匠们是在故意捣鬼，阻止了还是不听。”

“这些可怜人怎么能违背自己内心对美的追求呢？您理解吗？”

“信徒们会说什么呢，陛下？毛拉维们正要为此作出裁决呢。”

“工匠们天性中那美好的一面正在展现出来呢。”法官不说话，眼中流露出怀疑。吉亚斯－乌德－丁用愉悦的口吻说道：“孔雀是美丽的鸟，你们这些人谁也不是孔雀，看到它，你们就被刺到痛处了。只有马头被画出来，你们才会想起，这一半是马，另一半是别的什么。那些工匠们画出了猴子的画像，就达到了美好的极致了。你们所有人实际上都是猴子，十足的猴子！给东西吃就啧啧直叫，不给东西也那样！不分好坏！而且——”

美酒带来的愉悦令吉亚斯－乌德－丁的讥讽更加辛辣。法官愤怒地涨红了脸，一言不发。吉亚斯－乌德－丁看了克瓦贾一眼。克瓦贾想，事情闹大了。

克瓦贾说：“陛下，就让一切都这样吧，请您下令移走那些画像吧。”

吉亚斯–乌德–丁点头表示同意。他说：“好吧，就这么做吧。告诉毛拉维们，把裁决书包好放着吧，别再愚弄智者了。”

法官行了礼，离开了。

苏丹下令传膳。他的声音中透着慵懒，对克瓦贾·莫特鲁说：“那件事得赶紧办。”

10

印度的高山、森林、河流众多，平原广阔、地域宽广，这造成了不可胜数的大小土邦的增多，增加了地区的差异性；同时，在把一地的思想和观念传播到另一地去的过程中，不仅是这些地方和它们的物产，许多大大小小的土邦及不同地区的区域限制有时也会成为一种阻碍。香格尔神[①]出生在遥远的南方，可是为了打败敌人，传播自己的思想，却也到达了克什米尔！他在遥远的孟加拉得道，他的思想传播者却在沃林达森林[②]建立了教团！呾叉始罗[③]的婆罗门在冈奇[④]的学院里，冈奇的婆罗门在克什米尔，而克什米尔的婆罗门在伽尸！恒河和哥达瓦里河从南到北、自东向西，在印度的角角落落、家家户户都一样神圣，就如同喜马拉雅山、文迪亚山脉和萨诃亚德利山一样。

那时候，印度教徒为了朝圣，冒着生命危险，从一端走到另一

① 印度大神湿婆的一个称号。

② 印度北方邦马土腊附近印度教的一个圣地。

③ 古印度西北重镇，故地在今天的塔克西拉（现属巴基斯坦）。

④ 古印度地名，故地在今天的甘吉布勒姆。

端至少需要半年时间。家里人知道，走了就走了。但是，如果把重要消息要从这头传递到那头要是花上半个月，那时间就太长了。有时，克什米尔的重要消息十天之内就能到达拉梅斯瓦兰[1]。从这张嘴到那张嘴，从这个村庄到那个村庄，再到城市。印度人并不能轻易地到处长途旅行，但是为了传送消息，河流湖泊、森林山水仿佛都不是阻碍。

西甘达尔·洛蒂从瓜廖尔撤退的消息传开了，往水井里扔腐物的事情也不绝于耳。尼妮用一支箭射杀长着獠牙的野猪，背着这只笨重的野猪走了几里路回到村里；拉奇“只用一支竹箭”就射杀了野牛。这两件事情也很快就远近闻名了。消息传到了马尔瓦的都城芒杜、梅瓦尔的都城吉多尔、古吉拉特的都城阿默达巴德，还传到了其他地方。同时出名的还有两位女子无与伦比的、独一无二的、非凡的美貌。

国王和领主们都渴望一睹芳容，可能的话，当然也想得到她们。如果这样不可能，那么把两人抓住纳入后宫也很简单。马尔瓦和古吉拉特的领主们都心跳加速了。美女在她们的勇猛面前算不得什么，仙女面对她们的美丽也会皱起眉头。但是，闲言碎语还是慢慢传开了。大户人家的印度妇女只知道佩戴面纱，足不出户，遭遇不幸时，就踏上焚尸架化为灰烬。这两个人一定是从因陀罗的哪个摔跤场上掉下来的，所以才能用竹箭杀死狮子、豹子、野猪和野牛！

古吉拉特苏丹马茂德·伯克尔拉听闻这个消息，心急如焚。

古吉拉特定都阿默达巴德[2]已超过七十五年了。十四世纪末，多摩尔大军在德里屠杀了十万印度教徒和十万穆斯林，还有德里的军

---

① 印度岛屿，属泰米尔纳德邦。

② 印度城市，属古吉拉特邦。

队首领和官员。古吉拉特、马尔瓦、江普尔和孟加拉从此独立。古吉拉特的第一任独立苏丹是艾哈迈德·沙，他极端公正。因为杀人罪，他命人把自己的女婿在阿默达巴德的大街上分尸。印度教的领主们要么放弃自己的宗教，要么交出自己的脑袋，除此之外，他绝对不会给他们其他选择。

但是，古吉拉特的美也对艾哈迈德·沙那冷酷的心产生了影响。这里有苍翠的广阔森林、绿油油的田野、涟漪阵阵的河流、声音甜美温柔的女人。他在阿默达巴德建造了一座大清真寺和迷人的城堡。他在宽广的萨波尔莫迪河岸将阿萨波尔改变和扩建为阿默达巴德，把古吉拉特的繁荣、美丽、耀目、迷人和温柔以清真寺的形式具体地展现出来。他的心受到感动而变得单纯，这一点从清真寺出口和两侧的简单质朴风格中就可见一斑。古吉拉特那自然、繁荣且不可思议的美不经意间就从清真寺的花卉图案和镶嵌工艺中被具象化了。马茂德·伯克尔拉就是这位艾哈迈德·沙的孙子，就住在这座清真寺旁边的宫殿里。

马茂德·伯克尔拉身高五尺，体宽也跟身高相差无几，看起来完全是个侏儒的样子。此时他大约四十五岁上下。他的胡须很长，一部分绾在头上，其余的一直垂落到腰际。

清晨洗漱之后，伯克尔拉在楼上厅堂的宝座上坐定。仆人送来了早餐。一百五十个熟透的香蕉、一塞尔[①]蜂蜜和一塞尔黄油——这是每天的早餐。如果某天晚上因为失眠而消化不良，那香蕉就只要一百个。蜂蜜和黄油的数量绝对不会减少。

马茂德·伯克尔拉开始吃早餐，一堆食物慢慢消失。首席密探和书记官已经待命，准备报告情报，听取命令。所有人低着头，双

---

① 印度重量单位，约等于一公斤。

手合十站立着，内心忐忑不已，表情也十分严肃。

两口吃掉一个香蕉之后，伯克尔拉朝着首席密探“哼”了一声，如同一声闷雷响起。密探战战兢兢地抬起头，低眉顺眼地说：“马尔瓦苏丹吉亚斯－乌德－丁·基尔吉……”

伯克尔拉嘴里咬着一半香蕉，另一半正快速顺着喉咙下咽。他的嘴半张着，从那里传来压抑的雷鸣声：“他不是苏丹，那个没用的家伙！是奴隶家族的基尔吉。说，关于他有什么要说的？”

密探控制了一下颤抖的嗓音，说道：“陛下！吉亚斯－乌德－丁·基尔吉和梅瓦尔的异教徒拉纳依旧保持盟友关系。梅瓦尔的拉纳打败了德里苏丹——我忘了，请您宽恕——德里的辛格德尔·洛提[①]的军队。”

密探停下来等待伯克尔拉的反应。把一只小香蕉整个放进口中之后，伯克尔拉说话了，仿佛水渠借助水流的力量冲开了阻塞：“一个坏蛋打败了另一个坏蛋。接着说，吉亚斯－乌德－丁最近在干什么？”

密探答道：“陛下，他被一个名叫克瓦贾的英俊年轻人控制了。”“好啊，他死定了。还有呢？”伯克尔拉仿佛是在地下的裂缝中说话。

密探思量着，接着说一些可能被赞赏的事：“吉亚斯－乌德－丁正在扩充军队。他想进攻瓜廖尔，因为在瓜廖尔附近的拉伊村里，有两个漂亮的印度教姑娘，她们还打猎，一箭就能射死野牛、狮子、野猪、豹子等森林野兽。吉亚斯－乌德－丁想把这俩姑娘弄到芒杜去。”

“哈哈哈哈……”伯克尔拉放声大笑。伴随着笑声，咬了一半的

① 此处为密探的口误，应为西甘达尔·洛蒂。

香蕉掉到地上，滚到了远处。大臣们听到那笑声，感觉仿佛大地炸裂了一般。密探困窘不安。要是打断他，肯定没命了！不知道现在会如何？

伯克尔拉止住笑，往口中放了一大块香蕉，边嚼边说：“你从哪儿听来的故事？漂亮姑娘一箭射死狮子和野牛？是皮尔[①]女人吧，倒霉鬼！又黑又丑的坏蛋！”

密探暗自庆幸地说：“陛下，已经核实了，一个姑娘是古杰尔种姓，另一个是阿希尔种姓。两人都很漂亮。”

伯克尔拉严肃起来。他边吃边想：“高种姓的印度教姑娘，都这么漂亮——还打猎？”吃完香蕉，伯克尔拉为了消化香蕉喝下了一塞尔的蜂蜜。因为要多少留一点东西在肚子里当作午饭，他又吃下了一塞尔的黄油。为了解决掉所有这些东西，他喝了一壶水，然后又把七八个槟榔送入口中咀嚼。仆人端着香蕉皮和盘子出去了。

伯克尔拉靠着枕头躺下，手抚着胡须说道：“有伯赫默尼苏丹国的消息吗？”

密探长舒了一口气，答道：“穆罕默德·汗被杀之后，南部和异邦民众的矛盾激化。随着伯赫默尼苏丹国的解体，一些新的苏丹国正在建立，维贾耶纳伽尔的国王正在跟他们打仗。”

“知道了。”伯克尔拉说道，如同行进中的风暴给某棵大树来了重重一击，“但是，伯赫默尼苏丹国的两翼一定会形成新的力量，击败维贾耶纳伽尔国王。马尔瓦人就这样了，他们是不能把伯赫默尼人怎么样的。我很快就会消灭他们。葡萄牙人在做什么呢？”

“正忙着扩充海军力量。他们新造了五艘船。”

“没什么可担心的。书记官，给土耳其苏丹阿杰姆·哈里发·谢

---

① 印度土著部族，分布在印度中部地区山林。

里夫写信，让他准备好！土耳其和古吉拉特的力量会令葡萄牙人无所遁形的。”

“陛下！”

“雨季进攻芒杜。依靠着雷电与河水的力量，当我们攻入吉亚斯－乌德－丁的老巢时，我会让马尔瓦人尝尝我的雷霆之力！加紧准备吧！”

“遵命，陛下！”

“最近总得在哪儿打一仗。”

“遵命，陛下。金巴奈尔附近的拉其普特人又开始造反了。”

“现在距离我对所有人进行镇压还不到七年，这些人这么快就把这件事忘了？”

“伯赫默尼苏丹捣毁了冈奇的所有庙宇，现在那里又要建造庙宇了。”

“我见过那些庙宇，还有神像。不管怎么样，庙宇还是很漂亮的，捣毁神像就足够了。在赋予石头生命的艺术方面，印度教徒所掌握的技艺着实令人惊叹。我们穆斯林就无法做出那样的工艺。口头上都无法描述，要像那样艺术地展现出来，还早得很呢。”

官员们都垂首站立，悄然无语。伯克尔拉心里说：“高山、大树、花朵树叶、夜莺的鸣叫和仙女的柔美，这些一起被融进了寺庙的装饰中，是用锤子坚持不懈地雕琢出来的吧。我看到这些，几乎都陶醉了。还有神像，也是无与伦比的美。真想把这些神像就那样吞进肚子，藏在某个角落。唉，这些都是非伊斯兰教的呀！但是，如果非伊斯兰的事物能给心灵带来安宁，又有什么坏处？我的真主啊，真主保佑！”

伯克尔拉用手摸了摸肚子，深吸了一口气，仿佛一座不结实的房子在雨中崩塌了。看到官员们都默不作声，他对自己的话做了补充："寺庙推倒了，神像捣毁了，唉，做得好！斩草就要除根，好像是异教徒诗人在这儿说的。现在那些人不应该再建新的寺庙。也许有些寺庙幸运地没被推倒，那些人被告知说要从头再建吧。你亲自去那儿了吗，密探？"

密探发起抖来，这正是伯克尔拉所希望的。密探说："陛下，我正在调查葡萄牙人的行动，没能亲自去建志补罗。请您恕罪。"

伯克尔拉温和地说（声音好像几根破竹子一起"噼啪"响起来）："没关系。最近我对冈奇或是维贾耶纳伽尔不感兴趣。芒杜有很多印度教工匠。他们还没打算成为穆斯林，不要强迫他们。作为进攻芒杜的成果，我会把他们抓来，告诉他们，如果他们不改变信仰，就会给阿默达巴德带来更多的惩罚。毛拉和法官们都支持我的想法，所以没什么问题。处罚的方法就是减少一点他们的工资。"

"遵命，陛下。瓜廖尔也有很多能工巧匠。"

"攻占芒杜之后，瓜廖尔也将被碾碎。那两个姑娘是在哪个村庄住？离瓜廖尔多远？"

"村子叫拉伊村，离瓜廖尔大约六柯斯。"

"好的，雨季去看看。今天午饭过后动身去金巴奈尔。每天不在战斗中砍掉几百颗脑袋，我没法安宁。"

"陛下！"官员们低着头，脸上瞬间堆满笑容，以示同意。

伯克尔拉又打了个嗝，如同一个大风箱爆裂发出的声音，又仿佛肚子里面有人在通知中午的临近，同时也发出吃中饭的请求。

又谈论了一些日常和非日常的事务之后，官员们奉伯克尔拉之命离开。

"一个白皮肤、一个黑皮肤的两个漂亮姑娘自由地打猎，她们还不是皮尔人，尽管我也在皮尔人当中见过美女。印度教的工匠们在石头上雕刻了各式各样的漂亮女人和她们的各种姿态，但是这类型的女人还从来没在哪里见到过。要是碰到了，一定要看看。至少想法是好的，很有意思。即便什么都碰不到，手脚也能体验一下森林里的运动。[①] 被宝剑砍落的头颅滚动着，身体上流着血。”伯克尔拉思索着。

① 森林里的运动，这里指猎杀动物或杀人。——译者按

11

在暴雨停歇的间隙，阿德尔在有田埂的地里种上了稻子，在旁边的一个斜坡上种了少量印度黍。其余的地都留着种乌纳里[①]。过了段时间，稻种生根了。稻苗一长大些，就铺满了整个田里。雨水很多，田里的水满了，于是阿德尔就从一边挖开田埂，把多余的水放出去。两个月后，稻田里开始泛绿，印度黍也长出了大叶子，一片生机盎然。兄妹俩和拉奇，三个人随时准备守护庄稼。

粮食已经快吃光了。野兽们溜到了森林里远一点的地方。要守护庄稼，也要填饱肚子。为了守护庄稼，他们在稻田的旁边搭了一个守望台，另一个搭在森林边上，用来守护印度黍。野兽们都长了心眼，晚上有时候这个时辰来，有时候那个时辰来，白天很少能见得到。森林里如此浓绿，灌木如此茂盛，根本就抓不到猎物。阿德尔的所有粮食都吃完了，现在只剩下拉奇的了。拉奇的口粮和奶牛的奶加起来也不够三人过活。有时候雨下得太大了，白天出门都很

① 一种农作物。

困难。晚上因为云和雨的关系，天实在太黑了，虽然能吆喝着驱赶野兽，却没法射箭来捕获它们。

阿德尔发誓不碰拉奇的粮食。现在要吃什么呢？村里的其他人大多也都是这种状况，从他们那儿也得不到什么。拉伊河里连鱼也捉不到。

拉奇说："粮食就在那儿呢，拿它应付几天吧。"

"大娘去世的时候，我就发过誓，在田里为你种这些粮食，所以我不想动它。"

"那干嘛把你的粮食给我吃？"

"它以前就是你的嘛。"

"难道它不是你和尼妮的？"

"是倒是的，可是我已经发过誓了。"

"那我也发个什么誓？"

"干嘛？发什么誓？"

"跟你的一样呗，不用脑子想想？"

"我也问问尼妮。她出去了，快回来了。"

"那我说的话就没什么用吗？"

"有用，不问尼妮了。但是等这些吃完了，又怎么办？"

"河水会变浅，会捉到鱼的。况且等雨水少了，也能打猎。到那时，稻子和印度黍就要成熟了。"

阿德尔从保留的粮食里拿了一点儿。尼妮从外面回来时看到了，问道："哥，你为什么动它？"

阿德尔答道："她说让我拿，我就拿了。家里今天已经没别的什么了。她说，这也是我们的。"

尼妮调皮地朝拉奇笑笑："说得倒对！"

阿德尔出去了。两个人磨面粉，做烙饼，黄昏时分总算填饱了肚子。

天快黑的时候，三个人出发去看护庄稼。

尼妮和拉奇在稻田旁边的守望台上躺下，阿德尔去了印度黍那边的守望台。

刚一到晚上，天就黑漆漆的，乌云密布。天上虽然有月亮，却看不到一丝月光。毛毛细雨断断续续地下着。虽然刮着风，但一群群的蚊子直往身上扑。衣服穿得很少，但为了防蚊子，也得把身上裹起来。还没裹严实呢，就热得出汗，又赶紧把身体露在外边凉快凉快。然后蚊子又来了，又裹衣服，又热得出汗……周而复始。两人不得不坐了起来。

尼妮说："咱们说点什么吧！"

拉奇说："说什么呢？唱唱歌吧！"

"要是唱歌，蚊子肯定使劲往嘴里钻。我真想把所有蚊子都抓起来烧死！"

"听说土邦王公当中的大人物们为了防蚊子都抹驱蚊油。"

"我也听说了。"

"驱蚊油会是什么样？"

"我怎么知道，知道了又能怎样？你也抹驱蚊油？"

"命里哪有这福气呀。杀死一头野牛，先拿它的皮换两个月的粮食。再杀一头，就用它来换几件衣服和两只夜莺，一只给你，一只给我自己！"

"干嘛多此一举呢？你和哥一只就够了。"

"又胡说了！村里人本来就看不顺眼，要是你在什么人面前说了这种话，那该咋办？"

“传出去倒好了，那就结婚吧。”

“村里的五老会不会同意的。”

“如果像情妇一样养着，五老会就什么也不会说；一要结婚，他们就好像被雷劈了似的。”

“我就一个人过。在当某人的情妇之前，最好脖子上绑块石头，沉到拉伊河里淹死算了。跟你在一起会短寿的。”

“难道我也一个人过？”

“你要结婚吗？”

“如果心里喜欢，就结。”

“你心里，还是你哥心里？”

“走着看，反正不是今晚就结婚。”

两人又忙着打起蚊子来。过了一会儿，田地的一个角落里发出了“啪啪”的声音。两人警惕地倾听。

拉奇看到了一个影子，不是很清楚，但她还是射出了一支铁箭，那个影子中箭了。她又射出第二支，影子又被射中了，发出了野牛高亢的叫声，但它并没有跌倒，逃走了。野牛逃进森林里稍远一点的地方时还有声音传来，此后就什么也听不到了。

“是野牛，逃走了，”尼妮说，“你太草率了。”

“进到田里的话，会把稻子踩坏的。”拉奇说。

“能踩坏多少稻子？可丢了两支箭呢。很好的箭呢，你想都不想一下。”

“你来把它打倒？”

“就算不能打倒，也不会丢箭。”

“在那个日头灼人的中午，我从野牛身上拔出这两支箭还给了你，明天早晨我还会这样把它们找出来还给你的。”

“找到野牛！把箭还回来！野牛已经跑到好几柯斯以外的地方休息去了。”

“别烦我了，忍到天亮吧！”

“你又开始狂妄了！”

“要是不拿那头野牛的皮做鞋，不换粮食，我现在都不知道有多少支这样的箭了。”

“难道是我们自个儿把那些粮食吃了？鞋是给你做的，你穿着它过日子的。”

“都是我吃的？”

“现在我们在吃你的粮食，所以你就一直埋怨我们吧！”

拉奇缄默不语，尼妮也沉默了一会儿。但是，她不喜欢长时间的僵持。

她说：“你要还我什么？”

“拿了什么，就还什么。”

“我哥也还我？”

“你要说，就说点别的，这样我们才能整夜说话。如果你还说这话，我现在就从守望台上跳下去，到森林里去找那头野牛和你那些宝贵神奇的箭！”

“啊哈，好一个般度族[①]的阿周那[②]！”

“现在就让你看看，我是谁！”

拉奇提起剑，“腾”地跳下了守望台。尼妮没抓住她，也跳了下去。此时拉奇已经光着脚在稀泥里“扑腾扑腾”地往前走了好几步。

---

① 般度族：印度大史诗《摩诃婆罗多》中奇武王次子般度的五个儿子：坚战、怖军、阿周那、无种和偕天。也称为“般度五子”。

② 阿周那：般度五子中的老三，也是武艺最强的一个。是其母贡蒂利用咒语和神王因陀罗所生。

尼妮想跑，可是跑不动。拉奇身材纤瘦，跑起来并不困难。

尼妮喊道："我向你发誓，站住！你再往前走一步，我就死给你看！"

拉奇停住脚步，尼妮走过去抓住她。"回去！"尼妮强硬地说。

"不！"拉奇坚定地说。

"那我就和你一块儿去死。"尼妮说出了决定。

阿德尔从另一块地边上的守望台发现了两人的争执，他跳下守望台，朝两人的方向跑过来。

他喊道："怎么回事？"

尼妮低声对拉奇说："好了，现在去对付他吧。要是你愿意，就去他的守望台。"

"要是你想我去死，或者去别的地方，那就一看见我，就和我斗嘴吧。"

"我为什么不去别的地方呢，这样你就不会看不顺眼了。"尼妮这么想着，却没说出口。她看了一眼走近的阿德尔。阿德尔走到跟前，奇怪地问："这是怎么了？你们两个人光着脚要去哪儿？"

尼妮立刻答道："野牛来过了。你没看见吗，哥？她射了两箭，都射中了。它逃走了，你没听见？你在哪儿呢？"

阿德尔不好意思地说："我一躺下就睡着了，听见你的喊声才醒过来，就看见你们俩站在这儿说话。为什么从守望台上跳下来了？"

拉奇清了清嗓子，正要开口，尼妮插了进来："她说，箭丢不了，要去找野牛，所以跳下来了，我为了阻止她就飞奔过来了。"

"你们俩真糊涂，快回到守望台上去！别担心箭的事，明天我会找到野牛。回去！"

尼妮抓着拉奇的手，往守望台那儿拽。两人上了守望台，阿德尔也回到自己的守望台。

尼妮搂着拉奇的脖子说道：“我发誓，以后再也不说这种话了。”

“知道我孤苦伶仃，还想说什么就说什么。”

“你说自己孤苦伶仃，要把我变成坏女巫了。我才是孤苦伶仃呢。我发誓，以我最爱的人发誓，以后无论发生什么，我也不斗嘴了。”

听到她发的誓，拉奇呜咽着搂住了尼妮。

“干嘛发这样的誓，尼妮？”拉奇哽咽地问。

“因为我太容易冲动。有了这个誓言，我就不会再冲动了。”

“我以祖先发誓，只要你愿意，打我骂我都可以，我绝对不再生气了。”

“行了，行了，可以了，以后我们俩再也不斗嘴了。好，现在笑一个！”

“嗯——”

“结婚吧，和我哥？”

“又是这话？”

“是啊是啊，肯定的！我想做你实实在在的小姑子，想亲亲热热地叫你嫂子，就让我亲口叫一次吧！”

“这是我能决定的事吗？”

“能啊，要是能决定，结婚吗？”

“结！”

“如果不能，那……？”

“结，结，那也结！要不然叫我去死。你哥也得有勇气。”

“他有的，我知道。”

“那我的勇气也不会比谁少。”

两人互相搂着，坐了好一会儿。衣服都汗湿了。这么多汗，蚊子都无从下嘴了。

拉奇松开手说："好好盯着，可别再有什么野兽来。"

"还有几支铁箭呢，射吧，我也射！"尼妮安慰道。

"天这么黑，吵吵着射箭有什么好的，不想再多丢箭了，以后会有用的。"拉奇反对道。

尼妮笑了："你的新郎说了，别担心箭的事儿。"

拉奇拧了一把尼妮的脸。

"哎呀呀！"尼妮大笑着叫道。

拉奇请求道："唱点什么吧！你的嗓子这么甜，你唱歌的时候，给人的感觉就像夜莺在歌唱。如果你大声唱，野兽也会入迷，走不动路了。"

尼妮没学过唱歌，但她听过。她的声音自然甜美，耳朵很灵敏，人又聪明，所以会唱几首歌。她唱了起来。两人唱啊，笑啊，过了大半夜，直到拂晓时分，才睡了一会儿。

洗漱过后，两人出发去找野牛，走了很远，才看到了血迹，然后又什么都找不到了。大约中午时分，两人回来了。丢了箭，阿德尔和尼妮都不难过，拉奇却有一点儿不好受。

12

吉亚斯－乌德－丁想在雨季结束之际进攻卡尔比。克瓦贾·莫特鲁没有找到他心目中的杂耍艺人。突然有一天消息传来：古吉拉特苏丹马茂德·伯克尔拉带领大军向芒杜进发了。

吉亚斯－乌德－丁并不怯懦。他立即准备好迎战，并写信给梅瓦尔请求援助。

颇有声望的拉纳·贡帕统治了梅瓦尔五十年。他的儿子乌达觊觎王位，毒死了自己的父亲。乌达勉强执政了五年，孱弱地满足了自己对于王权的欲念。在此期间，金巴奈尔的拉其普特头上系着可番布[①]，不断与古吉拉特的伯克尔拉浴血交战。拉纳·拉耶莫尔将乌达赶出了吉多尔。德里苏丹认为梅瓦尔处于困境，于是向它发起进攻，拉纳·拉耶莫尔将之驱走。吉亚斯－乌德－丁与梅瓦尔达成同盟正是这次作战的结果。

接到芒杜的援助请求，梅瓦尔做好了战斗的准备。对于古吉拉

① 一译为"裹尸布"，绑在头上战斗，表达以必死的信念来战斗的决心。

特的伯克尔拉来说，他的身体有多需要食物、水果和肉，他的灵魂就有多渴求打仗和流血。如果不能与人作战，他就与风雨、高山、大树和石头等任何东西战斗。他认为，对自己来说，为了保持身体的强大消化能力，精神的这种消化药是必不可少的。

雨季即将过去，已经好几天没下雨了。虽然还是有零星的雨云分布，但是通常情况下，白天艳阳高照，夜晚繁星满天。南风迅起，但是河流和大的沟渠里，目前还是水流汹涌。高高低低的山峦，山峦与河流之间的平原都被绿色的草木覆盖。森林里几柯斯宽的空地上和山峰两侧，树木也是一片耀目的青翠。山顶上，枝叶繁茂的树木围绕着山边，密密地排列成行，感觉就像是在山顶上起舞的孔雀。树木上方，到处飞来飞去的一行行鹦鹉仿佛在进行绿色的竞赛。鹦鹉红色的喙如同在树上飞舞的红色露珠。河岸边，夜花树已然盛放，蜜蜂“嗡嗡”地穿梭在花间采集花蜜。

路旁长满了高草。路中间时不时地现出潮湿的污泥。路两旁高高的灌木似乎在说，它们的中间是路。伯克尔拉率领五万骑兵和五百头驮着补给的战象，向着芒杜的方向前进。芒杜的高原上，吉亚斯－乌德－丁已经严阵以待。河流、山峰和森林成为双方交手的掩护屏障。伯克尔拉现在离塔尔的城堡还远。塔尔位于芒杜北边大约十一柯斯的地方。伯克尔拉没有进攻塔尔，而是向着塔尔和芒杜中间的方向进发。

走着走着，道路完全消失不见了，向导也迷失了方向。离天黑还有一段时间。在稍远的地方，有一条宽阔的河流，河水因为洪水而上涨。他们必须要渡过这条河。寻找道路的小队在队伍前方四散开来，他们在稍远处的森林里发现了烟雾。他们警觉地来到了烟雾附近，发现那里是杂耍班子的一个小营地。

杂耍班子里大约十几人，他们在灌木的上方用草和树叶搭了几个茅屋。一个大一些的茅屋里拴着他们的驴、羊和两头水牛，几只猴子拴在木桩上。一个茅屋旁边放着弓、装满了箭的箭壶和几柄长刀。小孩子待在树上吊着的吊床里，五六个中青年女人正在煮饭，男人们正在收拾一只死了的动物。所有人都留着长发辫。男人们穿着又破又脏的围裤，女人们的裤子也是破破烂烂的。没有人围披肩，他们的胸部只裹着紧身胸衣。他们的耳朵上戴着金属耳环，鼻子上挂着铜鼻环，脖子上则戴着五颜六色的玻璃珠串。

营地的四周是大木棍搭的帐篷。兵士们走到近前，才明白这是些什么人。

“哎哟！”兵士的头目大喊道，意在引起那些人的注意。所有人听到声响，立刻快速站起身来。他们的脸上没有害怕的神色，只是惊讶。他们的头领是个中年男人。他说：“什么事？”

头目说：“古吉拉特苏丹的军队来到附近了，你们没听说？”

“我们不知道。”

“告诉我们去芒杜和河岸的路吧！”

“我们不知道。”

“军队这会儿得过河呢。”

“为什么？”

“为什么！为了收拾你们的先人呢！你们是赶紧从这破地方跟我走呢，还是让我敲响战鼓，召来军队的大象，把你们踩扁？”

一个年轻女子用央求的语气说着话，眼中却丝毫没有央求的神色。她顽皮道：“哎呀大王，干嘛随便吓唬人呢？看看我们的把戏吧，有舞蹈、绳上敲鼓跑跳、从一棵树跳到另一棵树、猴戏和各种魔术。美女！来啊美女！”她做着鬼脸，朝茅屋里拴着的猴子喊道。她晃动着乳房，对着兵士们调皮地眨眼。

多粗鲁啊，到底是杂耍艺人，兵士的头目想。

他说：“把这些表演给苏丹陛下和他的官员们看吧，会有奖赏的。给我们指路吧！”

“你们的国王和官员在哪儿？上天的路我都指！我愿为你们的大王献身！能得到什么奖赏？”

“国王想给什么，就给什么。”

杂耍班子的头领说：“路很容易找呢。”

兵士的头目说：“我们忘了，一起走吧！”

那个年轻女人迅速从茅屋里拿起自己的披肩，穿好鞋。杂耍班子的头领也准备好了，还有一些男艺人和一个中年女人。

兵士的头目问艺人头领：“你叫什么名字？”

“波达。”

“这个女孩呢？”

“比莉。”

“不必带女人们一起去。”

“哎嗨，你没有必要，我可要去。这位指路，我表演把戏。”

“你们是哪里人啊？”

“就是梅瓦尔人。”

兵士的头目只好带上所有人。走了大约一柯斯的路之后，头领指了路。那边传来古吉拉特军队的喧嚣声。

艺人头领要奖赏。

兵士的头目不给：“告诉我们去河岸的路。”

比莉扭着腰肢说：“你尽管杀了我吧，表演把戏给大王看之前，去河岸的路是不会告诉你的。”

士兵头目没办法，只好和所有人一起走进队伍。苏丹马茂德·伯克尔拉正饥肠辘辘。宝座被迅速地从大象背上卸下来安放好，软垫靠枕也摆好了。饭食到了。

除了早饭，伯克尔拉一天要吃一满[1]的食物，包括烙饼、各种方式烹调的肉类、豆粥、蔬菜和酸奶等，这些都是厨师们在大象背上煮好，温在那里的。

伯克尔拉刚开始吃饭，忽然听到队伍的一头传来不寻常的声音。

“是什么声音？”伯克尔拉问，好像一棵大树倒了。卫兵跑过去查看，回来后禀报说：“指路的杂耍艺人来了，一起来的还有一些女人，正给士兵们表演把戏呢。”

“带到这儿来。”伯克尔拉把一巴奥[2]的甜食倒进嘴里说，仿佛树干断裂了一般。

男女杂耍艺人来到伯克尔拉面前。抬眼看苏丹是不敬的行为，为此要遭受惩罚的。艺人们不声不响地站着。

女杂耍艺人，尤其是比莉，开始用异常柔韧的身体做出不可思议的动作。看到宝座软垫上有生命的那一大团和大大小小的食物堆，比莉垂下眼帘表演着杂技。伯克尔拉看到她的肢体这样扭动弯曲，感到非常惊讶。有一会儿，他的手竟然停住，忘记了拿东西吃。

“好极了！”这声音从伯克尔拉的口中传出，仿佛岩石从某座山上滚落一般。

杂耍艺人发起抖来，比莉也惶恐不安。她恭敬地站立着，偷眼打量苏丹。他又一巴奥接一巴奥地用起餐来。

伯克尔拉咀嚼着满口的食物问道：“你住在什么地方？”

---

① 印度的重量单位，约 40 公斤。
② 相当于 1/4 塞尔，约 0.25 公斤。

比莉听了这声音，只觉得仿佛一头水牛跳进了大池塘里。

她轻言细语地说：“大人，我们在芒杜附近的森林里住。”

“你们要去哪儿？”仿佛有块岩石断裂了。

“大人，去梅瓦尔方向。”

“为何？”仿佛两个铁球撞在了一起。

“去给那里的拉纳大人和官员们表演杂技。”

“你们什么时候从这里动身？”

“两三天内，不等雨停就要动身了。”

“都有什么人？”

“印度教徒和穆斯林都有。”

“这是怎么回事？”

“大人，我们相信真主，也相信神，吃所有动物的肉。”

“我的天哪！梅瓦尔的拉纳在什么地方？”

“大约在吉多尔，大王！”

“他不在吉多尔，正要来和我打仗呢，离这里大约四五十柯斯。我是来消灭芒杜苏丹的，还有他。告诉他，他是怎么祸害金巴奈尔的，我就怎么处置他。”

“遵命，大人！”

“你发个誓！”

“我以真主的名义发誓！”

“也要以神的名义发誓！”

“以神和真主的名义发誓！”

杂耍艺人垂着手，弯下腰索要奖赏。

“给我们指了方向和去河岸的路，就赏！”伯克尔拉说，仿佛有人撕碎了又厚又湿的地毯。

他们出发了。饭后，苏丹伯克尔拉也与军队一起动身。临近黄昏时，他们沿着杂耍艺人所指的河岸过了河，并在森林里扎营过夜。

黎明时分，杂耍艺人们拆掉了帐篷，快速地沿着迂回的道路往芒杜方向去了。

第二天，伯克尔拉的密探带来消息，古吉拉特北部的比罗吉人造反了，他们率十万大军潜入信德，烧杀抢掠。伯克尔拉立刻决定返回。“现在不能跟在芒杜苏丹和两个乡下姑娘的后面跑，应该首先镇压比罗吉，之后再收拾芒杜。”他想。

马茂德·伯克尔拉中途返回，没有去阿默达巴德，而是往古吉拉特北部进发，在那里疯狂追击比罗吉人。一部分比罗吉人集结在信德省北部的信德河岸边进行战斗，但是被击败了，许多人战死。在那里，伯克尔拉得知，位于朱纳戈特南部的杜岛上，葡萄牙人集结了大批战船，一支大军正准备登陆后入侵古吉拉特。于是他无限期推迟了对芒杜的进攻之后，直接从信德撤回古吉拉特，去对付葡萄牙人。

波达带领的杂耍艺人藏身于芒杜的森林中，他们一直停留在那里，直到雨季结束。他们不打算卷入那个骇人的苏丹和恐怖的“拉纳大人”的麻烦里。他们一直提心吊胆，不知苏丹什么时候会来。不过，苏丹没来，拉纳大人也没来。

吉亚斯－乌德－丁即刻就得到了拉纳·拉耶莫尔返回的消息。他本来希望梅瓦尔的拉其普特人先迎战，然后自己再与伯克尔拉较量，但这样的情况并未发生。他安慰自己：“拉纳·拉耶莫尔其实并不想打仗，他一定想让我和苏丹马茂德先拼个你死我活，自己坐收渔人之利。这我也很清楚。”

看到局势平稳，克瓦贾·莫特鲁查明了波达杂耍班子的所在地。

他叫来波达，对他说：“听说你很精明。”

“有什么吩咐，大人？”他谦恭地问。

莫特鲁向他介绍了拉伊村那两个姑娘的情况，告诉他应该做什么。

他说：“不管用什么办法，如果你能把那两个姑娘带到芒杜或我们这儿来，就能得到你们希望的奖赏。我会先给你一些钱，以备不时之需。事成之后，你会得到更多金银的奖赏，还会在芒杜得到一幢好房子。你的所有同伴也会得到很多赏钱。”

波达说：“我们不需要房子。我们这些人生来就是要共居一处的，我们立过誓。不过我们会想办法完成您的吩咐，想尽办法。”

“你们懂什么魔法幻术吗？”

“要是不懂，如何控制森林里的蛇蝎虎豹呢？”

“好的，去吧，去做吧。今天你就能得到一些首饰、衣服和充足的预付款。”

波达拿着东西离开了。

13

瓜廖尔又一次恢复了生机。工匠们开始建造和修葺房屋，商人们做起了生意。村里的农民和雇工一边诉苦，一边干起各自的活计。乡村五老会重又忙碌于控制和操纵乡村事务，仿佛一场暴风骤雨，刮倒了灌木丛，把一些树连根拔起，折断了许多树枝之后，所有的一切又恢复到原来的样子。

为了让瓜廖尔的边境守卫官、要塞首领们保持清醒和警惕，国王马纳辛格采取了措施。纳尔沃尔大要塞依附瓜廖尔的多摩尔已有大约一百五十年。它距离瓜廖尔并不是很远——大约在西南方向五十柯斯远的地方。要与马尔瓦苏丹开战，第一个大据点就是这里。

马纳辛格也警告了纳尔沃尔。

多摩尔是从戈奇波卡德-戈奇瓦哈手中夺取纳尔沃尔城堡的。这件事时时刺痛着戈奇瓦哈人。在那个时代，渴望土地的人怎么能忘记这件事呢？马纳辛格统治时期，纳尔沃尔戈奇瓦哈的最后一代传人是拉吉辛格。他正值年轻气盛，对王权的渴求和对多摩尔的仇恨日渐加深。他居住在金代利。金代利位于瓜廖尔边境以外，是马尔瓦的边境城市。为了实现自己的愿望，拉吉辛格时而怂恿芒杜苏丹，时而煽动德里皇帝。金代利城还居住着马尔瓦苏丹的省长。拉吉辛格对瓜廖尔的力量了如指掌，他不能进攻纳尔沃尔。苏丹要进攻就进攻，那是他的事。拉吉辛格在等待时机。

贝特瓦河从金代利城的东南方向穿过山峦和森林，蜿蜒向东大约四柯斯之后，就向北而去了。马尔瓦苏丹重新修建了新金代利城的城堡和城墙。老金代利城已经荒废了。

金代利，也就是新金代利城堡，位于城市上方的一座高山上，金代利省长就居住在这里。下城人口密集。拉吉辛格时常住在这里的一座大房子里。他的隔壁住着一位歌手，他以嗓音优美和弹奏维纳琴时手指灵活而著名。他常常唱歌弹琴给拉吉辛格听，两人友情深厚，歌手偶尔也会得到拉吉辛格的帮助。

省长对唱歌弹琴不感兴趣，但有时也会多多少少给予帮助。歌手名叫拜吉纳特，婆罗门种姓。练习唱歌和弹琴的时候，无论白天还是夜晚，饥饿还是干渴，闲暇还是忙碌，他丝毫也不在意。在城里，大家都叫他拜朱。拜朱家对面住着一位画家的女儿。比起绘画，她更擅长音乐艺术。由于是不同种姓的父母所生，她虽然已到婚配的年龄，却还没有结婚。她长相漂亮，跟拉奇长得有点像。她也跟着拜朱学习唱歌弹琴，但对绘画却有着特别的兴趣。每当拜朱在拉吉辛格家楼上唱歌的时候，她就弹起冬不拉[①]伴奏，间或也放开歌喉，附和他的曲调。父亲直到死前，一直张罗她的婚事，但却没有人愿意与她结婚，她自己也发誓不结婚。她的名字叫格拉。

---

① 一种手拨立式三弦琴，声音低沉，起定音伴奏作用。

秋天了，白半月[①]的月光洒落在浓绿的树叶和杜巴草[②]上，与露珠一起嬉戏。望日的晚上，拜朱在拉吉辛格家中唱歌。格拉弹着冬不拉，时不时地应声附和。格拉眼睛红肿，用姜黄的湿布敷着。她陶醉于歌曲的情味之中，对红肿的双眼丝毫也不在意。

聚会中有拉吉辛格的几位朋友，他们当中有一位是贾勒纳[③]。贾勒纳急于表现自己，唱歌的过程中，他的口中不时发出“哇哇”的喝彩声。歌手拜朱对他的喝彩报以充满感激的微笑。假如不对贾勒纳的喝彩表达感激，不单会有不好的后果，说不定有时还会带来灾祸。

歌唱结束之后，拉吉辛格赠送了一些礼物给这位有才干的歌手。

贾勒纳说：“拜吉纳特先生，有一天，当拉吉辛格先生重新得到往日的荣光之时，他一定会给予像您这样的歌手恩赐的。”

拉吉辛格屏住了呼吸。

拜朱说：“我得到的已经够多了，得自灵魂深处的东西是最好的。”

贾勒纳的情绪激动起来：“当纳尔沃尔城堡上升起他的旗帜时，我会告诉他。那时，我的国王会用金银珠宝向您致敬。那时我也就放心了，我的灵魂也是。”

“而我那时会在所有人面前喝酒，一醉方休！”

格拉稍稍移开眼睛上的布条，朝拉吉辛格看了一眼。

贾勒纳说：“多摩尔人夺取纳尔沃尔之时，鄙人的先祖跟拉吉辛格的先祖一起放弃了纳尔沃尔。我们发过誓，只要纳尔沃尔没有重新建立戈奇瓦哈的统治，就不再踏足此地。”

---

① 印历每月的上半月。这个半月中，月亮由朔到望，即从初一到十五。
② 印度教徒用来敬神的一种草。
③ 印度中世纪宫廷中专为国王及其祖先歌功颂德的歌手。

拜朱不懂政治。他觉得，要是有朝一日拉吉辛格带着自己的追随者与金代利省长一行人攻入纳尔沃尔，恐怕有百害而无一利。

“对我来说，没有王国您也是国王。听说纳尔沃尔城堡很大，要流很多血的。”拜朱说道。

拉吉辛格有些醉了：“总有一天我会去死，夺不回自己的土地，死了倒好。”

格拉又掀起眼睛上的布条，以前她从未听拉吉辛格说过这样的话。

贾勒纳的言辞更加激烈：“您为什么去死，王子？去战斗，夺回纳尔沃尔。金代利省长和马尔瓦苏丹不会让您随便去死的，豺狗才会随便去死，拉其普特不会这样做的。”

拉吉辛格摇头示意——他的意思是战死，并不是要随便去死。

贾勒纳朗诵了一首振奋人心的诗，大意是这样的——雄狮和拉其普特无论走到哪里，都会勇敢地开疆拓土。他念诵这首诗，更多地是想使它产生的影响超过拜朱的歌曲，鼓励拉吉辛格倒在其次。

拜朱既不喜欢这首诗，也不喜欢他朗诵时刺耳的声音。

格拉一边把冬不拉放进琴盒，一边思索着什么。拉吉辛格想取悦拜朱，他说道：“拜吉纳特先生，总有一天，上天会带来那个吉祥的时刻。黎明或许会晚些到来，但一定会到来。但是，在那个时刻到来之前，您会有许多聚会，会受到尊敬。排灯节快到了，随后便是大毗湿奴神起身日①，印历八月望日，婚礼第五日②……”

拜朱打断了拉吉辛格，不让他继续往下捋清单：“这些节日的时

---

① 印度神话传说中，排灯节后的第十一日是大神毗湿奴在沉睡了半年之后从蛇床上起身的日子。

② 传说印历八月的白半月的第五天是毗湿奴的化身罗摩与悉多成婚的日子，印度有不少地区都把这个日子当作节日来庆祝。

候，我不在金代利。听说瓜廖尔国王非常热爱音乐，是个知音。各地的歌手都要聚集到他那儿去，我也想一睹这场盛会。”

拉吉辛格低下了头。

贾勒纳压低声音说道：“瓜廖尔国王！他可是我们的宿敌啊！”

“敌人不是纳尔沃尔嘛。”拜朱显得很单纯。

“纳尔沃尔不是在他的统治之下嘛。”贾勒纳说。

拉吉辛格的一位朋友说道：“苏丹即将进攻瓜廖尔，正在芒杜做准备，印历十月、十一月就要动身。”

拉吉辛格突然产生了一个想法。他朝自己的朋友看了片刻，然后说道：“他应该去，会有益处的。你也去吗，格拉？”

格拉低着头答道：“我倒是想去的，如果得到师傅允许，我就去。”

拜朱还没完全弄明白怎么回事。他就随意点了点头，表示同意。

拉吉辛格的声音突然仿佛抹了蜜：“去了很好啊，非常正确！可以做成很多事情。”他的话语中充满了暗示。

拜朱说道：“托您的福，一切都会好的。我去看看都有哪些歌手出现在瓜廖尔。”

贾勒纳和拉吉辛格相互看了一眼。他的朋友也满脸好奇，想知道这突如其来的秘密。格拉也掀开了眼睛上的布条，静静地待在那里。

拉吉辛格单独对格拉说了几句话，然后大家就散了。

14

瓜廖尔城堡的南广场上，现在一间茅屋也没有。重新回来安家的人们都去城堡辖下的城里居住了。广场东边的墙脚下，粗粗细细、高高低低的竹竿上挂上各色各样的罐子、草编或是泥塑的鸟儿，以及挂在绳子上面打着转儿的线球。马纳辛格正和领主、战士们一起练习射箭。日出后不久，练习的人们集合成一队。维杰金格姆也跟在马纳辛格身边。

初学射箭的人瞄准大靶子，那些被认为是熟练弓箭手的就站在小靶子前面。所有靶子的后面竖起了沙袋墙，以防箭尖碰到宫墙后脱落。

马纳辛格和维杰金格姆的面前是一个悬挂在绳子上的小罐子。罐子被拿下来灌满水，里面放了一只木制小鸭子。

马纳辛格对维杰金格姆说道：“踢上一脚，罐子就会晃动。谁用箭射穿旋转的罐子，鸭子掉出来，就算谁成功。”

“几箭中一才算成功呢？”

“五箭！”马纳辛格回答。

“大王先来！”维杰金格姆接受了挑战。

“大师先来！”马纳辛格笑着推辞，“大师，如果您射中这个目标，就能射穿野牛和大象的头。”

“大王，除了打仗，我们不射任何人和野兽的头，杀生是罪孽。”

“面前的只是罐子，不是敌人。”

“到了要取敌人首级的时候，手不会颤抖吗？”

“从来没颤抖过。上一场战斗中，我也射死了不少敌人。”

“那您在射箭的时候，是不是把那些敌人的头当作土疙瘩来射的？”

“不那么想又能怎么样？时候到了，自然就会那么想了。”

“罐子晃动时，它的速度是不是像骑兵的速度一样快？”

“要不我们来射跑动中的马？”

“不要射马，去射那些破坏庄稼的野牛、野猪和鸟吧！”

“您要是愿意，也可以射孔雀、蓝颈雀和天鹅之类的。”

“可以呀，还有很多鸟呢。”

“这违背我们的教义。”

“你算什么湿婆派？战神军队的统帅和您的信念之间……”

“今天您是怎么了？为什么这么固执？现在还凉快，过一会儿日头就毒起来了，快开始吧！”

“是这么回事，我想去打一两天的猎，也想带您一起去。说不定会碰上老虎、豹子什么的，您射杀它们吗？”

“我不射它们，也不跟您一起去打猎。”维杰金格姆笑了起来，掩饰着自己的执拗，“您其实是想分我的心，然后射中目标，所以才跟我辩论这些不合时宜的问题吧。”

国王也笑了。他说道：“好吧，就这样。我先射，要是射中了，您就射同样的另一个罐子。要是我没射中，就还由您来射这个。就照这样练习五箭。”

罐子快速地晃动起来。国王坚定地屏住呼吸，向目标射出一箭。箭落空了，钻进了沙袋。维杰金格姆仔细瞄准之后也射了一箭，同样没成功。马纳辛格有一箭倒是打破了罐子，但是没能碰到木鸭子。维杰金格姆两次打破了罐子，可同样没射中鸭子。

第二组的练习也在进行。大靶子很容易射中，但是要射中小靶子却很困难。如果谁射中了，就会沉浸在成功的狂喜之中。

马纳辛格和维杰金格姆又练习了其他目标，有的成功了，有的没成功。练着练着三个钟头过去了，所有人都收起了弓箭。马纳辛格和维杰金格姆一同回到王宫。

马纳辛格说道：“突厥人非常擅长射箭。如果我们的射术比不过他们，就无法成功地对抗他们。我们有勇气，也不乏果敢，但在这一点上却有所欠缺。”

维杰金格姆说道：“还有一些不足。最大的问题是没有良马。突厥人有很多好马。大王可能记得，我给您讲过德伦加纳南部维贾耶纳伽尔土邦的事情。跟伯赫默尼苏丹打仗的时候，维贾耶纳伽尔的军队虽然人数众多，却因为这两点而战败。”

马纳辛格的声音里透着坚决：“我想要弥补这两个缺陷。通过严酷的操练，我们会在射箭方面超越突厥人。战马的问题的确不好办，不过可以通过梅瓦尔这个途径来解决。我把梅瓦尔的拉纳当作兄长看待，在这件事上，他会提供帮助的。”

“这需要许多金银呢，从哪儿弄这么多来？”维杰金格姆表示了疑惑。

“金银不会短缺的。现在国家管理有序，臣民们会生产粮食，商人们会发展工业和手工业，所以不会有短缺。”

“您还要建造宫殿，还有庙宇。”

“想过，但不是现在。我还没想好建造什么样的宫殿，怎么建。南部的代尔庙可以当作参考，但如果能建造其他的样式，就更好了。武器和军队是第一位的，宫殿和庙宇以后再说。”

“打猎呢？在所有这些之前？”

“我就是随口说说。”

“工作之余也需要适当的休息。”

“对我来说，工作就是生活。厌烦了一件事，就做另一件事，我把这称为休息。我发过誓，建造宫殿和庙宇的时候，我也要和工人们一起，每天在工地上劳动一小时。”

“什么时候去打猎呢，大王？”

“嗬嗬，又讽刺我了！我不去打猎。那个村子的那个婆罗门来叫过两次，我一时心血来潮，答应他说马上就去，可那热情只维持了一会儿，我就忘了。”

“今天又想起来了。”

“对我公平点，大师！我不想只是为了取乐而去森林，能够熟练地一箭射死飞奔的猛兽才是我心中所想。如果可以，我还想为重建那里倒塌的庙宇尽一份力。”

“村里的那个夏斯特里还说了什么？”

“记不起来了。”

“说过关于猎人的话吧？”

“或许说过，我不记得了。”

国王挽留维杰金格姆用膳。饭后，维杰金格姆为马纳辛格弹奏维纳琴，他非常精通此道。马纳辛格陶醉于琴音之中。结束的时候，他充满热情地对维杰金格姆说："前人建造了宏伟的庙宇和优美的神像，我想把音乐雕刻在石头上。"

"石头上的音乐？"维杰金格姆把维纳琴放在一边，讶异地问。

"难道有什么不可能吗？阿季米尔的觉杭[①]国王维格勒拉吉不是把维格勒拉吉戏剧和诃尔盖里戏剧雕刻在岩石上了吗？"

"但是音乐可是发自内心和喉咙的东西。"

"难道我独自一人就能决定所有的一切吗？这只是一个提议。您也想一想。"

"这也是某一次心血来潮的产物吗？还是别的什么？"

"您是感情丰富的音乐家，大师，可您的谈话却不如您的音乐一样风趣。"

"大王，我的导师们教导我要讲真话，无贪欲。"

"好吧，我发誓，这不是心血来潮。我会认真思考把音乐雕刻在石头上的事，让它成为有形的事物。"

"曲调和调式的具体化，音调的上升和下降，还有和声，这些如何生动地雕刻在石头上呢？"

"现在我还说不上来。不是说了吗，您也想一想。我的愿望是：一看到它，不懂音乐的人也会唱起歌来。请您让维纳琴的其他曲调也变得有形吧！"

"好吧，这需要些时日。您再休息片刻，处理朝政吧。"

维杰金格姆又弹奏了一会儿。休息了一个钟头之后，马纳辛格出去处理朝政了。

---

① 刹帝利的一个副种姓。

15

拉伊村的村民们收割了稻谷，印度黍还长在地里。

打谷场上，稻穗很快被晒干舂成了米。稻草留着冬天用。收田赋的官员来了，收走了六分之一；祭司先生取走了自己的那一份。农民们想，比起外面的强盗抢剩下的，这还是很多的。交给收税人和祭司，那是命中注定的事情。只要强盗不来，从印度黍的收成里把该交的交完之后，应该还能维持一阵子的嚼谷。大米是没希望剩下了，因为女人们需要一些衣服，也得买些玻璃或是铜首饰。如果手上能戴上一两个银戒指，那是什么感觉！

男人们想用剩下的米换些农具或是箭什么的，但是基本上没什么希望。手脚上都光秃秃的女人们还能忍多久？怎么忍？就算是到了节日的时候，手上没有手镯，脚上也没有脚镯，惹得人眼泪直流。这事也是男人们心中的刺。他们说："等收了乌纳里，就去买首饰和衣服。"女人们板着脸，叹着气，勉强表示同意。男人们只好拿大部分的大米去换玻璃或是铜首饰，再换点过冬的衣服，最后硬抠一点儿出来换几支箭。

在村子里，大家觉得阿德尔家的境况是比较好的，因为三口人都身体健康，都劳动，还打猎。然而，境况好的家里也是一个手镯、脚镯都没有，衣服也少得可怜。不过在这个家里，跟衣服和首饰比较起来，箭是立于不败之地的。虽然还没有捉到毛皮可以换取衣服和武器的动物，却也留了一点点米来糊口。印度黍的收成快下来了，然后就是乌纳里。因此，剩下的米都被拿去换了武器和衣服。拉奇要一只银戒指，尼妮则要一条细小的项链。戒指只要花一点钱就行，箭是必不可少的，也是拉奇想要的。“我不要箭，没有项链，脖子上感觉空空的，所以我得要一条项链。”这是尼妮的需求。

尼妮拥有的箭并不很多。她常常把箭借给拉奇，但拉奇却不能把它们说成是自己的。阿德尔也不能把那些箭送给拉奇。她们俩还都需要一些衣服。看起来，要用那些米来满足所有的需求有点困难。

阿德尔尽力说服她们俩。

“这次我先买一支短矛，你们俩用它来练习。近可以刺杀，远可以投掷。”

“那好吧，我不买项链了，给我买一支短矛吧。”尼妮说。

拉奇说：“我也要一支短矛。我不要银戒指了。等乌纳里的收成下来了，我再买戒指。现在要短矛和箭。”

“留下来的米干什么用？用这些米，都可以给我们俩一人买一两个戒指了。”尼妮指出。

“那吃什么呢？”阿德尔温柔地说。

“印度黍已经抽穗了，成熟之后就可以吃啦！”尼妮说。

拉奇帮腔说：“冬天快到了，森林里的草都枯了，去找的话也能找到一些动物，可以管点用。河里也有鱼，可以去看看。”

阿德尔明白自己是白费口舌了。他后悔提起短矛的事，但还想再努力一下。

他说：“好，那就先买箭、衣服、戒指和项链，短矛等乌纳里的收成下来了再说。留一点米吧。”

“不行，短矛一定要买！”尼妮说。

“短矛是应该买的！”拉奇坚持。

阿德尔只好同意。吃饭的事听天由命吧。

他背着米去了瓜廖尔，祭司先生也和他一起去了。

尼妮和拉奇带着弓箭来到森林里。她俩在上回拉奇发现受伤野牛的地方看到了一些人，还有驴、羊和猴子。两人有点惊讶。

尼妮说：“不知道这些是什么人。”

拉奇打量着：“不可能是强盗，感觉像是流浪的人，走近点看看！怕什么，我们还有弓箭和匕首呢。”

尼妮兴奋地说：“有什么可怕的？难道谁能把我们的东西抢走吗？走，去看看！”

两人走到了那些人附近。

这是波达和比莉那一群人，不久前刚到这里。所有人都在想办法搭茅屋。看到两人走过来，所有人都仔细端详起她们来。波达走上前，比莉跟在他身后。看到尼妮出众的美貌，波达在心中把她和某个人告诉他的那个人做起了比较。而当他看到两人挎着弓箭时，心里就更确定了。

比莉问道：“你们是这个村的人吗？”

两人点点头。

“村子在附近吗？”

拉奇告诉她挺远的。

比莉走上前来。她身上穿着漂亮的紧身上衣和裤子——用克瓦贾·莫特鲁给的钱买的，但没有围披肩。

她舞动着手指，轻摇着鼻环说：“来嘛，到这边来。我们给你们表演猴戏、戏剧和绳上鼓舞。你们给我们什么奖赏呢？”

尼妮平静而大方地说：“我们什么都给不了，我们村很穷。”

一个中年女艺人走了过来。

她说：“哎呀，这些人跟我们一样穷，跟她们要什么奖赏啊。就把我们所有的杂技和把戏表演给他们看吧。来吧，闺女，我们这儿有又大又熟的悉达果[1]，很甜的。”

尼妮和拉奇对视了一眼。

比莉马上舞动起来。两人既好奇又诧异地注视着她那柔美婀娜的身躯。

比莉调整好呼吸，站在两人身边。

她用恳求的语气说：“来，到这边来，妹妹们，给你们表演猴戏。”

波达说：“你见过绳上舞蹈吗？”

拉奇仔细打量着比莉身体的形态。尼妮说：“从来没见过。”

“听说过吗？”

“从没听说过。”

“那就来吧，这就表演给你们看。我们虽然有点累，但还是很高兴能为你们表演魔术和把戏。”

“看看把戏，吃点悉达果，到这边来，闺女！”中年女艺人坚持道。比莉明白这二人对她的舞蹈充满了好奇，但看到她们俩的弓箭和腋下的匕首，心里升起一丝厌恶。

---

① 一种番荔枝属植物的果实。

她问："你们干嘛带着弓箭？"

拉奇答道："我们俩正要打猎去，在这儿看到你们，就过来了。"

"在这个可怕的、茂密的森林里打猎？用箭射什么鸟儿？我们都是用弹弓射鸟的。"比莉说。

尼妮微笑着说："我们都是扔石子打鸟的，拉奇可以一箭射穿野牛的身体。"

"她的名字叫拉奇？那你呢，闺女？"

拉奇说道："这一位一箭就把长着长长獠牙的野猪射翻在地了，大家叫她尼妮，但真名是鹿眼女。"

波达想，跟听说的完全吻合，另一个也是二十岁左右。

杂耍艺人们为了自己的居所，给两个姑娘编织着陷阱，虽然现在还没完成，但她们俩已经走进未完成的陷阱中了。

中年女艺人从一个小篮子里拿出两个大大的、熟透了的悉达果。尼妮拒绝了。

她说："等我们打点猎物回来给你们的时候，再从你们那儿拿东西。我们家族没有无偿接受别人东西的习惯。"

中年女艺人坚持道："哎呀，你们俩真的是应该住在宫殿里、躺在大床上享受的人哪！女仆应该听命于你们！你们下命令，我们来执行。悉达果是献给你们的礼物。你们瞧啊，她们的身体就像是玫瑰花和荷花做成的。你们一定会和某位国王结婚，以后可别忘了我们和悉达果。要是你们猎到了猎物给我们，我们会收下，不过，这会儿请收下我们的这个礼物，女王！"

尼妮觉得这些话很刺耳，拉奇却喜欢。

拉奇说："拿着，尼妮，拿着。这会儿还早，我们一定会打到什么猎物的，到时候连本带利还给她们！"

尼妮没看出杂耍艺人的坚持背后有什么特别的意图，于是接过一个悉达果，拉奇接过另一个。当她俩吃完悉达果时，波达从篮子里取出一条长绳，把绳子的一头绑在两根尖头的竹子上，另一头也照样绑在两根竹子上，然后拉长、拽紧。在中年女艺人示意下，比莉又拿了两个悉达果过来。两人说了不吃，但却实在拒绝不了比莉和中年女艺人风情万种的劝说。两人还没吃完这两个悉达果，脖子上挂着鼓的波达就在同伴的帮助下登上了绳子，开始行走。

两人吃惊地看着他的动作。比莉载歌载舞，脚环发出“嚓嚓”的声响。波达时而缓慢、时而急速地在绳子上行走，从这头走到那头，又从那头走到这头。为了应和比莉的歌舞，他不断敲响挂在脖子上的鼓。

尼妮的讶异很快消失了。有那么一会儿，她喜欢比莉的歌声，但只是一会儿。她无法说清原因，但她感觉到了歌声中的粗俗、舞蹈中的粗野。女人能这么不知羞耻吗？伴随着厌恶的感觉，她在心中一次次地问。

拉奇并没感觉到比莉的歌舞的无味，她完全被波达的平衡感和非凡的敏捷吸引住了。

她有了一个念头，我也能做这些动作吗？为什么不能？我可以不学这个女艺人，但要像这个男艺人一样在绳子上走来走去，一定要走来走去！这是需要控制身体和呼吸的事情。我要学，家里也有绳子，可以从森林里砍竹子。今天我就用匕首砍四根竹子，一回去就练习。如果能经常打到猎物，就可以一直给他们，不从他们那里学到这个技术，我绝不罢休。

波达的表演结束了，他从绳子上跳了下来。他问：“闺女，感觉怎么样？”

尼妮只是点了点头，拉奇却兴奋地说：“好极了，你们要在这儿待多久？”

“不清楚，不过我们才刚到不久。这里有河，有很多草可以给我们的动物吃。周围有几个村庄，小是小，但我们也可以表演杂技和把戏来填饱肚子。瓜廖尔离得也不远，也许什么时候我们会去那儿表演，但目前还是待在这里。”波达说。

比莉说：“你们常来吧，我们每天给你们表演新把戏。现在表演的算什么呀，还有好多呢，我们这儿有数不清的把戏。我们也要去你们的村子。”

尼妮泼冷水：“村子里用把戏什么也换不到，大家都很穷。”

中年女艺人显得很热情：“闺女，我们吃得不多，一个村子里一点就够了。有你们的帮助，我们就能在这森林里度日了，这还少吗？一定要常来啊，你们俩都常来！对了，你们为什么打猎呢，这不都是男人的活儿吗？森林里有狮子、狗熊吧，还有沟壑、岩石和荆棘。你们应该脖子上戴着花环，腰间系着宝石腰带。常来呀，别总挎着弓箭，那样你们会看起来更美的。”

比莉晃动着乳房，眨着眼睛微笑。拉奇感到她又可笑又粗俗，尼妮气恼地涨红了脸。

尼妮说：“这会儿我们要打猎去了，如果打到了，就送给你们。”

波达请求道：“我们也懂射箭，带我们的一两个人一起去吧，会有帮助的。人多力量大！”

拉奇正要答应，尼妮立刻阻止：“打猎的时候要是人多，猎物就溜走了。我们谁也不带，我连我哥都不带。”

“你哥在哪儿？”

“去瓜廖尔了，就今天。”

“什么时候回来？”

“四五天后。”

中年女艺人说：“好的，没事儿。你们俩自己去吧，但要是打到猎物，可别忘了我们。我们这儿有上好的米和马尔瓦红糖，到时候送给你们。”

尼妮问：“你们从哪儿来的？”

她回答：“从远方马尔瓦的一个森林里来。我们这些穷人没有家，哪个森林里能搭帐篷，哪里就是我们的家。”

拉奇对比莉那华丽和昂贵的衣物感到惊奇。这些人靠表演把戏一定能挣很多钱，所以才有这么好的衣服。

尼妮说：“我们吃了你们四个悉达果……”

中年女艺人打断了她：“好吃吗？我们还有很多，从森林里摘来的。”

尼妮接着说：“我们不会白拿你们东西的，打了猎之后给你们，然后再从你们这儿换水果、米和红糖。”

尼妮带着拉奇向森林的一个角落走去。

杂要艺人们抑制不住兴奋之情。中年女艺人把手指放在嘴唇上制止了他们。

比莉说：“给她们俩和村里人展示一下魔术把戏的魔力吧。”

中年女艺人说：“慢慢来，咱们还没完全准备好呢。回头把大眼睛姑娘的哥哥叫来吧。”

比莉说：“她的名字叫鹿眼女，忘了吗？”

“我这辈子从不打无准备之仗。你现在还是姑娘，一定会忘记的。”中年女艺人责备道。

“我不会忘的。”比莉信誓旦旦。

“你把这里的人从来没见过的衣服穿到鹿眼女的哥哥面前去。瞧着吧，你在他面前把面纱一摘，他就会被你迷住。要是你就像这样半裸着站在他面前，他肯定不会撅嘴。”

中年女艺人说：“半遮半掩会更有诱惑力。开始时就这样吸引他，然后怎么直接怎么做。无论如何也要把她哥哥……”她没把话说完，轻轻眨了眨眼，其义不言自明。比莉还是坚持自己的想法。

波达用略微生硬的语调支持中年女艺人：“三思而后行，比莉！纳耶金说得对。”

比莉立刻顺从了。所有人都开始干自己的活。傍晚还没到，他们已经用木棍筑起了坚固的篱笆，中间搭了茅屋，还为动物和行李留了专门的地方。

一个钟头之后，尼妮和拉奇回来了，一人扛着一头猪。两头猪都不大，尼妮的稍大一些。两人来到杂耍艺人们跟前，弓箭背在肩上，身上被猎物的血浸湿了。所有人都走到篱笆外面。波达吓了一跳，中年女人的身子也微微一震，比莉从她们身上看到了有形的恐怖。

两人用森林里的藤蔓绑着猎物。尼妮解开拉奇的猎物放在地上，自己的没动。

她对杂耍艺人们说：“这是给你们的，你们吃这个吧？”

杂耍艺人们表达了欣喜之情，请她们到篱笆里去吃悉达果。

尼妮说：“悉达果吃得够多了，以后再说。可以给我们一点米和红糖吗？你们说过的。”

中年女人和比莉异口同声：“当然！”

波达说：“不是一点儿，是很多。进来嘛！”

拉奇说：“时间不多了，到河边喝点水就得回家了，还有一堆活儿要干呢。”

中年女人和波达跑进篱笆里，拿来了六塞尔大米和一小块红糖。

尼妮说：“哎呀，这太多了，不用这么多！”

“不，闺女，”波达坚持道，“这不算什么，是给你们的礼物。哇，你们是怎么射的呀，大将军都射不了这么好！”

中年女人说：“拿着，拿着！吃完了还有。也许你们村里生产的粮食少。”

“是的，”拉奇说着，用披肩把两样东西包裹起来。

比莉请求说：“明天再来啊，一定！我们演好多杂技给你们看，给你们讲远方的国家的事情，还给你们看好衣服。”

拉奇答应道：“好的！”

两人走了。

当她们消失不见时，杂耍艺人们关上篱笆。

中年女人说：“衣服的事比莉说得很巧妙。这两个人只要有一个到手，另一个也唾手可得了。那个壮实些的姑娘——奈妮还是尼妮什么的，看起来难办一些。明天一早派两个人去芒杜，要一些钱、金银首饰和丝绸衣服来，还要一些上午的大米和红糖，还有……”她悄悄地说完了其余的话。

波达从这群人中挑选了两个人去办这件事。

中年女人对比莉说：“你得深思熟虑地做事，一直称呼她们‘小姐’。知道吗，年轻姑娘和女人最喜欢什么东西？”

“年轻男人！”

“还是这么蠢！不知道什么时候才会聪明点儿！年轻姑娘和女人最喜欢漂亮衣服和闪闪发光的首饰。为了这些，她们愿意付出生命。她们的正直和诚实都在衣服和首饰上呢。她们用这些来装点自己的青春，然后才能获取男人的心。当然是为了这些衣服和首饰。没有衣服和首饰的年轻人，哪怕他再英俊迷人，女人也瞧不起他。”

“明白了，你告诉我，我该做什么？”

“她们不喜欢把戏。开始的时候，一点点地把那些衣服给她们。首饰来了之后，再给她们首饰。我知道怎么把她们从这里引到更远的地方。时机没到之前，好好地跟她们混熟，直到……明白吗？”

“嗯！”

“还有，她们俩或是其中一个的哥哥回来时，就向他发动爱的攻势。我们得把他和两个姑娘一起带到马尔瓦去。”

“是的！”

“记住！这出戏的女主角得由我身后的你来担当。”

16

洗漱沐浴之后，拉奇在家里找了四根木棍，削好之后拿了出来。

她对尼妮说：“我想试试自己能不能做那个杂耍艺人做的动作。”

“不得做饭吗？什么时候做呀？”

“你做吧，我的好尼妮！”

“你吃我亲手做的饭？”

“今天不吃，早晚也得吃呀。”

“那你叫我小姑子，就叫一次！”

“不行，太那个了！”

“叫一次，我就天天给你做饭。”

“小姑子大人，给我做饭吧！”

“马上就好，嫂子！”

两个人抱在一起，笑个不停。

尼妮开始做饭。拉奇学着杂耍艺人的样子把绳子拉紧，绑在插好的木棍上。她开始练习，一次又一次地掉下来。绳子松了，就再绑紧。尼妮做好饭的时候，她仍然在勤奋地练习。终于，她可以在绳子上稍微站一会儿了，有一次还在上面走了四五步。她高兴地跑到尼妮跟前，喘着粗气说："八天之内我要在绳子上行走。那样的话，我也可以说，我能在天上走。"

尼妮向她表示祝贺："好好，我该说什么呢？真了不起，是不是？我做了米饭。我们的米很粗，就是哥带走的那些。这些米很好，红糖也是！等哥回来，我们可以开宴会了。来，请接受红糖米饭的祝贺！"

那天晚上，两个人坐在一起，在一个盘子里吃了饭。到了守望台，拉奇一直在想什么时候天亮，去杂耍艺人的住处时也要带尼妮一起去，要把牲畜交给哪个放牧人……想着想着，她睡着了。尼妮一直醒着，守护着印度黍。半夜困了时，她叫醒拉奇。

清早洗漱完毕，安排好牲畜，吃了几口剩饭之后，两人来到杂耍班子的住处，弓箭和匕首也带在身上。

杂耍艺人们殷勤款待了她们俩，中年女人和比莉铺上了地毯。

拉奇表达了想看杂技的愿望。波达插好竹子，把绳子绑在上面拉紧，脖子上挂着鼓，跳上了绳子。比莉披着一条色彩艳丽的上等披肩走了出来。波达开始在绳子上行走，比莉骚首弄姿地表演起歌舞来。

尼妮打心底里对那条披肩、绳上的舞蹈和"咚咚"的鼓声感到厌倦。拉奇的心在那条披肩和波达的空中舞蹈之间摇摆不定。她集中精神，把更多的注意力放在波达的舞蹈上。波达一面用力左右摇晃绳子，一面打着鼓走，拉奇看呆了。

尼妮心里说："这个需要很多练习。可是学了它又有什么用？如果我学会用短矛刺野猪和野牛，又怎么会喜欢这样在绳子上摇来摆去呢？”

波达结束表演，跳了下来。

拉奇突然发问：“我也能学这个吗？”

“当然。”所有杂耍艺人异口同声地回答。

尼妮发现，昨天篱笆里的那些人中有几个不见了。她也不奇怪，心想，也许是因为什么事情到别的地方去了。

波达说：“很快就会学会的，你的身体很轻巧，几天我就能教会你。今天就开始吧。”

拉奇朝尼妮看了一眼。

尼妮说：“今天我想着要杀一头野牛呢。如果能得到一只老虎，就更好了，好皮子可以卖个好价钱。”

比莉说：“这会儿还早呢，来吧，我给你们讲讲大城市的事情。”

拉奇同意了，尼妮只好同意。男艺人聚集在一处，女人们聚集在另一处。比莉带她们俩进了一个茅屋，别的女艺人坐在外面。

比莉从包袱里面取出了几条昂贵的披肩，一件一件展示给她俩看，嘴里不住地称赞。两人从来没见过这样的衣服，她们兴奋地观看着，摸索着，听着赞赏的话。

尼妮想：“这些衣服里面没有一件适合我们穿。穿上这些，既不能下厨房做饭，也不能放牧和种田，更不能打猎；要是被刺扎一下或是被树枝勾一下，马上就破了；要是穿上它站在哥的面前，他一定会说，‘女艺人！天哪！这个比莉多么不知羞耻啊！’”

“很贵吧，这些？”拉奇看着看着，脱口问了一句。

“对呀，很贵，非常珍贵。”比莉说。

“你怎么得到的，是什么人给的奖赏吗？”

“还能是什么？我们很少买东西的。这些衣服都是大城市里才能见到的。”

“你从哪儿得到这些的？”

“这些都是芒杜的王后穿的衣服。换句话说，王后或者像我们这样随心所欲的人才能穿。我给国王表演杂技，他一高兴就赏给我了。”

中年女人在外面添油加醋：“哎呀，闺女，国王是什么，就跟因陀罗一样，有很多金银珠宝，宫殿又高又大。看到她的杂技，一下子就迷上了。”比莉娇媚地笑了起来。拉奇也笑了。尼妮也想笑，可是心里猛然一紧，已到唇边的笑又收了回去。

比莉说：“我心里非常喜欢和同情你们姐妹俩，不知道为什么，我很想让你们俩各拿一件回去穿。我只是跳舞的时候才偶尔穿，所以攒了很多。拿去吧，一人一件！”

她们两个人并不动心，尼妮更是觉得无地自容。拉奇本来是想学空中舞蹈的，她不想惹他们当中的任何一个人不高兴。

她笑着说：“现在我们不要，等有了可以跟你们交换的东西，我们再收下。现在这些对我们没有用。”

中年女人问：“你结婚了没有？”

“没有。”尼妮大大方方地说。

她又问第二个问题：“订婚了吗？”

拉奇有点难为情。尼妮坚定地回问她：“这跟你有关系吗？”

拉奇想缓解一下气氛：“没有。尼妮，她只是随便问问，没关系的。”

中年女人忙说：“是啊是啊，你瞧，你们两个长得这么漂亮，就像森林里的王后，你们应该和哪个伟大的国王结婚。我会看手相，星相家说不出来的话，我们能说；没人能懂的咒语，我们懂；住在都城里的学者都不认识的那些森林里的药草，我们认识。我们能让黑蛇王咬人，又能用草药和咒语的力量马上驱毒。”

尼妮不怕，但没法反驳。她笑笑，忍住了。拉奇展开了自己的手掌。

中年女人盯着手纹看了一会儿。她说出了结论：“你会和一个城堡的主人结婚，一个大领主。”

两人笑了起来，中年女人一点也不觉得尴尬。她说：“瞧着吧，我的话很快就会应验的。给我看看你的手，鹿眼女！”

尼妮有点不好意思。拉奇抓住她的手递了过去。中年女人仔细地看了看，说：“你嘛，闺女，命中注定要去一个重要的大土邦。不是什么小土邦的王后，而是会成为伟大的皇帝的王妃。要是落空了，你就把我的舌头拔出来扔掉！”中年女人伸出自己的舌头，又缩了回去。舌面上粘着不少脏东西。

两人看到这个情景，都笑了起来。

拉奇大笑着说：“她会得到哪里的土邦？”

中年女人回答：“闺女，周围有不少土邦。马上说，我可说不上来。但是，如果一直向神献祭祈祷，几天之后，我就能说出来。这样说吧，周围的确有不少土邦——瓜廖尔、卡尔比、马尔瓦和梅瓦尔，不知道有多少个。我们周游所有的地方，很多名字都不记得了。”

历数土邦名字的时候，她谨慎地提到了马尔瓦，尼妮和拉奇并没理解。

中年女人说：“现在我们去做自己的事了，你们三个说说心里话吧。”

“我们也要去森林了。”尼妮说。

比莉阻止道：“哎哟，再待一会儿，时间还早着呢。”

中年女人带着其他女人离开了。

尼妮问：“她是你什么人？”

比莉说：“她是我们这些人的一切，是我们这个剧团的女首领。”

“女首领？走绳索的那个人是男首领？”

“他是跟外人说话的，但在我们内部，都是听她的吩咐。我们这个种姓都听年长女人的话。”

“她是你什么人呢？”

“是我母亲，走绳索的是我叔叔，我们是同一个家族的。”

“你结婚了吗？”

“现在还没有，也没订婚。你要结婚吗？这是你姐姐？”

“不是姐姐，是女友。”

“要结婚吗？”

“呸！”

“呸什么？我要结婚，你们也结吧，现在我们都年轻，正是吃喝玩乐的年纪。”

“我们也吃喝，也玩乐。”

“哎呀，缺乏趣味、享乐和安宁的生活都是枯燥无味的。我们要给你找的新郎，是母亲给你们看手相时说的那种。”

拉奇说：“现在我们得填饱肚子，结婚这事我们家的大哥会操持。等他从瓜廖尔回来，你和他讨论吧。”

尼妮站起身来，对拉奇说：“不早了，现在走吧！”拉奇也站起身来。

比莉努力挽留她俩。

拉奇说：“明天我们待一整天。我学走绳索，你给她讲故事。”

尼妮临走时说：“如果打到猎物，我们就来你们这儿。”

两人走了。杂耍艺人们等到了黄昏，她们也没来。两人走了很久，但一只猎物也没打到，所以直接从森林回家了。

17

阿德尔去瓜廖尔大约八天了。从两天前开始，尼妮和拉奇就有点担心了。白天，她俩要么在杂耍班子那儿，要么在森林里打猎，黄昏之前回家，照顾牲口、做饭吃饭，晚上就去守望台看护印度黍。

这些天，拉奇花了很多时间努力地练习走绳索，波达都觉得好笑。

比莉和纳耶金一边称颂苏丹，一边不遗余力地给二人灌输马尔瓦都城芒杜的宫殿、城市以及商店等华丽壮观的盛况。这段时间，尼妮和拉奇在森林里连一只用来跟杂耍班子交换的猎物也没打到。她们不想白拿人家的任何东西。

一天，两人黄昏前回到家。正在拴牲口、准备草料之时，阿德尔回来了。他手里拿着短矛，背上的箭壶里插着几支铁箭，肩上扛的另一支短矛上挑着一个深红色的粗布包袱。他的笨重的尖头鞋上满是灰尘，脚洗干净了，晒红的脸也洗过了，双眼中满是喜悦，似乎是要急切地听取什么重大的消息。看到院子一边那条分别绑在两根木棍上的绳子，他觉得有点奇怪。

他愉快地喊道：“你们在哪儿啊？”

拉奇答道：“来啦！”

尼妮叫：“哥！”

两人微笑着走出来。阿德尔兴奋地把手中的短矛用力插在院子里，然后一手取下肩上的小包袱，一手拿着另一支短矛。

他朝着绷紧的绳子那里看看，笑着问：“这是什么把戏？”

“的确是个把戏，”尼妮说，“会告诉你的。你先说，这些天都上哪儿逛去了？”

“我们很担心你呢。”拉奇掩藏不住喜悦。

阿德尔往地上一躺：“哎，有重大消息！一会儿就告诉你们。中午饭还有吗？就让我白讲吗？”

阿德尔盘腿坐起来，一言不发。尼妮从他手中抢走了短矛，拉奇把插在地上的短矛拔了出来。

尼妮下命令了：“拉奇，你把他背上的箭壶打开，我看看这个包袱。这里面就是他的重大消息吧，让他装腔作势地像圣人一样坐在这儿。”

阿德尔假意反抗着说：“先给饭！先给饭！先给饭！然后我才给你们箭和包袱！哎呀呀呀，全抢走了，全洗劫一空了！”

她们两人快活极了，迅速打开包袱。包袱里面有一条厚实的红围裤和两件印花布紧身上衣，衣服里面包着一条细项链和两只银戒指。拉奇把箭壶背到肩上，手里拿着短矛，兴奋地端详起来。尼妮把项链戴在脖子上，一只戒指戴在手指上，又把另一只戒指戴在拉奇手指上。戒指在拉奇的手指上显得有点大，不过她的大部分注意力都在自己的短矛和铁箭上。

尼妮说："中午饭没剩的，剩了也不给你。我给你吃米饭和红糖——赛过银子的优质红糖。"

"咦！"阿德尔马上结束了沉默，"红糖和大米哪儿来的？"

两人笑了起来。

尼妮说："比你的消息还重大的消息。"

"说说，说说！"阿德尔好奇地叫起来。

尼妮说："哥，刚才你说你有那么多的消息，可现在却什么都没说。你先说，然后我们说。"

"我的包袱里有很多很多消息呢，"阿德尔说，"要不怎么能花八天时间？第一个重大消息是，我碰到了祭司先生。国王郑重向他许诺，很快就会来拉伊村打猎，而且——我不说，你先告诉我大米和红糖是哪来的，还有，这儿为什么绑着这根绳子？"

尼妮生气地说："国王们许诺了又怎么样？他对祭司先生说过好几回要来，可是都没来。国王的诺言都是假的！小人物一诺千金，大人物满口谎言。就算来了，看到我射箭，谁还能把拉伊村变成自己的领地？还有什么消息？"

阿德尔急于说出下面的话，可是又吞吞吐吐："我在那儿看到了一个长得像拉奇的女孩，好几次我都糊涂了，心想，她怎么来瓜廖尔了，什么时候来的。有一次我还去问，闹了笑话。"

拉奇微笑着把脸转向一边，紧抿着嘴唇，想止住笑。尼妮则哈哈大笑起来。

因为强忍着笑，拉奇的肩膀抖得厉害，终于也笑出声来。

尼妮看着拉奇说："你没对她说什么莫名其妙的话吧？"

拉奇逃到了院子的一个角落。

阿德尔说："哎呀呸，我疯了吗？"

两人笑得更厉害了。

尼妮问："误会怎么解开的？"

阿德尔难为情地笑着说："后来我知道她是唱歌跳舞的，还是个画师。"

"哥就这么把你忘了？"

拉奇轻声说："好了，消停点儿吧，干嘛又挑起这话题？再问些别的吧。"

尼妮说："森林里来了一些杂耍艺人，有一个可以在绳子上跳舞。拉奇为了学他，在院子里拉了绳子。有一天她会击败那个艺人的。这些人有很多好米，还有红糖。我们给了他们一个猎物，从他们那儿换来了米和红糖。他们还有珍贵的衣服，我却不怎么喜欢。要是有机会猎到一只大动物，我要给拉奇换一条披肩。"

"嗯，你这算是个新闻，"阿德尔强调着自己的消息的重要性并说，"瓜廖尔举行了很多大庙会。在城堡里，我亲眼看到了射箭比赛。装满了水的罐子吊在绳子上，里面放着木制的小玩具，上千号人屏气凝神用箭去射这些玩具。大多数人倒是射破了罐子，但是只有国王马纳辛格射中了一次玩具。之后，唱歌跳舞的庙会又开始了，许多人从很远的地方到瓜廖尔来观看，我也去了两三天。从金代利来了一位大歌手，跟他一起来的就是那位姑娘。他们两人唱了许多歌，还演奏了比恩琴[①]。我虽然不懂，但是看到许多人摇头晃脑的，所以肯定是表演得非常好。"

然后他又笑着说："尼妮，你唱的歌在他们面前就是雕虫小技了。"

"我什么时候学过？要学就找那位歌唱家。"尼妮不高兴地说。

---

① 印度的一种比七弦琴大的弦琴。

阿德尔又转向拉奇，接着说："你听听这个消息。我们种姓在瓜廖尔有一户好人家，这家有两头水牛、一对公牛、四头母牛、四五头牛犊、一所大房子和带一口井的田地。家里的男孩非常有出息，每天种田放牧。人丁也兴旺，有父母姐妹。我想让尼妮和那家的男孩子订婚，已经谈过了，但事情还没说定。我心想，先回家好好商量商量，然后再去把婚事敲定。我们不需要准备什么嫁妆。如果要的话，我就把稻田卖掉。他们连银脚镯都会给尼妮准备的。"

尼妮把短矛扔在那儿，进屋去了。她在屋里叫拉奇："话都说完了，你就来这儿做饭吧。"

拉奇走到她身边，把短箭和短矛放在一边。

尼妮边清理炉子边说："你告诉哥，订婚的事别再继续了，我不结婚。"

"那个女艺人看过手相，可那个人又不是婆罗门。"拉奇小声说。

"你疯了吗？我不结婚。看到你们幸福，我就幸福。我不能抛弃你们。"

"那家很好，又在大城市。"

"我说了，就算是死，我也不去那儿。你对哥说吧。你要是不说，我就叫别人说。"

"村里人会怎么说？"

"为了你，我和哥都不怕村里人，那我自己的事又有什么关系？"

"好吧，我这就去说。"

"好的，我的拉奇。"尼妮的声音有抖。阿德尔只听到了她俩的一部分对话，拉奇把所有话都对他讲了。

阿德尔呆住了，沉默了半响。

过了一会儿，他说：“好，好的，我没把事情说定算是做对了。再看看别的吧，我会继续找的。”

他招呼尼妮过来。尼妮四下张望着走了过来，站在他身旁。

“妹子，以后我不会再搅乱你的心了。把你的短矛拿去，明天就练习吧。我要看看，你怎么用它来杀死野牛。”阿德尔说。

尼妮笑着拿起了短矛，推着拉奇到厨房做饭。她在里面喊道：“她做的饭我已经吃过了，今天你也得吃。”

“好——，好——”阿德尔拖长了声音表示赞同。

18

清早，阿德尔要照顾牲畜，尼妮和拉奇也有几样事要做——练习短矛、检查新箭、用猎物从杂耍艺人那儿换条纱丽。拉奇还有另一件事——提高走绳索的技艺，给阿德尔欣赏。阿德尔设法把牲畜托付给了村里的一位村民，让他至少再帮忙照顾一天，尽管人家已经帮他放了八天牛了——因为阿德尔也要去看看杂耍艺人那高超的技艺。

他们三人来到杂耍班子的住处。艺人们远远地就认出了尼妮和拉奇。看到她们俩手中的短矛，众人都有些好奇。

波达从篱笆墙中出来，向阿德尔行礼，用带着疑问的无礼眼神看着尼妮和拉奇。

尼妮说："这是我哥。"

波达向三人表达着敬意，带他们走进篱笆墙。女艺人和其他的男艺人都听到了尼妮的介绍。比莉正半裸着坐在那儿捉猴子头上的虱子，听到声音，她立刻带着猴子走进茅屋。纳耶金铺了一块破破烂烂的粗布床单请阿德尔坐。阿德尔平生没有受到过这样的礼遇，一本正经地坐了下来。尼妮和拉奇站在一旁。

拉奇提到了波达的名字："就是他走绳索。"

波达立刻谦虚地回话，眼中满是他那具有穿透力的敏锐和傲慢："我这就表演给你看。就算所有事情摆在面前，也要给你表演把戏，不止一个，是好几个把戏。"

比莉披着一件价值不菲、色彩艳丽且做工精致的披肩走出来，站在纳耶金身后。纳耶金介绍说："先欣赏一下这个女孩的技艺，她能够跨跃跳起的球。瞧，她把自己的身材塑造得多好！多么漂亮迷人！"

比莉轻轻一扭，从纳耶金身后来到前面。她略微撩起头上的面纱，注视片刻之后，低下头，斜睨着阿德尔。阿德尔不太明白这种矫揉造作的羞涩，只觉得有些奇怪，尼妮和拉奇的脸却红到了耳根。阿德尔看看她，眼神却不敢停留，向其他艺人望去，就像个傻瓜。可是不一会儿，他又想看看比莉了。

波达说："我先拉绳子，表演这就开始。"

纳耶金又把比莉往前推了推，说："她很害羞，可是，下腰、跳跃和在绳上舞蹈的时候，她却是非常投入，都达到忘我的境地了。"

阿德尔的心里痒痒地，仿佛有万千小虫在爬。波达拉好了绳子，纳耶金用眼神示意比莉。

比莉把披肩往胸前和肩膀上一缠，快如闪电的眼神向阿德尔一瞥，开始跳跃起来。阿德尔出神地看着她的扭动跳跃和身体的曲线，他从来没有见过什么人的身体像她这样敏捷。

波达拉好绳子，把鼓挂在脖子上，准备跳上绳子。比莉停止动作，解开披肩裹在头上。此时她依然半遮半掩地向阿德尔展现了眼神和肢体的兴奋。波达开始在绳索上以不同的方式行走，比莉则在阿德尔身旁随心所欲地舞蹈。阿德尔更青睐波达的技艺，比莉于是更加卖力地吸引阿德尔的注意。尼妮和拉奇则兴奋地看着波达的脚步。波达将绳索像秋千一样舞动起来，从这边荡到那边，同时附和着比莉的舞蹈敲响鼓点。

表演结束，波达从绳上跳下来对拉奇说："拉奇闺女，你稍微练习一下吧！"

拉奇起先有点不好意思，不过还是扶着尼妮的肩膀在绳子上坐了下来。身体抖了一阵子之后，渐渐适应了。她坚定地站起来，稳定了片刻。刚迈出一两步，她就失去平衡掉了下来，脚稍微受了点伤，但她掩饰地笑了笑。

比莉"咯咯"地笑起来。阿德尔看到她笑的时候把面纱稍稍放下了一点，面上露出嘲讽的笑。拉奇没看到，但是尼妮和阿德尔都看到了。尼妮说："走吧，拉奇，到森林里练短矛去。"

"森林就在这儿呀，还跑到哪儿去呀？"纳耶金说。

尼妮坚持道："一定要练习的，到附近的大树那儿去练。练完之后，我们会把短矛交给哥，然后去森林里打猎。"

"好吧。"纳耶金同意了。

尼妮和拉奇走到稍远处的大树那儿，开始练习投短矛。阿德尔还坐在那儿。

纳耶金对他说："你觉得这个姑娘的表演怎么样？"

"非常好！"阿德尔说。

比莉撒娇地逃进茅屋。

纳耶金小声说："她一见你就喜欢上你了。"

"是——嗯！"

“你看到了吧，她知道我要说什么，所以逃走了。她多害羞呀！”

阿德尔的脑海中出现了半个钟头前看到的那个娇羞的样子。“喜欢我！喜欢了要做什么？结婚吗？还是？老天，老天，老天！”他心里想。

他没对纳耶金说什么，而是朝着尼妮和拉奇练习短矛的方向望去。

纳耶金想到了另一个办法，她暗示波达到自己身边来，比莉则站在茅屋的一个帘子旁边。

纳耶金说：“她俩回来之前，你给他讲讲各处的风土人情。”她又转向阿德尔：“芒杜、卡尔比和曼德索尔[1]都是多大、多气派的城市啊！你以前去过吗？”

阿德尔答道：“除了我们村和周围的村子，我别的什么地方也没去过。这次刚去了瓜廖尔，其他地方都没去。”

波达绘声绘色地讲了许多城市的故事，有的他去过，有的没去过。最后他说：“你和我们一起去芒杜看看吧，看看瓜廖尔是不是一点儿也比不上它？”

“我怎么能抛下尼妮和拉奇呢？”

“带着她俩一起去吧，多好。这两个可怜的闺女会看到，世界上比桑格河、拉伊村好的地方还有的是呢。”

比莉在帘子后面咳嗽了一声。

纳耶金说：“你看，她咳嗽的意思是说，去芒杜吧。和我们一起去，你会享受到所有快乐。”

阿德尔皱起了眉头。

波达说：“看到这两个姑娘精湛的箭术，芒杜苏丹一定会大为吃

---

① 印度城市，属中央邦。

惊，不知道会给多少奖赏呢。”

“芒杜有多远？从哪里走？”

“不是太远，再说，对年轻人来说，世界的任何角落都不应该算远。有一条路经过纳尔沃尔，不经过瓜廖尔，从这里就可以直接到达，最多二十五柯斯的路程。”

“瓜廖尔国王快要来打猎了，他要来看这两个姑娘射箭。芒杜以后再去吧。”

听到瓜廖尔国王的名字和他要来的消息，杂耍艺人们都有些惊恐。波达打断了这个话题。

“我们这儿有一些上好的纱丽，想送给这两个姑娘。”

“我们哪儿有钱给你们啊？”

“我们只是想送的。”

“她们不会要的，不会白要。”

“是啊是啊，都是心灵高尚的人，有资格住在宫殿里。”

“什么？”

“我的意思是，她们有这么高尚的心灵，就像住在宫殿里的王后一样。”

“是的，话是这么说，不过住在茅屋里的人哪里知道什么宫殿呢？”

“我们这儿的占星家给她们俩看过手相，说她们要成为某位国王的王后。”

“哎呀天啊，这可能吗？”

“可能的，一定会实现。你要看看这些披肩吗？”

“好啊，呆呆坐在这儿干什么呢。”

阿德尔的好奇心被点燃了。几件红底白点的纱丽摆在了他面前，他仔细端详起来。“要是拉奇穿上其中的一件，会是什么样子？”他想。看着看着，他眼前又出现了身穿昂贵纱丽的比莉。他眨眨眼，拉奇的形象和比莉的形象一起从他眼前消失了。他心里有些愧疚。

“我去河边喝点水再来。”阿德尔说。他不能喝杂要艺人的水，于是站起身朝河边走去。

波达和纳耶金耳语起来。

“看不出来这样行不行。”

“他对比莉倒有一点动摇。”

“不错，这也有点帮助。”

“等那几个人从芒杜回来，再想想别的办法。”

“他们总会带些什么回来。”

“没错，首饰、钱和其他的好东西，也许派得上用场。”

“那件事挺让人担心的，万一瓜廖尔国王带着兵突然来了……”

“就算来了，也没人能知晓我们的目的。”

“别在这个人面前说首饰的事，拿给姑娘们看，好好哄哄她们。女孩子都喜欢好衣服和值钱的首饰，为了它们甚至可以搭上性命。私底下劝劝，说不定她们会听的。什么时候把这个人干掉，带着俩姑娘走。”

“事情看起来有点难办，但总会有办法的。等那两个人从芒杜回来，再做其他打算吧。”

一个钟头以后，阿德尔回来了，后面跟着拉奇和尼妮。两人对练习感到很满意。

尼妮的声音里透着欢快：“哥，我们很快就能学会用短矛。比起射箭，这个更简单。”

“扔出去就行？”他问。

拉奇答道："嗯，是的。"

尼妮说："哥，你拿着短矛，我们俩打猎去。要是有大收获，就从这些人这里给拉奇换一条好纱丽。"

"也得给你换一条呢。"拉奇说。

阿德尔看了一眼比莉，她就穿着一件那样的纱丽。比莉马上微笑着注视阿德尔。"拉奇穿上这样一件色彩鲜艳、带着花纹的精致纱丽，会是什么样子？穿上它，她的汗毛一定也能看得见，就像这个女艺人一样。她的眼睛是怎么眨的？身体是怎么抖动的？跳舞的时候她表现得多么大胆！拉奇穿上这样的纱丽，看起来也会跟这个女人一样吗？她也会光彩照人吗？还有尼妮，我的妹妹！穿上这样的衣服，她又会是什么样子？像女艺人一样吗？天哪，天哪！"他的心中又升起一丝愧疚。

他说："我们这里不穿这样的衣服。"

纳耶金说："王后们穿呀。"

阿德尔反驳道："我从来没见过王后，也不能说什么，况且我们也不会成为国王王后。"

"那也要在家里留一件，过节或是特别的日子就能派上用场了。"尼妮在暗示拉奇未来的婚礼。

"再看看吧，"拉奇说，"要换就换两件，不能只换一件。"

她们俩钻进森林里打猎去了，阿德尔拿着短矛回了家。

临近黄昏的时候，前些天从杂耍艺人营地出去的两个艺人回来了。一回来，他们就小心地从腰里拿出一个小包袱，并且骄傲地暗示，他们还带来了一些比这个更厉害的东西。

尼妮和拉奇还是像往常一样，在森林里逛荡了半日，又两手空空地回家了。

19

第二天，尼妮和拉奇干家务活，练习短矛，哪儿也没去。拉奇努力练习走绳索，阿德尔带着牲口出去了。

晚上，她们俩作出了决定。

尼妮说："好些天没在森林里打到猎物了，倒是碰到过动物的爪印，但连它们的尾巴都没看到过。我们做完早上的家事，早点进森林，多往前走一两柯斯，看看是不是还碰不到猎物。那儿有杂耍艺人的营地，我们又天天都去搜寻，动物们可能跑到远些的地方去了。"

拉奇赞同道："没错。你再带上一个短矛，看看会怎么样？"

尼妮说："我带上我的短矛，绑在背上。要是在灌木丛里走有困难，就拿在手里。要是有机会，你先射箭，我看情况。"

"好的。"拉奇答应了。

做完早上的家事，吃了点东西之后，两个人就向森林走去。离开村子不远，两人碰上了波达。

波达问："你们晚上听到动物的叫声了吗？"

"什么动物？"

"野牛的'哞哞'叫或者野猪的'呼噜噜'？"

"还能是什么呢？"

"哎哟，我正是来说这个的。我们营地那头的后方，远远的不知道有多少动物在闹腾，或许是在打架吧。"

"好多天田边没有动物来了。你感觉它们离你们的营地有多远？"

波达估算了一下距离，告诉她们动物所在的方向。两人高兴地向那个方向走去。

波达向着营地走去。

为了寻找动物的足迹，尼妮和拉奇走出很远。

许多爪印陆续出现，在森林里开阔和干净的地方可以看得到，石头多或是草和灌木密集的地方就很少。这些痕迹相互重叠，却分辨不出是什么动物的足迹。有时她们猜测是野牛的，但有时又觉得是马的。马是从哪里来这儿的呢？她们想解开这个谜团。两人站在一丛灌木的阴影下，耳语起来。

"猪和牛的蹄子是开叉的，感觉是马蹄。"尼妮说。

拉奇说："有可能是马蹄，但是马是从哪儿来这儿的？可别是什么地方的突厥人来了。"

"不是大队人马的痕迹。要是突厥人进攻，村里人早就知道了。晚上会看到每个山顶上点起的烽火，听到村子里的敲鼓声，一个五老会飞快地去另一个五老会报信。不会是国王马纳辛格的队伍提早来了吧。"

"哇，是先来这儿还是村子里？再说这也不是从瓜廖尔来的路呀。”

这里的两侧有高山、倾斜的森林、低矮的灌木，还有平地上高大茂密的树木——有的地方成片生长，有的地方零星生长。村子大约有一柯斯远，杂耍艺人的营地也不近。两人四下张望，不远处一个土丘的阴影里，发出了“沙沙”的声响。

“有动物，可能是野牛！”尼妮轻声说道。

“嗯，可能是野牛，不可能是野猪，声音很大。”

两人竖起耳朵，却什么都听不到了。

尼妮解开了背上的短矛。

拉奇说：“把短矛给我，你手里的箭射野牛更好。”

“不，”尼妮解释道，“我的手劲大，能用更大的力量来投短矛，你射箭更好。我们再往声音传来的土丘那里走走。”

两人走向土丘的方向。到了土丘下方，她们看到土丘周围完全被灌木丛缠绕，里面连趴着前进的空间都没有。她们确信声音不是从土丘上方传来的，而是从它的后方或是两侧传来的。路面高高低低，草长得很高。万一哪儿蹲着只老虎，跳起来扑到头上；狗熊从哪个看不见的灌木中扑过来掐住脖子；野猪冲过来咬伤膝盖，抓伤大腿；又或者在哪丛看不见的灌木后面躲着的野牛扑到胸前来，那该怎么办？两人虽然极力稳住心神，可还是忍不住想这些。离山顶还有一段距离，那里是另一座山的斜坡。两座山之间有块空地，那里似乎有条岔路。两人小心翼翼地左右张望着，一步一步朝着那边走去。到了山边，两人侧耳仔细地听声响。尼妮手握短矛，拉奇的铁箭已经搭上弓弦。

尼妮感觉到山顶转角后面好像有人咳嗽，拉奇觉得她身侧的土丘上方似乎也有人呼应地咳嗽了一声。尼妮用自己空着的那只手的手指戳了一下拉奇。两人对视了一下。不是野兽，是人——意识到这一点，两人都嗓子发干，呆立在那里。

拉奇慢慢地说："是人，不是野牛或野猪。"

尼妮不作声，眨眨眼示意拉奇安静。

两人就那样站了一会儿。

尼妮用极低的声音说道："是风吹树枝的声音，不是别的。"

拉奇坚决地摇摇头，不同意她的说法，她说："回去吧！"

尼妮陷入矛盾之中，既有害怕的羞愧，又有无惧的固执。

她用眼神示意，坚持再站一会儿。片刻之后，两人听到土丘上方清晰的咳嗽声，转角后方也传来马蹄的"嗒嗒"声。两人的心一沉。

稍顷，尼妮皱起眉头，紧抿双唇，手里紧紧握着短矛。拉奇握着箭的手开始发抖，她的双唇也在颤抖。她用颤抖的声音缓缓地说道："往后退点躲起来吧，骑马的人过来了。"

尼妮也没听错。看到旁边没有什么好的藏身之地，她和拉奇一起往后转身。返回之后，她们看到山边转弯处出现了两匹马。她们想要上山，可连条巴掌宽的小路也看不见。往来时的那条路上走，也是没有丝毫藏身之处。山的旁边不远处有一个树丛，她们转向那个方向。但是即使有它的掩护，她们还是没能退回去。四个身上佩带武器的骑兵从山边后面的转弯处来到了她们返回的地方。两人赶紧躲在一个小灌木后面。

来到前面的四个骑兵喊道："别害怕，森林里的美女！我们是来让你们快活的，跟我们走吧！"

尼妮站起身，心"呼呼"跳着，声音嘶哑："你们是什么人？"

话一出口，尼妮的心不再剧烈地跳动，成功捕猎的记忆电光石火般掠过她的脑海。

拉奇也站起身。

“跟你们去哪儿？”拉奇问，声音镇定，又大又尖。她的嘴唇有些发干。

骑兵们身穿带网眼的铁制铠甲，头盔上缠着头巾，眼睛的部位只能看见圆洞。骑兵们没有回答，继续向前走，一直走到她们附近才停了下来。

前面的骑兵说：“你们俩一人坐到一匹马上来。你们会被腰带绑着，不用担心掉下马。我们带你们去可以一辈子纵情享乐的地方。从灌木里出来，到这儿来吧！”

一个骑兵从马背上跳下来，他肩上背着箭壶和弓，腰间挎着长长的弯刀，朝她俩走过来。他后面的骑兵也跳下马向前走。两人都放开了马，马吃起草来。另外两名骑兵还坐在马上。

尼妮用尖厉的声音阻止道：“就站在那儿别动！干嘛挑逗我们？”

“一开始声音这么火爆，接着就会说祝福的话了。我们是奉命来的，上马来吧，以后我们会低头听从你们的命令。”他说。

“住嘴！”尼妮吼道，声音仿佛炸雷响起。骑兵示意步行的同伴抓住拉奇，自己则绕过灌木，来到尼妮身侧。

他哈哈大笑着说：“好啊，还拿着短矛！还有弓箭！都没用，投短矛啊！你的——您的名字是，鹿眼女？”

“没错，”雷鸣声从尼妮口中冲出，因陀罗的短矛“噌”地穿透骑兵的铠甲，插入了他的肋骨。拉奇也拉弓瞄准了另一个骑兵眼部的那个洞，“嗖”地一声，箭深深地射入眼底。两人“嗷嗷”叫着倒在地上打滚。拉奇又一箭射向马脖子，马也倒下了。尼妮迅速地取下肩上的弓，从箭壶中抽出箭，向其中一个坐在马上的骑兵射去。

骑兵快速调转了方向，箭射空了。拉奇射出了第二支箭，但是箭射到了一棵树的树枝上，也没射中。骑兵已到达了转弯处，背上没有骑兵的另一匹马飞驰过去，与正在逃跑的骑兵汇合在一起。他们到达转弯之时，两支箭又飞到了骑兵的身后，但是一个也没射中。转弯处传来了马匹疾驰而去的“嗒嗒”声，之后又恢复了寂静。而这边，两个不速之客挣扎呻吟了一会儿，就完全没有声响了。

尼妮和拉奇的心又狂跳起来。她们想对对方说些什么，可却一句也说不出来。

拉奇的嗓子很干，说话的声音嘶哑：“快把短矛从他身上拔出来，离开这里吧。”

尼妮没有答话，走到躺在地上的骑兵身边查看。他已经死了。尼妮的手颤抖着，想把短矛拔出来，却拔不动，手握不住。拉奇把弓箭放在一边的草里面，坐下来用脚蹬住尸体的一侧，一下子拔出了短矛，血喷涌而出。尼妮把脸转到另一边。拉奇把短矛塞到她手里，又冲过去拿起自己的弓箭，就好像马上要向谁射箭一样。接着她又跑到第二具尸体和死马跟前，拔出自己的箭插进箭壶。她的眼神中透出一丝疯狂。她走到呆站在那里的尼妮身边，推推她的肩膀。

她用同样嘶哑的声音说道：“快离开这儿！难道你还想去找丢失的箭？快点！快点！”

尼妮醒过神来，说：“别管箭了，回家吧！以后会有很多箭的。家里也还有呢。”

她们把尸体丢在那里，飞快地跑了。她们现在一心只想赶快离开森林，顺着河边回家去。

到了村子附近，她们才放慢脚步。短矛和箭上的血已经干了，但心里还是感到恶心。

尼妮说："去河里把它们洗洗，洗个澡再回家吧。"

拉奇说："河里可别有骑兵。"

"老远就能看见。要是有，就赶紧跑回家。"

"那就会吵醒整个村子里的人了。他们不会进攻村子吧？"

"不知道哥在哪儿，怎么能丢下他自己跑到什么地方躲着呢？走吧，去河边。杂耍艺人的营地离得不远，他们那儿也有武器。那些骑兵可能就那么多，或者还有几个在四周。应该不会进攻村子的。"

拉奇同意了。她们俩的箭壶里这会儿还有几支箭。两人悄悄来到河边，看看四周。除了村里的一些牲口在零零散散地吃草，别的什么也没有。两人进到河里，清洗了短矛和箭，洗过澡之后回家了。回到家中，两人有些害怕，仿佛家里有个大森林，里面有人追着要吃她们，而她们没有武器，无助极了。关上篱笆门，她们还是害怕。尼妮打开篱笆门，走到家门外，四处观望。

拉奇说："你哥耽搁得太久了，不知道到哪儿放牲口去了。"

尼妮说："我也这么想。我们吃完晚饭都到守望台那儿去吧。"

过了一会儿，天黑了。村里人各自赶着牲口回来了。远远地听到他们的声音，尼妮感觉好像有几个骑兵飞奔过来。又过了半个钟头，阿德尔也牵着牲口回来了，他感觉这两人仿佛一直在等他。

尼妮说："你一直在哪儿呢，耽搁这么久。"

阿德尔感到奇怪："耽搁得久？这会儿就是饮完牲口回家的时间呀。怎么了，什么事？"

拉奇说："我们俩觉得出什么事了。"

拴好牲口，两人向阿德尔讲述了所有的事情。阿德尔一开始几乎不能相信，但最后不得不相信。

他说："是突厥的小队人马。要是人多，就把你们俩包围起来杀掉了。他们是不能把你们俩抓起来带走的。今天我带回来的箭和短矛顶了大用。我们的多摩尔国王在旃布尔河[1]和叶木拿河的边界和河谷处建造了防御工事。从中间过来几个人也很正常，大队人马或是军队不交战是到不了这儿的。别担心，晚上我们三个去守望台。你们俩睡，我不睡。从明天起别去这么远的地方打猎了。行了，庄稼快收割了，收了粮食存起来，就没问题了。"

第二天一早，他们从守望台回来之后不久，波达来了。他眼中的无礼已经消失不见，在美女身上打转的眼神中还夹杂着些许惧色。

恭敬地行礼之后，他说："这两个姑娘昨天打到猎物了吗？要是打到了，也分给我们一点。"

阿德尔骄傲地说："猎物没打到，碰到了几个强盗，把他们打跑了。"

"强盗！哦，老天爷，哦，河谷之神！哦，贡德[2]爷爷！我们可是势单力孤啊，怎么办？"波达惊慌失色。

阿德尔说："你们有那么多人，还有武器。"

波达还是恐惧地说道："我们有一些衣服，有点大米和红糖，还有些别的物品。您跟村里的五老会和村长说说，让我们在村子附近搭帐篷吧。"

"不会有人反对的。"阿德尔想了想，仍旧用骄傲的语气说道。

波达流露出高兴的样子，回营地去了。

他悄悄地对纳耶金说："他不知道我们的计划。过几天住到村子边上，再做其他打算。"

黄昏之前，他们就在村子边上建起了自己的营地。

① 印度河流名，源于文迪亚山，汇入叶木拿河。
② 印度中央邦的一个原始部落。

20

用拉弓的姿势握着短矛的柄，“噌”地一下就穿透了铠甲，打败了强盗！只练了两天，就使得这么好，攻击这么有力！在那么远的地方，也没人帮忙，可谁都没听到哭叫的声音！要是其他女人遭遇这种状况，肯定被强盗掳走，毁了贞节了！尼妮心中慢慢升起骄傲的感觉。但他们是突厥人，以后会带着更多人来的，那时候会怎样？这样的担心又抑制了尼妮的骄傲。

拉奇在灌木的掩护下，瞬间就射箭杀死了向她走来的蒙面人。那个突厥人想跳上马逃跑，她第二箭就射死了马！但是，那个时候她也是这么想的吗？一点都想不起来，怎么说呢？事情很快会四处传开。“如果突厥军队袭来，摧毁田地、牲畜和家，人们就会说这两个姑娘把一切都毁了。”拉奇想。

除了阿德尔，两人没对任何人讲述自己的英勇故事，还请求阿德尔也不要对别人讲杀死骑兵的事。

阿德尔的自豪让故事有了好几个版本：第一个版本——姑娘们

把强盗赶跑了；第二个版本——强盗有武器，他们骑着马，受伤逃跑了；第三个版本——强盗是突厥人或者是婆罗摩伐多[1]的帕坦人，他们是来抢掠的，被这两个勇敢的姑娘赶跑了；第四个版本——这两个姑娘用箭射穿了突厥或帕坦人，并且把箭取了回来。阿德尔既没对别人说杀死骑兵的事，也没对别人说他们是为了掠走这两个姑娘而来的。

但是，村里人很快就明白了强盗的意图。他们担心之后会有大规模的进攻，村子又会遭殃了。没有一场拉其普特之间的战争不毁坏田地村庄，不使女人受辱。

两三天之后，秃鹫、鹞鹰和放牧人发现了两具死尸和一匹死马。杂耍艺人们用自己的调查印证了这一事实，他们还把铠甲、头盔和死去的突厥人的武器也拿给村里人看。死尸上得来的东西都被他们留在自己的营地了。

村里人口稀少。来了几个杂耍艺人，村里人的担心就不会少。他们是什么种姓，做什么职业，看来不是某个村子里的人，所以不能跟他们多接触。拉奇、尼妮和阿德尔跟艺人们来往更多些，因此不觉得自己应该和他们保持距离，但他们也不能忽视村里人的担心与恐惧。

消除对进攻的恐惧只有一个办法——瓜廖尔国王的帮助。

村民们去找祭司先生。

"大人！"一个村民伤心地说，"我们这些农民不跟任何人打仗。战争是拉其普特人、突厥人和帕坦人的事儿。但是，村里的两个姑娘疯了——她们在森林里用箭杀死了两个突厥人或是帕坦人。"

阿德尔马上打断了他的话："大人，那些强盗想抢走她们两个，

① 印度古地名，指恒河和叶木拿河中间的地区。

不拿起武器又该做什么？丢掉性命吗？辱没先人吗？”

村民说：“别那样吵吵，让我说完话嘛！”

阿德尔虎着脸不吭声了。

村民继续说：“从马蹄印可以看出人很多。两个姑娘说总共四个人，但是那两个人丢下两个死者逃走了。现在他们不知道会带来多少援兵。要是来了，那庄稼、牲口和我们的性命都保不住。您去瓜廖尔向国王报告一下吧。”

“我已经从瓜廖尔回来了。国王再次许诺，三四天后来。”祭司先生有些失望地说。

村民们请求道：“麻烦您再去一次吧。不管什么理由，把国王带来吧。”

村民中的一个老者说：“祭司大神啊，这一次，我们村里人会给您和寺庙在去年收成的基础上增加一倍。”

祭司觉得将来还不坏，但是现实让他有些苦恼。他笑了，笑的时候嘴角带着一丝嘲讽。

阿德尔马上说：“你们在诱惑祭司大人，他放弃了世界，带着自己的经书待在这个破庙里，是为了什么？为了多要我们的粮食吗？”

祭司先生不喜欢阿德尔说的话，尽管他说得确实不错，但祭司有点难为情，心里滋生了对他的反感——为了多要粮食待在这儿！但他脸上还是带着微笑。

他说：“我再去一次，希望这一次能把国王请来。我马上就去。”

阿德尔恳切地说：“我也一起去。”

祭司冷漠地拒绝了：“不，就我一个人去。三天后我一念完经就走。”

村民们满怀希望，高高兴兴地回家了。杂要艺人们尤其显得兴奋，心里却在想，是继续待在这儿还是在国王到来之前开溜。

村民们开始全力收割庄稼。虽然离成熟还差一点，但他们等不下去了。阿德尔也收割了。所有粮食都放在附近的打谷场。这一次没法在森林里打谷了。阿德尔不让尼妮和拉奇去森林，她们俩就在村子旁边的紫铆树那儿练习短矛。这一回，村民们看到她们练习的时候，觉得很难受。

女人们想，要是她俩搬到别的地方去就好了。所有人都想，真是疯了——完全就是贡德和皮尔，难道高等种姓的女孩有这样的坏品行吗？

村民们的心思并不背着她们俩。一天，阿德尔吃完饭去了打谷场。尼妮和拉奇想练习稍远距离的短矛投射，于是带着短矛从打谷场来到附近的紫铆树林。把短矛靠着树放好之后，两人坐到树荫下。

拉奇说："如果我们不会使用武器，那些人会放过我们吗？我们毁灭了，村里人会怎么做？会说什么？"

"痛哭流涕呗，还能做什么？"尼妮说。

"也许哭都不会哭，诅咒一下我们的命不好，就干自己的活去了。"

"这些人为什么就不想想，要是我们三个不在村里，他们的一半收成都会被森林里的动物给毁掉，那四个突厥人还会祸害村里一半的女人。"

"尼妮，我有点担心，这些人会来抓我们。"

"为什么？"

"因为你的白皮肤，你的眼睛，你的美丽的名声已经四处传遍了。"

"去你的，你这个疯子，难道你不美吗？"

“美还是不美，镜子不就在跟前吗？但是我说得没错，他们就是来抓我们俩的。我们最好从这里去瓜廖尔。”

“那桑格河、森林、猎物和田地呢？在那儿，哪里还能有这些？”

“还有一个原因你听没听说，说不定听说了。”

“没有啊，什么事？”

“一个女人跟我开玩笑——你怀孕了？”

“咦，这都什么跟什么呀？”

“哎呀，呸！”

“一收完印度黍，就筹办你的婚事，所以我才要从杂耍艺人那里换披肩。”

“村里人不会同意的。”

“送祭司些粮食就成了。”

“你瞧着吧！”

“还有谁说过这话？”

“没谁了，不过另一个女人也是很生气的样子，好像我成了低等种姓似的。”

“说你是低等种姓的人才是低等种姓呢。”

“现在倒没说，不过我有些害怕，万一说了呢。”

“无论去哪儿都会有这样的胡说八道和诽谤的。”

“以后出去，我就说自己是古杰莉①。”

“哎哟喂，怕什么？为什么害怕？不会有什么罪过的。祭司先生在故事里讲过的。结婚以后，你就是古杰莉。我和哥给你自己准备了一个结婚前用的厨房。”

---

① 古杰尔种姓的女子，牧女，刹帝利的一个分支。

“村里人不会让我们住在村里的，种姓的处罚是很严厉的。”

“那结了婚就离开这儿，走得远远的，再也不听这些村里人的聒噪。”

“这些杂耍艺人也是个麻烦，不在任何一个村里住，四处周游享乐。”

“瞧瞧那个女孩，比莉！老天！老天！多会挤眉弄眼，多会搔首弄姿！精致的纱丽穿在她身上，多叫人恶心哪！”

“那你还想给我换一条？我绝对不穿，穿上会感觉像女艺人。”

“好，那你穿自己那件厚衣服就很好。现在所有一切就等祭司回来再决定。”

21

黄昏后的时光，风凉嗖嗖的。宽大的窗户敞开着，一阵阵和缓的南风吹进来。柔和的月光洒落在宫殿下的一排排树木上。芒杜宏大的宫殿里的那个大房间里，吉亚斯－乌德－丁坐在摆放着丝绒软垫和枕头的宝座上。他的下首是低眉顺眼的克瓦贾·莫特鲁。宝座旁边，美貌的女仆热情地手持玻璃酒壶，壶中装满久享盛名的红色美酒。一杯杯美酒被倒入镶嵌着宝石的金酒杯中，不断地送到唇边，发出的“簌簌”声响召唤着吉亚斯－乌德－丁进入梦乡。

“莫特鲁！”苏丹呼唤道。

莫特鲁小心而谦恭地抬起头，双手合十，朝女仆看了看，并不作声。苏丹向女仆示意，她们把酒壶放在宝座旁的高几上，走了出去。

莫特鲁声音颤抖地说：“陛下，这次事情没有成功。”

“为什么？怎么回事？”苏丹手里端着酒杯问道。

“去了四个骑兵，两个死在那儿了。”

“怎么死的？谁杀了他们？难道马纳辛格的士兵到那儿了？”

“不是的，陛下，那两个姑娘一个用短矛，一个用箭杀死了他们。”

“骑兵们一定做了无礼的事。”

“两人不肯来，所以他们想抓住她俩。”

“这些人都是蠢驴，地地道道的白痴！剩下的两个在哪儿？”

“今天刚回来，他们交待了所有情况。”

“把他们投入监狱。不肯好好跟着来，就应该甜言蜜语哄着，把她们带到旃布尔河这边我们的地盘上来，然后想干什么不行？杂要艺人在干什么？”

“陛下，艺人……”

“你也是笨蛋！干嘛吞吞吐吐的？他们也被杀了吗？”

“没有，陛下，他们要一些首饰和钱，已经给他们了，但他们现在还一无所获。”

“哼！”微醺的酒意刺激了苏丹的怒意。

莫特鲁一直以身为苏丹宠臣为傲，冷不丁见到这样的神色，一时惊慌失色。他赶紧找别的话题。

莫特鲁边把酒杯递给苏丹，边说：“马茂德·伯克尔拉从信德回来之后，又加紧备战了。”

苏丹对话题的转变并不反感。他的声音有些苍老：“准备进攻哪里？”

白天密探向他禀报过这件事，但此时他却记不起来。

“陛下！最近，苏丹马茂德正为对抗葡萄牙人准备船只呢。”莫特鲁说。

“别在我面前叫那个黑鬼苏丹！”吉亚斯－乌德－丁大喊道。

莫特鲁噤声。

“他正准备进攻拉其普塔纳[①]，我想起来了。我们去进攻瓜廖尔！”

“毫无疑问，陛下！”

“我们经由纳尔沃尔进攻，派几小队人马去包围纳尔沃尔，然后围困瓜廖尔。一小队人马从旃布尔一路去镇压拉伊村，我从那儿去瓜廖尔。给杂耍艺人送信，让他们无论如何别让那两个姑娘跑到别的地方去。”

“你和我一起去吗？”

“全凭陛下吩咐。”

“我现在是不是有点冷酷？”

“没有这样的事，陛下。”

“那好，我不在位的时候，芒杜的国政由王子纳西尔 – 乌德 – 丁代为执掌。”

“非常妥当，陛下。”

苏丹又盯上了另一杯美酒，这与他日常的习惯有所不同。

莫特鲁看到，苏丹老了。沉吟半晌，他说：“陛下，饶恕那两个骑兵吧，那不是他们的错。”

“绝对不行！他们怎么能让自己的两个同伴死掉呢？”

克瓦贾噤声不言。“进攻纳尔沃尔时，瓜廖尔的多摩尔难道会袖手旁观吗？跟德里皇帝伯赫洛尔和西甘达尔打过仗的人，难道会关在瓜廖尔城堡里战斗？要是这位阁下的眼睛或胸膛中上一箭，那他还能活着回芒杜吗？无论如何，我自己要是能从这场战争中脱身，就太好了。他死了，纳西尔 – 乌德 – 丁会继位，为什么不从现在起

① 今印度拉贾斯坦邦的古名，拉其普特人居住的地方。

就寻求他的庇护呢？不过得背着这个人行事，以前他从来没对我这样发过火。他大概又开始喜好女色了，等着瞧吧。”莫特鲁想。

苏丹说：“梅瓦尔的假国王拉纳·乌达和真国王拉纳·拉耶莫尔的事情告一段落了，但是梅瓦尔现在还是有些软弱。如果伯克尔拉卷入其中，那会是我们对瓜廖尔做战的良机。我们无论如何不能帮助梅瓦尔，因为上次拉纳带兵到来，没跟伯克尔拉作战就返回了。我不想也像那样在两个战线打仗。一个瓜廖尔就足够了。你说是么？”

莫特鲁再次感到苏丹的老迈，他不想重复之前的错误。

他说：“您说得对，陛下！”

“这个季节进攻纳尔沃尔和瓜廖尔很有意思。给杂耍艺人送信时多加小心。照我说的做！”

“是，陛下！”

22

除去中午的时间，国王马纳辛格一直忙于各种事务。他九点到十二点会客，两点到三点之间进行裁决，四点到六点的一半时间用来处理军务和骑马，跟早晨一样；晚间，六点到九点吃饭、安排政务，九点之后听音乐。这个日程在热季里会稍事增减。

下午两点多，马纳辛格坐在宫中会议厅的宝座上。大臣、书记官等人都在场。马纳辛格的近前站立着新任军队统帅，他名叫尼哈尔辛格，是个二十岁左右的青年。他身材颀长健硕，双目炯炯有神。马纳辛格前不久才得到他。马纳辛格具有寻找有才干又合适的伙伴的天赋。

“如果德里苏丹再次进攻江普尔，那就得援助江普尔苏丹。进攻看起来不可避免。”国王马纳辛格对大臣说。

大臣说：“但是，如果马尔瓦苏丹进攻我们呢？大王，我们就不能援助江普尔了。如果我们先遭遇攻击，江普尔苏丹会援助我们吗？江普尔苏丹去孟加拉了，也许会再回来。”

“马尔瓦苏丹与梅瓦尔是同盟，而梅瓦尔是我们可敬的兄弟。再说，古吉拉特的伯克尔拉能让马尔瓦苏丹安宁吗？他哪有功夫进攻我们？”马纳辛格问。

大臣不假思索地答道：“大王，吉亚斯－乌德－丁生性古怪，性格暴戾，我们可以相信他的背叛，却不可以相信他的同盟。”

国王笑道：“人们也会这样讥讽我们订立的同盟吧。”

国王钟爱地朝尼哈尔辛格望去。他立刻开口：“我们和马尔瓦、德里双线开战。我们要履行承诺。”

书记官说：“要是马尔瓦的吉亚斯－乌德－丁·基尔吉率先攻击我们，而江普尔因为惧怕德里皇帝逃往孟加拉，我们与基尔吉交战之时，德里皇帝攻击江普尔，到那时，如果我们不援助江普尔，那违背承诺的罪责应该由我们来负呢，还是由江普尔来负？”

尼哈尔辛格激动地说：“我们双方在边界决战。”

马纳辛格给出了结论：“在这种情况下，我们不能双线作战，消耗自己的力量。”

大臣和书记官都赞同这个决定，尼哈尔辛格努力去理解它。

大臣说：“还有一件小事。今天早晨应该向歌手拜朱辞行了，但他不接受。这有点奇怪。他说，我要留在瓜廖尔。我们的账目里没有这么多预算发月俸给这样的歌手和与他同行的女歌手或女画家，近期我们的所有节余都得用于军务。”

国王笑道：“那就减少我的月俸，支付给那两位艺术家吧。国家为何存在？不就是为了保护人民、捍卫和发展艺术吗？我们应该准备好为人民和艺术献出自己的生命，保护这二者其实是保护宗教。大师维杰金格姆在哪里？”

大臣答道：“城堡里正在修建池塘，他去工作了，还未回来。”

维杰金格姆非常信奉“肉体的（劳作）”，或者说体力劳动，不付出汗水，他不接受任何人的任何东西。

“他是多么伟大的艺术家和学者啊，从不向国家索取什么。演奏维纳琴却一个小钱都不要。他说，我演奏维纳琴是为了报答您对我的保护，收入的不足可以用体力劳动来弥补。现在他都快以一当三了。不过，大臣先生，他的生计该由国家来安排啊。”国王说。

大臣不同意：“大王，可以通过适当减少您和大臣们的俸禄来安排，但不应该由国家来负责。”

“就这么做！关于我的俸禄，我早就说过了。”

尼哈尔辛格现在理解国王的两个决定了，他低下了头。

门卫进来报告说：“祭司先生从拉伊村来了，要求见您。”

国王同意了，派门卫去带祭司进来。互相致意之后，国王询问祭司的情况。

祭司说：“阁下几次许诺要去拉伊村狩猎，这次我一定要把您从瓜廖尔带走。”

“请原谅，夏斯特里先生，因为一直致力于建立良好的国家秩序，我把狩猎的事情忘在脑后了。我尽快设法来。这个冬天我还要进行一次全国巡视，也会来拉伊村。如果这期间没有和什么敌人发生冲突，没有被卷入战争的话。”

“大王，战争已经迫在眉睫了。”

“怎么会？跟哪里，夏斯特里先生？”

“这次的地点是在我们村，从北边来的。要么是婆罗摩伐多，要么是马尔瓦。”

“你像是在打哑谜呢，说清楚些，夏斯特里先生！”

祭司详细讲述了全部事情。

大臣说：“大王，这些人不可能从婆罗摩伐多来。卡尔比和埃塔伐[①]都在我们盟友的领地。这些突厥或是帕坦骑兵除了来自马尔瓦的基尔吉麾下，不可能属于其他人。”

马纳辛格纠正说：“在这个乱世里，四个强盗从哪里来都是可能的。”

祭司恳求道：“大王，强盗的确可能从任何地方来，但他们可能是奉某个强国的命令来掳取那两个姑娘的。”

国王向祭司投去询问的目光，似乎想知道那两个姑娘更多的情况。

祭司说：“五六月里，我就说过那两个姑娘的射箭才能，后来也说过。诗人或者杰出的画家也许能描述她们的美丽，而我却不是他们中的一员。”

国王明白了，明白的同时也有些愧疚。

尼哈尔辛格说：“国王去拉伊村很有必要。人民心中满怀信任的话，敌人就会闻风丧胆。况且大王也想猎些老虎、野牛之类的吧。”

国王说出了自己的决定：“明天我就去拉伊村。尼哈尔辛格带着自己手下一起去，一应物资都从这里带去吧。”

---

① 印度城市，属北方邦。

23

早上六点不到，村里的大多数男男女女就来到了打谷场，有几个已经开始打谷。阿德尔放牛去了，尼妮和拉奇忙着收拾黍穗。祭司气喘吁吁地飞跑过来，大老远就喊：“喂，喂，快停下来！国王的队伍要来了！”

打谷场上干活的人们都停下了手里的活计。祭司又喊了一遍。人们飞快地来到他身边，把他团团围住。他们的脸上充满兴奋和欣喜。

“什么时候？”那些人问。

“哎呀，马上就来了，就在我后面，现在就要来了，停下手里的活儿！多幸运啊，可以见到国王。”

“都是托您的福，祭司先生！我们也走运了。现在不干活了，走，都去见国王！”

“哎呀，不是这样，别犯傻！快去沐浴，托盘里点上酥油灯。国王一来，就向他行阿尔迪[1]礼。我在寺庙旁边种了一些金盏花，从那儿摘些花来。啊，不，我要给尼妮和拉奇的托盘摘些花，要不你们会把所有的花都拔出来扔掉的。”

“好的，我们会点起酥油灯，可是托盘谁都没有。如果是土盘，说不定大家会有。”

“好的，那谁家有托盘，就在上面放上酥油灯行阿尔迪礼。国王是神的化身或前世的瑜伽行者。大家沐浴之后穿上好衣服，到村外列队迎接。”

“从哪儿弄好衣服呀？”

“好吧，尽可能吧，从杂耍艺人那儿借。现在我要去寺庙，国王会在那儿逗留。”

“国王什么时候到？”

“两三个钟头之内。这个时辰他就会出发，他会带着军队策马前来。我倒要看看哪个强盗还敢来这儿？”

祭司又飞快地向寺庙奔去。

这事对村民们来说，就好像河里突然发了洪水，怎么都控制不住。人们四处奔走，开始沐浴。有衣服的人，赶紧把衣服洗净晾干，穿在身上。祭司给了尼妮和拉奇一些花。

尼妮和拉奇的热情不怎么高。她们俩明白，欢迎的事大约是要落到她们头上。裙子是粗花布的，洗过之后显得很旧，破的地方还打着补丁。紧身上衣倒是色彩鲜艳，可也是粗布的。披肩是红色的，可它的质量也很差。

拉奇出主意：“找杂耍艺人借一件漂亮纱丽？”

尼妮思索起来。

---

① 用手托着放有酥油灯的钢盘在神像或贵宾面前画圈致敬。

拉奇说："他们那儿还有些首饰。"

"你看到了？"尼妮问。

"是的，"她说，"昨天看的，看的时候眼睛都照花了。"

尼妮又思索起来，拉奇盯着她的脸。

尼妮说："不应该找杂耍艺人借衣服穿，借首饰戴。如果命里有，就要用自己的汗水挣来穿。"

"他们打算送给我们呢。他们说了，比莉会穿上漂亮衣服站在那儿行阿尔迪礼，可我们俩手头只有这些破烂。"

"自己的这些就很好，国王又不会给衣服奖赏。艺人是艺人，我们是我们。"

"你真是任性，刚一开口就发火。"

"那难道去当女艺人？穿成山里面飞来飞去的花蝴蝶一样？难道要跟国王说只有比莉是女艺人？国王会把我们俩也当成女艺人的。"

"那你为什么还总说，要给我从他们那儿买一件那样的纱丽？"

"咦，疯丫头，你不高兴了吗？你结婚的时候，我会给你穿那样的纱丽。但是这一次，我不穿，也不让你穿。我要用弓箭向国王展示自己的本领。"

尼妮捏捏拉奇的脸颊，拉奇脸上的怒气消失了。

两个钟头在吃饭、装饰托盘、点酥油灯中过去了。男人们在村外集合，女人们还没出家门。阿德尔跑来，在门外面喊道："哎，走吧，队伍来了！"

两个人点燃了酥油灯，用手和裙角挡着，端着托盘来到村外。其他女人也都来了。男人站一边，女人站另一边。杂耍艺人也在队伍中。比莉穿着华丽的衣饰过来了，她的托盘也是最好的。

国王骑在马上，缓缓向人群走了过来，身后跟着尼哈尔辛格。不远处是一小队骑兵，大象留在河边。

国王还没到，男人们就双手合十低下了头。女人们一会儿放下面纱，一会儿又掀起来。女孩子们的脸露在外面。尼妮和拉奇的心“砰砰”直跳。尼妮努力控制着自己。

国王走近了一些。马匹光泽鲜亮，马嚼子被缰绳拉着。马夫略略靠后，走在马身边。

男人们当中，祭司端着托盘走到最前面，托盘上面放了花环、檀香木蘸水磨成的汁、姜黄粉和大米。国王下了马，马夫把马拉住。国王向祭司行礼，后者大声说着祝福的话，在马纳辛格宽阔的额头点了檀香吉祥志，并在他俯下来的脖颈上戴上花环。

马纳辛格走到女人们面前，她们向他行阿尔迪礼。看到她们肮脏破旧的衣服，他在心中不断地问：“我是她们的国王吗？她们的国王？？”

尼妮平静下来，她双手举起托盘来行阿尔迪礼。国王头上戴着色彩艳丽的精致的丝绸包头巾，上面装饰着羽毛和珍珠，脖子上戴着镶嵌着珠宝的金项链。

尼妮抬起长长的睫毛，大大的眼睛向上注视了片刻。这就是国王！他的身体仿佛是模子里铸造出来的：高高的肩头上挎着弓箭，背上背着盾牌，腰间是长剑。这国王肯定是个英雄，他的身体里一定有杀死老虎和野牛的力量，他的内心和手中一定有赶走突厥人的力量。她这样想着，垂下了眼帘。

“这是谁？怎么会这么美？这灰堆里的火星是从哪里来的？在这个偏僻的村庄里竟然有这样的美女？”国王用充满疑问的眼神看向

祭司。

祭司兴奋地——这样的兴奋或许是他以往从未有过的——说："大王，这个姑娘名叫鹿眼女，村里人叫她尼妮。她就是我们的那位一箭杀死大老虎、野牛和长着獠牙的野猪的姑娘。她的箭法之准会让您的领主们也大吃一惊的。我们尼妮歌也唱得非常好。"

尼妮看了祭司一眼，嘴唇略微动了动，好像要说些什么。她要说些什么呢？

国王微笑着说："夏斯特里先生，这个村子真有福气，有像鹿眼女这样具备所有德行的女人。"

祭司马上纠正："大王啊，鹿眼女还是未婚的姑娘呢。"

国王狂喜地笑道："哦，哦，请原谅。她是什么种姓？"

祭司答道："古杰尔塔古尔。这儿站着的是她的哥哥，名叫阿德尔辛格，也很勇猛。"祭司热情洋溢，还想再说些什么。

一个老头插嘴道："哎呀，你这姑娘怎么一声不吭的，好像谁把你的嘴巴缝上了似的。面前站着我们的保护者，我们的国王，可你却一言不发。你是会唱歌呢，还是根本什么都不会的土包子？你瞧，我们的国王多迷人啊！"

尼妮向马纳辛格望了一眼，又低下了头。马纳辛格也看到了她，心中升起多看她的眼睛几次的愿望。

国王说："鹿眼女，我要检验你的箭法，一回瓜廖尔马上检验。"

尼妮低着头向他行了阿尔迪礼。托盘中有一朵花，她抬眼望着马纳辛格，把花插到他的头巾上。花掉了下来，国王拾起来，重又插到头巾上。他想就这么站在那儿。女人们唱起了歌，拉奇也举起托盘，来行阿尔迪礼。

祭司解释道："大王，她叫拉奇拉妮，我们都叫她拉奇。她是阿希尔种姓，也是未婚姑娘，非常勇敢。就是这两个姑娘杀死了两个敌人，把另外两个赶跑了。她射箭也非常准。”

“我会看看的，”国王笑道，“这两个姑娘把《罗摩衍那》和《摩诃婆罗多》搬到我们面前了。”

拉奇睁大眼睛看着马纳辛格，微笑着行了阿尔迪礼，向他的头巾撒花，花也掉在地上。就在此时，比莉掩饰住内心的羞涩，端着托盘来到马纳辛格面前。马纳辛格没把拉奇的花从地上拾起，尼妮看到了，所有人也都看到了。马纳辛格看到比莉的装束感到很惊讶。这个村子里竟有这样的衣服！但是，艺人的装束已经告诉他，他们到底是什么人。于是他问祭司：“这是谁？”

祭司答不上来，纳耶金上前答道：“大王，我的女儿是杂耍艺人种姓。她现在还是单身。她的杂技谁都比不上。我们会为大王表演杂技。”

接受了她的阿尔迪礼后，马纳辛格一刻也没有在艺人们跟前停留。

他说：“我会欣赏你们的杂技，我要在这儿逗留几天。”

祭司请求道：“大王，现在请您移步寺庙吧，就在那边的榕树下搭帐篷可否？”

“好的，夏斯特里先生，就在那附近吧。”国王答道。

国王还想在那里再逗留一会儿，但是没有逗留的理由。女人们唱着一支乡村歌曲，拉奇的声音为它增添了一丝甜美。尼妮没有开口唱歌。

国王说：“夏斯特里先生，这里的女人歌唱得真不错。”

祭司转移了话题：“大王，去寺庙吧，她们所有人还会在那里唱歌。”

国王只好离开那里。走着走着，他又朝尼妮的方向瞥去，偷看到尼妮之后，他垂下眼帘。到达寺庙之后，国王停下脚步。被打碎的神像到处都是。国王一个激灵，觉得这些破碎的神像仿佛都在严厉地斥责自己。

他坚定地说："我会重建这座寺庙，而且……"

他的脑海中出现了阿南格巴尔·多摩尔一世在德里的库杜布－米纳尔高塔[①]前那根沉重的铁柱上面镌刻的誓言："我要将这片土地建成真正意义上的雅利安瓦尔塔[②]。"

马纳辛格心中一震，他的喉咙哽咽了。他控制住自己，清了清嗓子，慢慢说道："我马上下令重建寺庙。"

"大王万岁！大王是万能的！"祭司祝福道。

国王的目光落在一尊残破的女药叉塑像上。随后，他的目光又转向村子的方向。

国王本来想询问祭司女人们来不来这儿唱歌，但没有鼓起勇气，于是投入宿营地的计划之中。

阿德尔等男人来到寺庙这里，看国王营地的热闹——大象、马匹、战士，等等。女人们各自回了家。

尼妮和拉奇很欣喜。尼妮压抑住自己心中那说不出来的悸动，努力想让拉奇更加高兴。

尼妮晃着拉奇的肩膀说："我刚才有点紧张，你唱得很好。"

"你是出神了，你一定在想，国王把我撒的花从地上拾起来插在头上了。"

"哎呀，他本来也要把你的花插在头巾上的，可是那个粗鲁的比

---

① 印度首都新德里一著名高塔。

② 古印度地名，包括喜马拉雅山与文迪亚山之间的地区。

莉不是像蛤蟆一样跳过来了嘛。她多么不知羞耻地晃动着胸脯，身上那件纱丽就好像独眼女人围裤角上的朱砂志！”

“哎呀，你要把我的肩膀摇断吗？你不是低着头吗，这些都是从哪儿看到的？”

“头是低着，可眼睛没闭着呀。”

“也偷看到什么了吧？”

“你倒是瞪着大眼睛看，好像要把国王装进眼里去似的。”

“哈哈哈哈！是你把国王装进眼睛里去了吧。这一切我都看在眼里了，小姑子！把他装进眼里之后准备带到哪儿去？”拉奇戳中了尼妮的心事。

“哎呀，你怎么了！国宴与土油，根本不沾边嘛！”

“对，对呀，夏斯特里先生，这个村子真有福气，有像鹿眼女这样具备所有德行的女人。祭司先生还要加一句——大王，鹿眼女是未婚少女！”

尼妮伸手去捂她的嘴。拉奇笑着逃跑，边阻止边说：“站远点，先听我把话说完，别总是仗着自己力气大，嗯？”

尼妮用披肩的边缘遮住脸的下半边，试图掩盖唇边抑制不住的笑意，可是眼睛却出卖了她。

拉奇继续说着：“祭司说了，可怜的孩子还是单身。哈哈哈！可怜的孩子抬眼给某人传递了信息，国王的双眼把那信息尽收眼底。然后拉奇眼睁睁地看到了他俩眉来眼去地传递信息。两人的眉目传情弥补了欠缺。哎呀，尼妮，别再跟我装了！”

“哦嗬，你是哪儿来的大诗人啊，你这是在说你自己做过的事吧。说实话，拉奇，哥和你之间也是这样的吗？”

“哎呀，天哪！你怎么把自己做的事赖到我头上了呢。”

“干嘛说不可能的事呢，拉奇？贫穷的农民和这么伟大的国王怎么能相提并论呢？”

“是农民造就了国王，再说古杰尔又比多摩尔差在哪儿了？”

“命运有时就是这样的，不是吗？”

“所以那个女艺人给你看手相时才那么说的呀。”

“你的手相也看了呀！”

“现在我相信了，你哥一定也会成就一番事业的。”

“现在可别抱这么大的希望。”

拉奇跑过来，搂住了尼妮的脖子，激动地哭了起来。

她抽噎着说：“要是把自己的头献给迦利女神能让你成为瓜廖尔王后，我绝对不会犹豫。”

24

第二天，马纳辛格安排狩猎，从周围的村庄里找来了狩猎时驱赶野兽的人。和国王一起进行狩猎的游戏，所有人都异常兴奋。阿德尔也想加入狩猎，但不想去当驱赶野兽的人。更令他向往的是对尼妮和拉奇的射术的考验。“怎么对国王说呢？怎么才能到他跟前表达自己的愿望？国王盛赞尼妮，甚至说村子因为她而有福气，那什么时候考验她们？如果尼妮和拉奇不是射中罐子或球，而是射中了野牛或者老虎，那该有多棒！况且，要是我自己也能用箭射倒一两头野猪，那什么事都成了。”他这样想着，用恳求的语气对祭司说了自己的想法，祭司沉思起来。正在此时，尼哈尔辛格来到祭司身边，他的身上穿着深绿色的狩猎服。

尼哈尔辛格一来就说：“国王命令说，今天就在狩猎中考验两个姑娘的射术。”

祭司为了凸显自己的重要性，更加深思起来。阿德尔跃跃欲试，想开口说些什么。尼哈尔辛格很焦急。祭司权衡地说：“到底是女孩子，她们倒是打过猎，可是在这么大的狩猎行动中还是很冒险的。”

尼哈尔辛格焦急地说道：“我有什么办法？您去劝劝大王吧。他说了，让姑娘们待在自己附近的某个守望台上，这样她们就可以从那里射箭，并且没有危险。您快些决定吧。”

阿德尔先于祭司说出了决定：“她们不害怕，她们光着脚还在崎岖可怕的森林里走呢，不需要什么守望台。”

“你是谁，先生？”尼哈尔问道。

“鹿眼女的哥哥，我叫阿德尔辛格，我也想狩猎。”阿德尔答道。

尼哈尔嘲弄地笑笑，心想：“他要狩猎！想和国王和领主们一样狩猎！”

祭司不得不开口了：“好的，去吧，阿德尔，把她们俩叫到这儿来。你去告诉大王、首领大人，她们也去，但是她们没有深绿色的狩猎服。”

尼哈尔笑着说了声“好的”就离开了。阿德尔马上奔向村里。尼妮和拉奇都在家中。

“拿上自己的武器！快点！国王叫你们去狩猎，要考验你们的射术呢。把武器擦得亮亮的！”

尼妮抑制住内心的波涛汹涌，说道：“武器锃亮地搁着呢。”

拉奇偷偷地笑了，朝尼妮扫了一眼。尼妮看着别处走进屋子，去拿武器。

阿德尔对拉奇说：“也叫你去呢，干嘛呆站着？我也要去。”

拉奇走进屋子，抓住尼妮把她扳倒在地上。

“哎呀，纯粹就是考验嘛，干嘛把我往地上推？”

“不是纯粹的考验，是唤醒命运的考验。”

“要是没表现好呢？箭射空了咋办？”

“你就是输了也会赢，不过你不会输的。”

“你不是伟大的女占星师嘛，男占星师兴高采烈地在院子里站着呢。”

“再说废话，我就给你脸上来两拳。”

“你不是很伟大嘛，那就去实现心中的期望。现在默念罗摩的名字，拿好各自的武器吧，短矛也带着。”

她们各自拿起武器，佩带在身上，把红披肩紧紧地系在紧身上衣外面，一头包好头，另一头塞进打着补丁的旧围裤边里。门口传来马蹄声。尼妮收起微笑，拉奇却笑出声来：“你看，国王着急了，派骑兵来了。”

尼妮握着拳头向她冲过去，又停住了，说：“你太坏了。”

两人各自拿着短矛来到院子里。阿德尔提着一个包袱从外面走进来，里面是深绿色的狩猎服。他抑制不住脸上的狂喜之色。

他说：“打猎时不能穿红衣服。国王派人送来了这个，快点穿上！”

尼妮面无喜色地说：“到目前为止，我一直是穿着红衣服打猎的。”

“现在穿上它们，否则国王会不高兴的。”拉奇笑着说道。

阿德尔打开包袱，里面有两条手工精致的围裤，两个小头盔和一件长上衣。

阿德尔说：“围裤是给你们的，长上衣是给我的。”

阿德尔穿上长上衣，尼妮和拉奇回屋去穿围裤。

拉奇说：“国王为什么不送深绿色的紧身上衣？”

尼妮眼中现出一丝怒意，随后又笑了起来。

“国王要是穿紧身上衣，就会送来了。”尼妮说。

她们俩穿上新衣服来到阿德尔面前。

阿德尔说："这就合适了。你们瞧，我也好了。"

尼妮取下头盔拿在手中。

"我不喜欢。"她说。

"为什么不喜欢？"拉奇说，"要去干男人干的事情，就得变成男人的样子。快把头盔戴在头上！"

尼妮把头盔随便往头上一戴，也没有镜子能照照，她的头发乱七八糟的，一绺头发往前翘着，还有一两绺垂落在耳畔。

两人穿着新衣服和阿德尔一起走到寺庙，尼哈尔从那里把他们三人带到了离榕树不远的国王的营帐前。国王已经准备好出发了，驱赶野兽的人早就就位了。

国王饶有兴味地看着两人的装束，目光停留在尼妮的头盔上。尼妮抬眼看了一下，又垂下眼帘，扭过脸去看另一个方向。

国王问道："会骑马吗？"

"不会。"答案是这样的。

"那好，走吧，我也走路去。"

尼妮朝拉奇望去。

众人一起向森林里的守望台走去。

茂密山林中的一处，马纳辛格和自己的一些同伴停了下来，向导也在一起。守望台在哪儿，谁应该坐在什么地方，很快就决定下来。

马纳辛格对向导说道："把这两位安排在我附近的守望台上。"

阿德尔的地点也安排好了。

尼妮说："所有地方我都知道。"

"整个森林！"马纳辛格微笑着，流露出讶异的神情。

拉奇说："是的，大王。"

"那么，"马纳辛格对向导示意道，"你把她们安全地带到守望台。"

两人随着向导走了。马纳辛格坐在自己的守望台上，人们也都警惕地待在各自的守望台上。

尼妮和拉奇到达指定地点之后，向导示意她们登上守望台。

尼妮"扑哧"一笑，拒绝道："我们不坐在守望台上，从这里射箭不容易射中目标。"

"这是国王的命令。"

"听国王的命令就射不到老虎和野牛了。"

"待在下面会有生命危险。"

"别担心，你去吧！"

"国王会发怒的。"

"对谁？我吗？别担心！"

"不是对你们，是对我，我会有麻烦的。"

"别怕！你随便爬到哪棵树上去！马上就要开始驱赶野兽了。"

向导摸着脑袋离开了，爬上了不远处的一棵大树。

"现在？"拉奇低声问。

尼妮答道："这棵树是很好的藏身之处。把短矛插上去，搭箭上弦，做好一次从箭壶里抽出两三支箭的准备。你朝一个方向站着，我朝另一个方向。这里掩护得很好，动物们会走得很近，无论如何都能看到的。"

"走着瞧，看看今天森林里会不会出来什么。"

"一定会出来的。我们好些天没来森林里了，那边还在使劲地驱赶，猎物不会少的。"

“听，什么在响？”

远处传来打鼓的声响，两人警觉起来。

驱赶野兽的人们大范围包围了森林，开始驱赶。人很多，所以鼓声轻而易举地覆盖了大片山林。

守望台建在很远的地方，间隔又很小，即便是小动物蹿出来，也看得清清楚楚。

嘈杂的鼓声令老虎、狗熊、野牛、豹子和野猪等可怕的野兽在自己的领地内惊恐万状、瑟瑟发抖，驱赶者想把它们赶往哪儿，就赶到哪儿。

起先，尼妮和拉奇附近有孔雀“呼啦啦”地飞来，然后是狐狸。紧接着好半天，什么都没出现。驱赶者的鼓乐声和喧哗声形成的大包围圈一点点缩小，声响越来越近，忽而向某个方向集中，忽而又扩散开来。

从一个方向传来老虎的吼声。拉奇从身侧戳戳尼妮的手，提醒她。尼妮也向拉奇示意准备好了。

老虎是从远处的一个守望台那边跑过来的。它中了箭，受伤倒在灌木丛中。吼声就是从那儿传来的。

突然，拉奇面前传来了“窸窸窣窣”的声响。尼妮扭头查看，两人同时把箭搭上了弓弦。一群梅花鹿奔了过来。尼妮阻止拉奇射箭，鹿群逃走了。

“为什么？”拉奇低声问。

“不射它们，射老虎和野牛。”尼妮低声回答。

驱赶继续着。有一会儿，她俩身旁什么也没出现——除了两三只野猫以外。

野猫后面又传来“窸窸窣窣”的声响。两人再次拉弓上箭，这次是一群羚羊。尼妮再次阻止："也不射它们。"

羚羊群逃走了。另一个方向的某个守望台上有人朝羚羊群射箭，中箭倒地的声响传来。

"现在如果再没什么动物来，我们就什么也射不到了。"拉奇低声说，声音里透着焦急。

另一个守望台那里再次传来吼声。尼妮想，这可能是豹子的吼声。

好一会儿，她们俩面前和附近都没有动物出现。两人拉弓上箭的动作有所停顿，肩膀也有些疲累。于是两人把手放下来休息。

正在这时，尼妮听到面前灌木丛的后面有树叶被踩倒的"沙沙"声。她从灌木的缝隙中望过去，感觉到有个影子，但不是很清楚。

从马纳辛格的守望台传来动物倒地和爪子蹬地的挣扎声。

尼妮面前的灌木后面传来了低吼声。尼妮拉弓上箭，拉奇也扭头观看。

片刻之后，她们看到一只身形庞大的成年老虎从马纳辛格的守望台方向扭过头，奔了过来。尼妮立刻瞄准老虎的脖颈，竭尽全力拉动弓弦射出一箭，紧接着又射了一箭。

箭插入老虎的脖颈，老虎痛苦地吼叫着向上跃起，又掉落下来，硕大的指甲在地上抓挠着，扬起阵阵灰尘，尖厉的吼叫声不绝于耳。拉奇想再射一箭，尼妮阻止了她。老虎奄奄一息。拉奇欣喜若狂，伸出手想捏一把尼妮靠近自己的脸颊，可手抖个不停，只抓住了尼妮的领口。

马纳辛格在自己的守望台上听到了老虎低沉的吼声。他刚刚射了一头野猪，野猪已经死了。马纳辛格跳下守望台，想到这边来，但是他确信尼妮和拉奇的守望台都绑在高高的树上，她们俩是不可能掉下来的。

过了一会儿，老虎不动了。狩猎还在继续进行。

拉奇前方不远处传来了“稀里哗啦”的声音和重重的呼吸声。拉奇做好了准备。尼妮朝老虎扫了一眼，扭过头拿起箭。正要搭箭上弦时，一头身形巨大的野牛喘着粗气，踏过前方的小灌木丛奔了过来。拉奇对准野牛的脑袋射出了箭，箭不偏不倚，射中了野牛的额头，插进去一点点。野牛看见她们，扑了过来。

拉奇射出第二箭的时候，尼妮也瞄准野牛前额的正中射出了一箭。箭倒是命中了目标，但因为射得太快，没能用上全力，所以只射中了额头上方的头骨缝。野牛怔了怔，怒吼一声，竖起尾巴朝她冲了过来。拉奇射出第二箭，箭射到了野牛的鼻子。野牛又停顿了一下，但是距离太近了，她们已经无法从箭壶中抽出箭，搭上弓弦。野牛通红的双眼喷出怒火，喘着粗气的嘴里泡沫横飞。

尼妮把弓扔到一边，抄起短矛，向野牛瞄准。野牛向前一扑，尼妮从树那儿向前跨了一步。拉奇拿起身侧的弓，搭上一支箭，却没射出去。

野牛低着头冲过来，打算用自己的头和角把这两个人顶起来再甩出去。为了将她们捣成肉酱，它停顿了片刻。说时迟，那时快，尼妮用尽全力，迅速将短矛扎入野牛的头，短矛扎在箭上方一点点。野牛不顾一切地继续向前冲。尼妮紧贴着树干，一只手抓着矛把。野牛带着头上的短矛撞向树干，矛把从尼妮手中被挣脱，直插入树干。

撞击之下，短矛深深地插入了野牛的头骨。尼妮跳向后面，拔出了自己的匕首。拉奇扔掉弓箭，抄起短矛，刚想朝野牛刺过去，野牛却腿一软，跌跌撞撞地摔倒在地上。它的头摇晃起来，急速地抽搐着，虽然晕头转向，却还没死。

尼妮将匕首对准牛脖子扎了过去，但匕首却从牛脖子的表皮划过，“噌”地扎进野牛的前胛窝。拉奇竭尽全力将短矛刺向野牛腹部，可是野牛又摇摇晃晃地站了起来。短矛划破野牛的腿，扎在了地面上，矛把从拉奇手中滑脱。拉奇拔出自己的匕首，后退了两步。这会儿，除了拉奇的匕首，两人手中再没有别的武器。

没时间去抓起匆忙中扔掉的弓箭，尼妮只想到了一个办法。她跳起来，就近抓住野牛靠近自己这边的角，使劲地推扭野牛。野牛扭动着、挣扎着，“咚”地一声摔倒在地。尼妮抓着野牛的角也摔倒在它身上，但她马上控制住身体。她的深绿色的小头盔忽然松开来，掉落在野牛身上。

身后，从马纳辛格的守望台方向传来有人跑过来的声音。尼妮松开野牛的角，向后退了退，看到了手持宝剑而来的马纳辛格。马纳辛格在不远的地方看到了她扑向野牛和野牛“扑通”倒地的情景。他是听到野牛的叫声从守望台上跳下来的。野牛在苟延残喘，不远的地方躺着一只死老虎。

马纳辛格用宝剑捅了捅垂死的野牛，但没有刺下去。他轻声说：“快死了。”

他看了一眼老虎的方向，缓步走到了跟前。尼妮和拉奇拿起各自的箭，站在树旁。野牛在树的另一边。

马纳辛格仔细查看了老虎，老虎只中了一箭。他惊讶地回到她俩身边，在她俩面前站住。

尼妮仔细地看了看他，然后看向另一边。拉奇一会儿看看野牛，一会又看向森林的方向。这会儿狩猎还没有结束。

国王问：“老虎脖子上的箭是谁的？”

尼妮低下了头。拉奇马上上前答道："尼妮——鹿眼女的。"

国王又问："野牛额头上的短矛是谁的？"

拉奇说："鹿眼女的。"

"哇，太棒了，你们俩太棒了！"马纳辛格口中夸赞着，从自己脖子上取下镶着宝石的金项链，戴在尼妮的脖子上。尼妮转过脸，用手指抠起了树皮。

马纳辛格用颤抖的声音缓缓地说："美丽的鹿眼女，我没有勇气，也觉得犹豫，但心里有话不吐不快。我能和你结婚吗？能让你成为我的人生伴侣吗？"

拉奇竭力控制住心的狂跳，走上前来。尼妮挠树皮挠得更快了。

拉奇说："这话可以跟他的哥哥说。"

"我也会问他，但我想先知道她的心意。"

尼妮咳嗽一声，拉奇领会了她的意思，挨着她站住。

尼妮小声说："穷人怎么能和大人物联姻呢？"

马纳辛格听到了，这话就是为了说给他听的。

马纳辛格说："远古时代，所有人的祖先都是穷人，都是依靠着自身的勇敢才成长的。在英勇方面，你不比我逊色。"

"大人物说一套，做一套，我在故事里听到的。"尼妮冲着另一个方向说。

马纳辛格想，她大概听过沙恭达罗的故事。

他说："你给的那朵花，我插在头巾里了。现在我还留着它，而且会永远留着——我向恒河－叶木拿河发誓，你会成为我的人生伴侣。"马纳辛格的声音仍在颤抖。

尼妮用微弱的声音回答道："别发誓！"

"那你说，你想说什么，美人！"马纳辛格坚持道。

“我不懂国王们的话。”尼妮回答。

拉奇突然说道：“我的箭飞到那个灌木丛后面了，我去找回来——”然后向灌木丛的方向跑去。

“别走，你去哪儿，拉奇？箭都在这儿。”尼妮柔声阻止，但拉奇不听。

国王伸出了手，说：“这话世上的人都懂，把你的手给我。”尼妮侧过脸，偷瞄着国王，心狂跳着，微笑着把自己颤抖的、满是灰尘的手放在他的手里。

她说：“我不知道自己在做什么，请保护我的荣誉。”

马纳辛格立刻说：“最高神是我的证人，你将永远成为我心中的王后和生活的光彩，明白了吗？”

“明白了。”她的口中发出了细微的声音。

“你说什么？”

“我听从您的命令。”

“看着我！”

“拉奇在灌木丛后面偷看呢。”

尼妮把手从他的手中抽了出来。抽手的时候，她用湿润的眼睛望向他。马纳辛格的眼睛散发着光芒，那光芒和她湿润的眼睛交汇在一起。

马纳辛格叫道：“拉奇拉妮，过来吧，现在该找到箭了吧。”

拉奇在灌木丛后面笑着说：“都找到了，连本带利都找到了。”她手捂着嘴，笑着走了过来。

马纳辛格说：“箭在哪儿？手里一支也没有。”

“在它该在的地方。”她戏谑地看着尼妮。

“你的女友很刁钻啊。”马纳辛格笑着说。

拉奇转过脸去问道：“大王要在村子里待到什么时候？”

“你们什么时候让我走，我就什么时候走。”

“哇，这会儿这个森林里还有很多猎物。”

“我得到了生命中所有的快乐，你们都跟我一起去瓜廖尔吧。”

“就这样？”

尼妮转过脸说：“听说瓜廖尔的用水有很大困难。”

“现在井已经干净了，没问题了。”

野牛伸直四肢，断气了。马纳辛格走过去看了看。

“你用手扭着它的角，把它摔倒在地。野牛非常重。”他表达了自己的惊讶。

尼妮轻柔地说：“发生了什么，是怎么发生的，我已经记不起来了。”

国王笑着问：“你这么大的力气从哪儿来的？”

尼妮低着头，微笑着说：“从拉伊河的河水中来。我们的身体里还能有什么呀？”

“你非常爱拉伊村？”

“非常爱，它住在我眼中。”

“瓜廖尔的城堡里有湖，以后看湖水吧。”

“没有自己的河水，我没办法生活。”

“那把瓜廖尔城堡搬到这儿来吧。”

“应该把桑格河搬到那儿去。”

“怎么搬？”

“村里人也会对国王这样说？”

“不应该是村里人说，应该是国王的王后说。”

“那就开掘水渠，把水引到城堡里去，我只喝这里的水。”

“会把水引过去，我发誓。”

“什么时候？”

“马上就叫人动工。行了吗，还有没有别的？”

“到瓜廖尔以后，我不戴面纱。”

“那就别戴。还有吗？”

“没别的了。”

驱赶野兽的人来到附近。在他们之前，向导战战兢兢地从树上跳下来。

他请求宽恕道：“幸福的给予者，大王，请您饶恕我，我劝说了多次，让她们去守望台上，可是她们不听。”

尼妮附和道：“没错，是我们坚持不到守望台上去的。”

国王笑笑说：“坚持的结果就在面前呢，还有只老虎在那边躺着呢。”

驱赶野兽的人过来了，他们看到了野牛和老虎。看到尼妮脖颈上那条镶宝石的金项链，他们就明白这些猎物是谁的杰作了。

国王从头巾上解下一条珍珠项链，挂在拉奇脖子上。

他说：“你也非常勇敢。”

稍顷，其他的猎人也过来了。

谁猎到了什么，谁没有猎到，大家纷纷讨论起来。国王杀死了一头长獠牙的野猪。

阿德尔也过来了，他手上什么也没有。看到野牛、老虎和她们脖颈上的项链，他喜不自胜。

25

快到寺庙的时候，所有人都已经知道，美丽的鹿眼女已经成为马纳辛格的心上人。尼妮和拉奇正要沿着寺庙边缘回家，祭司叫住了她们。祭司早就听说狩猎的这个结果了。他说：“今天，我们村的目标达成了。先去参拜神像，再回家吧。”

尼妮推辞道：“还没沐浴，怎么拜神呢？”

拉奇附和道：“我们明天早晨沐浴过后来，再带些粮食上供。”

祭司的话语中透着笑意：“就从外面拜拜吧，现在还从你们那里拿供奉的粮食？我会得到整个村子，作为寺庙的田产。”

“从谁那儿？”拉奇问。尼妮低着头，抬眼望着他。

“从瓜廖尔王后那儿。”祭司摇头晃脑地回答。这时，马纳辛格和尼哈尔辛格正从另一个方向朝寺庙走过来。

“贫穷的农家女儿。”拉奇微笑着拉起尼妮的手朝家中走去。

国王向祭司问了好，说：“夏斯特里先生，祝福我吧。”

“祝福一直都伴随着国王。”

“请您祝福马纳辛格·多摩尔和鹿眼女。”

“对这个村子和村里寺庙的祭司来说，还有比这更荣耀的事情吗，大王？”

“我希望在瓜廖尔念诵吠陀经文，举行祭祀，完成婚礼。您做好出发的准备。”

“大王，这怎么行呢？婚礼仪式应该在女方的家中举行，我们这里的习俗就是这样。我来做女方的祭司，您从瓜廖尔召唤您的祭司。我们什么都给不了，只能撒些花儿。祭祀用的酥油，阿德尔家里得拿出一捧来。”

阿德尔也兴高采烈地来了。祭司对他说：“鹿眼女和国王的婚礼仪式应该在这儿举行呢，还是在瓜廖尔？”

他骄傲地拍着胸脯答道：“在这儿，我们家族的传统就是这样的。”

“拿什么给国王？”祭司笑着问。阿德尔毫不犹豫地说：“姑娘和一头母牛，一对公牛我要留给自己。”

所有人都笑了。阿德尔想：“是不是我说了什么蠢话了？”

“祭祀的东西有吗？”祭司收起笑意，郑重地说。

阿德尔有点难为情地说：“只有一点儿，我再借一点儿。”

马纳辛格拍拍他的肩膀说：“别担心，一切都会有的。”

阿德尔轻声说道：“可是我不想要您的什么东西。”

国王安慰道：“别怕，婚礼会使用你的物品来举行。”

他对祭司说：“请您挑选吉日，夏斯特里先生。”

于是开始挑选吉日。

尼妮和拉奇还没到村里，大伙儿就议论开了。

“尼妮的婚礼两三天内就要举行。”

“这回得叫她王后了，这都是各人的命！”

“以前饭还吃不饱呢，现在要用牛奶、酸奶洗澡了。”

“阿德尔也要飞黄腾达了，得叫他国王的大舅子了。”

“要戴上高高的头盔，在首都的大道上送亲了。”

“拉奇要成侍女了，为尼妮按摩脚，为国王铺床。”

“拉奇怀了阿德尔的孩子，托国王的福，这些都会被掩盖住。”

“嘘，别说了，别说了！国王听见了，会杀头的。”

“两个人离开这儿，就不会有什么强盗来了，让她们赶紧离开这儿吧。”

尼妮和拉奇待在家中。尼妮竭力保持严肃的样子。拉奇一直开她的玩笑，令她十分害羞，想捂住脸躲起来，可拉奇却一次次地站到她面前来。一次，拉奇抬起她的下巴，说：“看着我！”

“干嘛，我会怕吗？”

“那就看着我的眼睛。”

“好啊，这回你要干什么？”

“也和他对视了吗？”

“放过我吧，太那啥了。”

“好，那你说，说什么话了，在那个树下？”

“你不是在那儿躲着吗？”

“我倒是看到你们拉手了，没听见说什么。说了那么长时间，都说什么了？”

“哪有那么长时间，就一会儿。”

“哦，老天爷，那叫就一会儿？我找箭找得都累了。说，都说什么了？”

“我说，请您保护我的荣誉，我永远听从您的吩咐。够了，后来的就别问了。”

“我倒要看看，你们什么时候结婚。”

这时，邻居的一个女人来了。她大声嚷嚷着说：“啊哈哈，多走运啊，老天保佑所有人，让我们村百世留名。有这样的样貌，才碰到那样的国王。即使找到了国王，这样的样貌还是世上无双。”女人走了进来，向尼妮的项链投去喜爱的目光。

“一定很值钱，在雪白的脖颈里闪闪发光呢。”她说。

尼妮不知道该说什么。

拉奇说：“她用箭射死了老虎，还扭住了野牛的角，所以国王赏了这项链给她。”

“哎呀，别装了，”那个女人说，“都要和国王结婚了。”

“好嘛！”拉奇拿腔作调地说。

那个女人的眼睛湿润，嗓音也有些哽咽。她说：“对我们来说，干干农活，照顾照顾牲口，有顿饭吃就是所有了。祝你幸福！我们的幸福也在里面呢。”

拉奇感动地说：“现在什么事都还没定呢，大婶！要是成了还有什么可说的？”

女人抹着眼泪清了清嗓子，说：“哎，村里人心里都跟火烧了似的，我就是来跟你们说一声。”

尼妮心里明白，这个人心里才是最难受的，现在却来套近乎了。

那女人接着说：“有人说，尼妮当了王后，要嚼槟榔了，拉奇要当侍女，用手接尼妮的唾沫，还要给国王铺床。那床铺又漂亮又迷人，不是吗？”

尼妮的脸红了，拉奇面色苍白。

尼妮怒气冲冲地说：“谁说的？”

那女人讨好地说："以后告诉你们，现在还不能说。都在一个村里住着，要是她们听到了，一定会抹黑我的脸，把我逐出种姓的。求求你们，现在别问了。她们都快来了，别让她们知道我说了什么。老天，老天，拔了我的舌头吧，这些话怎么从我嘴里出来了。"

两人冷静下来，开始思考。

拉奇说："大婶，你是好人。我们怎么会去传那些坏话呢？要是这么做，我们会被割掉鼻子。"

正在这时，又有一些女人过来了，她们的脸上堆着笑，可是眼底隐藏的却是嫉妒。她们后面跟着的，是兴高采烈的阿德尔。

阿德尔一进门就说："婚礼的吉日——尼妮和国王的婚礼吉日——祭司先生已经给定在后天了。我们是什么都没有，不过托村里人的福，总能过去的。"

来的女人当中还有一个老太太，她最高兴。

老太太说："国王会大宴宾客，你们要好好准备哟！他们家没有老人，我们得应酬这些事情。从现在开始唱些什么吧。"

尼妮从老太太的声音里感受到了真诚。女人们唱起了喜庆的赞歌。过了一会儿，阿德尔焦急地阻止道："这些都往后放放吧，先说说，都要做些什么？只剩一天了。"

几个女人跟老太太一起说出了安排，但是阿德尔家里的钱还不够完成它的百分之一。

然而他坚定地说："我们的森林里有绿叶，寺庙里有花，家里还有一点姜黄粉。我用姜黄粉把尼妮的手染黄，把花敬献给国王，用山林里的树叶来装饰喜棚、彩带和门。我不要国王的任何东西，我会维护祖先的荣誉。"

一个女人说："多摩尔和古杰尔能通婚吗？"

阿德尔答道:“嗯，可以的，没问题，祭司先生说的。他选的吉日，还要主持婚礼。”

“是啊，国王嘛，什么都能做，没问题。”女人说完就不做声了，很快又唱起婚礼的歌曲。

过了一会儿，尼妮和拉奇感觉到了女人们的沉重，但是她们并没有离开。随着女人们的心思逐渐沉浸在歌曲里，尤其是庸俗的歌曲里，她们的嫉妒和她俩的厌恶也都无影无踪了。

阿德尔带着斧子出了门，去森林里采集物资来装饰自己家和前院。村里的女人开始用手头的东西来准备即将到来的庆典。

“我要用自己的手掌来接尼妮的槟榔沫！我要做国王铺床的侍女！”拉奇的心里起起伏伏，但她还是为尼妮的未来而高兴。

26

国王从瓜廖尔请来了维杰金格姆，让他做自己的祭司——他家的世袭祭司也来了。女方的祭司由博顿担任。阿德尔用山林的树叶装饰了家。村里也进行了装饰。国王一方的仪式举行得非常隆重。在拉奇的坚持下，阿德尔把唯一的母牛作为奈格[①]礼送给了国王。国王在接受赠送的时候说："这头母牛的价值在世上是无法估量的。"

尼妮——从此以后就是鹿眼女——穿戴上国王送来的价值连城的衣服和首饰，浑身都难受起来。

告别的时刻，尼妮搂住拉奇，哭得嗓子都哑了，拉奇更是差点昏厥过去。

"我会叫你来瓜廖尔。"尼妮说。

拉奇抽泣着说："以后再说。"一个模模糊糊的、手中捧着槟榔沫的女奴的影子在她眼前一闪，迅即又消失了。

鹿眼女乘着国王的车马准备出发了。直到桑格河和熟悉的山林

---

① 喜庆时送给亲友的礼物。本文中为阿德尔送给国王的陪嫁。

出现在眼前，她才抹掉眼泪，怔怔地看着它们。国王在离开村子之前，宣布免除整个村子一年的赋税，同时下令开始挖掘从桑格河到瓜廖尔的水渠。对于这一切，鹿眼女看在眼里，喜在心头。

一到瓜廖尔，潮水般涌来的欢迎民众令鹿眼女吃惊不已。乐器、歌曲、城市的华美、花雨和粮食雨、大门上的彩带装饰、阿尔迪以及欢呼胜利的喧嚣更令她震惊。她心想："国王难道真的是大神的化身？或者他前世是瑜伽行者，因为修行瑜伽获得了王国？瑜伽行者是谁？他是做什么的？什么时候问问国王？要是拉奇在，她看见这些会说什么？她总是一次次地烦我。她多好啊，现在她要和哥结婚了，村里人不会再说三道四了。什么时候我要叫她来。"鹿眼女思绪万千。

国王的队伍走走停停，缓缓到达城堡。穿过大门，一行人拾级而上，好久之后才到达高墙内部的宫殿。到达高处之后，鹿眼女热切地看着城堡山边那开阔的平原。临近日落，金色的日光洒落在广阔的平原上。山谷里，一缕炊烟正袅袅升起。那儿或许有一条小河，河边有个小村庄。村子里也许正在准备烙饼，牛犊或许正"哞哞"叫着找妈妈，母牛或许正"哞哞"叫着奔向村子。"哎呀，不对！那头作为嫁妆赠礼的母牛带着牛犊跟我一起来这儿了呀，它在哪儿？也许在下面呢。谁拴的它呢？谁抚摸它的脖颈？难道我再也见不到那头可爱的母牛了？"鹿眼女想。

鹿眼女走进宫殿，奴仆们的奉承讨好之声不绝于耳。哎呀，难道我以后都不能独自待一会儿了吗？

奈格礼之后，源源不断而来的是槟榔、豆蔻等香料、各式各样的饭食、垂首侍立的奴仆，以及流动着新鲜空气的宫殿。坐有地毯、靠垫和枕头，睡有铺着天鹅绒垫子的床，上面镶嵌着银树叶。

“那守望台、那月夜、那仿佛想与谁热切交谈的充满生机的庄稼地、羚羊和斑鹿的低语、挎在腋下的弓箭和拉奇的玩笑话，难道这一切就永远地从我手中溜走了？难道我回不去了吗？难道以后就囚禁在这里了吗？大王许诺说，我不用戴面纱。他会遵守诺言的，一定会的。他多么快就下令开掘水渠了！但是，如果出去，大清早我去哪里呢？”

尼妮朝窗外看了一眼，心想，起来悄悄看看。“这些人会说什么？他们心里一定会说，乡下土包子。这些人都是读过书的，我没读过书，我只会唱几首歌。可是这些人一年四季都在练习。当鸟儿们在夜晚、清晨和黄昏唱歌时，如果我也想唱，会不会有人阻止？即使不阻止，心里会说些什么？如果我能比她们所有人都唱得好，她们就不能说什么了。况且，这些人射箭射得怎么样呢？在这一点上，我会击败所有人。也包括大王吗？我的丈夫？他是丈夫，但是射箭也是学问，说什么胜负呢？”

宫殿墙上的画作吸引了尼妮的注意力，她专注地看了起来。它们都是怎么创作而成的呢？画面上不光有人，所有的一切都有！多么奇特！她以前从未见过这样的画作！“在村子里和山林里，要把它们放在哪儿？我要是再回村里去，就要把这些都学会之后再回去。我还要教拉奇。我要对她说，嫂子，跟我学吧。我亲爱的拉奇这会儿会做什么呢？她哭得多厉害呀。我有时候还小看她，以后再也不这样了。”鹿眼女的眼中流出了一滴泪水。女仆们虽然低着头，也看到了这情景。她们想，也许是盯着看的时间太久了，所以眼睛才湿润了。

鹿眼女仍在想：“要学会这些，不知道需要多少天？我要尽快回家去。如果不能尽快回去，就叫拉奇和哥来。村子里现在哪有这些给他们呢？”

旁边的房间里传来演奏维纳琴的声音，鹿眼女觉得这声音很生动。她知道，是有人在演奏乐器，声音听起来非常甜美。她的心好似被攥在自己手里。一个钟头后又听到了歌声。这样的歌声！这样的声音！她以前从未听到过。虽然是男人的声音，可是多么动听！时而还能听到女人的嗓音——比“叮咚”的琴音更悦耳的嗓音。

鹿眼女眼中带着问询，朝一个女仆看了一眼。女仆说：“著名歌手拜朱在唱歌，在一起的是他的女弟子格拉。”

27

国王和鹿眼女带着随从离开之后，村子里马上冷清下来。拉奇和阿德尔觉得家中有些空寂。拉奇的眼睛都哭肿了，阿德尔也是双眼发红。他把拉奇带到打谷场，两人在那里一直劳作到黄昏。回到家吃完晚饭，两人都有了睡意。

第二天洗漱过后，两个人去打谷场干活，在阴凉的地方坐了下来。

阿德尔说道："现在我和你也应该结婚了。"

拉奇本来心情就很郁闷，听了这话，她的脸色更是沉了下来。她说："尼妮不在，怎么结婚呢？"

"把她叫到这里来，她肯定会来的。做了王后又怎么样，她是我妹妹这点又不会改变。"

"什么时候叫她回来？"

"我想就明天。现在喜棚上装点的叶子还是绿色的，可以在下面举行婚礼，我明天就去办。"

“你是怎么了？昨天她刚从这里离开，明天就从那边赶回来？村子里从来没有这种事。”

“那按照习俗，要到什么时候才能让她回娘家呢？”

“说不定什么时候会回来。国王和他的贵族们不会让她这样一个大土邦的王后来我们的小茅屋的。”

“怎么能不让她来呢，没有人能拦得住，我会把她带回来。我去找祭司定一个良辰吉日，然后就到瓜廖尔去。她会来的，我们就当着她的面，在这个喜棚下面举行婚礼。”

“要是你去瓜廖尔，就带上那串珍珠项链。我听说那项链值好几千银币，从项链上取下些珍珠卖掉，稍微买些衣服布料回来。要请村子里的人吃饭，还要给祭司先生准备礼金。有了这笔钱，可以做很多事。”

“这主意不错，我忘了它了。项链在哪儿？”

“在家里藏着呢，戴在身上，村里人见了又要眼红，外面的小偷也盯着呢。”

“那我先去祭司那儿定个吉日，一个钟头就回来。”

“这么着急干什么？”

“我们俩都希望能像夫妻那样生活在一起，不着急不行啊。”

阿德尔去了祭司那里。他希望祭司看在他是国王内兄的面子上马上择定吉日。

祭司立刻拒绝了——

“我可以离开这个土邦到别的地方去，但却不能把种姓制度一脚踢开。”

阿德尔了解祭司贪婪的本性，他努力保持着冷静和宽厚的态度，说道：“国王已经说了会让人修建神庙，我也会给您称心的礼金。”

“我不能这么做，任何一个婆罗门都不能这么做。”

“那您为什么允许我们这样小户人家的女孩儿和三十六个家族[①]的人结婚呢？”

“因为他是国王。国王是大神的化身，他喜欢怎么做，就可以怎么做。你们不是国王，对你们来说，这样做是不行的。”

“但是我们已经决定要结婚了。”

“拉奇怀了你的孩子吗？”

“胡扯，这完全是胡扯，我们两个就像恒河水一样圣洁。”

“别拿你们跟恒河水相提并论来辱没恒河了，如果执意要娶拉奇，你就会被逐出种姓。”

“村里根本没有和我们俩种姓相同的人家。”

“村里的任何人都不会喝你们的手端来的水，甚至不会碰触你们，也不会和你们一起说话干活。”

“没关系，我要到瓜廖尔去。”

“这样做国王也会被人看轻，所有的国民都会说，国王的内兄是不守教规的人。”

“我可以到别的什么地方去，但不会忍受这样极端的不公平。我要先到国王那里，把这不公平的事告诉他。”

“我是婆罗门，国王不能把我怎么样。他要是不高兴，我就离开这个土邦到别处去。我不可能受你的威胁，我也不是白读那些宗教经典的。去吧，去跟国王说吧。”

阿德尔过了一会儿才冷静下来，嘟嘟囔囔地走了。

一回到打谷场，阿德尔就说道：“拿水过来，把水罐擦干净，打

---

① 一般有这样的说法，刹帝利有36个家族：10个太阳家族，10个月亮家族，12个王仙家族，4个火氏家族，这里用“三十六个家族”代指刹帝利。

些水过来。”

水罐放在打谷场上，上面有些坑坑洼洼的。拉奇把水罐擦洗干净，打了水过来，仔细审视着他的脸，心里有些害怕。

阿德尔用一点水洗了手，双手捧着水罐说："坐到我旁边来。"

拉奇感到奇怪，这究竟是怎么回事啊。阿德尔抬眼看着上方，说道："神啊，我未娶，拉奇未嫁，我向恒河起誓，她这一生都是属于我的了。"他闭上眼睛，身体颤抖起来，泪水夺眶而出。

"你这是在干什么啊？"拉奇哽咽地说，用手指擦拭着阿德尔的泪水。阿德尔把水罐放到一边，说道："把你的左手放到我手上。"

拉奇伸出手去，阿德尔抓住了她的手，说道："现在起你永远属于我，无论种姓让我留下，还是把我驱逐出去。就算村里人用石头把我打出去，我与你的关系也绝对不会断绝。说吧，你属于我吗？"

拉奇悲伤的脸庞泛起了羞涩的红晕，她的唇边露出微笑，笑意逐渐在整个脸庞绽放。她说道："是的。"

"今天我要向整个村子宣布，我们俩已经结婚了。"

"他们会接受吗？"

"如果不接受，我们就带上行李到瓜廖尔去。"

"我们不去瓜廖尔。"

"为什么？"

"我们要先有所作为，然后再到瓜廖尔去。"

"我不明白。"

拉奇从头至尾向他讲述了村里人的诋毁，她最后说道："如果有人说我是某人的女仆，我绝不能忍受，不管那个'某人'是不是我丈夫的姐妹。我也不能忍受别人说你是国王的奴仆和伙夫。神给了我们有力的臂膀和工作的热情，我们要做出一番事业，再到瓜廖尔去。”

“那我今天就要和村里人说，他们不能这样公然侮辱我们。就算那个婆罗门忘了我们赌上性命保护他和他的宗教经典的事，但是村里人不会忘记。”

“你想得对，我也不会躲在后面的。”

“我完全相信你。”

28

阿德尔一刻也不耽搁地在村里宣告了他的喜讯，并且很快就得到了结果。

“在我们村，这可不行。”一个说。

另一个附和：“真是不守教规，哎，邪恶的迦利时代啊！”

“阿希尔种姓的女孩儿进了古杰尔种姓的家门！”

“村里要是有阿希尔种姓的人，就应该把两个人都打死。”

“祭司先生怎么说？”

“他说得对，这不合教规。”

“阿德尔的妹夫是国王。”

“那又怎么样？国王想娶哪个种姓的女孩，想娶多少女人，都可以，大人物都可以做，也常这么做。但是这个阿德尔？老天！老天！老天！”

“瞧瞧他狂妄的样子，招摇过市的，好像刚从伽尸[1]沐浴归来

---

① 印度贝拿勒斯古名，印度教圣地之一。

似的。”

“国王是不是糊涂了？尼妮肯定挑唆他了吧？”

“谁也不能违反教规做事。国王要是不守教规，还能当几天国王？”

“可要是已经做了呢？”

“旁边就是本德尔肯特，我们搬到奥尔恰国王的土邦去。这里难道有金矿吗，让我们为了它失去自己的宗教？我想，突厥人会再来的。”

“祭司先生多虔诚啊，他说了，就算国王把一半的王国给我们，也不让阿德尔结婚。”

“是啊，世上哪有奶牛嫁给水牛的？”

“我早就说过，拉奇怀了阿德尔的孩子。他想着三四个月以后事情就败露了，所以现在说，把村里人都当傻瓜了。”

“他还想结婚！还想要我们的祝福！”

“哎呀，管他想干什么呢，只是太不知羞耻了。敲锣打鼓地招摇，好像村里的五老会什么都不是，好像我们都不算什么似的。穷怎么了？我们可都不是杂种种姓。”

“他吊人胃口，我请他吃甜米粉团子？让甜米粉团子见鬼去吧！”

“别说吃喝起坐、接触说话了，就算看也不能看他一眼。”

“他要甩手离开这儿，到瓜廖尔去了。”

“那太好了。让拉奇到那儿去当女奴，就不会有什么乌厥、突厥人来村里抢她了。”

“这个女孩子品行多坏呀！”

“也通知一下周围村子的阿希尔人吧，他们眨眼就能解决整个事件。”

“这样做是对的，全村人都停止与他们交往，再通知其他的阿希尔人。国王不能杀了所有人。”

“要是事情真成了那样，那我们就去奥尔恰土邦。”

终于有一天，在寺庙边上的榕树下召开了五老会，作出了驱逐他们俩的决定。祭司先生为了促成这个决定，取得了五老会的一致赞同。

艺人波达来到阿德尔跟前，亲热地说：“阿德尔辛格先生，你现在别在村里住了，否则周围的阿希尔人会来打死你们俩的。所有人都知道，我们同情你和拉奇，同情穷人，所以我们也惹上麻烦了。要怎么做，你快点想想，早做决定吧。”

阿德尔思索起来。

“阿希尔人一定会来，可能很多村子的阿希尔人都要来。国王是不能插手宗教事务的。”波达说。

“你说得对！”阿德尔开口道。

“你怎么想的？”

阿德尔用微弱的声音答道：“现在还什么都想不出来。”

波达说：“只有两个办法——或者从这里逃走，或者放开拉奇。”

“什么？”阿德尔的嗓子里发出低沉的吼声。

波达恳求道：“我说这话是为了拉沃吉[①]你好，原谅我吧！但我说的是事实。”

阿德尔又思索起来。

波达缓缓说道：“这世界大得很。到一个好地方去，干自己的事业，舒舒服服地生活！你是不是想去瓜廖尔？不过，瓜廖尔就在附

① 波达对阿德尔的称呼。

近，阿希尔种姓会围攻国王，不会让你安宁的。”

拉奇在屋里说：“我们去瓜廖尔。”

“所以我才说，”波达接住拉奇的话头，“在瓜廖尔只能低头做人，那里不是正脸示人的地方。”

“拉奇怀没怀孕？”

“哎呀，呸！”阿德尔严厉地反驳道。

波达赶紧道歉：“拉沃吉，别见怪，我们是山林里的人。村里人都在说，所以我问问。现在赶紧决定该怎么办。我们是想，麻烦就要来了，所以我们要拆掉帐篷，到别的地方去。”

“你们去哪儿？”

“我们现在什么都没有。纳尔沃尔城堡附近有个叫莫格罗尼的村子，那里我们有些熟人。我们过去在那儿待过很长时间，给村里人表演把戏，也得了奖赏。那儿的人很好，也有很多可耕地。去那儿生活吧！要是不称心，就去马尔瓦。马尔瓦不是物产丰富吗？”

“莫格罗尼村是什么人的居住地？”

“主要是铁匠和铜匠，还有少量吠舍和婆罗门。不过，这件事怎么会传到那里去呢？你觉得怎么样？”

“我想和你们一起走，拉奇也喜欢你们。到了莫格罗尼，再决定是留在那儿，还是去马尔瓦。我问问拉奇。”

拉奇立刻回答：“我们有些行李，不觉得麻烦吗？”

波达说：“我们的驴是干什么用的？可以驮我们的行李，也可以驮你们的，有些还可以骑。”

想到自己和拉奇骑在驴背上的情景，阿德尔心里痒痒的，他笑出声来。波达吓了一跳，阿德尔立即恢复严肃的样子。

“命中注定的事情，是一定要经历的。为了避免旅途劳顿，碰到什么坐骑就坐什么坐骑，这样才对。”阿德尔说。

波达马上接口：“拉沃吉，我们的纳耶金给你妹妹和拉奇看过手相。那天说的话没有一句不是与瓜廖尔国王联姻的事。纳耶金的预言多快就实现了！您现在虽然看不到，但很快就会看到。纳耶金的话从来没有落空过，不知道有多少大神赋予了她力量。”

拉奇在那边说道：“离开这个村子，哪里都能去。到那时，无论去哪里都是对的。”

阿德尔也说出了自己的决定：“好的，波达老兄，跟你们一起走。我们有两头牛，我们——她骑着就可以了。行李让你们的驴来驮。印度黍已经收割完了，明天清早就扬场打谷，到时让驴驮，还有一些让我们的牛驮。还有吗？”

“好的，好的，”波达高兴地说，“别让村里任何人知道这件事。明天晚上我们悄悄离开，等到村里人知道我们走的事，我们都已经走出好几柯斯远了。”

“莫格罗尼离这儿有多远？什么时候能到那儿？”

波达兴奋地说：“不太远，离这儿总共二十柯斯出头。纳尔沃尔位于莫格罗尼南边两柯斯的地方。那里没人会知道究竟发生了什么事，所有人都忙着自己的事儿。那儿是个很好的地方。”

第二天，阿德尔收拾了粮食。整整一天，村里没有一个人跟他和拉奇说一句话。有些女人一看见拉奇，就往地上吐口水。五老会宣布了决定之后，一些男人搬到周围的村庄去了。

晚上，他们悄悄地驮着行李出发了。拉奇一遍遍地回头看向村子的方向，只是为了确认他们身后没有人跟过来。

她深深地吸了口气，朝森林的方向看过去——这里没有她的敌人，森林里的野兽比村里的这些畜牲好多了。

昏暗的夜晚，在乍明乍暗的星光闪烁中，她的视线投向远处的一座高山——那上面是瓜廖尔城堡，尼妮就住在城堡里的某个地方——“我的尼妮！要是今天她在我身边，我们俩会在这条路上怎样说笑打闹！”

拉奇哭了。路途的喧嚣之中，没有人听到她的哭泣。星光的闪烁之下，没有人看到她的眼泪。

29

根据吉亚斯－乌德－丁的命令，克瓦贾·莫特鲁派出密探，去与杂耍艺人联系。密探悄悄到了拉伊村，得知鹿眼女和国王马纳辛格结婚了，几天前去了瓜廖尔。拉奇逃走了，杂耍艺人也不知去哪儿了。密探无功而返。

吉亚斯－乌德－丁已经做好了进攻纳尔沃尔的准备，却没有动身。他听说伯克尔拉准备离开阿默达巴德去进攻芒杜。

“哪儿来的坏蛋！”吉亚斯－乌德－丁心里骂道。

几天之后消息传来，伯克尔拉出发去镇压南部的康代什苏丹，因为康代什苏丹想脱离古吉拉特的统治。伯赫默尼苏丹国在古尔伯尔迦和比德尔的统治瓦解了，四五个苏丹国取而代之，纷纷崛起。康代什也试图挣脱古吉拉特套在它脖子上的枷锁，伯克尔拉正是因此去了南方。

吉亚斯－乌德－丁忌惮伯克尔拉。他心想，伯克尔拉可别表面上往康代什去，走不多远又突然掉转头来袭击芒杜。他要是为了芒杜并不往南方走多远，那么把芒杜交给缺乏经验的王子，就是很不明智的，因此吉亚斯－乌德－丁不得不按兵不动。

莫特鲁找了个机会，悄悄会见了王子。

纳西尔王子四下看看，问莫特鲁："都说酒不是好东西，可人们为什么喝酒呢？"

"殿下啊，"莫特鲁小心翼翼地上前一步，"祖先们古时就说过它不是好东西，可是人们不听，所以喝。"

"既然说它不好，那喝了肯定有坏处。"

"殿下啊，坏东西如果被皇帝的手碰了，就没那么坏了。在下是奴仆，能说什么呢？不过没错，听说有些人偶尔也把它当药喝。"

"你也喝过吗？"

"在您面前说喝过，会失礼的。"

"你怎么来了？"

"殿下啊，皇帝陛下不在芒杜时，您要主持芒杜的事务。我一直没忘自己是您的奴仆，还得养家糊口，所以来请求您了。您有什么命令就吩咐，在下赴汤蹈火，在所不辞。"

"我想，我也见过些世面，书也读了不少，可就是不理解这个世界。"

"殿下万岁！我愿意奉献自己，您也会看到，要是自己把自己当回事，世界就不会厌弃你。"

"你看时机什么时候到？"

"时机会来的，殿下，您现在这是怎么了。到了下令的时间，就要大张旗鼓地下令。我只是担心自己的脑袋，因为毛拉们是看不上奴仆的。"

"别让毛拉们知道消息。我一个人住，以后你晚上常来吧。"

“这是殿下对奴仆的莫大恩惠。要是能成为您信任的奴仆就更好了。一天二十四小时，无论您什么时候有任何需求，我都能立刻办到。否则，要是陛下知道了，就得把我拿去喂狗，对您也会更加严厉。”

“现在还不够严厉吗？心里想着让我死呢。不过你说得对，就这么定了。那你现在说实话，说酒是坏东西的人是能从酒中得到一些享受呢，还是确实觉得不好？”

“殿下，如果没有乐趣，皇帝为什么要喝呢？”

“这是其一。但是只能是一点点，否则就会担心被抓住。还有其二——你自己想想！”

“没有任何问题，殿下。”

“目前我没什么东西，但是时候到了，我会赏你的。”

“主人，那个时候为时不远了，胡大保佑，殿下会威名远播的。为什么要进攻纳尔沃尔呢？”

“瓜廖尔国王不驯服。”

“对了，殿下，瓜廖尔土邦有两个非常漂亮的女人。但是大王，可别把消息到处传播，否则您的奴仆会像虫子一样被杀掉的。”

“不会，我为什么要对别人说？不过莫特鲁，对你我来说，这些美酒、佳肴和美女再合适不过了。哎，现在我们怎么办呢？走着瞧吧！问题又来了，享乐不好，随意屠戮人命是不是更不好，嗯？记住！”

“得到大王的恩赐，奴仆就像得到了天堂。”

30

马茂德·伯克尔拉沿着芒杜径直向南面的康代什方向进发。吉亚斯－乌德－丁迅即向纳尔沃尔发动了进攻。芒杜的朝政名义上交到纳西尔手中，实际是大臣在操纵。

纳尔沃尔住于芒杜西北部。吉亚斯－乌德－丁带着大军，越过马尔瓦平原，穿过山峦和森林，到达了纳尔沃尔附近的森林。

这片广阔的森林位于纳尔沃尔的南部和西南部之间。信德河如同一条长蛇，从西南部蜿蜒而下，往西呈半圆形环绕着过纳尔沃尔，向东北方向流去。纳尔沃尔恰好位于信德河西部的半圆形大拐弯之内。

森林广阔茂密、阴森恐怖，成群的大象在里面快乐地游逛，老虎、野牛和犀牛等就更不用说了。道路自北向南，经过纳尔沃尔的西南部，横穿信德河环形处的几个河谷。森林的宽阔地带在纳尔沃尔东部，再远一些就逐渐缩小了。

从西南部到了东南部，森林重又茂密起来，一山连着一山，大大小小的河流、湖泊、田野、森林和平原断断续续地向东延伸到很远的地方。去往金代利方向的大约四十柯斯路程就是这种情形。吉亚斯–乌德–丁派人从芒杜给金代利省长下达了命令，让他集中力量砍伐金代利西南部的山林。他想打通从金代利去马尔瓦的道路。省长安排好这项工作之后，也出发去了纳尔沃尔。附近不少土邦王为了表现自己的忠诚，纷纷给予支持。吉亚斯–乌德–丁所到之处，沿途的拉沃和拉耶[①]纷纷表示效忠于他。老百姓们继续着自己的生活，被种姓、五老会、田地、家事和其他的生活困难缠身。当吉亚斯–乌德–丁和金代利省长为了进攻纳尔沃尔从两个方向进入瓜廖尔边境的时候，村子里的战斗意识还没有觉醒。当然人们还是很关心时事。吉亚斯–乌德–丁和金代利省长的军队没有破坏村庄，但是农田遭到了极大的破坏，因为他们的战马需要草料。

现在吉亚斯–乌德–丁距离纳尔沃尔还有一段路程。西南部广阔而茂密的贡德尔森林以及大片的土地位于他和纳尔沃尔之间。为了与带兵而来的金代利省长会合，他让人在森林里圈起了一块空地安营扎寨，稍事休息。

纳尔沃尔的要塞司令为了完全阻断纳尔沃尔四周的人员往来，布下了密集的哨卡，因而得知了吉亚斯–乌德–丁到来的消息，但他没来得及把消息送达瓜廖尔。他关闭了城门，着手准备战斗。

纳尔沃尔北部两柯斯的地方是莫格罗尼村，那里制作的铜铁器皿被商队运到印度各处销售。莫格罗尼也被包围了。没被包围的村庄的居民纷纷逃往附近的村庄或周边的森林。

印历八月的一轮弦月即将消失在西面地平线的怀抱。吉亚斯–乌德–丁的大军的主营地警戒森严，各处都点燃着篝火，营地喧嚣

① 拉沃和拉耶是印度中世纪伊斯兰教皇帝给某些印度教徒的封号。

不断，四周密布明岗暗哨。营地的中央是吉亚斯－乌德－丁的豪华帐篷。帐篷里有内室和议事厅，紧挨着议事厅的是吉亚斯－乌德－丁的起居室。

由于军队的喧嚣和森林的被砍伐，大象、犀牛和野猪等动物都退往森林深处去了。但是，大象的吼声伴随着阵风，时不时地传到营地这边，偶尔还夹杂着狮子的咆哮。

这些声音在营地边上守卫的士兵听得最清楚。他们不断地往火堆上添加木柴，借着明亮的火焰努力掩饰着自己的恐惧。远处的山峦在昏暗的莫可名状的云朵间若隐若现。远处的树木如同伪装的屏障，而近处的树丛中，在风的吹拂下摇摆的枝叶看上去也有一丝恐怖。火焰明亮的时候，它们的影子被裹进了跳跃的火光之中，而当火焰昏暗的时候，它们那弯曲变形的影子犹如站立的僵尸。继而，火焰再次忽明忽暗，它们也随之鬼魅变幻。远远地，还是能听到大象与狮子的吼声，于是士兵们更加凑近火堆，目光一次次地扫向武器。他们的头顶上只有天空作帐篷。

在吉亚斯－乌德－丁的帐篷里，起居室的一张矮几上点着灯，另一张上面放着一个长颈酒壶和镶着宝石的金杯，酒壶里还装着半壶酒。女仆已经离开了，莫特鲁坐在吉亚斯－乌德－丁宝座下首的昂贵地毯上。大象和狮子的吼声虽然微弱，但时而也能听到。两人的谈话已经进行了一段时间。派到拉伊村的密探报告说，他们正在搜寻那个逃跑的姑娘和杂耍艺人。他们还添油加醋地报告了不少其他的消息，以便使情势对他们自己更为有利些。

苏丹认为，那个逃跑的姑娘一定跟杂耍艺人在一起，密探们一定能够找到艺人们；即使找不到，艺人们如果听说了进攻纳尔沃尔的消息，也一定会自己到营地来的，不管他们现在身处何地。离开芒杜这么远了，现在返回是不可能的。

莫特鲁说：“陛下，要是您觉得合适，就让金代利省长继续包围纳尔沃尔，您去包围瓜廖尔吧。也许那个姑娘到鹿眼女身边去了。”

苏丹的声音听起来仿佛是吞下了油膏：“要是她去了瓜廖尔，那密探们为什么会报告说，她和杂耍艺人们下落不明？不过这一点你说得对，让省长继续围困纳尔沃尔，我们从这儿出发，去包围瓜廖尔。梅瓦尔国王无论如何不会加入这场战争，江普尔更不用担心了，苏丹都逃到孟加拉去了。我有了一个想法，啊哈，莫特鲁，该怎么说呢？”

“陛下！”

“噢，解决了瓜廖尔之后就去卡尔比，再从卡尔比去德里，完成先王没能完成的大业，一定会声名大振的！你说呢？”

“毫无疑问，这是多么伟大的想法啊，陛下！”

一声尖细的大象嘶鸣声传了进来，吉亚斯－乌德－丁心中升起了喜悦之情。

他说：“这声音在夜晚听起来多么迷人！茂密的森林，冬日里的月光，空旷的森林里大象在嘶鸣，刚才还听到了狮子的吼声。有机会一定要打场猎，把这里围起来，捉上百十头大象带走！这次一定要把纳尔沃尔纳归马尔瓦的统治之下。”

“我们的统治已经到达金代利了，很快就能把纳尔沃尔地区加进来，陛下。一个省长在纳尔沃尔，另一个在瓜廖尔。”

“你真是傻瓜！夺得瓜廖尔之后，我要把省长之职赐予国王马纳辛格。我占领瓜廖尔，不就是为了鹿眼女吗？拉其普特人为了领土和复仇可以献出他们的头颅。”

莫特鲁心想，为了女人，他们可以放火烧掉全世界！嘴上却说：

“陛下说得完全正确！纳尔沃尔的省长之职就赐予马纳辛格吧，以后他每年都会上缴税款。”

“先王没能完成的大业，说不定会在我手中完成。但是，现在的问题不是这个。问题是，即使杂耍艺人想到我跟前来，却会因为害怕守卫和危险而溜之大吉。”

“要是陛下下令，让密探们放弃寻找他们呢？”

“我也想过，如果公开允许艺人们表演把戏，他们就会自动来了。”

“完全正确。”

“但是还有一个问题，要是一些疯狂的拉其普特人装扮成艺人，混进营地肆意捣乱的话，会对军队有不良影响。除此之外，金代利的队伍要是来了，也许就得动身去瓜廖尔了。”

“也许拉其普特人不会装扮成杂耍艺人来的，陛下。”

“哎，你真是蠢货！先祖阿拉乌丁·基尔吉就被坐着轿子来的吉多尔拉其普特人欺骗了。”

莫特鲁畏惧地表示赞同。在吉亚斯－乌德－丁示意之下，他从酒壶里倒出一杯酒。吉亚斯－乌德－丁一饮而尽，开始体味微醺的快意。

大象的嘶鸣声再次传来。

吉亚斯－乌德－丁用滑润的嗓音说道：“多迷人的叫声啊！”

31

四五天后，拉奇和阿德尔跟随杂耍艺人来到莫格罗尼。瓜廖尔和莫格罗尼之间相距不过二十二三柯斯，但是因为要跋山涉水，穿越森林，所以多花费了一些时日。他们的旅程完全依赖于杂耍艺人的意愿。

杂耍艺人们在莫格罗尼村外搭起帐篷，供自己训练之用。阿德尔和拉奇不得不在那里寻找依靠。

拉奇想："跟这儿比起来，还是瓜廖尔更好，这是到了哪儿呀？就算是死了，都不会有乌鸦把骨头衔回拉伊村的。"

阿德尔则想："我真是白费劲，又住在森林里了。"

当他看到拉奇憔悴的面孔、深陷的眼窝，听到她叹息的声音时，他责备自己："她在这个世上还有谁？我捧着恒河水起誓，在老天爷的见证下拉起她的手，可是却没能完全履行诺言。难道现在我要违背誓言吗？绝不！"

"难道就跟杂耍艺人们住在一起，也变成杂耍艺人吗？波达就是这个样子，比莉还不如他。可是如果要走，又走去哪里？”

“这里制作铜铁器皿的工作很多，工人很缺乏，找个养家糊口的工作肯定没问题，我会去找的。”

第二天，阿德尔去村里找工作和住处。

比莉来到拉奇身边坐下。

她说：“哎呀，瞧你在路上多难受！我们就是这样四处流浪的，可这对你来说，却是头一遭。我们只要有一天空闲，就休息，可你看起来还跟昨天一样累。以后的日子会好起来的，别担心，纳耶金的话从来没有落空过。”

拉奇叹了口气，说：“不管什么样的日子，都得过。穷苦人的日子有什么好坏之分？”

“你的女友已经从尼妮变成鹿眼女了，手相的事成真了，不是吗？”比莉提醒拉奇。

来这儿的路上，比莉和纳耶金几次提醒拉奇，她们具有魔法的力量，她们通过手相预知未来的事情是百分之百正确的，拉奇对此有几分相信。

拉奇没有反驳她：“这我倒是知道，人生地不熟的地方，只能依靠你们了。”

“纳耶金说，将军夫人和领主夫人算什么，一个月之内，你会成为某个拉沃王后的。”

“找个能挣钱的工作，种姓的人不要来打扰，对我们来说就很满足了。”

“去芒杜吧，看看你每天会有多幸福安逸。”

“芒杜离这儿有多远？”

“哎呀，只有一丁点儿远。穿过山峰和森林，再走几柯斯，就是芒杜苏丹的王国——兴盛繁荣的马尔瓦了。那里是很好的地方，可不像这里一片饥馑。我有一些那边的东西，你看吗？我给你看看？但是可别让这里的任何人知道。”

“是什么东西？”

“哎，现在就给你看。不过你先要向我发誓，不告诉任何人。”

拉奇干裂的唇边泛起了笑意，仿佛炎夏之中干涸的水渠里由于甘霖的降落而流淌的涓涓细流。她说：“我发誓。是什么把戏吗？”

比莉从衣服里掏出几条金项链和珍珠项链，摆在拉奇面前。拉奇暗自把这些和自己的珍珠项链做了个比较。她的项链比这些更耀眼，她一直努力把自己的项链安全地珍藏着。

比莉说：“这些东西的价值相当于一个小土邦了。你要是有了这些，随随便便就成了一个土邦的主人了。”

“怎么才能得到这些呢？”拉奇好奇地问。

比莉继续刺激拉奇的好奇心：“哎呀，这算什么，你得到的会比这多几倍。你拿着它们去买纳尔沃尔城堡吧！”

纳尔沃尔城堡距离莫格罗尼两柯斯远，位于信德河中游。即便看不到瓜廖尔，总有一天也要看看它。拉奇心中泛起了涟漪。

“怎么才能得到这些呢？”她又问。

“去芒杜。”比莉回答。

出于女人的直觉，拉奇心中有些疑惑。

她第三次问出这个问题：“怎么才能得到这些？从谁那儿？”

然而比莉是杂耍艺人，她注意到拉奇的眼角闪现出的疑惑。

她说：“纳耶金目前只说了这么多，四五天内她会再说的。现在我也只能说，你拿着这些，就当是从我这儿得到的。”

比莉满脸堆笑，拿起首饰，向她递过来。拉奇心中对这些唾手可得的首饰产生了一丝迷恋，她真想伸手接住这些首饰，但女人天生的顾虑又一次拦住了她：“要是这些首饰不是黄铜或玻璃的，那像杂要艺人这样的人从哪里得来的？为什么她随随便便摇晃着它们，要送给我呢？她想从我这里得到什么？她总是笑着斜眼看阿德尔，难道想当他的小老婆不成？我要先告诉阿德尔，然后再接受这些首饰，它们是那么精美。”

她说：“你先收着吧，等他回来之后我再接受。看起来你真的很喜欢我。”

比莉想，火候到了。她说：“要是在精美的紧身上衣上面披上漂亮的纱丽，再戴上这些首饰，看起来就像王后和妃子一样。芒杜的大人物们都得唉声叹气地待着了。”

比莉挤眉弄眼地笑了。拉奇清楚她肤浅的本性，所以也不生气，但是心里却想：“穿上这种纱丽，身上的汗毛都清清楚楚，看见的人会觉得我也是个女艺人。嘁！但如果这些首饰是真的，却戴在厚重的普通衣物底下，女人们看到了，一定会嫉妒得发狂；男人们看到了，肯定忍气吞声地带着同伴走开。”在想象中她获得了胜利，觉得很受用。

然而，阿德尔的身影掠过她眼前。

“我还是照我们那儿的样子穿纱丽。”拉奇说。

比莉抢白道：“鹿眼女王后在瓜廖尔也像在村里一样穿衣服吗？如果你和她一起去瓜廖尔，也穿成今天这样到处逛吗？”

拉奇想起了村里女人说的刻薄话。她得用手接尼妮的槟榔沫，还要给国王……她不让自己继续想下去。

她说：“在这儿待下去，或者去芒杜，就像你说的，走着看吧。现在这些就很好。”

“肯定要去芒杜呀，大城市呀。待这儿干嘛？”

“那就去。这儿的山和森林比我们那儿还大，听说这儿的森林里连大象都有。”

“是啊，有，这儿不是好地方。但要直接去芒杜，必须经过这儿。这儿一定也有你和阿德尔种姓的人，可别让他们听到风声。”

拉奇思索起来：“就算知道了，我也能承受。”

“芒杜或许没有我们种姓的人？”她问。

比莉答道：“有还是没有，我也不知道，但有那么伟大的苏丹呢。哎，要是他看到你，会感到惊奇的。”

“哪天我一定要看看芒杜所有的把戏。”

“那儿把戏多得很。大象摔跤、人摔跤、女人摔跤、唱歌、乐器演奏、舞蹈、狗熊跳舞，不知道有多少。”

“大象摔跤？怎么个摔法？”

“大象打斗、吼叫，赶象人骑在象脖子上让它们打斗，苏丹坐在一头大象背上。老百姓站在一边，看得津津有味。”

“这个把戏肯定很好看，我一定要看看。”

“当你戴上精美的首饰，穿上鲜艳的丝绸衣服去那儿看把戏时，人群中的女人们看到你，一定妒火中烧。她们会说，唉呀老天，这个美女从哪儿到这里来的？”

“哈哈哈，是的，但也可能大多数人都不喜欢漂亮的首饰和衣服穿戴在别人身上。”

拉奇一边笑一边说，她的想象还停留在大象摔跤上呢。

比莉感觉时机来了，就说：“试戴一次这些首饰，看看你是多么美丽。要是心里不喜欢，就还给我。这些都是真品，价值连城，我就只能说这么多了。”

比莉把首饰递上前，拉奇接过来，开始戴。

比莉兴奋地说："再穿上丝绸上衣和纱丽看看，就看一下，再脱下来好了。"

"稍微感觉一下怎么样。"拉奇想。她戴上了首饰，在首饰的辉映下她显得容光焕发，她从自己的眼睛里看到了这光芒。比莉跑去拿来了紧身上衣和纱丽，拉奇也穿上了。"要是现在芒杜的人们看到了，不会说我是女艺人，因为我没穿大裤腿的裤子，女艺人们可能也不会戴这样的珠宝首饰。人们会在看把戏的人群中看到我，我会一直看大象摔跤。谁看见了又怎么样，衣服首饰本来就是为了观看才做的。"她心里喜滋滋地想。

比莉夸张地转了一个圈，激动地说："像王后一样，完全像大王后一样。谁还能说你是穷人？哎呀，的确应该做自己该做的事，可是，要是能从什么地方得到这样的衣服首饰，你不穿它们？"

拉奇心里想现在就把它们脱下来，可是她又想再看看自己光彩照人的样子。

她问："芒杜有很多女人都有这样的衣服首饰吧？"

比莉说："哪里会有很多女人有？老百姓里，农民、工匠和工人是大多数，穿的都是在作坊里染色的劣质衣服。少数富商和官员家也没有这样的好东西。苏丹在人群中看到你，视线一定会从大象摔跤转移到你身上，盯着你看。"

"也许吧。"

"不是也许，肯定会这样，他一定会非常喜欢你，会从象背上跳下来，来到你身边，问你从哪儿来。"

比莉笑了，拉奇也觉得好笑。她一次又一次地看着手上和脖子上闪闪发光的首饰。她喜欢它们，她似乎在吸收着它们的光芒。

比莉想："这会儿时机到了。"

她说："苏丹从近处看到你，一定会昏倒。"

"为什么？"

"哎呀，你哪里知道自己的美貌和品德？只有旁观者清楚啊。"

"啊，嗯。"

"我说，这些金银首饰算什么？他会为你的美貌和品德挥金如土的。他会吻着你的手说，住到宫殿里去吧，去那里当他的王后，发号施令。贡沃尔先生[①]会当他的大臣。你可别忘了我们这些穷人啊。"

"什么？"

"哎呀，我的王后，我可从来不说谎，你会当他的大王后的。他会下令让人运纳巴达河的水来给你喝，绝不会亵渎你的宗教。他会让你和他一起坐在象背上，去森林里打猎，把你脚上的灰尘抹到自己的额头上。从这里去芒杜，两天就能到，要是这些实现不了，你就把我的头砍下来扔掉。"

拉奇脑海中如同起了风暴一般。拉伊村、桑格河、拉伊的山峦、峡谷、森林、猎物、尼妮、马纳辛格和大象的搏斗都在她脑海中打转。所有这些情景和闪闪发光的首饰、华丽奢侈的衣服一起，如同森林中的枯叶一般，相互交织着卷入风暴的漩涡之中，不停地飞舞着。尼妮和马纳辛格略微清晰一些，但在衣服首饰的光芒之下，他们也再次坠入漩涡。

比莉想："拉奇在做决定呢。"

她说："就放在心里头，没必要告诉任何人。如果机会来了，就那么做。"

拉奇脑海中的风暴稍微缓和了些，但是她什么也没说。

---

① 比莉对阿德尔的称呼。

比莉说："哎呀，王后，你也得稍稍为自己打算一下。你没必要去看什么把戏。苏丹一听到你这样的珍宝藏在茅屋里的消息，一定亲自来恳求你坐上大象，带你去宫殿里，并且抱着你，庆幸自己命好。"

拉奇内心的风暴戛然而止，她有些明白了。她突然问道："你从哪儿弄来这些衣服首饰的？是苏丹给的吗？"

"我哪儿有这样的命？"她小心地回答说，"我就指望你这样的人做我的依靠了。衣服不是偷来的，这一点我可以指天发誓。"

"从哪儿来的？"她又问。

比莉仔细地盯着拉奇的脸，努力揣摩着她的心思。

"那好，我说，但是你要把手放在我头上发誓，对谁也不说。"

"我发誓。"

"你的美貌就像火焰和香气一样无法掩藏，苏丹就是为了你送来这些的。"

"通过谁的手？"

"通过我们这些杂要艺人的手。"

"或者是被我们杀死了两个的那些骑兵？"拉奇在心里问自己。

拉奇沉默了一会儿。比莉想："切中要害了。"她说："别再多问了。等苏丹搂着你的脖子向你哭诉他白白逝去的时光时，你会明白这一切的。他也听说了尼妮的事，还让你们两个住在一起。现在只剩你一人来掌握国家了。"

拉奇偷偷往旁边看了一眼，阿德尔千万可别从哪儿冒出来。然后，她的注意力又回到衣服首饰上。她开始一件一件地往下脱。

比莉说："穿着吧，都是你的了。贡沃尔先生要是看到，不知道觉得多好看呢。"

“不,”拉奇坚定地说。她脱下所有衣服和首饰，穿上自己又破又旧的衣服。她注意到了两者的差距。“那些是什么？这些又是什么？那些衣服首饰多么豪华奢侈啊！瞧着吧，我会再次穿戴上它们，不过要先告诉他。全部都说吗？今天不说，哪天一定要说，就在这儿——莫格罗尼！”她下定了决心。

过了一会儿，阿德尔惊慌失措地回来了。刚一回来，他就对所有人说：“芒杜苏丹进攻纳尔沃尔了，到处都是岗哨。”

“芒杜苏丹！我们的国王！”波达喊出了声，“你怎么知道的？谁说的？在哪儿？有多远？”

阿德尔惊魂未定地报告：“在村里听到的，都乱成一团了。许多人都要逃到纳尔沃尔城里去。走吧，我们都去纳尔沃尔！”

杂耍艺人们相互对视起来。

纳耶金说：“这些打仗的人能干什么？如果被包围在纳尔沃尔，麻烦就大了。从这儿到苏丹的宿营地去吧，为他表演把戏，挣银币。纳尔沃尔城里有什么？”

杂耍艺人们表示赞同。拉奇反对说：“不，我们就要去纳尔沃尔城里。”

阿德尔没说话。

比莉抓住拉奇的手，把她拽到一边。

她向拉奇恳求道：“我的王后，别放弃机会呀，我看得出来，苏丹是到这儿来找你的。你不会骑着驴和牛去芒杜，你会坐在象背上，晃晃悠悠去那儿的。”

“不,”拉奇低声说着，抽出双手开始收拾行李，阿德尔也帮她一起收拾。杂耍艺人们聚在一个地方，相互商量了片刻。最后，他们也决定去城里。过了一会儿，拉奇看到波达和比莉不在他们当中。

其余的艺人各自收拾行李，不过一个个都懒懒散散，慢吞吞的。

拉奇和阿德尔对他们的懒散感到生气。阿德尔说：“纳耶金，别耽搁了，要是突厥人来了，我们就死无葬身之地了。”

她平静地说：“别担心，现在只有几个村民往纳尔沃尔去呢。”

正在这时，一些村民背着大小包袱，匆匆忙忙地往纳尔沃尔方向赶去。

阿德尔说：“看到了吗？人们都仓惶逃窜呢。”

纳耶金又装腔作势地说：“哎嗨嗨，这些人都是胆小的穷人呀。等富人们来，他们可都有装备了武器的士兵。你就不想想，这么漂亮的拉奇跟你在一起，是不是不应该单独走啊？要是路上被谁截住了，怎么办？等波达和比莉来吧，他们找什么东西去了。”

阿德尔着急地四处看看，说：“富人们能有什么用？给突厥人点钱就能平安地待在那儿，然后又可以卖器皿，挣银币。没人会杀他们的，灾难只会降临在我们这些人头上。”

“哎呀，你是男人，干嘛要白白送上性命？突厥人要是来了，你有什么可以给他们的？”纳耶金轻蔑地说。阿德尔朝拉奇望去。

拉奇暗示纳耶金：“有啊，我们没有，可你们有啊，衣服和首饰，金银珠宝！”

“金银珠宝？”阿德尔惊讶地说。

“是的！”拉奇重复。

纳耶金没理会：“我说了，不用担心我们。我们肯定是有，不过藏得严实着呢，谁都猜不到。”

“可是金银和珠宝？”阿德尔又忍不住说道。

村里的一位矮胖的中年男人挺着肥胖沉重的大肚子，“呼哧呼哧”地喘着气走了过来。跟他一起的，有戴着面纱的女人、哭哭啼啼的孩子，还有几头背上驮着行李的驴。驴的背后跟着一辆满载着器皿的牛车。

拉奇说："跟这些人一起走吧，这是个富人。"

纳耶金说："等波达和比莉来嘛。"

那个肥胖男人的队伍后面又涌出一片人潮，人群急速地走到了富商的前面。

富商呼喊道："老兄，跟我们一起走吧。"

人群中有人答话："你会为了照看自己的家产而丢掉性命！哼！"

阿德尔对拉奇说："我们跟他一起走吧，不知道他们的波达和比莉什么时候才回来。"

他们两人出发了。牛不知道跑到什么地方吃草去了，阿德尔因为害怕没有去找它们。纳耶金也没有耽搁，急急地打包好行李。所有杂耍艺人也带着牲畜跟在后面，朝着纳尔沃尔的方向出发了。也许过了信德河不远，他们就能碰上那两个人。纳尔沃尔城早就收到消息，关闭了城门。但是，在这些人群的苦苦哀求下，城门打开了，所有人都被放了进去。太阳落山前来的人，都被放进了城里。但是，太阳落山时城门再次关闭，任何人都不允许进城。直到太阳落山，比莉和波达也没回来。

32

那天清晨突然刮起了冷风，一直刮到下午时分。傍晚的时候，狂风倒是不刮了，但是更冷了。西边山顶上的太阳像个闪光的大圆点，阳光的炙热仿佛被风刮到别的地方去了。瓜廖尔东北和西北方向的山在大雾中变得神秘起来，光线仿佛在东面直到山边的大片草原上洒下了宜人的水雾。

鹿眼女和马纳辛格在宫殿的顶层。阳光透过高墙上的窗户洒满了整个内院。两人坐在一个高台上，边上什么人也没有。

“得花好多天才能学会弹奏维纳琴，我这么感觉。”鹿眼女扭头望着窗棂中透过的阳光说道。

马纳辛格用手指轻轻地把她的下巴转向自己，努力把她的微笑融入自己的笑容之中：“我问你的是，为什么阳光要和你的微笑嬉戏，可是你却给了这个答案。”

“我没看见什么阳光在嬉戏。你看见的这些，根本就不存在。”鹿眼女说。她眨了眨长长睫毛的大眼睛，旋即又垂下眼帘。

马纳辛格将她搂在怀里。

“现在说，你刚才说什么。”

“我哪还能说什么，您总是这样让我开不了口。”她笑道。

“对，我是这么做的，以后还要继续这么做。”

“那现在我说什么？”

“说你刚才说的，现在我会好好听。”

“我听到维纳琴的时候，就被迷住了。心想，只有几个曲调的乐器，四五天我就能弹会。可是现在看来，我得学个几年才能学会。我觉得唱歌我可能会学得快点。”

“我听到了，现在回答我的问题。”

“哪个问题？”

“朝光线的方向看！”

“看了，您问吧。”

“为什么阳光和你的微笑嬉戏呢？”

“您在和阳光嬉戏呢，呶，这就是答案。现在您说，我得花多长时间才能唱得跟歌手拜吉纳特一样呢？”

“我不能用时间约束你。拜吉纳特说，其他人花一个月时间所学的曲调，你一天就学会了。你一个月就能超越他的女弟子格拉的技艺。”

“不，她非常聪明，不过，如果我不能超越她，或者学得像歌手拜吉纳特那样，我的心就不会得到安宁。我想在音乐上花更多的时间。要是格拉能住在我身边，就太方便了。她住在城里，来回得花很多时间，而且有时候，我好几个钟头也到不了她那儿。”

“为什么，你在做什么？”

“哼，您问问自己吧，不知道您为什么要让我坐得这么近呢？”

“为了问阳光为什么和你的笑容嬉戏的话呀。”

“这样我还怎么学习唱歌和演奏呢？还有绘画呢。”

“对我来说，你的嗓音比维纳琴的琴音更甜美。”

“这样的话，我会一直是个土包子。我要学习，学绘画，学唱歌和演奏，学很多东西，让您一听到就感到着迷。”

“现在我着迷得还少吗？”

“现在我又懂什么呢？”

“对我来说，你是一切，是我生命中的无价之宝，我最亲爱的人，我的妻子。”

马纳辛格以前有八个王妃，鹿眼女是第九个。来到瓜廖尔之后，鹿眼女知道了这个事实。但这是传统，她既没有大惊小怪，也没有生气。不过她心中还有个疑问，当他和第一个女人结婚的时候，也许和她说的也是这样的情话。然后他又和第二个、第三个，乃至第八个女人结了婚。跟每一位王妃开始的时候，他可能都是说这样的甜言蜜语吧。他会永远这样对待我呢，还是会和第十个结婚，然后像对待其他八位王妃那样对待我呢？

“希望老天能让我变得有才能，让我能永远像这样得到您的恩惠。”鹿眼女说。

即使沉浸在爱的激情当中，马纳辛格仍担心不已，仿佛那八个王妃正藏在某个窗棂之后注视着他们。马纳辛格坚定地说：“在森林里打猎时许下的诺言永远都不会改变。”

“那以后还能够去打狮子、野猪什么的吗？”

“当然，想去就去。只要你开口，明天我就安排，去拉伊村后面的峡谷和高原？”

“不，现在不去，我就那么一说。我要先学习，然后再回拉伊村。我发誓，学会了之后教拉奇。”

“把她叫来嘛，看到自己和格拉那么像，她会大吃一惊的。”

“她这会儿不会来的，以后我会带她来。我希望快点学会读书写字、唱歌演奏和绘画，但是因为您的缘故，我什么时候才能学会，什么时候才……”

“哎呀，我的王后，可怜的我到底做了什么呢？”

“可怜？您非常可怜呢！请您让我单独坐好吗？”

“我可没有不让你说话呀。”

“那我说一句？”

“不是一句，说十句吧。”

“我希望您的健康、热情、声望和英勇都与日俱增。如今的国王如果没有这些品质，他的王国连两个月都存在不了。”

“你说得对，我记住了。”

“请您克制自己，也让我这样生活。我希望这些品质也能让我的身体里继续保有从拉伊村带来的力量，凭借着它，我能把死了的野猪背回村子，能把野牛……”

马纳辛格不让她继续往下说。他搂着她的脖子，让她的唇贴近自己的面颊。

他说：“我发誓，我最爱的鹿眼女。我知道，要想一辈子把你放在我心里，只有克制才能带来力量。我会给你足够的时间学习艺术，我会当你在我身边一样，努力做许多工作，多到在我完成这些工作的时候，一直都怀着想见你的浓情。”

“您是我的主人。”

“就这样，只是主人？”

“是最亲爱的人，我最亲爱的人。”鹿眼女轻柔地说。

马纳辛格说：“你要一直注视着我，就像你即使离我很远，也会一直在我耳边说，谨慎啊，马纳辛格。”

“哼，我可从来没这么说过。”

“哎呀，我的王后，你会在我的心底里这样说的。”

“您熟悉艺术，我却不知道您是怎么拐弯抹角说话的。”

“你用不了多久就会掌握所有的艺术，我相信。以后你会以什么样的方式说话，这一点我现在都能想象。好，你说吧，这话是谁教你说的，克制之类的话？”

“没人教我，所有女人都应该知道吧。说不说，能不能说，这是另一回事。”

“你这话说得真好。从今天黄昏起，你就开始学习，我会妥善安排。格拉和拜吉纳特会教你歌唱、乐器和绘画。我还会让维杰金格姆教你学问。让他明天就开始？”

“我最亲爱的人！……”

“那现在回答那个问题吧！”

“嗯，哪个问题？”

“现在日光又洒落在你脸上了，这些日光带走了你笑容里的多少光彩？”

“我最亲爱的人！”

黄昏后，格拉和歌手拜朱来了。他们不需要等待，鹿眼女开始专心致志地学习了。

格拉和拉奇两人的长相的些许类似并没有令鹿眼女感到惊奇。“她就是她。”鹿眼女这样想。

那天，这件事被定了下来：格拉大多数时间都和鹿眼女待在一起。教授读书写字的工作交给了维杰金格姆，鹿眼女还要在书房里更多地练习演奏维纳琴，她一心扑在其中。

在鹿眼女接受教育的时间里，马纳辛格去了大王后那里。大王后名叫苏门莫希妮，名字是这样，可她的性格却正好相反，非常尖锐[1]。

通报之后，马纳辛格来到王后的寝殿，她按照习俗向他行阿尔迪礼，请他入座，然后双手合十站在一旁，缓缓说道："真是莫大的恩惠，大王是不是走错方向，到这里来了？"

"不是，我来是有一个请求。"

"命令？"

"新王后——鹿眼女的心定不下来，所以我安排她学习音乐等艺术，这件事你同意吗？"

"我真是命好啊，大王给予我这么多的尊敬。她的心思怎么能这么快留在这儿呢？拉伊森林里有自由的风，有野牛、野猪、狮子、弓箭和家中的母牛，瓜廖尔城堡里的孤寂怎能和这些相比？这里既没有河，也没有村子里的农民；既没有母牛，也没有牛粪！"

她的讽刺溢于言表。马纳辛格有些不悦，想说些什么，但是转念一想，如果这样，尖刻只会有增无减。于是他说："你说得对，她射箭射得非常好，神射手们都会脸红的。"

苏门莫希妮继续冷嘲热讽："是啊，大王，击败了像您这样的男人，在她面前，世上的男人都得低头。"

"王后，哪天你也看看她射箭。"

"自打她来到这里，每天，每时，每刻，她都在射中自己和我们所有人的目标。要是还得看的话，我会看。"

"王后，她只用一箭就射死了一头大狮子，还用自己的臂力扭住了野牛。"

---

① "苏门莫希妮"的意思是"善良的"、"心肠好的"。

“听说了，大王，我还听说，有一天，家里没吃的了，于是她打死了一头野猪，背在背上带回了家。她真有力量，力气真大。”

“她是刹帝利的女儿。总有一天，所有人要一起面对困难。你看着吧，她学习了知识，掌握了各种艺术之后，会让你、我，让所有人的光荣旗帜高高飘扬的。”

“大王说得完全正确，现在她穿上了珍贵的新丝绸衣服，就已经在那间狭小的宫殿顶上欢呼雀跃地升起了自己的旗帜呢。”

讥讽的话语刺痛了马纳辛格。妻妾间的争风吃醋把可怜直率的鹿眼女变成了猴子。在此之前，她的快乐领地还是森林、田野和打谷场，而现在却住在四面高墙的狭小宫殿里。“不这么蹦蹦跳跳，会有什么害处吗？我要关爱地提醒她，别让苏门莫希妮这样嘲讽她。”马纳辛格想。他的其他七位王后都非常顺从，她们都很克己，但相互之间也争风吃醋。鹿眼女一到来，那八股嫉妒的暗流就汇聚在一起，与鹿眼女产生了碰撞。苏门莫希妮尖刻的性格使她成了嫉妒的领头人，马纳辛格很快就看清了这一点。他的自尊说：“这么大一个王国的管理者还对付不了八个女人？”他的理智说：“对付一个女人对男人来说也是困难的事，八个女人不就跟八个瓜廖尔土邦的事情一样吗？那我该怎么做？做什么？谦恭、理智、温柔地处理吧，对嘲讽、咒骂和尖刻一笑置之吧，这样做会有好处的。”马纳辛格想。

沉默了片刻之后，马纳辛格说：“在你们所有人的教育、训诫和期望下，她也会好好地塑造自己，就像我塑造自己一样。”马纳辛格笑了。苏门莫希妮也轻轻笑出了声。

她暗自高兴：“他向我认输了。”

“现在如果你允许，我去跟拜吉纳特说几句话。大臣也快来了，白天还没时间和他讨论政务。”马纳辛格说。

这不是请求允许，是下命令的意思。

苏门莫希妮又嘲讽说："大王如今哪里有空闲时间呢。可怜的大臣因为担心政务可能都要撞墙了吧。也不知道您怎么还能挤出时间到这里来呢。"

国王没在意她的话，笑笑说："空闲一定会有的，会有很多。我会经常来恭贺你的。"

听到消息，其余的七个王后也来行了阿尔迪礼。说了几句家常话后，马纳辛格离开了后宫。

拜吉纳特向鹿眼女教授完那天的课程之后，独自一人坐着。格拉和鹿眼女在旁边的一个房间里。

马纳辛格一过来就问："说说吧，大师，您的新弟子进步如何？"

拜朱答道："大王，她前世一定是音乐的化身。要想保住老师的职位，我得进行特别的练习。"

拜朱唇边挂着微笑，那微笑之中饱含着真诚，眼中满是赞同。

"掌握维纳琴的演奏方法需要多花费些时日吗？"马纳辛格问。

"很少，这么少的时间令我非常诧异。王后今天说，她要找出少花时间的方法来学习歌唱和演奏。"拜朱说。

马纳辛格高兴地走了进去。鹿眼女正热烈地跟格拉讨论维纳琴的问题。

一看到她，马纳辛格内心一阵激动："她会不会像猴子一样在房顶上跳来跳去？她是多么单纯、美丽和圣洁啊！我永远不会给她的自由套上枷锁。"

看到马纳辛格进来，她们俩停止了讨论。格拉眼睛上面的布条没有了，只有些红色的印迹，眼睛大约好些了。鹿眼女的唇边泛起笑意，但马上又消失了。

“格拉，”马纳辛格说，“王后会一直不停地练习。我要看看，是她累还是你累。达到你的水平，她才能心安一点。这样的练习需要进行到什么时候？”

格拉谦恭地说着，她的谦恭非常做作：“一两个月就能达到我的水平。这之后，我能不能学到老师说的那些东西，还是个问题。因为王后学得那么快，我会落后的。王后的嗓音也比我好很多，我能够得到侍奉的功德就已经足够了。接下来轮到绘画了。”

马纳辛格很满意。

“你什么时候开始让她绘画呢？”马纳辛格问。

“很快。”格拉答道。

女仆在门外咳嗽了一声。马纳辛格叫她进来。

“什么事？”他问。

女仆答道：“大王陛下，大臣和维杰金格姆大师来了。大臣想马上见您，有要紧事。”

“你告诉他，我马上来。”马纳辛格说。

女仆出去了。

鹿眼女说：“事情很多，处理完了来吧。”

马纳辛格笑道：“你的时间都花在读书写字、音乐和绘画上了，所以我去打发大臣吧。过一会儿维杰金格姆要演奏维纳琴，你也听听吧。”

“我会听，”鹿眼女说，“我也要给他听听我今天学到的东西，您先去听大臣汇报吧。”

马纳辛格兴高采烈地走到大臣和维杰金格姆所在的楼层。

一到地方，马纳辛格就对维杰金格姆说：“大师，我把教授新王后读书写字和经典知识的工作交给您。王后很性急，您从明天开始吧。今天演奏一会儿维纳琴。”

三个人绷着脸坐在那里，大臣很着急。

维杰金格姆先开口：“大王，现在不是听维纳琴声的时间，是听弓弦声的时间了。”

“为什么？”马纳辛格脱口而出。

大臣补充道：“芒杜苏丹吉亚斯－乌德－丁进攻纳尔沃尔了。”

“什么时候的消息？”马纳辛格冷静地问。

大臣答道：“一个钟头前。周边的村庄都已荒无人烟了，莫格罗尼被毁，纳尔沃尔也被四面包围了。”

“西甘达尔·洛蒂在什么方向？他在哪里？”

“西甘达尔·洛蒂在德里，正与官员们纠缠呢。”

“古吉拉特的伯克尔拉呢？”

“伯克尔拉正忙着对付索拉施特拉[①]的地主和葡萄牙人。”

“吉多尔国王拉纳·拉耶莫尔与芒杜苏丹是同盟，而我们视玛哈拉纳为先锋。玛哈拉纳阻挡不住苏丹也没关系，因为如果苏丹自己不遵守盟约，那谁又能把他怎么样呢？我想明天动身。你派人送信给玛哈拉纳，信中写上：小心德里皇帝西甘达尔。如果这期间他与西甘达尔交战，那我们的努力很快会获得成功。也要警惕旃布尔边境，我解救纳尔沃尔之后即刻返回。”

大臣的焦急一去不返，他的脸上现出兴奋的神情。他说：“我现在就击鼓通知军队做准备，晚间就能准备就绪。”

拜朱偷眼观看，国王注意到了他。他说：“拜朱大师，你想说些什么吧！”

虽然心里不想说，可话还是冲口而出：“大王，苏丹的省长谢尔

---

① 印度古吉拉特邦和卡提阿瓦半岛的旧名。

汗也从金代利带兵来了。不知道是要进攻纳尔沃尔，还是向瓜廖尔方向来。”

国王说：“我知道，金代利的拉吉辛格对纳尔沃尔有野心，对这一点我很警惕。我会安排好瓜廖尔的所有防卫工作之后再出发。”

“我从明天起开始自己的工作，战争中没人能制造困难。”维杰金格姆说。

“没有人能够。”国王赞同。

“那请你伴随着拜吉纳特大师的歌声，弹奏一会儿维纳琴吧。”马纳辛格请求道。

大臣向他们两个人投去恳求的目光，似乎在请求他们别答应。

维杰金格姆说：“大王，请您检查弓弦，试验箭头，千万别让箭头钝了。维纳琴的声音和拜吉纳特大师的歌声也会传到士兵的耳朵里，那样的话他们就不会作出发的准备，而是拿起乐器追随自己的国王了。”

马纳辛格没有坚持，立刻就同意了。三人离开了。马纳辛格来到鹿眼女身边，告诉她大臣来的原因。听说了战争的事，鹿眼女想起了自己的弓箭和短矛。

她说：“要是大王下令，我也要在战争中用敌人来检验自己的射术。”

马纳辛格愉快地说：“现在还不是时候。战争时时都会发生。多摩尔人几番在纳尔沃尔峡谷击败芒杜苏丹，因此我希望这一次也能击退他。对你的思念会给予我更多的力量，就算是你的陪伴也不能给予那么多。”

鹿眼女担心拉其普特女人不去打仗，只是待在家中准备自焚。她低下头。

“我有一个请求，”国王请求道，“你继续自己的事情，好好地做歌唱和演奏等所有的事情。我希望当我返回的时候，能够看到非常愉快的你。格拉会一直陪伴在你身边。专心做事情，就不会觉得失落。维杰金格姆大师就把工作看得高于一切。”

鹿眼女想起了拉奇。她的心中升起强烈的愿望——真希望今天拉奇在这儿。

她忍不住叹气，哽咽着说：“请您让人把拉奇和哥哥从拉伊村叫来吧。”

马纳辛格立刻同意了：“现在就去，我马上派送信人骑着速度快的骆驼去，晚上他们俩就能来了。”

马纳辛格一刻也没耽搁地安排了送信人和骆驼，然后投入出发的准备工作中。经过整夜的准备，日出之后，军队开始等待出发的命令。

又过了一个钟头，送信人从拉伊回来了。跟他们一起回来的，只有骑在一头骆驼上的博顿祭司。他向马纳辛格讲述了阿德尔和拉奇结婚、被村里人逐出种姓以及与杂耍艺人一起逃亡的事情。

最后，他说：“大王，他们俩做了令人难以置信的事情，村里人无法忍受。幸好他们离开了，不然他们在村里会举步维艰的。”

“尽管有您在！”马纳辛格极为严厉地说。

博顿有些动摇：“大王，我能做什么呢？在经典和誓言面前，我只是个无能为力的小小祭司。”

“大师维杰金格姆也熟谙经典，他说的却是完全不同的话，他强烈谴责种姓制度的这种残酷性。”

“他陷入迷误了，我可以和他进行经典的辩论。”

“什么时候？”

“马上，请您叫他来。就算没有书的帮助，我也完全准备好立刻与他辩论经典了。”

“哼！在你和像你一样的保守分子心中，也曾有过与伊斯兰教大师辩论的想法吗？”

“有过的，穷人的庇护者，要是有机会，我决不会后退。”

“你是用脚来看所有的一切，还是用眼睛？”

“请原谅，大王，印度教徒的眼睛就是婆罗门。他要是不看，所有人都是瞎子。”

“拉伊村的农民和工人就是在你的眼皮底下检验阿德尔和拉奇拉妮的婚姻关系的吧。”

“还有谁呢，大王，他们？”

“拉伊村的那群瞎子碰上了像你这样的蠢货？”

“不管大王生气还是不生气，真正的婆罗门和古时的经典——往世书是——不可动摇的，永远不可动摇。”

“哎，老天爷，你能让我们社会中的这些瞎子和聋子稍微有点智慧吗？还是毁灭我们所有人之后自己活着？”

“我知道，都是那个不守教义的维杰金格姆把这些谬论灌输给您的。请您召他来，让他和我在您面前辩论一番。”

“辩论要花多少时间？”

“一天，两天，四天——需要多少时间，取决于他的固执和我们两人的经典知识。”

“那这些为了对抗侵犯纳尔沃尔的敌人而响起的号角、鼓声和马嘶呢，我也让它们停止？”

“大王，经典就是经典。生命可以失去，经典的事不能改变。”

“你的盲从毁了那两个鲜活的生命，如果他们被杀害，就应该归咎于你。”

“大王万岁！为了宗教，我这个无欲无求的婆罗门准备奉献自己的生命。请您处罚吧！”

“梵天也理解不了蠢人。我直率地说话，你却反话连连。现在我要出发了，从纳尔沃尔回来之后再来理解你和你的话语。”

博顿不悦地想：“国王虽然推迟了处罚，但他一定会偏袒自己的内兄和妻嫂而处罚我的。”

被弃世和苦行的想法鼓舞之后，他说：“那我干嘛还待在拉伊村？我要去别的什么地方。”

国王愤怒了，他尖刻地说：“想去哪儿，就去哪儿吧，这个国家会少一个蠢货。”然后他又缓和了一下语气说：“不管你留下还是离开，我都会让人修复拉伊村的寺庙。”

博顿脑海中升腾的恐惧略微减少了些，他沉默不语。国王急着出发，博顿抬手祝福之后离开了。他一走，国王对自己的怒气感到有些懊悔。同时，拉奇的形象出现在他眼前——脖子上戴着珍珠项链。第一次与鹿眼女相遇时，她自由果断地来到自己面前。阿德尔又是多么单纯而不谙世事的年轻人！这个祭司的行为害死他们了！多么固执的蠢货呀！

祭司从眼前消失了，懊悔也随之消失。

马纳辛格去向鹿眼女道别，向她讲述了阿德尔和拉奇的遭遇。两颗大大的泪珠从鹿眼女的那双大眼睛里滴落。马纳辛格的告别令她控制住了自己。

鹿眼女哽咽着恳求道：“要是那边有他们俩的消息，您会带他们一起回来吧？”

马纳辛格果断答道：“当然！打完仗后，我要再与种姓制度打一仗。”

满眼含泪的鹿眼女向马纳辛格行阿尔迪礼，与他道别。

在所有人的祝福中，马纳辛格制订了守卫计划，从瓜廖尔动身向纳尔沃尔出发了。

33

吉亚斯－乌德－丁在纳尔沃尔的西部和南部两翼部署了哨卡，把大部分军队分散到了北部和东部。西部和南部是高大的山岭、广阔的森林和巨大的山谷。纳尔沃尔要塞的唯一大门——金格尔波尔就位于南面。纳尔沃尔的村镇位于城堡之下，被围墙环绕着，从东面一直延伸到名为金格尔波尔的南大门。要想拿下城堡绝非易事，但毁灭城市的障碍要少很多。

流经纳尔沃尔西南部的信德河朝北转一个弯之后，向东部流去。城市和城堡仿佛被信德河从三面包围。吉亚斯－乌德－丁的营地驻扎在河的东部转弯处。那天，省长也从金代利带了一大队人马来汇合。一两天之后吉亚斯－乌德－丁就要出发去进攻瓜廖尔。围困纳尔沃尔的事由省长继续进行。一旦控制了瓜廖尔，纳尔沃尔肯定会俯首称臣。吉亚斯－乌德－丁、他的大毛拉、金代利省长和莫特鲁都自然地得出了这个结论。直到那时，酒壶和酒杯还没被送到吉亚斯－乌德－丁面前，这会儿离天黑还有一段时间呢。

毛拉提出了建议："陛下！占领城市之后，请捣毁这里的寺庙和神像吧，然后把包围纳尔沃尔的任务交给省长，再向瓜廖尔进发，这样做更好些。"

吉亚斯－乌德－丁对这话没什么兴趣。他说："城市里的寺庙和神像早就被我们的祖先捣毁了。"

"但是新的已经建造起来了，陛下！"

"做这种没用的事有什么好处？我们不停地捣毁，他们不停地建造，真是好活计呀。"

"陛下！印度教徒相信神像能够庇佑他们。您捣毁了神像，他们的信仰就会破灭，然后生活得像蠕虫一样。"

"印度教徒的崇拜和信仰分散于成千上万的神身上，这是事实，所以他们崇拜树木、石头。但是毁掉神像如何能使他们的信仰破灭呢？"

"这会产生影响的，陛下！无论什么灾难临头，他们都会寻求神像的庇护。神像毁掉了，信仰破灭了，庇护也不复存在了。"

"一有机会他们就会建造寺庙的，毛拉先生这样随便激怒普通的印度教徒有什么好处？"

"我已经向陛下禀明了，德里的毛拉也是这样裁决的。"

吉亚斯－乌德－丁有些发怒了。德里的毛拉比我还重要！无论事情成败，都得在他们的裁决面前低头，在这些老顽固们面前！"

吉亚斯－乌德－丁说："晚上我考虑一下，一早下命令。现在我所要决定的是：向城市发起猛烈的进攻。占领了城市之后再夺取城堡就容易了。要是不能迅速占领城市，我就把省长留在这里，出发去瓜廖尔。"

金代利省长是个冷静的人。他说："陛下，请您到明天晚间再发起进攻吧，这样我可以从现在开始想办法。拉吉辛格有一队拉其普特的人马，他们正迫不及待地准备进攻呢。”

“能够信任他吗？”

“完全可以，陛下。他的诗人[①]们不会让他安宁的。”

“诗人！”

“陛下，诗人们整日在他的耳边告诉他，要是不从敌人那里讨还祖辈的血债，不让敌人归还从祖辈那里夺去的土地，就不是拉其普特！还有别的呢。”

克瓦贾·莫特鲁几次用充满深意的目光投向苏丹，苏丹注意到了他。

他说：“克瓦贾，你想说些什么？”

“陛下，倒没有什么特别的事情，”莫特鲁说，“突然想到了一个小问题，陛下明天就得决定。在下认为，捣毁寺庙和神像是不合时宜的，无端地伤普通印度教徒的心是毫无意义的。”

吉亚斯–乌德–丁说：“这也是我所想的。”

毛拉毫不犹豫地反对：“陛下！这是令普通印度教徒失去勇气的最好方法。”

莫特鲁再次投以充满深意的目光。

“还要说些什么吗？”吉亚斯–乌德–丁问道。

莫特鲁答道：“没什么，陛下，所有的事情基本上都定下来了。祈祷的时间要到了。”

吉亚斯–乌德–丁明白了，他是想单独说几句话。会议马上被终止。

两个钟头之后，酒过三巡，莫特鲁和吉亚斯–乌德–丁单独留

① 这里指为帝王歌功颂德的诗人。

在了帐篷里。

“刚才你想说些什么吧？”吉亚斯－乌德－丁带着醉意说。

“是的，陛下，”莫特鲁答道，“一男一女——两个杂耍艺人从那伙人那里过来了，拉奇在纳尔沃尔。”

“嗯？是真的，这么近！离这儿只有半柯斯远！你真是带来了不寻常的消息，莫特鲁先生！”

“消息是真的，陛下，拉奇基本上准备好过来了，她饶有兴致地穿戴了那些衣服和首饰。”

“哇，老兄，哇！现在就进攻纳尔沃尔！”

“别这么着急，陛下，明天傍晚之前，两个艺人会想方设法进入纳尔沃尔。拉奇一定就在他们的那些同伴之中。明天晚上，他们俩到达之后会发出信号。他们会和拉奇一起待在那个宿营地，攻占城市的那一刻就能行动了。”

“太聪明了，我的莫特鲁！这件事是不能在会议中说出来的。”

“城市到手之后，请您别去染指寺庙和神像，陛下！这也许是说服印度教徒的最好办法，毕竟拉奇也是印度教徒。可毛拉先生是不会明白这件事的。”

“他是蠢驴，愚蠢的家伙，没用的家伙！那个毛拉真的是愚蠢又固执。把他从营地赶出去，让他在芒杜也丢尽脸面！破坏苏丹统治的根源就是毛拉啊！”

“陛下，原谅罪过，饶恕奴仆吧！现在不是赶走毛拉先生的时机，士兵们会恼怒和痛苦的。等到了芒杜，您一定要做些什么。”

“我发誓，克瓦贾，回到芒杜之后，不把这些顽固的法官毛拉们赶走，我绝不罢休。”

莫特鲁暗喜，他低下头，努力克制内心的喜悦。

吉亚斯－乌德－丁说道：“那么就是明天了。”

莫特鲁非常谦恭地答道：“陛下所做的决定都会实现。今晚我会向您详细汇报与杂要艺人商议的办法。”

吉亚斯－乌德－丁说：“好的，军队都会待命，傍晚之前防御工事也会完成。马上绘制地图，开始行动吧！”

“是，陛下！”

“哦，对了，这些杂要艺人是怎么到这儿来的？”

“他们百般说服，准备把她带往芒杜，听说了进攻的消息之后暂停了行动。他们当中的两个人为了报告消息和寻求帮助找到了这里，拉奇和其余的艺人们一起去了城里。”

“为什么？”

“陛下，等见到那些人，就能知道来龙去脉了。”

“所有人都是蠢货，不晓得做事情的方法。”

“陛下！”

“你也是个坏脑筋的家伙，可是，就这样吧！”

莫特鲁低下头，牙关紧咬。

片刻之后，吉亚斯－乌德－丁说道：“唉，明天小心行事吧！”

莫特鲁说道：“是，陛下！”

34

纳尔沃尔城有三座城门，一座在北面，另两座在东南面。城墙高大，城门坚固。为了穿透铠甲保护的象头，城门的外侧还装上了粗大尖利的铁钉。城堡内部储存的粮食至少够一年的用度。城市里有许多口水井，充满清澈甘甜的井水，城堡里还分布着不少水池。为了保卫城市，碾碎侵略者，战士们在城门的小塔和城堡的尖塔上堆放了许多巨石，它们一旦被推下去，就会如闪电一般掉落。纳尔沃尔的人们坚信，就算是一年，敌人也不能把他们怎么样，再说，难道国王马纳辛格就不来帮助他们吗？

基于自己的经验，苏丹的军队认为，印度教徒当中的善战者所占的比重少于十分之一，而这十分之一还在因为相互间的争斗而自相残杀。

然而，这十分之一当中的每一个人都有这样的自豪感：我单枪匹马就能赶走敌人，为什么要寻求同族人的帮助来讨回祖辈的领地，为某个十八代祖先所受的侮辱复仇呢？

纳尔沃尔的这百分之十正处于战争的兴奋之中，沉浸于向敌人呐喊，扑向敌人，将他们碎尸万断的激动和热情之中。他们用自己旧有的行为和充满热情的新的语言，努力尝试去赋予其他百分之九十以振奋、勇气和冷静。刀枪剑戟的声音不断地刺激着人们的神经，看到这些闪闪发光的武器以及身着深绿色军服、骑在战马上的骑兵和身材高大、健壮魁梧的青年们之后，人们不由地一阵阵悸动。

但是，普通民众心中暗藏的那个它也时不时地说上两句：“以前突厥人来了，为了对抗他们，许多这样的战士牺牲了，城市被洗劫、掳掠、消灭，这一次可能还会那样。不过我们的国王马纳辛格倒是离得不远，他会来的，对了，如果他没有沉溺于新婚的甜蜜之中的话。”

城门已经被紧紧关闭，人们也被禁止进出。城市里的人口增加了一些，但也没有达到要为粮食担心的程度。然而即便这样，两天之内，城里的粮价也上涨了，粮食开始以两倍的价格出售。商人们拍着脑袋，摇着头说：所有的生意都毁了！内心里却在低语：继续包围吧，四个月后成百倍的钱就到手了。就算敌人胜利了，他们也需要衣服粮食啊，即使他们买得很便宜，也是双倍价钱，不会有什么损失。

怨言传到了城防官和要塞司令耳中。他们解释说，战争时期就是这样的，要冷静对待，多做些活儿，努力挣钱吃饭。他们想：可别惹恼了富商和高利贷者，不然真要饿死了。

拉奇、阿德尔和杂耍艺人们各有各的粮食，至少还能撑几天，暂时不用担心这一点。要是粮食吃完了该怎么办？这个陌生的地方要被包围到什么时候？这个问题一直盘旋在阿德尔和拉奇的脑海中。

他们两个人跟随杂耍艺人们一起在一块空地的树下安顿了下来。

他们周围还有一些从四面八方到来的人。这个地方在南门附近。在富人区里，这些人找不到立足之地。阿德尔和拉奇虽然是和杂要艺人们一伙的，但还是跟他们分开，单独建了一个住处。

住在旁边的人们知道这伙人是杂要艺人，但阿德尔和拉奇的单独住处让他们的心中产生了疑惑：这两个是别的什么人。于是在走动之时，一个人问起了他们俩的种姓。

阿德尔说："我们是古杰尔塔古尔。"

纳耶金的唇边闪过一丝冷笑，眼珠转了转。询问者又起了疑心。

他很小心地说："你们两个人都是古杰尔塔古尔？不是杂要艺人这一点我倒是此前就知道了。"

女杂要艺人背过身去，仿佛在表示异议。她说："这点没错，杂要艺人不是高等种姓。你问这干什么？"她看似没说什么，却说出了很多。

询问者谦恭地说道："哎呀，大娘，我能干什么呢？只是来问一下，大家都在问呢。艰难的时候也得知道谁手里的水能喝，谁手里的水不能喝呀。我又能干什么呢？我问一问又能怎么样，别人也会问的。"

纳耶金继续背着身说："他是古杰尔塔古尔，女人也是高等种姓的。走吧，管你自己的事吧！"

他去管自己的事了。也就是说，他告诉了他的同族人，这两人是不同种姓的，这里面有可疑之处。战争时期，人们首先得解决各自的麻烦事。"走着瞧！"说完之后，他们又开始担心自己的事情了。

城市的人口密集区传来了哭声，拉奇和阿德尔也听到了。一些人跑了过来。

“被抢了！被打了！”

“快跑！藏起来！”

“是突厥人打的！”

“打伤了！血流成河了！”

杂耍艺人们迅速地互相看了看，然后深信不疑地把露在外面的行李盖起来。纳耶金在一个艺人的耳边低声说：“看好这两个人，别叫他们跑了！”

艺人警觉地晃晃头[①]。

阿德尔的脸色变得很难看。拉奇紧咬双唇，手摸到了腰间别着的匕首。她想：“以前就有很多拉其普特女人在焚尸架上化为了灰烬。上天垂怜，我懂得使用匕首，突厥人碰不到我。”她没有注意到阿德尔难看的脸色。

尖叫吵嚷的人们一走近，阿德尔和几个人就向他们询问。

“突厥人从哪个门闯进来的？”

“在哪儿抢东西呢？”

“离这儿有多远？”

“你要去哪儿？”

“现在往哪儿躲呀？”

可是谁的问题他们也回答不了。就在那时，两名拉其普特骑兵跑了过来。

一个喊道：“别害怕！突厥人没来，还远着呢。”

人们的心放了下来，所有人围住了那两个骑兵，阿德尔在最前面。

阿德尔问道：“发生了什么事？谁把谁打伤了？”

① 印度人左右晃头表示“同意”。

骑兵回答道："什么事也没发生，只是一点小事引起的骚动。这些人真是无用，无谓地跑来跑去，到处嚷嚷。"

"然后呢？是什么事？"阿德尔又问。

骑兵说："事情是这样的，从森林方向来了一个女人和一个男人，在中间的城门那里又哭又叫。他们可能被突厥人打了，受了伤，为了进城在那里哭天抢地。可怜的人，手无寸铁的。我们打开城门把他们放了进来，又立刻关上了。他们进来之后还是一直哭，说他们是杂耍艺人。这里有什么杂耍艺人在吗？"

阿德尔给他们指了指。纳耶金拨开人群来到了前面，她眼里的狡黠消失无踪，一脸的愁容，眼珠子都快要瞪出来了。

"他们俩在哪儿？"纳耶金哽咽着说。

"在三岔路口的那个房子边上坐着呢，给了他们水喝。"骑兵答道。

纳耶金和杂耍艺人们朝那个方向跑去。

骑兵问阿德尔："你也是杂耍艺人吗？"

阿德尔说："不是，我是古杰尔塔古尔。"他的声音里透着骄傲。

"从哪儿来的？"

"从莫格罗尼。"

"莫格罗尼！我说从来没见过你呢。我也是古杰尔塔古尔。这里有一个很大的古杰尔人聚居区，古杰尔人居住在城堡的南部。你是从莫格罗尼的什么地方来的？"

"从瓜廖尔来的。"

"那怎么和杂耍艺人在一起？"

"碰到一起了。"

骑兵论起了自己的辈份，也问阿德尔的辈份。就在这时，杂耍艺人抬着两个伤者从那边过来了。

阿德尔的怀疑在两个人来到近处时得到了证实——他们是比莉和波达，身上全是血。

当所有人来到比莉的帐篷时，她目光低垂，一只眼斜睨着向他们眨眼示意。纳耶金绽开了笑脸，但她立刻压抑住自己的狂喜。她看到周围的人群正向这边围拢过来。

纳耶金用坚定的声音阻止道："我们有药和咒语，我很快就治好他们，你们都回自己的帐篷去吧。"人们退去了。他们本想看看伤口，但没能看到，于是想，远远地看看吧。

纳耶金让波达躺在一边，比莉躺在另一边，用又破又旧的布把他们围了起来。

阿德尔坐在波达身边，拉奇坐在比莉身边。纳耶金和其他艺人清洗和擦拭他们两人身上的血。远处围观的人们由于有遮挡，无法使自己的好奇心得到满足。

得到独处的机会后，拉奇关爱地问比莉："谁打的？哪儿受伤了？你到哪儿去了？都在哪儿待着呢？"

比莉轻轻笑了笑，答道："波达受伤了，我没受伤，他的血沾到我衣服上了。"

"波达是怎么受伤的？"

"从一块岩石上滑下来，干树枝扎在大腿上了。只有这点伤，却流了这么多血。"

"那被突厥人打伤的故事又是怎么回事？都是什么呀？"

"如果只是那个原因，城门就不会给开的，所以我们才不得不编了个故事。"

拉奇正要笑，比莉用手势阻止了她。

拉奇问道："你们俩到底去哪儿了？"

"哎呀，王后，全都会告诉你的，我一会儿就说，你先忍耐一下。"

别的什么事也没有。拉奇急着听，比莉却停下了，转移了话题。

她说："这里没什么麻烦吧？"

拉奇说："露天住着，天气又冷，别的倒没什么了。路上确实有些麻烦，现在城里面倒没有。"

"这儿有人问种姓的事儿吗？"

"问过了。他告诉人家，是古杰尔。"

"那你的种姓呢？"

"没人问我的种姓，但有些人起了疑心。没什么可怕的，这里的古杰尔很多。"

"怎么知道的？你询问过了？"

"没有。他和一个骑兵聊天的时候知道的，我听见了。"

"这儿也有和你同种姓的人吗？"

"也许有。"

"别担心，我全都安排好了。"

"什么安排？"

"会告诉你的。现在可不能住在这儿了。"

"不知道你在说什么，说明白点儿。"

"你不会对别人说吧？"

"不说。"

"对贡沃尔先生也不说？"

"对。你说嘛，我都等不及了。"

"你要是泄露出去，对你可没好处。"

“怎么会，我对谁也不会说的。”

“如果你说出去，这些事儿就会传开。你和贡沃尔先生不是同一种姓，是从家里逃出来的。你们做了孽，是逃出来躲避惩罚的。现在是战争时期，城防官和要塞司令会把你们关进小黑屋里。这样一来，未来的所有希望都破灭了。”

“我已经说了，不会对别人说的，干嘛那么害怕？”此时，拉奇的眼前出现了马纳辛格和尼妮的身影。“阿德尔是国王的亲戚，难道我们还会遭受这样的虐待？国王也举行了这样的种姓外婚礼。可他是国王，我们是穷光蛋。国王做的不是罪过，我们做的可就是罪过了。在这个可怕的山间城堡里被关进小黑屋？比莉说的是真的吗？种姓的法规是很残酷的，也许她说的是真的。”拉奇想着，心中升起一丝好奇。“这两个人这段时间待在什么地方？她刚刚到底暗示把什么安排好了？”

比莉不做声，一直注视着她的脸。

“让我歇口气，然后就告诉你。”比莉说着，闭上了眼睛。

35

过了一会儿，阿德尔也过来看望比莉。客套几句之后，他想马上回去。比莉裹着一条床单坐着，她的脸上有些倦意，却没有丝毫痛苦的痕迹。

她说："我把所有事情都告诉拉奇了。那样进不了城。波达滑倒受了伤，我一点儿伤也没受。别对别人说！"

"我干嘛要说呢。"阿德尔说。

"哪里说了所有事情了，"拉奇说，"说了对我说的，可到底在外面做了什么回来的，到现在也没说。"

阿德尔停住了脚步，他也很想听听。

比莉看着拉奇的脸说："找个借口悄悄把纳耶金叫来。"

拉奇一转身，比莉就把床单从胸前往下拉了拉，扫了阿德尔一眼。阿德尔不好意思地低下了头。拉床单的动作映入了拉奇的眼中，她微微扭过头看了一眼——什么都看到了。她走了出去。

比莉把床单放回原位，笑着说："应该离开这里了，马上就要有很多大麻烦了。”

“我也已经看到了。”

“不对，那些是看不到的。”

“那是什么，什么样的麻烦？”

“你干嘛这么干巴巴地说话。”

“那要怎么说，现在不是艰难时期嘛！”

“好，好，要是离开这里，我就和你说。苏丹亲自来了，是为了打听我们来的。他带来了大队人马，大象、马匹、士兵不计其数。不是今天，就是明天，就要从四面向城市和城堡发起进攻，我们所有人都会被杀死的。要是这中间还牵扯上种姓的事情，那就真的两头没着落了。离开这儿走吧。”

拉奇带着纳耶金来了。

“觉得怎么样，闺女！”纳耶金慈爱地问。

比莉把骗人的故事讲给她听，同时也说了出城的计划。“南门附近的城墙上倒了一些大树，我们应该从那里出城去。往南的方向没有岗哨，晚上走，到清晨就可以到达平坦的地方了。”

阿德尔问道：“你们的这些动物和粮食怎么办？”

她答道：“我们有首饰和金币，以后可以买很多。带上够吃两天的粮食就行了。命要保住啊。纳尔沃尔到底有我们什么东西，值得我们赔上性命？”

阿德尔脱口而出：“哎，如果我们不走，那？”

纳耶金毫不迟疑地说：“那我们走。”

“把你们丢在这里自己离开我会难受的。没别的事了。你别告诉任何人，阿德尔先生，否则我们会被这儿的士兵打死的。”

阿德尔说：“不说，我们不会说的。我在想，我们干嘛要留在这儿呢？但又想不明白怎么出去。另外，波达伤得这么重，他怎么走呢？难道把他丢在这儿？”

“不会的，”纳耶金答道，“我有草药和咒语，保证让他明天一早就活蹦乱跳的。我们有绳子，一头绑在城墙上，另一头打成套索绑在旁边的树上，借着它就可以下去了，里里外外都不会有人瞧见的。要是城墙下面有老虎，我们只要爬上树，它们就够不着了。还有，我们从高处四处观望了之后再下去往前走。这两个人是把地方和道路都看好了来的。”

阿德尔思索起来。片刻后，他说道：“这是很冒险的事情，得晚上干。我想想，傍晚答复你们。”

比莉说：“走之前先把必需品打成小包吧。纳耶金，晚上可别发出声响。”

阿德尔问：“晚上什么时候走？”

比莉回答说：“半夜，夜深人静的时候。纳耶金，今天冷，多带一些燃料，足够烧个把钟头再熄灭。等人们睡觉了，月光暗下来，我们就悄悄出发。”

“要是从哪儿过来几个哨兵怎么办？”

“哨兵们都在塔楼里待着呢。要是过来，就说我们是上来听外面动静的。等他们一走，我们就溜。”

纳耶金和阿德尔离开了。比莉拦住了拉奇：“在这儿再坐一会儿，有事对你说。”

拉奇站住了，神情十分沮丧。

比莉说：“别怕，也别难受，好日子马上要来了。”

拉奇的脸气得发红。“一把火烧了这种姓！以前我不知道。”她说。

“你想，如果贡沃尔先生不和我们一起走，那你也得留在这儿，然后就会有阿希尔和古杰尔种姓之间的纷争，到时候你怎么办？”

“我去死，还能怎么办？与其让种姓的人或是突厥人杀死，倒不如一刀抹脖子死了好。”

“天哪！你在说什么呢？现在是你死的日子？让你的敌人们去死吧！你活着，好好享受，做哪个大国的王后吧！”

“命中注定要做王后的那个人，不是已经当了王后吗？”

“你的命里写得更清楚，等你做了王后，那些纠缠种姓问题的人都会舔着你脚上的尘土向你求饶的。”

拉奇的鼻孔呼呼地出气。急速呼吸之间，她的胸脯也一起一伏，脖颈上青筋浮现，眼里充满了泪水。

比莉用怜爱的口吻说道：“多像一朵茉莉花呀，我的拉奇！你一哭，我的心都要碎了。”

拉奇泪水盈盈的眼中闪过一丝光芒，迅即又消失不见。

比莉继续说道：“今天晚上就应该离开这里。在这里既藏不住什么事，也保不住性命。要是我们被逼发誓的话，我们也不得不说真话，这样那些人就要折磨你们了。再说，要是突厥人闯进来，大难也会临头。苏丹是大好人，但是在进攻的时候他是不会和士兵们在一起的。”

比莉看着拉奇，停了一会儿。拉奇慢慢平静下来。

比莉忽然说道：“过不了两三天你就要当王后了。”

拉奇擦了擦眼泪，满眼疑惑地看向比莉。

比莉滔滔不绝地说：“你这么漂亮迷人，芒杜的苏丹会为了拥你入怀而铺上红毯的，他肯定会为了向你求爱而许下诺言。”

拉奇的耳中嗡嗡直响，她瞪大了眼睛，身子颤动了一下。比莉想：“说中要害了。”她说：“我没在说谎，早就应该对你说这话了，到现在为止我一直把它憋在心里。”

嘶哑的声音从拉奇喉咙里传出：“什么？”

比莉兴奋地说：“小心！在事成之前，别对任何人说。要是说了，我们不会有任何损失，但贡沃尔先生会生你的气，你也没法在种姓里待下去。你不应该死，尼妮开开心心地当着瓜廖尔王后，你却过着苦日子！”

拉奇请求道：“全部说出来吧，现在我一点也不明白。”

“正要全部告诉你呢，”比莉说，“听着，全部！我和波达跟你分开后，在一个岗哨被抓住了。哨兵把我们带到苏丹面前，我们把所有事情都讲给了他。听到你的境遇，苏丹很同情。听到你的美貌之时，他跳了起来说，我要把这样的美女抱进怀里，一定要让她当我的王后。我们对苏丹说，两三天之内会带她来。晚上咱们一从这里出去，就会在森林里碰到来迎接的大象，转瞬之间你就能到达苏丹面前。那里成堆的金银珠宝和丝绒软床正眼巴巴地等着你呢。我们现在不应该再待在这里了。就算走不了，苏丹的士兵也不能折磨我们。只要告诉他们我们是谁，就碰也不会碰我们了。你的事你知道。所有的事都告诉你了，该做什么，就快点准备吧。”

拉奇转过身子，清了清嗓子和鼻子。当她再次转向比莉时，她的眼睛发红，神色冷冷的。

拉奇说道：“那他会怎么样？贡沃尔先生？”

比莉答道：“当苏丹的大臣呗，还能怎么样？”

拉奇低下头，她的嘴唇颤抖着，眉毛一跳一跳的。比莉把这一切全都看在眼里。过了一会儿，当拉奇抬起头来时，她的脸红红的，露出驯顺的眼神。

四下看看之后，拉奇缓缓说道：“我和你们一起走，也要带他一起走，今天就走。我问你一件事，你会说吗？”

“你问吧！”

“他喜欢你吗？”

“我说不准，也许喜欢吧。”

“那你就一直陪着他，带给他幸福吧。”

“我也想这样。你别把这会儿说的话马上告诉他，出去之后所有的一切都会明朗的。只要我们抓住绳子爬到树上，一吹口哨，大象就会来接我们。等我们到了苏丹那儿，苏丹的一大部军队就会攀着树和绳子进入城里。人们就会听说苏丹成为纳尔沃尔国王，而你成为芒杜和纳尔沃尔王后的事儿了。”比莉兴奋到了极点。

拉奇的唇角牵动了一下，片刻间，这个动作就消失在浅笑之间。

拉奇非常缓慢地说：“我会让他准备好走。现在不会再说什么分开的话了，说定了！”

“一言为定！”比莉碰了碰拉奇的手。

拉奇转过脸去，压低了声音说：“要是一切顺利，半个纳尔沃尔就是你的。”

比莉极力压抑着狂喜，说道：“我们这样的穷人要纳尔沃尔干什么？命中哪有王国的福气呀，不过，如果能得到三两个村庄和贡沃尔先生，我们会觉得像得到了王国一样。”

拉奇转过了身子。比莉觉得，她不光是漂亮迷人，也非常得体——尼妮算什么，那么粗野！

她热情地说：“走的时候，坐上大象之前戴上那些首饰再走，穿上最好的纱丽，打扮得像个新娘子一样。”

“所有的穿戴都等到外面吧，现在什么话也别说了！”拉奇转过身说。

36

阿德尔还在犹豫不决，拉奇却已下定了决心。黄昏之后，杂耍艺人们开始将收集的木柴堆高，就好像要燃烧霍利[1]。拉奇把阿德尔叫到了一边。

“现在可不是马虎大意的事儿。”拉奇说道。

阿德尔说：“往这边跳有水池，往那边跳有水井。到了芒杜之后就能躲开种姓这只猛虎吗？”

“要发生什么，我们走着瞧，别担心。一旦女人们作出了跳井或是坐上焚尸架的决定，她就不会再瞻前顾后。对于要发生的事情，你就坚强地面对吧。”

“会发生什么事情？”

“所有的一切五六个钟头之后就会见分晓。要是手脚发抖，手里的绳索就会滑落。”

“不会的，不会手脚发抖，我不是懦夫。”

① 洒红节燃烧的柴火堆。

“那就把怯懦从心里赶出去。从现在开始，所有将要发生的事情都会是好事。对于将要面临的事情，还是硬起心肠看待为妙。”

“我会握紧绳索爬到城墙上的。我说不清以后会发生什么，但是再待在这里确实不合适。没有不透风的墙，人们会知道我是国王的什么人，而你又是谁。也许会有嘲笑，也许会有噩运，不知道会发生些什么。去了别的地方，就不会有那么多灾难了。”

“该发生的事情总要发生，别担心。裹上了薄毛毯，谁又能怎么样？”

“要是这些杂耍艺人们走而我们俩继续留在这儿呢？”

“那些人改变主意了，说是没有我们俩，他们也不离开这儿。现在继续这样待着有百害而无一利。去吧，现在高高兴兴地去跟他们聊天，我做完烙饼之后捆行李。”

阿德尔去了杂耍艺人那儿。

天色已晚，杂耍艺人们点燃了柴堆。没有风，高高的烟柱直冲天际。火焰升腾起来，火苗一次次冲破烟柱，去亲吻天空。周围如此明亮，甚至连胡同里房屋上的瓦片也能数得清楚。好多人过来烤火，烤了一会之后，因为太热，又退到了后面。

木柴又干又细，所以亮了一两个钟头之后，火焰逐渐减弱，不一会儿就只剩下微弱的火苗和灰烬中通红的火炭。烤火的人群渐渐稀少，杂耍艺人、拉奇和阿德尔也各自上床躺下。凌晨时分，柴堆的地方只剩下被灰烬包裹的点点火星。人们开始打盹，进入睡梦之中——杂耍艺人们都没睡着。

深夜的第一缕宁静笼罩四周，只有巡逻兵士的声音从城市的街道和城堡的尖塔上传来。城堡位于山丘之上，城墙高大。纳尔沃尔人认为敌人一定会破门而入，而不会翻越城墙。城墙的四周有深深的壕沟。

几个杂耍艺人起身窥伺四周，然后往城墙上架了一个梯子。梯子是用表演用的竹竿做成的，一级一级的横档都用绳子绑成。杂耍艺人们把要带走的物件运到上面，然后拿来了粗粗的绳索。所有人依次来到城墙之上。

波达的伤好了——他从来就没受过伤。绳索的一头绑在城墙突出的地方，另一头做了一个大的绳扣，被一次次地抛向壕沟那边的大树。经过一个钟头的努力，绳扣终于套在了树杈上，拽拽试试，绳扣很结实。

谁先走，很快就有了结论。

纳耶金悄声说："我先过去，过去之后摇摇绳子，然后波达过去。"

阿德尔问："不能两个两个过吗？"

拉奇说："应该一个一个过，绳子不是很粗。"

比莉坚持道："对，对，波达过去之后拉奇过，然后是我们所有人，最后是贡沃尔先生和我，我很轻的。他不会走绳索，我带他一起走。"

"可我知道怎样走绳索，我带他走吧，"拉奇坚定地说，"但是绳子没那么结实，不足以支撑两个人在上面行走。如果不行，我和比莉最后走吧。"

纳耶金出发了，所有人都屏气凝神地盯着她的动作。一会儿功夫，绳子那头就晃动起来。

波达走了，到了大树那边，绳子又晃动起来。杂耍艺人们依次走了过去。

杂耍艺人们都到达对面之后，比莉说道："现在你走吧，拉奇！"

"我不走，你走！"拉奇说道。

她说："好吧。到了那边，我一摇绳子，你就赶紧过来，然后是贡沃尔先生。"

拉奇说："别担心贡沃尔先生。"她这句话的后面几个字说得非常慢，比莉都没能听到。

比莉提醒道："记住前面的事情，什么都准备好了。"然后她准备出发。

拉奇说道："不会忘的，走吧！"比莉走了。

拉奇死死地盯着，比莉飞快地走着。

拉奇突然抽出了匕首。

阿德尔不假思索地上前一步，伸手拦住了她。"你要干什么？"他低声问道。

拉奇压低声音斥道："你退后！"然后从城墙的突出处弯下身子，瞄准，竭尽全力将匕首投向绳索。阿德尔在昏暗的星光中看到了匕首的寒光。

绳子"嚓"地一声断了，城墙脚下的壕沟里发出有人落地的闷响。一声尖锐的惊叫之后，壕沟上面的树上传来"哦，妈哎"的叫声。树枝"咔嚓咔嚓"作响，树下的灌木丛中传来纷乱的脚步声。壕沟里一阵轻微的挣扎声过后，比莉死了。

"你这是做了什么？"阿德尔的声音里充满了恐惧。

拉奇咬着牙说道："女巫！娼妇！她想让我投入苏丹的怀抱。现在拿去吧，纳尔沃尔的一半土地。"

"你在说什么？"阿德尔害怕地问。灌木丛中的声响传到了附近的尖塔上，守卫的兵士嚷嚷起来，手中举着火把。

"下去吧，我把一切都告诉你。下去之后挺直腰板抬起头面对责难。"她说。

两人顺着梯子走了下来，这时，举着火把的兵士们过来了。

“怎么回事？怎么回事？”他们问道。

拉奇作出了回答，宛如城堡的女王：“敌人的军队来到了城墙根，而你们还不知道！快吹号，做好准备，突厥人马上要进攻了。”

兵士们朝梯子的方向看了看。杂耍艺人们帐篷里的羊和驴看到火把的光亮也骚动起来。

拉奇说：“黎明之时我会让你们明白一切，现在做自己的事情吧。”

号声响了起来，人们四处奔走，整个纳尔沃尔都苏醒了。城堡的军队进入警戒状态，战士们为即将到来的战斗做好了准备。

拉奇和阿德尔被让进了城堡的尖塔，他们都冻僵了。

拉奇的声音中透着疲惫：“这些人为什么不打开城门去战斗呢？”

“你知道什么，黑暗中可能会被偷袭，坐在城堡里战斗才稳妥。”

拉奇觉得这话说得不对，但是她没有再争辩。城市里整夜喧嚣，拉奇和阿德尔也没能睡着。

阿德尔的心中好奇再次袭来。他说道：“我不明白这一切都是怎么回事。投入苏丹怀抱是怎么回事？”

“你忘了吗？在拉伊村的树下，你把谁的手握在自己手中说了些什么？”

“永远不可能忘的。”

“为了让你忘掉这些，这个娼妇和那些魔鬼设下了这些圈套。比莉对你投怀送抱，还想把我当作牺牲品送到苏丹的脚下。”拉奇抽噎着哭了起来。

“哦，是这么回事！”阿德尔说。

平静之后，拉奇向他讲述了所有的事情。

最后她说：“跟这个比起来，遭受种姓的侮辱更好些。”

37

天亮之后，城堡内的纳尔沃尔城及城外苏丹的军营中都更加喧嚣。城里的人们发现了比莉的尸体、绑在城墙飞檐上的绳索段和梯子。杂耍艺人是苏丹的奸细，他们想把苏丹的军队带到城里来——人们得知了故事的这个版本，对拉奇的敬意从他们心中油然而生。只有一些女人不光心里想，嘴上还在说：“金蒂[①]，金蒂呀！”

苏丹的军营里，军士们已经做好了进攻的准备。金代利省长去进攻城门，吉亚斯－乌德－丁动身去瓜廖尔。无处存身的艺人们在军营里痛哭流涕。

苏丹异常愤怒，他对莫特鲁说：“艺人们打乱了所有计划，根本都是蠢驴。”

“陛下，那些人怀疑有人割断了绳子。”莫特鲁惶恐地说。

“胡说八道，”吉亚斯－乌德－丁斥责道，“她都准备好要过来了，所有的事情也都答应了，火把是很久之后才亮起来的，都这样

① 难近母的称号之一。

了，你还说有人割断了绳子！笨蛋！那些无用的家伙一定是用了朽坏的绳子。真是太愚蠢了，把他们从军营里赶走！”

莫特鲁以头触地，表示服从命令。

“传令给拉沃·拉吉辛格，让他声势浩大地进攻南城门。我马上把作战计划告诉其他官员。”吉亚斯－乌德－丁说。

“遵命，陛下。”莫特鲁说。

吉亚斯－乌德－丁下令：“我今天不出发去瓜廖尔，这里也许需要我，让军队在这里待命。”

莫特鲁带着命令出了军营。拉吉辛格的随从不是很多，但是每个人都有自己单独搭建的营帐。莫特鲁一把苏丹的命令传达给他们，拉其普特们就兴奋起来。

帕德对拉吉辛格说：“维尔辛格·戴沃·多摩尔从您的先祖手中抢走了纳尔沃尔。如今虽然百余年过去了，但仿佛还是昨天刚发生的事。你要夺回纳尔沃尔，为先祖们遭受的侮辱复仇。纳尔沃尔是戈奇瓦哈人的，不是多摩尔人的。”

“今天我会让多摩尔人闻风丧胆！”拉吉辛格保证。

帕德激励他：“要么在城门那里让人割下头颅向先祖谢罪，要么在纳尔沃尔城堡上升起自己的旗帜。”

拉吉辛格和随从们斗志昂扬地走到了苏丹队伍的前面。

纳尔沃尔的三座城门同时遭到了攻击。

拉吉辛格在北城门。

燃烧的火箭被射向城中，装备着铠甲的大象嚎叫着一次次用头顶向城门。城里的箭矢、燃烧的火把和石块也如大雨般倾泻而下。

大象、战马和步兵死的死，伤的伤，但是一座城门也没有攻破。时间已近黄昏。

信德河的对岸，北面莫格罗尼村的东边方向烟云渐起。

哨兵为苏丹带来了战场的消息：“国王马纳辛格带着大军从瓜廖尔来了。”

苏丹下令停止围城，向后撤退，拉吉辛格不肯听从。

“今天要么战死沙场，要么攻占纳尔沃尔。”

于是他向城门发起了更猛烈的进攻。虽然受了伤，但是现在头还没“扑通”落地。箭矢与箭矢碰撞，火把与火把交锋。拉吉辛格的大象也感觉到了战斗的疯狂，尽管浑身淌血，还是一次又一次地撞击着城门。

苏丹再次下令：“马纳辛格·多摩尔来了，过来向他挑战，与他抗衡吧！”

于是，紧盯着城门，眼中冒火的拉吉辛格撤了回来。

瓜廖尔军队渡过了信德河，箭矢的战斗开始了。拉吉辛格为了靠近马纳辛格而疯狂进攻，但却没能如愿。

双方军队缠斗在一起，芒杜军队一次又一次地遭到马纳辛格的精壮军队的打击。

纳尔沃尔人知道他们的国王来了，胜利的天平已经开始向己方倾斜。于是，精选的五千军队打开城门从纳尔沃尔城中冲了出来。他们猛烈地攻击芒杜军队的后翼，瓜廖尔的军队则从北边和东边继续施加压力。苏丹发现，只有东南角有突围的道路，于是他边战斗边开始向后撤退。

拉吉辛格未能得偿所愿，只好跟随苏丹一同撤退。

“走着瞧，很快就能如愿。”苏丹咬牙切齿地自言自语。

日落之前，芒杜军队把大量的物资丢在自己的军营里，后撤了几十里。

马纳辛格和大部分军队从城堡的主城门进入城里，还有相当一部分军队被留在城外。即便芒杜军队返回，也不会对战斗有任何影响。

马纳辛格到达住所时，已是黄昏时分。

安置伤亡军士，驻扎营地，清点从敌人营地缴获的物资以及制订抵御敌军进攻的计划……在处理这些事务的过程中，大半夜又已过去。此时，尼哈尔辛格来到马纳辛格身边。

尼哈尔辛格显得有些疲惫，但热情却丝毫不减。

他一来就说道："大王，纳尔沃尔已经化险为夷了。"

"是的，我们来得正是时候。也许苏丹明天会再回来。士兵们休息一整夜，明天再交锋，什么也不用担心。"

"不，大王，我不是在说今天的战斗。进城之后，我听说昨晚有一个女人英勇地从危难中拯救了这个城市。"

"一个女人怎么可能？"

"城里来了一些苏丹派来的杂耍艺人，他们在城墙的飞檐上绑了绳索，试图让芒杜军队进城。那个女人杀死了杂耍艺人，用剑砍断了绳索。"

"那个女人是谁？她在哪儿？"

"就在城里的某个地方，天亮时就能知道。"

"她是谁？她真是做了件大事。"

"人们说是个古杰尔。夫妇俩是从莫格罗尼来的，在这儿说是瓜廖尔人。"

"噢，太好了！肯定是他们俩，肯定是他们俩！感谢上天！他们俩在这儿！"

"是谁，大王？"

“拉奇拉尼和阿德尔辛格，这样的勇气拉奇肯定是有的。”

“但是大王，拉奇可是阿希尔呀。”

“那又如何？又比哪个塔古尔差呢？天一亮就去找他们，我要见他们。”

38

拉奇和阿德尔退出了角楼，来到附近一座庙宇的走廊中。人们对两人充满敬意。古杰尔的女人多么英勇！这个想法充斥了普通民众的心。整整一天，城门都在遭受进攻。士兵们都坚信，能攻破城门的人现在还没出生呢——城市和城堡里普通居民在饥寒交迫之时可以投降，他们心中没有誓死如归的信念。这是命中注定的，就是她。所以在这样的困境中，有这样的一个支柱，他们很满意。

当拉吉辛格如同疯子一般一次又一次对城门发起进攻的时候，看到他的勇气和英雄气概，纳尔沃尔的保卫者们的心突突直跳。但是在马纳辛格的军队赶到之后，他们镇定下来，对打败敌人毫不怀疑。

城门一开，拉奇和阿德尔就听说了马纳辛格进城的情况。

拉奇努力压抑住喜悦之情说："现在会怎么样？"

阿德尔说："能怎么样？该发生的都已经发生了，拯救纳尔沃尔的功劳属于你。但是我们不去向他要求，也不说我们在这儿。要是叫他来的话，他肯定会站到我们面前的，就是这样。”

拉奇知道，纳耶金曾经狡猾地说过阿德尔是古杰尔，她也是高级种姓的人，但是知道这事的那些人都是农民和雇工这样的小人物，这话不会从他们那儿传出去，也传不出去。

她终于问出了心中早就想问的话：“你对那个比莉有过想法吗？”

阿德尔的头猛地抬起，眼睛几乎要瞪出来。

“哎，你为什么说这样欠考虑的话？”

“哎呀，你干嘛生气呀？这样的事不是一直都有嘛，男人总是会犯错误的。”

“胡说什么呀你？我想起来了，你夜里说的话。比莉对我投怀送抱，当时我还不明白。你为什么这么说？我发誓，你说呀！”

“又随便发誓！难道哪个女人会毫无所图地在某个男人面前解开自己的胸衣？我昨天都看到了。”

“她是女人？！围着垃圾飞舞的蝴蝶也叫女人？在许多庙宇门口竖立着的那些粗俗的年轻女人的雕像，难道都是因为某位大神的命令而竖立的？难道我是苍蝇，专门往垃圾堆里钻？难道我……？”

“哎呀，怎么说起来没完了？我怎么也想不到，女人竟然可以这么无耻，这么下流。”

“难道我是什么恶魔吗？”

“哎呀，你就原谅我吧，贡沃尔先生！我误会了，不过我杀了她，是不是做了好事？”

“不是好事，是非常好的事。要是我知道所有的事情，白天就把他们全杀了。”

“命中注定他们要晚上死，而不是白天。如果白天动手，所有的事情都成不了。对了，你原谅我这个没头脑的人了吗？”

“倒不是没头脑，你的头脑比我要好。好吧，你发誓，以后再也不说这样的话了。”

“永远不再说了行吧，还有别的吗？”

两个人拥抱在一起哭了。然后他们在那个走廊的一个角落里坐了下来。

现在会怎么样呢？——他们心中怀着这样的疑问。

邻家的一个中年女人来庙里打水，敬过神之后在离他俩不远的地方坐了下来。她整整面纱，微笑着说：“就是你吧，那个晚上在城墙边杀死突厥人的古杰尔塔古尔？”

阿德尔答道：“古杰尔塔古尔就是我们。突厥人没能进来，他们要来，是杂耍艺人们带他们来的。我们把杂耍艺人杀了，所以他们逃走了。”

“听说她杀死了很多突厥人，或许也杀了杂耍艺人，谁知道呢？杂耍艺人一点也不比突厥人少。她用剑杀的？”

“是——啊，是匕首。”

“看起来细细瘦瘦的，不过可真勇敢，国王会给奖赏的。”

“要是给，我们就要。”

“哇，哇，去要啊，坐在家里领地是不会自己上门来的。你们是哪里人啊？”

“远方来的。”

“在这儿有亲戚吗？”

“没有，怎么了？”

“这儿有很多古杰尔呢，阿希尔也有。”

“可能有吧。”

“我家隔壁就住着她的种姓阿希尔人。”

“谁的种姓？”

那个女人朝拉奇的方向努努嘴。拉奇用坚定的目光看着她，她并不害怕。

阿德尔的问题冲口而出：“你怎么知道的？”

她说：“我怎么知道的？没有不透风的墙，兄弟。干嘛隐瞒自己的种姓？社区里都传遍了，你是古杰尔，而……”

“我是阿希尔，”拉奇冷冷地说，“我们不是为了和某个阿希尔或是你攀亲来的。”

女人站起身，说：“天哪，天哪，我该怎么办？我只是说了社区里的事情，至于这位塔古尔收不收留你，跟我有什么关系？”

“不是收留，大娘，她是我的妻子，绕过火圈的妻子。”阿德尔说。

女人要走了，临走还嘟囔着：“神啊，这是怎样黑暗的迦利时代啊，古杰尔和阿希尔的婚姻！”

拐角处传来大军行进的声音。女人停住了脚步，他们两人也朝声音发出的方向看去。片刻之后，马纳辛格和尼哈尔辛格一前一后走了过来，后面还跟着一些骑兵，他们身后是城里居民的队伍。拉奇和阿德尔的目光一落在他们俩身上，就马上站起身，又低下了头。他们心想，马纳辛格要出去，一会就走了。

马纳辛格来到庙前，从马上跳了下来。尼哈尔也下了马。骑兵牵住了二人的马。马纳辛格走到走廊前站住。

他微笑着对拉奇说：“这样把自己藏起来，就好像偷了谁家的东西。”

拉奇的头更低了。

“拯救纳尔沃尔的人就是你呢，还是哪位女神来过了？”

拉奇缓缓地压抑住急促的呼吸。庙前人群聚集。

“你可不是那样子抬着头的人。”

拉奇低着头抬了抬眼，又垂下眼帘，眼眶有些湿润了。

马纳辛格从自己的脖子上摘下珍珠金项圈，双手拿着它说：“抬起头！”

拉奇缓缓抬起头，嘴唇颤抖着，双眼充满了泪水。国王把项圈戴在她的脖子上。拉奇的泪水夺眶而出，滴落在颈上戴着的珍珠项圈上。她双手捂住脸，抽泣起来。阿德尔舔了舔干裂的嘴唇。

“拉奇拉妮知道怎么上马吗？”

拉奇没有回答，摇摇头。

“那你就坐着大象去瓜廖尔。”说完，马纳辛格来到阿德尔面前。

他笑着说：“尊敬的贡沃尔先生，你对这一切作何感想？跟谁都不说就离开，然后就这样到处流浪？”

为了回答他的问话，阿德尔清清嗓子，努力使干燥的嘴唇变得湿润。

这一刻，博顿祭司的样子再次出现在马纳辛格的眼前。

马纳辛格严肃起来，对尼哈尔说：“让人把大象牵过来。”

拉奇声音颤抖，断断续续地低声反对：“就……这样……走着去吧？”

她的反对没人听见。

不一会儿，大象过来了。为了让拉奇上去，象夫让大象坐下，又搭设了台阶。拉奇在下面左看看，右看看，似乎在寻找什么。

国王说：“杂耍艺人想让突厥人进入纳尔沃尔城的那个梯子在什么地方？”

人们回答道：“被砍断了。”

国王说："拉奇拉妮坐着大象到我的营地去。你也坐上去，贡沃尔先生。纳尔沃尔的危机解除之后我们再到瓜廖尔去。"

拉奇看了看自己又脏又皱、又肥又大的衣服。一瞬间，她想起了自己曾在莫格罗尼穿过一会儿的那些五颜六色的衣服。她无法抬起自己的双脚登上大象。

马纳辛格笑着对阿德尔说："抱起她，让她坐到大象上去。婚礼是什么时候举行的？"

阿德尔止住了泛起的笑意，轻轻地向拉奇做了一个让她走的手势。

拉奇羞红了脸，颤抖的双唇边也泛起了笑意。她看了一眼马纳辛格，眼神中流露出感激之情。然后她坐上了大象，阿德尔也坐了上去。

在场的人们都向马纳辛格欢呼胜利，所有人跟随马纳辛格去了他的营地。

一个看热闹的女人对另一位说："我们的国王非常好，非常善解风情，是不是？"

"要不善解风情，怎么能让她坐上大象？是他的妻嫂啊。他还让大舅子坐在大象上，真是好啊！"

"老兄，英俊的人让他们坐在了大象背上。杂耍艺人们真的用绳子和梯子把突厥军队带到城里来了？"

"拉奇做了非常英勇的事情，不得不这么说。"

"勇敢到国王骑在马上，而这个姑娘坐在大象背上！她真漂亮！你看到没有，她登上象背的时候，是用怎样的目光看国王的？"

"国王带她回瓜廖尔以后，会把她纳入后宫的。"

"既然是国王，当然想做什么就做什么。来得正是时候，要不然纳尔沃尔就变成灰烬了，是他救了纳尔沃尔。”

登上大象，阿德尔一直在想，他的牛会在哪儿呢？有机会一定让人给悄悄找找。可是不知道在哪儿。

马纳辛格在纳尔沃尔停留了好几天。当他得知吉亚斯－乌德－丁返回芒杜后，才启程返回瓜廖尔。临走前，他在纳尔沃尔城堡外面的胜利石柱上刻下了击败芒杜苏丹的事迹。芒杜军队就是从那里开始溃败并且在失败之后撤退的。

从纳尔沃尔返回瓜廖尔前，马纳辛格下令：“纳尔沃尔城堡和城市被封为贡沃尔·阿德尔辛格的领地。城堡主、军队长官都维持原状，管理也照旧。文书上领主名字写上贡沃尔·阿德尔，他会和我一起住在瓜廖尔。”

到达瓜廖尔之后，拉奇受到了鹿眼女无比的关爱和欢迎，这一切让她忘记了自己的所有痛苦。看到格拉与自己相貌相像，她并不怎么惊讶，嫉妒更多一些。

私下里她对阿德尔说：“以后别再说那些在市场上看到格拉之类的疯话了。”

阿德尔笑了：“我难道是傻瓜吗，会认不出你和她？”

拉奇的嫉妒消失得无影无踪。

阿德尔在自己的心中做了几个标记，然后小心翼翼地走了。

一段时间里，这种相似成为鹿眼女快乐的源泉。在这样的欢乐之中，格拉与她的关系更紧密了。

39

抵达芒杜之后，吉亚斯 – 乌德 – 丁把纳耶金一伙人赶出了自己的领地。他鞭笞了莫特鲁，又下令自己的史官——日常和历史的记录者——这样写道：苏丹吉亚斯 – 乌德 – 丁于纳尔沃尔平原击败马纳辛格 · 多摩尔，将之驱逐至瓜廖尔后返回芒杜。而某些人却隐匿地记录了如下事实：苏丹吉亚斯 – 乌德 – 丁没能攻占纳尔沃尔，精疲力竭后返回。纳尔沃尔的胜利柱上所撰刻的内容是另外一回事。

拉吉辛格负伤返回金代利，他花费了许多时日来恢复健康，憎恨、复仇与重夺纳尔沃尔的决心愈发坚定。他得知格拉和歌者拜朱还未从瓜廖尔回来。他一直在等待他们。

莫特鲁的身体默默地忍受了皮鞭的抽打。怒气消散之后，吉亚斯 – 乌德 – 丁重新允许他进出自己的宫廷，于是莫特鲁又高高兴兴地像过去一样行走于吉亚斯 – 乌德 – 丁身边。暗地里他也经常到吉亚斯 – 乌德 – 丁的儿子纳西尔 – 乌德 – 丁那里去。

“不知道有多少美女为了殿下而苦受煎熬，却不知道怎么才能到这里来。”一天夜里，莫特鲁唉声叹气地对纳西尔－乌德－丁说。

“克瓦贾兄长，因为这些毛拉维，我实在是烦恼极了。这些倒霉的家伙整日跟在身后，今天我好不容易才能单独叫你来。”纳西尔说。

“毛拉、毛拉维和法官们比陛下还叫人恼火。”

“要是能让他们都死掉就太好了。”

“殿下说得对，但是却不合时宜，普通兵士们都唯他们马首是瞻呢。”

“那要怎么做？父亲在位三十年了，还不是一直在拍毛拉们的马屁？”

“谁想要在印度斯坦巩固和维持苏丹政权，就必须拥有毛拉们的祝福，但是陛下经常咒骂毛拉们。”

纳西尔发怒了。

“我也想骂几句呢，我的生命一直被痛苦所折磨。”

“可怜的毛拉们有什么罪过？他们肯定是听命于某人来行事的。”

“所以现在我已经受够了。”

莫特鲁低着的头垂得更低了些。

“殿下，奴仆就是奴仆，又能请求什么呢！俗话说，凡人皆有得意日，人人总有得意时。”

莫特鲁用低之又低的目光扫了一眼纳西尔通红的脸庞。

他以头触地说道：“殿下，有时运气比计谋更有用。”

纳西尔靠着枕头思索起来。莫特鲁一直保持以头触地的姿态。

纳西尔说：“好好坐着吧！你是个好人！”

于是莫特鲁又恢复了坐姿。

纳西尔说：“我也读过关于运气和计谋的书籍，可是看到书本上的那些辩论，头都大了。”

“不是辩论，殿下，读读历史吧！您会看到关于计谋的实例，比如德里王朝、古吉拉特苏丹帝国和伯赫默尼家族。”

“倒霉的家伙们都没有教过我这些，你给讲一两个实例吧。”

“殿下，奴仆是无知的，要是说了什么不合适的话，舌头会被割掉的。”

“你说吧，不要顾虑，我会仔细听。”

“殿下肯定听说过古吉拉特的第一任苏丹穆贾法尔·沙的情况吧。”

“听说过，没读过。穆贾法尔·沙被他的孙子艾哈迈德·沙下毒毒死了。”

“奴仆也听说过这些。德里皇帝朱纳·汗·穆罕默德·杜格勒格的情况殿下也许也听说过。”

“听说过，他也做了这样的事情。”

“历史是这么说的，殿下，但也有可能是错误的。”

“如果历史也可能错，那毛拉们教给我的那些东西就全都是些伤脑筋的东西了。”

两人沉默了片刻。

纳西尔说：“你说的那些美女们在什么地方？怎样才能来这里？”

“殿下，”莫特鲁说道，“要是手中拥有金银和权力，那你想要多少美女，她们都会双手合十站到你面前来的。这里就有许多，一个比一个漂亮。在马尔瓦苏丹国的很多地方有，别的地方也有。金银和珠宝顷刻间就会把她们带到殿下的面前来。”

“您准备好参与到我的计划中了吗？”

“殿下，您可以认为奴仆的每一块肉都是属于您的。”

“小心，要是败露了，你的肉会被喂狗，我纵然不被杀掉，也会遭受磨难。但是，我现在所遭受的也许比那些还要更甚。”

“我感同身受，殿下。”莫特鲁哭泣起来，纳西尔安慰他。

“你的日子也不好过，莫特鲁，父亲自打从纳尔沃尔得胜归来，就一直大肆庆祝。我也要庆祝。”

“是的，殿下，胜，的确是胜了，可是没能进入纳尔沃尔城，历史中的确是记录了。”

“事实是什么？”

“事实嘛，大人，在马纳辛格那里，事件记录在史官的纸张上了。也就是说，那个美女没能到手。”

“我现在被软禁了，与世间的享受隔绝了。我发誓，要是我当了苏丹，就——”

纳西尔静默了。莫特鲁低着眉眼开始审视他。

“半个月有多少天，莫特鲁？”纳西尔问。

他惊讶地答道：“殿下，有时十四天，有时十五天。”

“我的半个月有十五天，每天一千个美女。有了一万五千个美女，我才能安心。我发过誓，要把芒杜变成美女之城。你说呢？”

“殿下可以做任何事情，也会这么做。芒杜的王位唾手可得，一切都会易如反掌。”

“你会帮我的忙，对吗？”

“我早就跟殿下说过了，我随时待命。”

纳西尔握紧拳头说：“对于一个人来说，在位三十年太长了。宝座在召唤我，天堂在召唤父亲。我决定了。”

莫特鲁心中暗喜，他说：“殿下，小心行事，别惹恼了毛拉们。”

“肯定不会惹恼的，他们也在数日子呢，我会做他们心里想做的事，绝对不让机会从手中溜走。”

“毛拉们都很不安，他们会支持大人的。”

“我会时常叫你来商议。”

“随时为殿下效劳，不过如果您在适当的时机召唤我，就是您的仁慈了。”

“我会在庆功宴的时候寻找时机。”

“别动武，殿下。”

“你刚刚说过古吉拉特的穆贾法尔·沙，他的孙子没有动武，而是用了别的方法。那个方法更好。还有，就像艾哈迈德·沙建都艾哈迈达巴德，建立城市一样，我也要这么做，在青史上留名。”

40

拉奇和阿德尔被安排住在瓜廖尔城堡内迦尔纳宫的一处，它也被称为迦尔纳庙。马纳辛格已经开始新建一座宫殿，但是现在还只是完成了地基的一部分结构。

苏门莫希妮想："鹿眼女也会住在这座新宫殿里，还有她的拉奇拉妮！"

"鹿眼女学习音乐、读写、绘画，不知道还学些什么，这是为什么？国王在她身边起居的时间不多，这很好。但是这期间他住在哪里，做些什么，都无从得知。他去鹿眼女宫里少，来我这里更少了。都打了好几场胜仗了，宫殿的荣光到底增加了多少？每次他来的时候，我就感觉除了我以外，他不属于任何其他人。为此我要唱几首赞歌。如果不唱，那国王又会从某个村子里弄来几个美女。他到底做对了什么？婚后我来到这里的时候，他表现得多么爱我！然而现在，他却要满足这个健壮的乡下女人！现在还由一个变成了两个。那又如何，我们有八个呢。新宫殿建得这么大，大概是想让我们所有人都能住在里面。这日子怎么过？鹿眼女和拉奇会成天唠叨，我要忍受到什么程度？到底要建多大呀？鹿眼女的寝宫会离我的寝宫远吗？可是不管现在离得多远，将来又离得多远，对于眼睛和耳朵来说还是近得很。她都跟国王说些什么？我的侍女无法待在鹿眼女身边，总应该有个能传递消息的人。这个叫格拉的女孩如何？她不是鹿眼女的女仆，是教她艺术的。我为什么不也开始学习呢？可是国王要是安排别的人教我怎么办？那我一定不答应。国王也得对我的坚持让步。她都开始教拉奇了，难道我比拉奇还无足轻重吗？今天晚上就让他来，我倒要看看。他倒是也常常过来，说不定就要来了。如果不来，我再让人去叫他。格拉在我身边的时间也要跟她待在鹿眼女身边的时间一样多。拉奇和她一起学习，我却不能去她的宫殿里学习，格拉一定要单独教我。”苏门莫希妮下定了决心。

国王马纳辛格愉快地接受了。格拉也即将开始教苏门莫希妮音乐。

有一天，马纳辛格提议：“拜吉纳特是音乐大师，跟他学吧。”

“我跟男人学音乐？您是怎么了，大王？鹿眼女王后要另当别论，她是乡下人，不久之前她还在村子和森林里的人面前抛头露面，可我的家族没有这样的习俗。”

国王有些不悦，不过他并没在意。他说：“随您的心愿吧，请您在维纳琴的韵律和嗓音上多下功夫。格拉教一段时间是足够了，然后再看吧。每天学习几小时，您也会进步的。”

苏门莫希妮抢白道：“我会每天学几小时的，您不用担心要来这里那么长时间。您是多久之后才踏足这里的！”

“王后啊，我最近忙。”

“是啊，这我知道。宫殿在飞快地建造，整天都在照看它吧。”

“不是宫殿，它的名字叫马纳庙。”

“要建得很大吗？”

“不管建得是不是很大，我一定要把它建得很漂亮。我给你看它的地图，正在绘制呢。”

“忘记了吗？您给我看过了呀，但这是结婚以前的事了。现在要建新的吗？”

“是的，里面做了很多改变。”

“为什么不改变呢？时代都改变了呢。把它的名字也改了吧，就叫鹿女庙。”

“或者叫苏门庙？”马纳辛格笑了起来。

苏门莫希妮抿着嘴，掩饰笑意。她说：“您的很多时间都花费在这些颠三倒四的事情上了，我明白了！”

马纳辛格说：“不仅仅是这些，王后，德里的西甘达尔·洛蒂又要进攻瓜廖尔了，我也要花很多时间来准备迎战他啊。”

“哼，您打败了他父亲，也打败了他，前不久又刚刚痛击了芒杜苏丹。对您来说这是理所当然的。现在就像新王后说的那样，专心建造宫殿吧。”

41

寒冷正盛，正往西山而去的落日的余辉毫无热度，想要靠这余辉来取暖的人们只觉得更加寒冷。在自己宫殿的楼顶上，鹿眼女靠窗站立着，拉奇和她在一起。现在离太阳落山还有两个钟头。鹿眼女的视线投向西山后的某座山峰、某条河流和某个村庄的方向。“拉伊村现在怎么样了呢？”她想着。她的目光又转移到了宫殿北边的花园，在香蕉树深绿色的大叶子上，日光仿佛正在嬉戏。她觉得树叶就像在弹奏维纳琴。

她兴奋地说：“走，我们去花园散散步再来，从那里可以看到西山后面的一些东西。我们从那个角上看，那里没有大王后，也没有其他人。”

“我去看看。”拉奇说完要走，鹿眼女抓住了她的手，阻止道：“有些事我自己能做，你却不能做。”

“这也没什么，不会让我脚疼了。”

“我可要倒霉了。”

鹿眼女飞快地走过去看了看，花园里没人。

她们俩人走到花园，开始散步。

鹿眼女在拉伊村的森林中看到过枝繁叶茂的大树，但是那里哪儿有香蕉树圆润、优美、光滑的树干和随风摇曳的深绿色的大叶子？这一切总是让她觉得特别有吸引力，她一有机会就会来看它们，从不厌倦。

她觉得一排排香蕉树仿佛是要好的女友。她微笑、兴奋、热血沸腾，有种想伴随着树叶摆动的节奏跳舞的冲动。

太阳缓缓地靠近了地平线。

鹿眼女指着一座山的方向说："这是拉伊的山吗？"

"不敢说，看得到河吗？"

"要是看不到呢？"

"那就这么想，那是拉伊的山，那边的某处是桑格河，森林里也有野牛、老虎、野猪、羚羊等动物。但是如果不到那儿去看一眼，又怎么能确认呢？"

"我是想去那些地方看一看的，等有了能力，就去看一看，好不好？到时候你也去。"

"我再也不去了。既然离开了，就再也不回去看了。"

"现在谁也不能说什么。"

"嘴上不说，她们的眼睛却会说的。那儿是什么世界？去纳尔沃尔的山谷，那儿有一群群大象和老虎。"

"纳尔沃尔是你的领地对吧，所以……"

"领主是我的尼妮和……"

"尼妮的兄长。"

两个人笑了起来。她们的牙齿都似珍珠一般，笑声仿佛秋天里清澈的水流。她们的眼中流露出无忧无虑，肢体仿佛随着某个明快的韵律在摆动。鹿眼女的视线落到了拉奇的衣饰上面。拉奇开心地笑着，身上穿着丝绸衣服，戴着黄金和珍珠项圈。

“我的嫂子看起来多美好迷人啊，不知道哥哥心中做了多少诗啊。”

拉奇挖苦道：“诗肯定是国王妹夫做的，他是诗人。说实话，他做诗了吗？什么时候让歌者拜朱唱唱你收割庄稼的赞歌？”

“哎呀，呸！我听到的那些歌曲，感觉都是套用罗陀和牧牛人[①]的故事写成的。听了那些歌曲，有时心中会升起想舞蹈的愿望。格拉也会跳舞，我们俩跟她学。”

“我学。”拉奇说着，目光落到了自己脚上。她的脚上戴着银脚镯。

鹿眼女脚上戴着金脚镯。她是王后，王后们脚上可以戴金饰，亦或是国王准许她们佩戴。阿德尔名义上得到了纳尔沃尔作为领地，但实际上纳尔沃尔城的收入的一部分归她。女人不能获得领地，因此借了阿德尔的名义。拉奇之所以到现在还没有获得戴金饰的恩典，是因为她是阿希尔种姓。她不能完全无视公众的看法，这也不是马纳辛格力所能及的。

拉奇的视线又投向鹿眼女脚上的金饰，然后又落到她的脖子上。她一点儿也没有感到不舒服。鹿眼女脖子上戴着银项链，这是她结婚前的某一天阿德尔买给她的。

鹿眼女立刻严肃起来。

她说：“从明天起我什么首饰也不戴了，我宁愿光着脚。你戴着

---

① 这里的牧牛人指的是黑天。黑天年轻时在牧区放牧，是无数少女的心仪对象。黑天和他的情人罗陀的爱情故事是印度艺术中永恒的主题。

银饰，可我却戴着金饰，不可以这样。”

“你疯了吗？”她说，“这金子不是戴在尼妮脚上，而是戴在国王的王后脚上呢。”

“我要对大王说，他必须赐你戴金饰的恩典。”

“这么多王后的行事方式都教给你了，可你却没明白。你这是无谓的固执，大王后和那七个王后的眼睛会看到的。”

“我不知道原来宫里还有八个，否则——”

“这话不该你说，我的小姑子王后，现在说过的就说了吧，以后就免开尊口吧。”

“不说了，以后再也不说了。就算是这样，我还有国王全部的爱。但是大王后，真是人如其名！”

“哎呀，在森林里用身体躲开树木尖刺的那些练习有没有用？”

鹿眼女因为这个比喻笑了起来。

她说：“哥哥的心里或许作诗，或许不作诗，可是嫂子您可是真正的诗人。”

拉奇的心中还藏着别的事。

“你看，我的好尼妮，我的王后鹿眼女，我的小姑子大人，我抱你的手，抱你的脚，求求你了……”

鹿眼女马上说：“住口，住口！”

“听我说，美女，”她继续说，“不要因为脚上是金镯子还是银镯子的事去跟任何人争论。现在能被接受，这就已经够了。别着急，以后再看着办。”

鹿眼女说：“我感觉不好，很迷惘。我不说了，没有征询你的意见之前我不会再说，但是我希望有一天能看到你的脚上戴上金脚镯。”

“你脖子上戴的是银项链，为什么？”

“我永远忘不了自己的拉伊村，忘不了那些自由的日子，忘不了哥哥带它回来给我的那个傍晚。大王说让我摘下来，可是我没听。”

“那我脚上戴银脚镯也没什么不合适的，它会提醒我们，不要与种姓的魔鬼做过多的争执。”

“维杰金格姆大师十分反对种姓。大王经常提到，也非常认可大师的话。”

“这都对，但是维杰金格姆大人也多多少少承认种姓制度。再说，一个维杰金格姆向大王施加压力的时候，不知道会有多少维杰金格姆退避三舍。”

四五个女仆走到远处的树下站住。看到她们，鹿眼女皱起了眉头。

她对拉奇说：“这么多女仆拿来了要穿的厚衣服。假如我和你觉得冷，不会带着出来吗？还是哪怕我们觉得都要冻僵了，也不会回房间？看到这么多人，我感觉像戴上了手铐脚镣。”

拉奇说：“这是她们的工作，她们能怎么办？”

“我倒是很喜欢维杰金格姆先生的话。他说，所有人都应该亲手做自己需要做的事情。他自己就是这样做的。他说，乞食者和无用的人使这个国家沉沦。”

“那就让这些可怜人站在那儿？”

“站着呗，谁又叫她们了？”

“也许是来说什么话的。”

“没说半句话，衣服却拿来一大车。我很喜欢落日，西边的山上片片红霞，我要转过身看落日。让她们站着吧，我不需要穿斗篷。”

女仆略微加力咳嗽了几声。

拉奇说："她们形影不离地跟着，你却可以惬意地欣赏落日？你现在还没有修炼到这种程度。"

"那就叫她们过来吧，谁能说得过你？"

鹿眼女用手势示意女仆们过来。

她们递上衣物，一个双手合十道："三个钟头之后大王会让拜朱大师在宫廷里唱歌，维杰金格姆大师演奏维纳琴。大王后和所有王后都受邀了，您也要去。"

鹿眼女说："好的。"

女仆们垂首侍立。

"还有吗？"鹿眼女问。

女仆答道："外面风很凉，会让人冻僵的。里面的火盆里点着火，请您进去烤烤火吧。"

"听到了，去吧，太阳落山我就回来。"鹿眼女说。

女仆们离开了。为了忍住笑，鹿眼女用牙齿咬着嘴唇，拉奇则把脸转向另一边，用裙裾捂住了脸，好像在保护自己不被冻着。

女仆们离开之后，两人"扑哧扑哧"地笑出声来。鹿眼女说："她们说的话多么有教养！她们肯定也有老师吧。"她一边说，一边开始欣赏日落。

拉奇把头转向太阳的方向，说："不是受过教育，就是事情教会了她们。"

片刻之后，拉奇有些不耐烦了："没心情，走吧！"

"我也没心情了，走吧，以后再看。"

42

傍晚时分，迦尔纳庙的议事大厅中，歌唱和演奏即将开始。鹿眼女和拉奇坐在楼上的格窗后面，衣着光鲜亮丽。鹿眼女感觉仿佛有人即将出言讽刺她的衣着和装饰，而她则随时准备为己方辩护；又仿佛有人要赞美她的美丽，而她则会理所当然地面带微笑轻哼一声来回应。她的脸颊上没有红晕。拉奇十分开心。

她们俩到达之后，苏门莫希妮和其他七位王后也到了。鹿眼女遵照习俗对苏门莫希妮行了触脚礼。大王后以手触摸她的头，表示祝福，同时仔细地审视了她的衣着首饰，银项链也未被她的视线遗漏。八人坐在一边，鹿眼女和拉奇与她们相隔稍远，侍女们站在所有人身后。

楼下的大厅里，马纳辛格坐在稍高的台子上面。稍低的台子上，一边是尼哈尔辛格，另一边是阿德尔。前方是拜朱、维杰金格姆、格拉和鼓手等人。

拜朱开始演唱叙事曲，维杰金格姆弹奏维纳琴，格拉则以冬不拉和自己的嗓音相和。马纳辛格早就沉醉于歌声和维纳琴的铮铮琴音之中，他正是为了这陶醉的感觉而召集了这一晚的歌唱和演奏会。

乐曲声一起，苏门莫希妮就蠢蠢欲动，然而其他王后们的心中还充满了音乐初起的兴奋，于是她沉默了一会儿。但她很快就忍不住了。

她对坐在旁边的一位王后说：“这么多的金银珠宝也没能让新娘子满足。”

小王后们斜睨了一眼，面带微笑与大王后眼神交汇，厌憎地笑笑，又将注意力转向楼下的音乐。

鹿眼女和拉奇没看到这一幕。

苏门莫希妮拧了近旁的小王后一把，她吃了一惊。

大王后说：“哎，这首歌得唱到半夜去。瞧那边，新娘是怀着怎样的热情在脖子上戴上细细的银项链的呢，那些珠宝项链还一直恭恭敬敬地对她翘首以待呢。”

小王后看了看，盯了一会儿之后，那条项链终于映入她的眼帘，她捂着嘴笑了。

拉奇看到了，鹿眼女也看到了。

大王后继续火上浇油：“可怜的人怎么能丢掉项链呢？当她用泥罐从河里打了水顶在头上走的时候，那项链可能就在颈间摇晃；挤牛奶和搓草绳的时候，那项链就在颈间舞蹈；做牛粪饼的时候，那项链可能就在“叮咚”作响；为了守护庄稼，在高台上挥舞着胳膊又长又重的稻草人，嘴里叫着‘去，去’来驱赶鸟儿的时候，那项链可能就时而对下巴，时而对脖子唱着乡间的歌曲。”

大王后因为自己的想象大笑起来，小王后更是使劲用衣物捂着嘴笑了起来。其他王后们都很好奇，她们听到了大王后的嘲笑，纷纷望着鹿眼女笑起来。

鹿眼女和拉奇看到了这一切，但并没有听到只字片语。

她们在笑我们，我们正是这笑声的根源，两个人马上明白了。“嘲笑的对象是我，我无视种姓的束缚结了婚；因为与尼妮的姻亲关系，国王的内兄——我的丈夫——得到了领地；此前还愁吃愁喝，放牛牧羊，现在却穿金戴银；原来都是粗布衣服，现在却是绫罗绸缎；过去只能唱着乡歌野调，现在却能听到像拜朱和维杰金格姆这样的大师的演唱的歌曲！以前……”拉奇没法再继续想下去，她身上火烫，耳根都红了。她瞥了鹿眼女一眼，她的脸也发红，但是看起来却仍然在透过窗格注视着大厅里的情景。

鹿眼女看到这情景之后也什么都没法再看下去了。“她们正在开我的玩笑。我做了什么？所有的礼节我都做了，可这又是为什么？难道我不如她们漂亮？难道我戴上什么不适合的首饰了？要不就是我的身体不小心从衣服褶子里露出来了？”鹿眼女审视了一下自己的装束。一只脚稍微展开了一点，仿佛碧蓝的湖水上盛开的一朵硕大的莲花，上面的露水在晨光的映照下微微地晃动。鹿眼女用衣服外套盖住了镶嵌着宝石的金脚镯。“也许这是笑声的根源。除了幸运的印记之外，我要把其余所有的首饰都摘下来放着，等到拉奇戴的时候我再戴。这样她们就都不会笑了，她们会觉得自己无聊而闭上嘴。”她下定了决心。

尼妮的手指落在颈间的银项链上，缓缓地滑动。“我的这条细项链比她们的首饰都珍贵。用箭射死老虎的时候，抓住野牛的角，努力扭住它的时候，国王第一次看到我的时候，他在这条项链上面挂上镶嵌着珠宝的金项圈的时候，他爱抚地用臂膀搂着我的脖颈，对我念诵那些我不知道的诗歌的时候，我就戴着它。”想到这里，她的注意力转向了马纳辛格，他正愉快地坐在大厅的宝座上。现在她开始更清楚所有的一切的了：“这是我的国王，我的！”

鹿眼女斜睨了那些王后们一眼。她们的笑声现在还没有停止。

鹿眼女抿了抿嘴唇，心里说：“哼，成了王后又怎样，比乡下土包子还不如。哎，我干嘛叫她们乡下土包子？我才是乡下人嘛。笑吧，笑吧，总有一天我会比你们笑得更起劲。而且我不会自己一个人笑，也会让你们笑。我不会一个人独自喝自家奶牛的奶，也会让你们喝。也许她们不是在笑我，是在笑音乐里的什么事。我虽然听得很用心，但也许有些细节的东西我没明白，而她们明白了。她们相互间在讨论，看到我像个雕塑似的坐着，所以笑起来了。噢，可能就是这样的。但是为什么使劲努着嘴对着我笑呢？哼，不就是一点点小事吗？”

会议大厅里传来了马纳辛格的声音：“哇，好啊，好啊，好啊！”

鹿眼女看到，歌者拜朱正望着演奏维纳琴的维杰金格姆微笑，他的微笑中带着胜利的嘲讽与挑衅。她又看看维杰金格姆，他有些激动，眼神中流露出接受拜朱对胜利的反应和挑衅的坚定。

对于拜朱的胜利，格拉表现得很高兴，她微笑着附和拜朱胜利的微笑。

“音乐上的较量产生的兴奋和激动？要是我专心些，是不是就能明白了？先前是不是已经有过一两次这样的较量了？这些王后们是在笑这个吗？但没有一个人叫好啊。现在也可能是因为上一个主题而笑。哼，要是我不把所有这些音乐的较量弄清楚，就把名字倒过来写，不管要花上多少时间！到那时我就会经常笑，而那些王后们会羞愧的。”鹿眼女想。

片刻之后拜朱再次胜利，他的脸上再次浮现胜利的微笑，格拉的唇边也再次浮现附和的微笑。维杰金格姆又一次现出激动的神情，而马纳辛格则再次“好啊！好啊！”地喝彩。

鹿眼女还是不明白，其他的王后们没有笑，拉奇的眼中也流露出疑惑的神色。

现在这些王后们为什么不笑呢？也许那时候我正是她们议论和嘲笑的主题。没关系，走着瞧。

那个主题的歌曲持续了两三个小时。鹿眼女有些厌倦了，但她马上开导自己，这个演唱和演奏中一定有什么特别的地方，所以国王才这么清醒，这么兴奋。我也要继续用心听，有朝一日要比他们唱得还好，演奏得还好。

拉奇开始打盹。大王后睡着了，头靠在身边小王后的肩膀上。小王后也想睡，可是因为大王后的头靠在自己的身上，也只能强打精神听着音乐的“嗡嗡”声，一次次地睁开快要合上的眼皮。其余的王后们倚着枕头打着呼噜，在轻微的呼吸中梦游神境。女仆们都坐下了。

鹿眼女轻轻摇晃拉奇的肩膀，略微提高了声音，仿佛想训斥其他人：“哎呀，瞧，这是多好的音乐呀！“

拉奇惊醒过来，继续听。

鹿眼女说：“楼下的节目是多么精彩！优美的曲调听起来仿佛像毛毛细雨在落下。两位大师正在进行音乐知识的决斗。看一下，别像咩咩羊一样睡觉！”

最后的几句话，鹿眼女是瞟着那些王后的方向说完的。拉奇很喜欢，她笑了。

“你这么快就开始理解了，”拉奇说，“练习中我也会慢慢掌握的。听起来感觉很好，我正在用心听呢。”

大王后还没醒，但是被她的头靠着肩膀的那个王后听到了这番对话，心中忿恨不已。

议事大厅里，拜朱的演唱和维杰金格姆的演奏又进行了一个钟头，这期间又有几番输赢。维杰金格姆生起气来，放下了维纳琴。

他说："现在我来唱歌，拜朱来弹琴。"

马纳辛格说道："必须的！现在过去多长时间了？"

"现在应该是演唱比哈格[①]的时辰了。"

"金格姆大师唱吧，"，拜朱说，"但是今天是一个竞赛。"

"什么？"国王问。

拜朱回答："我已经在维纳琴演奏中战胜了他好几次。如果在他演唱之时，我能以自己的演奏击败他，那我就要夺走他的维纳琴。没有用的东西，我要把它砸了。"

"拜朱疯了吗？"鹿眼女想。

小王后为了摆脱重负，推了大王后一把。大王后的脚使劲抖了一下，脚上的一条镀金饰品掉落在鹿眼女座位的方向，但是谁也没注意到。

小王后对大王后说："大王后，请看，大战就要开始了。"

大王后仓促地揉了揉眼睛，心想，是不是鹿眼女扑过去用自己健壮有力的长胳膊扭住谁了，于是热切地朝她看过去。鹿眼女正在全神贯注地望向议事大厅。

大王后失望地对小王后说："什么事？"小王后把事情告诉了她。

大王后伸着懒腰说："我睡了一小会儿，现在要一直醒着。"

小王后心想："睡了一小会儿！折磨了我的肩膀俩钟头了！"

音乐再次开始。整整一个钟头之后，拜朱认为自己现在击败了

---

① 大约夜里两点唱的一种歌曲。

维杰金格姆。国王也明白了，心想，应该避免两位大艺术家的争斗。

他说："歇一会吧。"维杰金格姆停住了，而拜朱继续唱。片刻之后，鼓声停住，格拉也停止了附和，但是拜朱仍然闭着眼睛继续唱。

鹿眼女看到大王后醒了。她对拉奇说，其实是说给大王后听的："哇，怎么样？多好的嗓子！多美妙的歌声啊！大师多么投入地在歌唱！他完全感觉不到自己周围的事物了！这才能称为艺术和艺术家！"

"啊哈，她可真是行家！"大王后想。她脸上的纹路起伏变化，却没有出声。

静默片刻后，国王稍稍提高了声音说："哇！哇！好啊！好啊！"

女仆们醒过来，小心地侍立一旁。

胜利的微笑浮现在拜朱脸上，继而又出现他的唇边。他睁开眼睛，用充满挑衅的目光看向维杰金格姆。他正在微笑，维纳琴放在地上。

"难道他刚才没在弹琴？什么时候停止的？格拉的冬不拉也在地上放着。她什么时候放下的？鼓声也停了，什么时候停的？维杰金格姆为什么微笑？他没输吗？难道我刚才没在唱？那我在干什么？"

拜朱停住了歌声。

马纳辛格的声音充满了激动和兴奋："祝福拜吉纳特大师！您是多么沉醉于自己的情味之中啊！我们也都陶醉其中了。这位维杰金格姆大师为了充分领略您的情味放下了维纳琴，格拉放下了冬不拉，鼓手们也放下了鼓。我们全都沉浸在您的情味之流中了！我向您致敬！"

拜朱并没有费神去寻找真正的原因。

他说："大王，今天我得到了全部，生活的全部都得到了。艺术家还需要什么呢？”

“但是现在我们却还有很多需要您的地方。”

“我还有什么呢？我所拥有的一切都是大王的。”

“把你刚才沉醉于其中的神思也交给有些人吧。”

“呵呵呵！该怎么做呢？我刚才在唱歌，可是神思却已是清晨的神思了。刚才我睡着了吗？“

“你没睡着，你在唤醒我们的内心。”

拜朱嘴里嘟囔着，思索起来。片刻后，他说：“我要开始，今天赢了竞赛才罢休。”

维杰金格姆竖起了维纳琴，格拉拿起了冬不拉，鼓手的手放在了鼓上。

马纳辛格说：“我有一个请求。”

所有人都停住了。

马纳辛格述说了请求：“把那些经过很长时间才获得的无韵律歌曲和有韵律的歌曲糅合起来再加以修饰，让它们变得更美，这样如何？”

“这是特鲁沃伯德。”维杰金格姆展现了自己的学识。

马纳辛格说：“是的，没错。美则美矣，不过它的美还有进一步增加和修饰的必要。”

维杰金格姆说：“大王，从前流行的一些音乐非常艰深，谁能在这些音乐当中进行增减呢？”

拜朱用挑衅的语气坚定地说：“可能的，已经有过了，而且还将继续下去。香格尔[①]大神垂怜，我会去做这件事。”

维杰金格姆喜欢香格尔大神的名字，但不喜欢这件事，很讨厌。

① 大神湿婆的一个称号。

“走着瞧吧。”轻蔑的话语从维杰金格姆的口中说出。

“好，好，看着吧，我会做给你看的。”拜朱继续坚持。

维杰金格姆想：“拜朱疯了。”

国王说道：“时间已经过去了，我们所有人得深入思考这个主题了。”

拜朱迅即表达了愿望：“我和维杰金格姆大师的竞赛就在此时此刻进行。”

“不是现在，”国王阻止道，“以后吧。”

拜朱咬牙切齿地看了看维杰金格姆。国王心想，一场混乱避免了。他说：“那么我希望歌曲能以某种新颖的、迷人的、耀目的方式来呈现。”

带着轻视与反对，维杰金格姆撇着嘴低下了头，格拉微笑着。她本想打哈欠，却用一个小幅度的懒腰抑制了哈欠，肩膀抖动了一下。尼哈尔辛格看到了这情景，格拉也注视着尼哈尔辛格。

拜朱说道：“我明白了。我会创造出新的方式，通过这种方式，特鲁沃伯德能够自始至终用它柔软的网抓住人的心。需要的时间大概比心中想要的时间还要长一些。”

“已经结束了。”这句话缓缓地从维杰金格姆的口中吐出。格拉看到了拜朱涨红的面孔。她的目光从马纳辛格身上转到尼哈尔辛格身上之后停住。他正在盯着她看，仿佛要看穿她内心的最深处。格拉再次在间隙之中看了看尼哈尔辛格，两人的目光交汇了。

拜朱紧抿的双唇颤抖着，喘着粗气，缓缓地吐出了这句话：“有朝一日不砸烂你的维纳琴，我就不叫拜朱。”

国王没听到他的话，可维杰金格姆听到了。国王的想法是结束聚会，可艺术家们并不想放弃这场艺术之争。

马纳辛格想到了解决力法："格拉跳一支舞吧，跳完之后聚会就结束。"

格拉在拜朱演唱的一首歌曲的伴奏下跳了支舞。间或，格拉和尼哈尔辛格又悄悄地相互对视了几次。

舞蹈的过程中，其他的王后也纷纷醒来。

鹿眼女为了说给她们听，对拉奇说："大王说得对，大事化小确实是智慧。拜朱这话是事实，发生过了，将来还会继续发生。比起用大石头来砸死老虎，用锋利的小箭来解决它更好。只要练习，一切都有可能。"

大王后笑着撇了撇嘴。其他王后们看着她们两个人的方向，努力想笑出声来，可是终于微笑一下了事。所有人都在看舞蹈。

"我也要学习舞蹈。"鹿眼女在拉奇的耳边说。

拉奇也同样在鹿眼女的耳边说："对，对，一切都有可能。"

一个钟头之后，舞蹈结束了，聚会也结束了。鹿眼女和拉奇还待在那儿。所有人向她俩告别之后都离开了，她们的女仆也一起走了，只剩下她们两个人留在那里。鹿眼女的目光看向了苏门莫希妮脚上掉下来的那件首饰，她已经忘记了它。鹿眼女捡起它来看看，想使劲把它扔出去。聚会结束之后，马纳辛格的目光投向楼上网格窗的方向。从那儿他什么也没看到，不过他还是向上道了别之后才离开。这虽然非常客套，但鹿眼女却非常喜欢。她心想，国王是向我一个人道别呢。拿着那件首饰，她回到了自己寝宫。一看到手里的首饰，她就愤愤不已。把它扔到上面的一个深橱柜里面之后，她走到床边，然后躺下。

"大王后又怎样？不过是个样子货！她可能就是在嘲笑我。那七位一点自己的个性也没有，什么事都学她的样。但是大王是我的，就只是我的财富。我是他的，他是我的。多么深切！我也要变成这样，这样笑着对那八位！对！如果不操心野牛和老虎，她们又算是哪棵葱、哪头蒜！那是多么郁郁葱葱的田地，多么广大而茂密的森林！守望台、稻谷地和打谷场！鹦鹉、孔雀和蓝颈鸟！这个来了，那个走了。它们不累，我也不累。守望台上的风多么怡人地吹，而我多么尽情地歌唱！我要像拜朱那样歌唱，哎，比他唱得还多，充满甜蜜！那时拉奇也会说，你说得真对，一切都有可能，一切都有可能。”她睡去了。

43

怀着积累财富的希冀、战争的抱负、掳取女人的欲望、建立政权的贪婪和想方设法巩固教派信仰的执着，帕坦和突厥侵略者侵入了印度。所有这一切有一个共同的名字——他们的天堂。为了寻找这个天堂，在谢尔·沙之前，印度的各个地方建立了苏丹政权——德里、马尔瓦、古吉拉特、江普尔、戈尔贡达、孟加拉，等等。尽管建立了政权，但父亲与儿子相互视对方为苏丹宝座和王冠的阻碍，使用毒药或其他容易的方法除掉对方。那个天堂的获得使苏丹、他们的官员及兵士们变得衰弱而无用。如果不是印度教徒因为对来世的恐惧、悲观主义和相互间的争斗而变得衰弱，那么他们要么得不到这个天堂，要么即便是得到了，按宗教教义行事的国王也不会让他们在那里待太久。

但是那个天堂也不会容忍过多的好吃懒做。毛拉维和毛拉们不断地发出警告。毛拉和毛拉维们认为，他们很大程度上是依据伊斯兰教来唤醒、鼓舞和驱使信徒的。如果苏丹不听从，就让官员们听从；如果官员们不听从，他们就以圣战的名义来怂恿士兵、策划阴谋，不达到某种目的，绝不停歇。但是这种圣战的不可避免的结果是，为了得到这个天堂，苏丹、官员和士兵不断地轮转变换。这也是他们的蛊惑力和最大的弱点所在。

马尔瓦苏丹政权的毛拉们把吉亚斯－乌德－丁的儿子当成自己的宠儿和未来的希望，因为吉亚斯－乌德－丁在寻找自己的天堂的过程中没有理会毛拉和毛拉维们所希冀的天堂。

吉亚斯－乌德－丁从纳尔沃尔归来已经六个月了。冬天来了又去了，春天来了又去了，现在已经是热季结束、雨季开始的季节，可吉亚斯－乌德－丁还没死，没死。

纳西尔在毛拉们的指示下举行了阿莫尔城堡的盛宴，策划了阴谋，做了各种尝试——然而还是错失了机会。

幸运的是吉亚斯－乌德－丁还不知道纳西尔的所作所为。莫特鲁是纳西尔的帮手，或许因此纳西尔一次又一次地逃脱了。此后的某一天，机会来了。

在莫特鲁的多番努力下，吉亚斯－乌德－丁的一个女仆投入了纳西尔麾下，一切都计划好了。接连两天突然阴云密布。天擦黑的时候，一阵阵冷风透过宫殿的窗户吹进来，还夹带着细小的雨滴。女仆端来了酒杯，莫特鲁坐在宝座下首。

“苏丹西甘达尔·洛蒂已经决定进攻瓜廖尔，却又为什么因为梅瓦尔的拉纳而按兵不动了？”吉亚斯－乌德－丁啜了一口酒说。

莫特鲁把低垂的头又往下低了低，说：“陛下，两个坏蛋打起来了，没有比这更好的了。”

“我已经传递消息给拉纳·拉耶莫尔，告诉他西甘达尔是以瓜廖尔为借口，实际上在向梅瓦尔方向迂回，所以拉纳会在前方阻止他。”

“要是派他儿子桑伽去，他会在那儿击退西甘达尔。”

“你就是头蠢驴！拉纳会用自己的方式战斗，而绝不会用你所说的方式。我买通了他的一个宫廷诗人，他会把事情办得妥妥的。”

“陛下，这真是太英明了。”

“况且，西甘达尔和拉纳在那边缠斗，我就可以在这边通过卡尔比这一线向瓜廖尔发起进攻。这一次我不经过纳尔沃尔，我会从北线到达瓜廖尔，金代利省长则从南线到达。你觉得怎么样？”

“陛下说得完全正确。陛下从北线，南线是金代利省长谢尔汗。”

“这样事情就成了。她们俩就在瓜廖尔，你知道吗？”

莫特鲁抬眼看了片刻，又低下头。他看到吉亚斯－乌德－丁的瞳孔有些放大。

他说：“谁，陛下？”

吉亚斯－乌德－丁喝了口酒，说道：“酒壶里的酒一直装满酒杯，嗨，笨蛋，这么快就把鹿眼女和拉奇忘了？这一回不把她们俩带回芒杜我决不罢休。”

吉亚斯－乌德－丁的眼神涣散得更厉害了。

“今天我的手为什么在抖？”

“陛下，风有点冷。”

“那现在拉纳·拉耶莫尔或者他儿子还有多久会同西甘达尔交上火？”

“很快了，陛下！”

“倒霉鬼们，打去吧！”

酒杯从吉亚斯－乌德－丁手中滑落。女仆一直站在门后的阴影里，这会儿又往后躲了躲。吉亚斯－乌德－丁靠着枕头倒下了，莫特鲁站起身来。

他低低地呼唤："陛下！"

吉亚斯－乌德－丁没有回答，嘴里溢出了泡沫。莫特鲁击掌，女仆马上出现了。

莫特鲁低声说："去给殿下送信，就说陛下的身体突然不适，别让其他人知道。"

女仆走了。过了一会儿，吉亚斯－乌德－丁抽搐起来，纳西尔还没到之前就断了气。

纳西尔一到，先惊恐地朝吉亚斯－乌德－丁瞥了一眼，然后看向莫特鲁。莫特鲁轻轻地点头，用手势告诉了他一切，仿佛在说，计划成功了，都结束了。

纳西尔声音颤抖着说："向外界宣布苏丹病重，别让任何人知道事实。"

莫特鲁沉声说道："纳西尔－乌德－丁苏丹陛下万岁！除了毛拉和毛拉维们，谁也不会得知。大人是已故苏丹的继承人，请下令吧！宫廷记录者几个月之后才能记录去世的事。"

"女仆在哪儿？"纳西尔问。

女仆就站在身后，她在奖赏的贪欲驱使下走上前来。纳西尔迅速拔出宝剑斩下了她的头颅，莫特鲁几乎晕倒。纳西尔把剑收入鞘中。

他说："谨慎啊，克瓦贾·莫特鲁，谨慎！我结果这个无用的女仆，是不想让她到处乱嚼舌头。要是苏丹已经不在世的消息传了出去，那你和我就得说，是这个恶毒的女人因为忿恨毒死了苏丹，所以我处死了她。她死了，你我俩人的道路就畅通无阻了。宫闱中要是议论这个女人被处死的事，就更好了，所有人都会默默管好自己的事。你怎么想？”

“全明白了，陛下，全明白了。”

“现在别叫陛下，蠢货，就只叫殿下，像以前一样。”

“是，殿下，殿下。”

过了一会儿，毛拉、毛拉维和官员们也得知了消息。他们坚持将吉亚斯-乌德-丁生病的消息告知普通民众和士兵们。尸体被浸泡在油中。纳西尔得到了实权。宫廷记录者很多天都没有将吉亚斯-乌德-丁去世的事件记录在档。

纳西尔完全陷入了饥渴，对女人的饥渴，对欲望的饥渴。克瓦贾·莫特鲁和不计其数的莫特鲁都来帮助他了。

44

西甘达尔·洛蒂与梅瓦尔王公拉纳·拉耶莫尔的王子桑伽·森格拉姆辛格小规模冲突了一次之后，把矛头转向瓜廖尔。他进攻了陶勒布尔并留下一部分大军包围这里，然后渡过旃布尔河，直面瓜廖尔方向。陶勒布尔当时处在一个多摩尔族国王的统辖之下，他是国王马纳辛格的同盟。然而西甘达尔从梅瓦尔向陶勒布尔的进攻如此迅捷，因此瓜廖尔的援军无法到达。侵略军的前方小分队不断破坏传递消息的渠道，因此消息传递得非常松散而稀少，通常都是延迟到达。瓜廖尔得到的消息是：西甘达尔·洛蒂对陶勒布尔进行了一次小规模进攻之后返回了梅瓦尔。而此时，西甘达尔正通过旃布尔河的山谷和沟渠向瓜廖尔而来。

马纳辛格已经建好了宫殿的下层部分。由于苏门莫希妮的嫉妒，他正在加紧建造新宫殿。他清楚，由于迦尔纳宫空间不足，苏门莫希妮和其他七个王后与新王后之间的摩擦会与日俱增，而新宫殿建好之后她们之间的联系会变少，也就能营造更多的和平了。

上面的部分要建成什么样式，这需要讨论。

维杰金格姆建议道："建成德伦加纳风格吧。上层的两个花园的风格既有分别，又有相似；既有像小山一般的山丘，又有如大山一般的平顶。平顶上方有许多湿婆神的象征，寺庙的四面为镶嵌着莲花的三角形，这些三角形的顶部是太阳的圆形光晕。"

马纳辛格并不完全理解。

维杰金格姆解释道："在上层两部分的四面都建造巨大的三角形，一直向上延伸，与两个平行的木板连接在一起。城堡的内部建造与代尔庙相似的山峦、顶峰、湿婆神、圆顶、小丘、河流的涟漪以及湿婆神的三叉戟等。当这一切都建成之后，请您为它取名马纳庙。"

"这里的——北方的工匠们理解不了这一点，因为他们的传统有所不同。"

"戴勒庙不正是这些人的祖先建造的吗？"

"瓜廖尔国王和一位德伦加纳公主成婚已经是六百多年前的事了。南方的一些工匠在那位公主的鼓励下来到这里，与北方的工匠合作建成了那座庙。戴勒庙的顶部是德伦加纳公主心愿的象征，顶部之下的所有部分都是北方传统的雕塑。现在已经没有那样的手工艺人了。"

"是啊，戴勒庙是毗湿奴神的法螺、法轮、铁锤、美丽的莲花、湿婆神的长而锋利的三叉戟与神牛的统一体。"

"您说得对，大师，庙宇的四面还有迦内希①和迦希吉夜②的雕像。"

"大王，这是毗湿奴教派信徒的'杰作'。"

---

① 印度神话中的人身象头神，湿婆和雪山神女之子，智慧之神。

② 印度教神名，也叫室建陀、战神、天神军队的统帅，传说是湿婆和雪山神女的次子。

“可是这座庙宇却是由北方的毗湿奴教派信徒和南方的湿婆教派信徒一起建造的。”

“您也要用这种混合的方式来建造自己的宫殿吗？”

“我倒是想在这座建筑中利用雕刻使诗歌与音乐的节奏和韵律成为有形的事物。至于运用哪些知识和方法，这是像您这样的学者们要说的，我也在思考，但是还无法作出决定。”

“这里的工匠和手工艺人会告诉您的。”

“工匠和手工艺人是建筑艺术的词汇和语法。对它们进行安排，运用词汇、诗句的美和比例来给诗歌插上翅膀是您和我的事。”

“我想想。您是想使某首诗歌在石头上变成有形吗？”

“您总是说，使生活变得充满想象和美会令死亡也变得吉祥。我想在石头上表现生活的那种情感。”

“大王，我是在重复圣言。但是圣言中更多地强调具体的劳动，这该如何在宫殿建筑中表现呢？”

“建筑的宏大可以表现具体宗教的本质。”

“它的宏大不会惊吓到观看者吗？”

“美的宏大与笔直高大的棕榈树的宏大是不同的。”

“观看者也会从它的美当中获得在生活中把骄傲的诗句赋予劳动的激励吗？”

“我是希望我们所有人以及后来人在看到它的时候会感到喜悦，激起歌唱的涟漪，并从这涟漪中获得变得勤勉的源泉和力量，从而用自己的劳动来充实生活。”

“我会想想以什么样的方式运用石头来表现这种想象，您都已经在思考了。”

45

黄昏时分，阴云密布。雨水伴随着电闪雷鸣落下。月亮完全被遮蔽，仿佛是朔日的夜晚。迦尔纳宫高处的一个房间里，鹿眼女和马纳辛格坐在窗前的高台上。马纳辛格有些忧虑，鹿眼女喜悦而兴奋。

马纳辛格说道："今年的雨仿佛没有一点要结束的样子。"

"您是在担心田地和庄稼被毁坏吗？"鹿眼女笑着说。

看到她如同闪电一般的皓齿，马纳辛格的忧虑消失了。

"土邦的农民们的田地和庄稼就跟我自己的田地和庄稼一样。但是此时此刻，我忧虑是因为宫殿建设中遇到了阻碍。"

"在拉伊村的时候，有一天夜晚，我也想过。"

"你一定是在想某首诗或是曲调，告诉我，想了些什么？"

"不是诗也不是曲调。那时候我懂什么呀？但我确实想了些东西。"

"说嘛，我迫不及待地想听。"

鹿眼女用大大的眼睛羞涩地看着他微笑，有一会儿没说话。

“你就这样子不说话吗？给你做点让你说话的治疗？我可会不少呢！”

鹿眼女笑出声来。

“我马上就说嘛，”她说，“一天晚上，我的心中出现了这样的念头。我想用裙角包住月光下闪闪发亮的河水的光泽，把田地里打盹的稻穗和山尖收集在一处，把大树做成挂着花串的凉亭，用树枝和树叶来装饰窗户，透过那些窗户对仿佛戴着珍珠项链的浪花唱歌，然后再建造一个家，把所有这一切都装进来。我和拉奇曾试着建造小泥屋，可它半个钟头就倒塌了。您已经建造了这么多，还这么大，总有一天会完成的。”

“你唱给浪花的是首什么样的歌？”

“哎呀，就是随便唱的，有些——忘记了。”

“快点说，否则的话，哼！”

“歌曲就是——我要唤醒我的情人。”

“唱给我听。”

“唱过的呀，以前。”

“今天再唱一遍。”他坚持。

鹿眼女唱了起来，她唱得那么动听，自己都陶醉了。她从来没觉得自己唱出来的旋律是如此动人。

马纳辛格说：“此时此刻，我对建造宫殿又有了一些新想法。”

云开雾散，月光轻柔地洒下。雨停了好一会儿了。月光中，附近的山峦清晰可见，远处的山峰烟云笼罩，仿佛还在沉睡。

马纳辛格说道：“我要把宫殿建成美丽、温柔和信念的庙宇，柔美和情感的居所，你的愿望、力量和伟大的象征！你想象中的挂着花串的凉亭、高大树木、细枝嫩叶的窗户、河水那波光潾潾的浪花——所有这些我都要装饰其中。那庙宇的慑人的美丽会在半夜的月光中对着天空歌唱——我要唤醒我的情人。”

“石头怎么唱歌呢？”

“就像你们村子里的树、山和田野在呢喃，就像波光闪烁的浪花在月光下歌唱。”

鹿眼女心中一动：“我要住在这里面，拉奇住一个房间，苏门莫希妮也会经常来讽刺挖苦。让她挖苦吧！我就装没听见，她又能怎么样？可是她的眼神？那样的嘲讽！真受不了。那我也要忍受。他要建造这样美丽的庙宇，而我们所有人将成为那里的装饰！我不生气，她自己就知难而退了。哎呀，她的那件首饰！我把它扔在一个橱柜里就完全忘记了！为什么忘了呢？为什么忘了这么长时间？现在我要还给她。当时为什么要捡起它呢？为什么还要拿在手里？为什么要把它扔在橱柜里？她会认为是我或者我的女仆偷的。咳，真糟糕！把它随便扔到什么地方？不，绝不！它还在那个橱柜里吗？我要去看看，可能还在那儿，我这就还回去。”

“你在想些什么？我说得对不对，石头会这样歌唱吗？”马纳辛格问。

鹿眼女“腾”地站起身来说：“我这就回来。”马纳辛格还没来得及问，她就迅速地离开了。在那个橱柜里，她找到了苏门莫希妮的首饰。她拿着它过来了。

“我不明白，这是什么？”马纳辛格说。

鹿眼女把几个月前的事告诉了他。

“怎么想起来的？”马纳辛格问。

“就这么想起来了。”她答道。

沉默了片刻，马纳辛格说道：“现在你要怎么做？”

“我想把它还回去。”

“你会犯大错的，会有灾祸的。”

“在此之前没想起来，所以没关系，可是如果还一直留着，我会被想成小偷的。”

“那你觉得她会宽宏大量吗？”

“不管怎么样，我不再留着它了。”

“不留着就随便扔了，但是别还回去。”

“没事，就让我去吧，别担心。”

“她会说你是小偷的。”

“我可不会说我自己是小偷。她要是说，我就忍着。”

“你要知道，我提醒过你了。”

“要是石头会那样唱歌，那我们就不会唱些什么吗？”

46

第二天，马纳辛格得到消息，西甘达尔·洛蒂率领浩浩荡荡的大军从西南方向瓜廖尔奔袭而来。宫殿的建造本就因为下雨的关系受到延误，西甘达尔进犯的消息让情况变得更加艰难了。音乐、绘画的活动和宫殿的建造不知道要因为战争的缘故停滞多久，这让马纳辛格十分痛苦。比起让战斗的装备更加充足、有力和锋利，他的注意力更多地集中在对艺术的热爱上。

城里出现了骚动，有钱人带着行李和子女住到城堡里，农民和工人有些留在城堡里，有些开始逃出去，躲到附近或远方的山林里。

八九年前，西甘达尔就曾经对瓜廖尔发动过一次猛烈的进攻，而在他之前，他的父亲伯赫洛尔也曾经攻打过瓜廖尔，但是马纳辛格两次都迫使他们无功而返。这一次，城里那些即将逃跑的臣民失望了。

“国王倾心于歌舞娱乐，现在他没有那么警觉了。”一些人说道。

另一些人抱怨道：“整夜不睡觉，白天睡大觉，什么时候抽得出时间，又能从哪里抽出时间去赶走突厥人呢。”

“瓜廖尔的边界也被搞得全无戒备，士兵们全都松懈了。”

“一座宫殿用来住还不够吗？就这么想再建一座？”

“瓜廖尔现在根本没有好的弓箭手。”

“现在突厥人要统治这里了，他们会把我们当成奴隶。”

“多摩尔种姓的拉其普特开始吸食鸦片了。”

“自从这个新王后来到这里，国王就变得暗淡无光了。尼哈尔辛格也许能做些什么。”

“国王都松懈下来了，贵族们还能做些什么呢？”

“现在事到临头了，国王一定会做些什么的。”

“突厥人以前怎么吃了败仗滚回去的，这次还会那样滚回去。”

“要怎么才能让国王警醒起来呢？”

城堡里不断聚集起来的人群使得马纳辛格的战意也变得高昂起来。到处都在筹集武器装备，士兵们也武装起来。对那些没有逃走而是留在城里的百姓，马纳辛格挨家挨户进行了安抚。为了把西甘达尔·洛蒂的大军从远处阻截下来，附近的深山和峡谷里都派驻了军队。

傍晚时分，鹿眼女听说了关于战争准备的全部消息。虽然她已经很疲惫了，但是内心却没有懈怠。

“必要的时候我也要参加战斗。”鹿眼女说道。

“如果你都得去战斗的话，那么我们男人又为什么要存在呢？”

“那女人又为什么要存在呢？女人只是希望和欲望的装饰品吗？”

“不是的，女人是生活的激励，像拂晓的霞光一样将人唤醒。”

“我不懂诗歌，但我要问问，这霞光为何不能变成正午那强烈的光芒呢？王后们传来消息，如果到了最坏的时刻，我们所有人都要自焚。难道霞光不变成正午的强光，不升上苍穹，就要落入尘埃吗？”

“王后们不该传来这样的消息。”

“她们派人来告诉我，宫殿的西北方向有自焚用的柴堆。王后们在这种时刻会想到它，是因为她们的手臂无法使弓箭和宝剑变成她们的伙伴。以前那些殉节者本该像热爱烈火和柴堆一样热爱弓箭和宝剑。让敌人冲到城堡附近吧，到时请看我和拉奇的身手。”

“我相信你，但是我也希望，经过一整天的战斗之后，疲惫不堪的我来到你的闺房的时候，你温柔的笑容和甜美歌喉演唱的悠扬歌曲能够充盈我的内心，这样我就会重新充满力量。”

“那我射箭时的‘嗖嗖’声就不能为您的臂膀增添力量吗？假如您的宫殿建好矗立在那里，难道它会只邀请您去睡觉吗？或者它也会说，你在外边战斗，进来坐着休息会儿再去打仗？”

“宫殿会建好的，到时候它会向我传达这样的信息，但是现在没法修建了，总是有一些阻碍。现在我希望的是想方设法解决突厥人带来的灾祸，然后就可以一点儿不耽搁地把宫殿修建好了。我会让拜朱吹奏新的乐曲，把绘画、文学发展到全新的高度。”

“想方设法解决突厥人带来的灾祸！要怎么解决？用金银打发他们回去么？”

“我也在考虑。”

“您真是这样想的？”

“为什么这么问？在政治中，必要的时候就必须使用逢迎、金钱交易、惩罚和分化这四种方法。想想有什么坏处？”

“对艺术的尊崇难道让您的注意力更多地集中在政治的金钱交易上？您为什么不考虑去惩罚他们呢？”

“所有方面都必须要考虑。”

“我不懂政治。我是个农家女，只知道在守望台上睡睡醒醒，看到拂晓的霞光就心潮澎湃，听到鸟儿的啼鸣就激动不已，然后对一天的工作全力以赴。而当拂晓的霞光、鸟儿的鸣唱、河水的波光、山峦的巍峨、高大树木的绿意以及挂满花串的凉亭无法存留在土屋中时，我就把注意力从这些东西上移开，投入到自己的工作中。”

“但是用泥土做的房子和用切割好的石块建到一半儿的宫殿有着天差地别。”

“弹奏着维纳琴的时候，如果战事出现而不立刻拿起宝剑；在柔软的床铺上躺着，大难临头的时候，如果不马上跳起来下定决心；唱着特鲁沃伯德的时候，敌人已经站在眼前了，如果不即刻咆哮着迎战；耳朵里一直流淌着甜美歌喉演唱的旋律，却听不到战鼓和战歌的声音；那么这样的维纳琴、软床和特鲁沃伯德的悠扬曲调还有什么用呢？”

鹿眼女情绪激动。马纳辛格身心振奋起来，将她拥入怀中。

“请放开我吧，”鹿眼女说，“请去做刹帝利现在应该做的事，不用担心后宫的安危，我会保护好后宫的。”

马纳辛格哽咽了。他说道：“真的，现在我的内心充满了力量，这种力量不平凡且强大。我已经完全打消了用金银打发走敌人的想法。的确，我为了艺术忽略了一部分责任。况且，是不是也应该让责任成为艺术的一部分？”

鹿眼女依偎在马纳辛格宽厚的胸膛上，用手指摆弄着宝石项链，微笑着说：“现在请您只考虑责任的事情吧。”

“会这样的，会这样的，亲爱的，先履行责任，再考虑艺术。”马纳辛格坚定地说出了这句话。

47

马纳辛格跟大王后生有一子，名叫维格尔玛蒂迭，他即将成年。马纳辛格亲手在他腰间系上宝剑，派他前去迎战西甘达尔·洛蒂。他命令尼哈尔辛格从另一个方向进攻，并解释说："我希望能使西甘达尔退军。一旦他退回，你就赶到他的面前去，与他商议建立、巩固联盟的事。你告诉他，瓜廖尔的目的就是要使马尔瓦苏丹神智清醒。要是西甘达尔·洛蒂与自己的某个王公交战，我们会帮助他，只有梅瓦尔例外。如果他与梅瓦尔交战，我们不会帮助他。"

"要是出现需要给予财物的事情呢？"

马纳辛格回答道："在没有询问过我之前，你不要做任何决定，走一步看一步。"他的眼前出现了鹿眼女秀眉紧蹙的样子。

尼哈尔出发了，马纳辛格为了保卫城市和城堡留在了城里。

尼哈尔领命，正要从迦尔纳宫出去，却在一条空无一人的弯曲小巷中碰到了格拉。格拉微笑着，他停住了脚步。格拉也停下脚步站住，好像找不到路似的。

尼哈尔说道："这么长时间以来，我一直想说对你些什么。"

格拉瞥了他一眼说："没碰到机会呀，现在请说吧。"

"你一直在做什么？"

"画画、歌唱和演奏。"

"为谁画画？"

"城堡庙宇，也有人让我画像。"

"你的音乐比绘画更胜一筹。"

"托您的福。"

"那天晚上，你的演唱和舞蹈不知道把什么留在了我心底。"

"那天我没唱歌呀。"

"和拜朱一起唱了的。"

"我的舞蹈在您心里留下了什么？"

"上天从来没有把你的笑容、目光和歌唱表演一起留在我心里，梦里也不曾有过。"

"那现在走吧，老天爷会让我们再相见的。"

"如果能拥抱你一次——这是我心中莫大的愿望。"

"我曾立下誓言，如果它们没有实现，我就不会让你碰我的身体。如果你碰了，我就自杀。"

"那是什么样的誓言？"

"这次战斗，您一定要得胜归来。"

"希望如此。"

"得胜之后，您要获得纳尔沃尔的领地。我们所有人都听说，纳尔沃尔是您攻占的，您本来就应该得到纳尔沃尔。"

"是的，唉，纳尔沃尔属于国王的内兄。"

"完全是无稽之谈。请您得到纳尔沃尔，我是这样希望的。"

“回来再看吧。我会战斗，艰苦地战斗。打败西甘达尔，国王高兴了，我再向他请求纳尔沃尔的领地。”

“您这样说打仗的事儿，我感觉很不好，害怕得心都跳起来了。王子和这么多的贵族都要外出打仗，城堡里只剩下大王。要是您和大王一起留下来就好了。”

“大王说过，新王后也会和他一起守卫城堡。”

“女人嘛，能干多少事？”

“我也这么想，又觉得不太合适，就没说。要是你能对新王后说说，让她把我留下来，那就太好了。如果我想办法留下来，今天晚上能在哪儿和你单独见面吗？”

“我早就说过了，在您没有取得纳尔沃尔的领地之前，我是不会让您触碰我的身体的。”

“如果不是纳尔沃尔，而是其他的领地呢？”

“如果得到其他的领地，就用它来交换纳尔沃尔。”

“为什么你这么喜欢纳尔沃尔？”

“因为它是您夺回来的，而且我的家乡金代利就在纳尔沃尔附近。是的，就是这么喜欢。”

“什么时候才能见到你？真不想离开城堡，真希望你能整天在我面前，而我就看着你做所有的事情。”

“这只要等结婚之后就可能了。”

“结不了婚怎么办？我和你的种姓是不同的。”

“我是信奉维杰金格姆大师的理论的。您和他在一起就更早了，难道您不信奉？国王也信奉的。”

“我也会信奉。”

“那您就留在城堡里参加战斗，这样就能时常见到我了。”

“你不跟鹿眼女王后说吗？说说吧。”

“我不说，她会起疑心的。”

“那好吧，我自己想想办法。”

格拉闪身离开了。尼哈尔辛格进行了尝试，但是马纳辛格丝毫也不肯改变自己的计划。尼哈尔辛格出城了。

48

不管苏门莫希妮从格拉那里学没学到什么，格拉单独在她身边的时间是多起来了。

“古杰莉王后很喜欢你吗？”苏门莫希妮问道。

格拉心里清楚，大王后一点儿也不喜欢鹿眼女。

她小心翼翼地说：“我拥有的是你们的恩惠，尤其是您。”

“她更爱拉奇——现在被称作拉奇拉妮，她也那么喜欢你吗？”大王后紧盯着格拉问。

格拉装出老实的样子说道：“古杰莉王后对谁的喜欢也超不过拉奇拉妮。”

“你喜欢我吗？”

“我呢，非常尊敬王后娘娘。女仆的口中怎么能说出这样的大话呢？”

“我想让你做我的女伴，我会用鹿眼女察觉不了的方式来对待你。”

"您的恩惠我一辈子也忘不了。"

"对了，你一直在给城堡各处画画，从中你能得到什么？"

"什么也得不到，王后娘娘，什么也得不到。我还画了很多庙宇的画。"

"也为她画画了吗？为鹿眼女？"

"画了几幅，也画了大王。"

"还有我呢？"

"我很多次都想请求您的命令，可是因为害怕没能说出口。"

"现在画吧。"

"我会画很多的。"

"你还会做别的什么事？还是只会画画、歌唱和演奏？"

格拉注视着王后的嘴。

大王后带着难以捉摸的笑说道："你会听从我的命令吗？"

"随时遵命！"格拉热切地回答。

"愿意用恒河女神的名义发誓吗？"王后低声问。

格拉保证并发了誓。

格拉心中早就为自己和誓言之间竖起了一道屏障——除了拉吉辛格，她没有对其他任何人履行誓言的习惯。

王后环顾左右之后说道："事情很复杂，你做事机灵点儿，我会给你很多奖赏。"

"我会的。"格拉用坚定的口吻说。

"我给你一种草药，你想办法悄悄地让鹿眼女把它吃了。别害怕，不会伤害性命，吃了它，鹿眼女就不会有任何子嗣了。"王后说道。

格拉说："我会这么做，古杰莉王后不可能发现。"

苏门莫希妮给了格拉一包白色的粉末，格拉拿着它离开了。

“这不可能是绝育的草药，吃多了肯定有毒。杀了鹿眼女没好处，如果事情败露了，我会白白送死。为什么不想办法让马纳辛格吃了？如果的确有毒，拉吉辛格的大事就成了；如果没有毒，也没什么关系。但是，如果这不是致命的毒药，那我干嘛白白惹祸上身呢？城堡的地图已经画好了，会对拉吉辛格的大事有用。瓜廖尔迟早要被包围，现在在这儿多做停留已经没有意义了。但是，如果这真是毒药，那干嘛不结果了马纳辛格？我是向拉吉辛格发了誓之后来的。可如果这不是毒药呢？已经尝试了好几次，一次也没成功。这一次如果城堡的地图派上用场，那我也不会在这里多待了。马纳辛格照样会被杀死，我干嘛还在这里待着呢？如果尼哈尔辛格在这儿，还可以给他们制造嫌隙。可谁知道他什么时候回来，或许不回来了。就算他回来，我也会陷入包围之中，那到现在为止所作的一切也就白费了。”格拉想着。

她走到无人处，把白色粉末扔掉了。

49

婆罗摩伐多的战斗一场接着一场，旃布尔河的西北岸也是如此境况。江普尔的东苏丹政权瓦解了，许多小领主和孟加拉苏丹开始号召进行德里战争。博顿祭司没能找到离开拉伊村的时机，他本想等情况稍微稳定之后就去阿育陀或者迦尸。正在此时，西甘达尔·洛蒂包围了旃布尔河北岸和山谷。西甘达尔一向瓜廖尔推进，拉伊村和附近的村庄就荒芜了。尽管不情愿，为了自保，博顿还是来到了瓜廖尔。因为觉得临近拉伊村的山峦、平原和山谷不安全，他才做了如此决定。国王马纳辛格一得知博顿来到了瓜廖尔城，就恭敬地将他唤到城堡内，并且告诉他，一旦恢复平静，就履行在拉伊村修建庙宇的诺言。从拉伊村到瓜廖尔的沟渠正在修建之中，因此博顿相信，庙宇一定会修建。“国王是自己的国王，虽然在种姓的问题上不那么明智，但终有一天自己会将他带上正途，没关系。”博顿想。他在城堡里得到了一处干净的居所。鹿眼女的生活如今怎么样？跟王后一样，也不错。拉奇呢？她也来这里了，这不好。走着看吧。世界上不知道充斥着多少罪恶。该担心谁呢？博顿选择了忽视。这里还有那位一直向国王灌输无神论的维杰金格姆。维杰金格姆真令人忧心，这一次我一定要让他清醒。

国王也给了拜朱一个家。战争的消息与拜朱没有任何关系。对他来说，战争与蚊虫叮咬一个样。被咬了，挠一挠就舒服了。打仗的人要拿生命当儿戏，马纳辛格也不会采取措施来保护，因此他沉浸在对特鲁沃伯德进行某种精妙改良的思索之中。如果我能开创某个优美迷人的新体系，那么所有的祖先们就如同到达了天国，而对于我来说，天国的大门也会永远地敞开。拜朱的心思完全在这儿。

夜晚时分。白天里天上也有云，现在却是云团密布，而且开始“轰隆隆”地下起雨来。家里的一个壁龛中，油灯一闪一闪。拜朱坐在一块厚地毯上，一遍遍地将维纳琴拿起又放下。鼓放在一边，他时不时地边在嘴里念叨，边在鼓上敲出某个鼓点。格拉怀抱冬不拉，专注而安静地坐着。她急切地想说些什么。

“哒吉德吉德哒哒吉德哒吉德哒。”拜朱的口中和鼓上同时出现了这个鼓点。继而他又停住，思索起来，嘴里不再念叨。

格拉说：“现在是时候了，大人。”

拜朱没看她，说：“还不到时候，还有欠缺。”

“特吉德特吉德哒，特吉德特吉德哒吉德哒，”他的口中又出现了鼓点，手开始打节奏，然后又静默片刻。突然，他咬紧牙关，紧握拳头。

他说：“人们说，唱歌和哭人人都会，这是多么愚蠢！不幸的人既不会用正确的方式哭，也不会用正确的方式唱。香格尔大神让歌曲变得更震撼人心了。”

“现在到时候了。”格拉重复道。

拜朱用空洞的眼神看了她一会儿，微笑着说：“它来了，它来了，这一次我一定要抓住它。”

格拉用恐惧的眼神看了看旁边，什么人也没有。她松了口气。

拜朱使劲摇着头，又开始念叨。说了声“好”之后，他拿起维纳琴，开始拨弄琴弦。格拉弹奏起冬不拉，开始与他的声音相和。

“停！”拜朱喊道。格拉将冬不拉放在一边，凝视着他。拜朱放下维纳琴，眯起眼睛又念叨起来，膝盖和手同时轻轻地打着节奏。“他正在给某个歌曲搭配旋律和节奏。”格拉想。

念叨着打了一个钟头节奏之后，拜朱突然撇了撇嘴站起身来。

“啊哈？哦吼吼！”他哈哈大笑起来。

“今天他疯癫的程度又深了。”格拉猜度道。

“特吉德特吉德踢格特，额哈哈！哈！哈！多么美妙！香格尔大神胜利！湿婆神胜利！”拜朱说着，开始伴着维纳琴唱：“马纳庆祝霍利节，马纳国王在庆祝霍利节……”随后他又念叨着在鼓上敲打起来。当他放下鼓，再次准备将维纳琴拿在手中时，格拉焦急地说：“老师大人，现在快到时候了。”

他高兴地说道：“不是快到了，是已经到了，傻姑娘。以特鲁沃伯德的方式创作的霍利歌曲已经成形了，节奏也完成了。霍利将以特马尔①节奏被演唱。歌词也已经写好了。雨一停我就去唱给国王听。不过要是在这个基础上再增添些色彩，就真正成功了。是的，就是这样。不错吧，格拉？”

“是的，大人，非常不错。可我是在说别的事情。”

“以后再说吧，我现在可没空儿。”

“现在您就得听，非常重要的事。”

“比特鲁沃伯德和霍利还重要？那你为什么学习这么长时间？”

---

① 春季演唱的一种民间戏曲。

“大人想想我们从金代利离开的那个时候。”

“是的，我们是从金代利来的，现在在瓜廖尔。难道我是孩子吗，不知道这些事情？”

“我们得再回金代利去。”

“回去干什么？用金代利的石头砸脑袋？”

“离开金代利的时候，拉沃国王拉吉辛格说了些什么吧？”

“对，说了，他说要击败瓜廖尔的所有歌者和演奏者，为金代利争光，这些都已经做到了。现在我要为瓜廖尔扬名。”

“他还说了些别的话呢。”

“说什么了，你说！我尊重拉沃·拉吉辛格的话。”

“他说了很多话，也说如果有人来包围瓜廖尔，那么就要摸清他的军事力量等真实情况，立即返回金代利报告。我已经画好了城堡的地图。”

“什么地图不地图的，拉沃·拉吉辛格知道这些干什么？”

“合适的时候进攻纳尔沃尔，夺回自己的遗产继承权。地图会送到围城人的手中。”

“难道这么理解特鲁沃伯德、唱得这么好的国王马纳辛格会默不作声地干坐着？”

“这不是我们要关心的事。”

“好，再待两三天，我要给霍利的雏形再添加一些优美迷人的色彩，然后和全部配乐一起唱给国王马纳辛格听。然后我会问国王，你是去金代利，还是继续留在这里学习和教学。”

格拉诅咒自己——什么时候跟这个疯子一起离开金代利！但是他不可能一直处于这种疯狂状态的；如果白天看起来清醒些，我再见机行事。

50

尼哈尔辛格和年轻的维格尔玛蒂迭与西甘达尔·洛蒂的先头部队交了锋，西甘达尔·洛蒂的先头部队没能进入拉伊村背后的广阔平原和森林。

两个人的军队在大象军的帮助下击退了西甘达尔的先头部队。他们乘胜追击的时候，西甘达尔送来了结盟的信息，战争停止了。

雨下个不停，大地一片浓绿，也被深深的淤泥所充斥。对西甘达尔·洛蒂来说，每前进一步都困难重重。彼时德里传来消息，一些领主在旁遮普挑起了纷争；东部江普尔附近，他的兄弟杰拉尔造反了。与瓜廖尔相比，西甘达尔·洛蒂认为德里更重要，于是他返回了德里。为了讨论同盟事宜，他召唤两位多摩尔将领到德里。尼哈尔辛格想独揽战争和结盟胜利的功劳，于是让维格尔马蒂迭先行返回瓜廖尔。他给瓜廖尔送去消息之后，率领一小队人马去了德里。

西甘达尔·洛蒂一直记得自己父亲伯赫洛尔的事情。当伯赫洛尔还是拉合尔邦的邦长时，德里的王座空虚。伯赫洛尔踌躇满志地去了德里，在德里附近，他遇到了一位出家人。

出家人说道：“你想得到德里的王位吗？”

伯赫洛尔想，这就像盲人想得到两只眼睛。

出家人说：“我可以出卖德里的王位，你想从我这里买吗？无论谁想买，我都卖给他。谁买到了，谁就坐上那王位。”

伯赫洛尔询问了王位的价钱。

出家人说：“两千金币，就这么多，你买了之后享受吧。”伯赫洛尔给了出家人两千金币。在与各方的其他领主战斗之后，他坐上了德里的王位。

西甘达尔·洛蒂想，德里的出家人不少，如果哪个居心叵测的贵族以更高的价钱向哪个贪婪的出家人购买王位，那么士兵们就会投向他，而我将无处存身。因此，他一刻也不耽搁地回到德里，投入到清除其他贵族的斗争之中。杰拉尔离得远，不用太担心他。

他很快就消灭了其他贵族。然后，他询问瓜廖尔的使者尼哈尔辛格：“你有决定你们王国所有事务的权力吗？”

“是的，有。”他回答道。

“你的国王要向我进贡八百万金币。”

“为什么？”

“八百万金币是这么来的，先王进攻了瓜廖尔，后来我又进攻了瓜廖尔，四年之后钱数已经翻倍了，所以这一次我不得不亲自来收取，这次的花费另说。”

“上一次我们国王当政时期，伯赫洛尔皇帝前来进攻，兵败而返。第二次您来进攻，同样战败而归。这一次谁胜谁负，当然要另当别论。”

“不要无理，长官，一切都白纸黑字地写在纸上。记住，阿勒德莫什皇帝曾经在瓜廖尔做过什么？”

“我不记得。”

“大约两百年过去了，但是在我们的史书中，这个事件仍旧新鲜如初。阿勒德莫什战胜了瓜廖尔。士兵、贵族、国王——所有人都被杀死，拉其普特女人们都自焚了。你们城堡里有一个湖名叫焦赫尔[1]湖，就是来源于此。现在可别忘了。”

“怎么能忘得了呢？可是这一次？”

“是的，这一次，瓜廖尔城堡里的所有湖泊都会得名焦赫尔。”

“这一次，苏丹大人，德里的所有湖泊和水井都会得名焦赫尔。”

使臣忘记了马纳辛格嘱咐他的话，忘记了应该如何处理情况。西甘达尔火冒三丈。

“知道吗，长官，你在和谁说话，站在谁的领地里？”

“您也应该知道，您不是在和哪个普通人说话。您是在和多摩尔拉其普特说话，他们的祖先在德里钉了铁钉，而且他们还保有钉更大铁钉的力量。他们的国王从来不在敌人面前低头，这个国王的贵族就站在您面前。您的祖先用两千金币买下了德里，因为它正处于力量薄弱的时候。但是，瓜廖尔是用整个文迪亚那么大的金山都买不来的。“

“闭嘴，下流东西！”

“是您叫我来商谈结盟的，不是我自己来的。”

“把他带走，送信给瓜廖尔，我马上来让多摩尔们清醒。告诉他们，一旦德里的任何一位皇帝，在任何一个时代赢得了某块土地，它就永远属于他和他的继承者们。”

宫廷里的一些侍卫把尼哈尔辛格绑起来带走了。皇帝没有下令，

---

① 词义为“自焚的柴堆”或“自焚的习俗”。

但是他们知道现在该怎么处置他。

直到“扑通”一声脑袋落地，这位拉其普特也没有低下他的头颅，他那多摩尔的身躯还直立了片刻。刽子手非常惊讶，他们从来没有见过谁这样死去。人们在死之前总是哀求哭喊，但是他！他却把死亡当作新娘子一样。

皇帝得知尼哈尔辛格被处决的消息之后，派人给国王马纳辛格送去了御赐的衣服和一些马匹，仿佛彻底忏悔了！

51

拜朱在两三天内就完成了歌曲的润色。听说西甘达尔向德里撤军之后，马纳辛格的不安略微减弱了些，但他不相信西甘达尔不会卷土重来。几天后，拜朱找到了向国王演唱自己的新歌曲和对它进行推敲的机会。演唱和演奏会就在以前的那个大厅中举行。会议大厅中其他的人都在，唯独少了尼哈尔辛格。上面一层的窗户前，王后们仍坐在原来的地方，鹿眼女和拉奇也坐在自己的位置上。拜朱非常投入地表演自己的新歌曲，维杰金格姆放下了维纳琴。

拜朱说道："请弹奏吧，请弹奏吧！"

维杰金格姆说："我不弹奏，我听。起势很独特，以前从来没听过。"

拜朱仿佛不费吹灰之力就赢了。他开始演唱，声音仿佛溶入了蜜汁。歌词很少——

马纳庆祝霍利节，马纳国王在庆祝霍利节

我已陷入情网，心中愉悦非常——

马纳国王在庆祝霍利节——

整个歌曲大约持续了两个钟头，歌曲里全部都是高音。

马纳辛格建议道："要是间或插入一些低音，会令人感觉好像有人为了重新灌满喷筒而停了下来。"①

拜朱马上接受了建议，并根据马纳辛格的建议唱了一遍。

结尾的时候，拜朱说："这首歌曲会以霍利之歌的名字而闻名。"

"用什么曲调来演唱呢？"

"用任何一个甜美迷人的曲调。"拜朱回答，他把那些语句用好几个曲调演唱了出来。

马纳辛格兴奋地说道："从今天起，赐予拜吉纳特大师纳耶格拜吉纳特的称号。"

"纳耶格！"博顿表达了惊讶之情，"在这个时代，没有一个人能成为纳耶格，纳耶格是用来称呼创造新曲调的人的。"

维杰金格姆反对道："在您的认知里，这个时代什么新的事物也不可能产生。难道您在音乐上也有中间插一杠子的权力吗？"

博顿说道："音乐也是一种经典，不懂歌曲的人也能谈论公认的理论。古代圣人们所做的一切，现在既没有人能改变，也没有人能从中创新。"

"已经做出来给大家看了。"拜朱打断他。

博顿坚持道："不能就这样承认，应该把全印度的音乐家们都聚集起来，在他们面前表演这个曲子。如果所有人都说拜吉纳特大师超越了古代的圣人们，那就可以承认。"

---

① 洒红节时人们会使用喷筒互相喷射颜料，当喷筒内的颜料用完时，人们就要停下来再向喷筒内灌颜料，所以高音部分代表喷射时的状态，低音则代表停下来加颜料时的状态。此处运用这个比喻，意思是音乐要有抑扬顿挫。

马纳辛格不悦地说：“你就是个祭司，一个音符都不认识呢。”

维杰金格姆讥讽道：“不管时机合不合适，总能信口雌黄。”

博顿坚定地说道：“总有一天我得和您辩论。您在有关宗教和经典的问题上散布的谬误和谎言，几乎没有人比得上。”

“现在停止辩论吧，改天我会给你机会和时间，你们想怎么辩论就怎么辩论。歌者和大师拜朱将会被称为纳耶格拜朱。”

“无论是经典的哪个主题都不能只听国王的命令。”博顿心中想着，低声说道：“我是不会这么叫的。”

国王听到之后，气得发抖。为了避免形势更加紧张，他对维杰金格姆说道：“您试试用维纳琴弹奏吧，大师！”

维杰金格姆开始尝试，马纳辛格努力压抑心中的怒气。

楼上，其他王后们像往常一样打着盹，鹿眼女和拉奇则清醒着。

鹿眼女略微大声地说：“我理解歌曲的这种形式了。我要对国王说，请他让人将这种形式变得更简洁些。长时间地演唱需要花费很多时间，情味很浓烈，但曲调就弱了。”

拉奇用目光扫视着正在打盹的王后们说：“听众都困得睡着了。”

拉奇说这话的声调很高，话音落到了大王后耳中。她一下子清醒了，睡意全无。她看到她们两人好像在看着自己笑，这样的嘲笑让她异常愤怒。她开始努力使旁边打盹的王后们醒来，叫醒她们毫不费力。

“是来听音乐的还是来睡觉的？没看到这儿坐着的专家一个比一个优秀？”

听到这话的人们伸了伸懒腰，笑了。

大王后又射了一箭：“再这样睡，首饰又要丢了，这一次肯定找不回来。”

这支箭插进了鹿眼女心中。

“难道我是偷首饰的贼吗？难道我偷东西了吗？只是出于好奇把那件低劣的首饰捡了起来，然后它就到了我手里。仔细看的时候，心里很生气，于是把它扔到了橱柜里，后来就完全忘记了这件事。这就是偷窃吗？苏门莫希妮就是指责我偷窃。难道我是贼吗？哎，老天爷！就算是一次次快要饿死的时候，我也没有看别人的东西一眼，现在却要偷那件低劣的首饰吗？她要是干过一次农活，就知道了。这个人的品性有多低劣？大王说得对呀，就不应该归还这件首饰，应该把它丢进哪个井里。为什么！现在我眼睁睁地成了贼。呸，呸！要是我不把首饰还回去，才是做了坏事。不过现在我不想再听下去了。”鹿眼女心想。

正在此时，议事大厅的音乐声停住了。

有人往议事大厅中送来了消息：“尼哈尔辛格被杀了。西甘达尔·洛蒂送来了御赐的衣物和马匹，但是他又要进攻瓜廖尔了。”

议事大厅中一片寂静。

马纳辛格怒火中烧。他声音嘶哑地说：“使者被杀死了，这些礼品就像是往伤口上撒的盐。一定要报仇！”

楼上，鹿眼女低声对拉奇说道：“走吧，拉奇拉妮，以后我再也不来这里了。”

她们俩走了，苏门莫希妮很满意。

拜朱突然问道：“瓜廖尔会被包围吗？”

“不会的，”马纳辛格斩钉截铁地回答，“我们要在旃布尔河的山谷里与西甘达尔交战。”

拜朱说：“也有可能被包围的。在这种情况下，格拉不会再留在这里，她想回金代利。”

格拉局促不安。

马纳辛格冷冷地问："为什么？"

拜朱诚实地说："她要回金代利告诉拉沃·拉吉辛格，瓜廖尔被包围了，如果您要进攻纳尔沃尔就去进攻，夺回自己的遗产继承权。就这些。"

"什么？"

"怎么？这话很奇怪吗？"

"哦，她是拉沃·拉吉辛格的什么人？"

"不是什么人，住在隔壁而已。"

"好啊，哦！"

格拉汗流浃背。马纳辛格盯住她。

格拉声音颤抖地说："谎话，完全是谎话，纳耶格先生是疯子。"

马纳辛格的怒意稍减，他低下头思索起来。

拜朱说："谁说我是疯子！她说的！这个姑娘说的！她那么崇拜拉沃·拉吉辛格！"

马纳辛格抬起头，用镇定的声音缓缓地对格拉说："你回家去吧，明天我就派护卫用舒适的坐骑送你回去。我会给你很多钱财，让你一生都毫无顾虑地花。拉沃·拉吉辛格是大英雄，但他利用女人是不光彩的，告诉他！"

格拉始终低着头。

拜朱如梦方醒地说："她说我是疯子！这么长时间她就学会了这个！滚，大家全都会忘记你的。疯子是你，还有你的七辈祖宗。"

大会散了。

楼上，大王后临离去时对女伴们说："哎呀，这个低头看着下面的女人可真阴险。知道她是那个拉吉辛格的什么人吗？"

“是什么人，显而易见啦！这个阴谋家说自己的老师是疯子！在大庭广众之下！”

“多会胡扯的女人呀，老天爷！”

“说实话，在男人们面前这样公开唱歌跳舞的女人都是粗鲁的女人。瞧她们那个样！”

“嗯，嗯！”

“她是怎么撅着嘴从这儿离开的呢，怎么嘟嘟哝哝的！！”

大王后心想，格拉离开这儿，就太好了。

第二天，马纳辛格礼遇十足地送走了格拉，但她没能把城堡的地图一起带走。

52

漆黑而可怕的夜晚。傍晚过后，瓜廖尔的市场关闭了，道路上不再喧嚣。户内还有声响，户外寂静无声。天刚黑两个钟头，那黑暗就仿佛是半夜马上要来临。城市边缘的一座小茅屋里，灯油将尽的小油灯忽明忽暗，再过个把钟头就会熄灭。茅屋的一角烧着火。由于寒冷，一个裹着破被单缩成一团的女人躺在火堆旁呻吟。几个孩子或坐或躺，在她身边哭泣着，一个身体虚弱的男人在闪烁的灯光下挑选着簸箕里的粮食。

一个身材高大的男人来到茅屋竹帘外。他的胡须长而浓密，直挺的鼻子和大大的眼睛清晰可见。他的额头上包着大头巾，只露出眉毛的上半部分；衣服很宽大，有些地方破了；手里拿着一根粗粗的空心竹棍，脚上穿的鞋破破烂烂的。

屋里，挑拣粮食的男人对呻吟的女人说："粮食拣好了，但我推不动磨了。我太累了，话都说不了。你稍微振作一下把面磨了，然后我来做烙饼。"

女人说："今天我发这么高的烧，坐都坐不起来，磨面是磨不了了。"

"我很饿，孩子们也饿坏了，现在咋办？"

"问老天爷吧，我能说什么？"

"可我真是磨不了了，就这么躺下吧。明早的工钱又拿什么给呢？"

"一顿也别吃了。出家人整天是怎么敬神的呢？"

"出家人难道还得交工钱什么吗？他们建立了一个自己的世界，继而又开始操心另一个世界的建立。我们倒是每天给这个世界增添新麻烦。起来坐着！不看我，也看看这些孩子的脸。"

"你给我毒药，然后自己看着孩子们的脸吧！"

"哎呀女巫，起不起来？倒霉的家伙！"

"打死我吧，发烧都快把我折磨死了，你就那样掐死我吧！这样我也就不再痛苦了。"

孩子们哭得更厉害了。竹帘旁边，有个人的咳嗽声传到了茅屋里。

男人喊道："哎，谁呀？"

外面传来了回答："兄弟，打开一下竹帘吧，我是外乡人，冷得不行，缩成一团了。我迷路了，在你这里稍微烤烤火，问了路就会走的。"

"为什么不去国王的救济站？那里也点着烤火用的火堆吧？"

"兄弟，我不知道呀。我就烤半个钟头，和你说说话就走，我也是雇工。"

"老天啊！我自己的困难还解决不了呢，谁知道你是从哪儿来的？"

“兄弟，兄弟！”

屋里的人战战兢兢地打开了竹帘，外面的人进来了。看到他高大健壮的身材和沉重硕大的缠头巾，屋里的人害怕起来。高大健壮的人在竹帘旁边解开了鞋，往前凑了一点儿，坐了下来。他环视小茅屋，一个角落里有磨子，地上散放着陶制和木制的器皿、一个铜盘和一个水罐，别的什么也没有了。

雇工哀求地说：“大哥，我口袋里什么也没有。我很穷，您去哪个大户人家烤火吧！”

“别害怕，我不是坏人。”

“你是谁？从哪儿来？”

“我是从拉伊－纳格达村来的。”

“纳格达村都荒芜了，你在拉伊村干什么？”

“做雇工和农民的活儿，我是古杰尔种姓。”

“我们的王后也是古杰尔种姓呢，你是不是往她那儿去？”

“我是来找活儿干的，迷了路了。怎么能去城堡里？”

“马上告诉你，你到外面，我指给你。”

“有什么吃的吗？”

“现在什么都没有，我们自己都没有呢。对这个女人说，磨点面吧，可是她也病得厉害。我也磨不了面，因为太饿了。”

女人呻吟着说道：“把粮食在大盘子上烤烤吧，每个人都能分一点点。”

来客说道：“干嘛不去国王的救济站领点面粉回来呢？”

“哎呀，呸！”声音从女人喉咙发出。

雇工用轻蔑的口吻说道：“哇，难道我们是要饭的吗？救济站是麻疯病人、瘸子、出家人和流浪者去的，我们可是雇工。”

来客向即将熄灭的油灯看了一眼，提议道：“好吧，那我来用你们的粮食磨面粉，作为报酬，你就给我指路，行吗？”

雇工接受了提议，说：“你也吃一点。救济站说不定已经关闭了，或者马上就要关闭。吃喝之后就在这儿的角落里躺躺吧。”

说着“好”，来客抓起磨子的把手，开始磨粮食。女人好奇地观看起来，发烧的呻吟声少了些许。女人感觉来客完全没有磨过面，因为他一次次地把磨子的把手从这只手换到那只手里，不过他的手动得很快。

女人慢慢坐起身来，说：“我来磨吧。”

来客摇摇头。

磨面的时候，来客又大又重的缠头巾带来了很大麻烦。他“腾”地把头巾从头上摘下来放在一边，又立刻推动磨子。他长长的胡须滑落到一边的下巴底下。当他努力把这边的胡须放好时，另一边的胡须又滑落到手里。

雇工没用片刻就认出来了，这张脸他见过好几次。他跳了起来，站在那里嚷道：“我们的大王！我们的大王！”

女人的呻吟声完全停止了，几个孩子止住了哭声，另外几个还在抽泣。

马纳辛格一手楼着胡须，笑着说：“这胡须可真是糟糕，不让完成工作。”

雇工正要伏倒在他脚下，马纳辛格坚决地制止了他。

雇工双手合十说道：“大王，原谅我吧，您这是做什么？”

“什么也做不了，真是该死，我吃饱喝足了睡觉，而你们却在饿死、病死！我住在宫殿里，你们却在小茅屋里挨饿受冻！”

“这是我们的命，大王！”

“这完全是谬误！我的命运的基础是你们所有人！你的命运不好，那我的命运也早就不好了！”

女人用破衣服当作面纱蒙在脸上，背过身坐到了磨子边上。

“我来磨，巴伊[①]！”马纳辛格请求道。

女人双手合十，然后作出制止的手势。油灯快要熄灭了。

马纳辛格说道：“我马上让人送灯油和发烧的药物来。我要为雇工们建造好房子，开设药房。我要看到没有一个雇工挨饿。”他看了看女人说：“我马上派人送面粉来。巴伊，生病的时候磨面，病情会加重的。”

女人低声反驳道：“现在不发烧了。”

男人表示赞同：“我的所有疲倦都没了，我现在就磨面。起来呀，去躺着，听大王的命令。”

女人不起来。马纳辛格准备走了。

男人请求道：“我给您指路，大王！”

马纳辛格笑了起来。他说：“我从城堡来，不是从拉伊村来的。要是不认识自己的瓜廖尔，还能认识谁？”

雇工摇晃了一下，哽咽着说：“听说大王是婆罗门、潘迪特和富商们的大王，今天才知道，大王也是雇工和农民的大王。”

马纳辛格走了。一个钟头之后，药品、油和面粉等东西都送到了茅屋里。

马纳辛格第二天就作出安排，为瓜廖尔穷苦的雇工和农民建造适合居住的房屋，并且下令在许多地方开办了药房。

① 对妇女的尊称。

53

“有件大事现在必须得做。”鹿眼女直接提醒马纳辛格。

“城堡的围墙、莫迪·萨格尔湖、泥塘和水井等全都已经就绪了。”马纳辛格安慰道。

鹿眼女向他投去询问的目光。

马纳辛格说：“始自拉伊村的水渠已经建成一多半了，正在辗转往这里修建。因为要在管道上面修建保护框架，所以延迟了一些。之所以必须要把管道覆盖起来，是为了防止有人将它切断——这你是知道的。”

鹿眼女低头微笑着，再次向他投去询问的目光。

马纳辛格抓住她的肩膀问道：“那件大事是什么，你说呀？”

“拉奇的婚礼！她和哥哥已经在神的面前举行了婚礼，但是到现在为止，婚礼还没在公众面前举行。”她说道。

马纳辛格兴奋地说道：“会举行的。”

“什么时候？”

“你说什么时候，就什么时候。”

“就像在战争的间隙为穷人们修建房屋、开设药房一样，这件事也需要马上做。在没有被公众认可之前，女人会一直觉得自己贫穷。就在未来八天里选个良辰吉日举行吧。”

“现在就选吧，我们这里可以择吉日的人可不少。”

马纳辛格请维杰金格姆定下了日子。

鹿眼女说，她的家族和村子里的大师是博顿祭司，所以必须由他来主持婚礼和绕火圈的仪式。

国王没有仔细斟酌自己的能力就同意了，他叫来了博顿。那八位王后听到消息后，觉得好笑不已。

“难道拉奇拉妮这么长时间都还是处女？”

“这就叫作旧事重提。”

“大王现在难道没别的事了吗？”

“只要鹿眼女不让他做，就没啥事。”

博顿到了之后，对国王的提议报以沉默。国王此时此刻仍然没有看到自己能力的极限。他看着别的地方说：“未来的八天里我会重修你的庙宇。”

“托您的福，这正是大王的正法所在。”

“我也会为您建造很好的居所。”

“我一直打算去阿育陀等圣地朝圣呢，计划了很久了。不知道什么时候朝圣回来，也不知道回得来还是回不来，大王就不要为我麻烦了。”

“现在我不让你走，首先要完成这件宗教事务。”

“大王原谅我，这不是宗教事务，我早就对您说过了。”

“你是阿德尔辛格的祭司，你应该做这件事，会得到丰厚的香火钱的。”

“大王是在对一个贫穷但却没有贪欲的婆罗门说话，宗教是不可以出卖的。”

“难道你没有想过，有多少印度教徒由于你们这些人的顽固而远离了宗教和社会？”

“要是身体生了疮，得了麻疯病，这部分身体就没用了。”

“你生过疮，得过麻疯病吗？”

“从来没有。”

“要是有，你要怎么做？”

“把这部分切下来扔掉。”

“理智一些，夏斯特里！”

“对大王，我还能请求什么呢？我不得不说，刹帝利之所以被创造，不是为了给予婆罗门训诫，而是为了保护宗教和母牛，为了保护婆罗门。”

“他们已经被创造了，而且还要继续被创造。遮那竭[①]、大雄[②]、乔达摩佛陀都是谁？罗摩、克里希那、阿周那都是谁？但是夏斯特里，我认为这样的争论是不恰当的，这种争论会导致相互间的争吵。我想像先祖一样令雅利安瓦尔塔更强大，你帮助我吧！”

“大王，雅利安瓦尔塔因为维持了种姓的宗教得以幸存，而不是因为别的！”

“夏斯特里，想想吧，这种顽固的种姓制度到底能多大程度上保护印度教徒？要保护，不可避免地需要宝剑和盾这两样东西。种姓制度可以起到盾的作用，也正在起着盾的作用，但是宝剑的作用，它不仅目前起不到，而且永远也不可能起到。”

“大王俊美的容颜并不能为话语增加光彩，安排这种制度是潘迪特的事情。”

---

① 印度大史诗《罗摩衍那》中米提拉车国的国王，悉多的父亲。

② 耆那教的祖师。

“我不能说将种姓制度毁灭，但确实有必要进行改良，你同意这一点吗？”

“我不同意，请您询问潘迪特们吧。”

“维杰金格姆也是潘迪特，你跟他辩论吧。”

“现在我准备好了，并且在以后无尽的时间里也随时奉陪。维杰金格姆为宣讲自己的理论而阅读的那些经典和往世书，并不是古老的经典和往世书，是三百年之后才形成的，即便如此，它也并没有形成于伽尸和马土腊，而是在达罗毗荼地区。”

“可是那个达罗毗荼地区却给我们带来了商羯罗和罗摩奴阇[①]等圣人，所以我说，你读了这么多的书，可有时还是会不理智。”

博顿气得发抖，他默不作声地站立着。

“你还有什么要说的？”马纳辛格冷冷地问。

博顿声音颤抖地回答：“大王下定决心反对种姓制度，所以我现在不在瓜廖尔待了，在不法的时刻我不能在这个地方再待下去了。”

马纳辛格愤怒地脱口而出：“你是个彻头彻尾的蠢货！”

“这就是大王的结论和公正？”

“千真万确！”

博顿离开了，这一次离开的时候，他没有抬起手来祝福。

他抛弃瓜廖尔去朝圣了。

马纳辛格让维杰金格姆为拉奇和阿德尔主持了婚礼仪式。许多婆罗门参加了庆典，也有一些人因为生病或借口生病没来参加。

鹿眼女觉得很幸福。马纳辛格没有因为博顿的离去而痛苦，他相信总有一天，灾难来临的时候，他会回到瓜廖尔来。

① 印度神学家和哲学家，大约生活在 11、12 世纪。他在印度进行了长时间的朝圣后，建立了一些中心以传播对毗湿奴和吉祥天女的崇拜。他是制限不二论学派的主要人物，强调将精神与个人的神相结合。他也是中世纪印度教虔诚运动的主要领导人物。

54

拉奇和阿德尔的婚礼仪式之后，瓜廖尔举行了热闹的庆祝活动。马纳辛格有意举行这样的庆祝活动是想让人民知道，我是不承认那些种姓的桎梏和束缚的。另一方面，他也是为了让鹿眼女感到幸福。

贵族和有钱人纷纷邀请二人，与他们见面，鹿眼女和马纳辛格也发出了邀请。大王后坚持要第一个邀请，鹿眼女不得不妥协。

到目前为止，那八个王后谁也没吃过拉奇亲手做的食物，虽然他们来到瓜廖尔城堡已经很长时间了。这样的机会始终没有到来，因为每个人心中都有自己的小算盘。

高种姓印度教徒的手碰触过的东西其他高种姓印度教徒可以吃。鹿眼女之所以在自己的寝宫里安排做饭的必需品，是因为拉奇会亲手为她们摆饭，这样就没有谁能够插手她的婚礼事宜了。

但是，大王后早就发出了邀请。

唉，过了这一关就好了，鹿眼女想。

根据传统，男人们被安排单独进餐，女人们的餐食也要单独安排。为王后们安排的盘子已经放好了，鹿眼女面前也放好了盘子，拉奇就坐在她旁边。大王后离得稍远些，她的眼神中有一丝警惕。

饭食摆好后，大王后下令开始。

鹿眼女微笑着用甜美的嗓音说道："大王后，我们那里的习俗是饭食由新娘子亲手来摆放。让拉奇拉妮为所有人摆一点？"

大王后笑着说："这不是后宫的习俗，是乡下的。"

"您既然给予了拉奇拉妮后宫的尊重，那么也让她按照乡下的习俗摆一点饭吧。我们所有人都相信，她会成为您的人。"

"在我之前她就是您的人了。"

"那么就给我摆一点，也给您摆一点，其他人愿意的话也摆一点。"

"您为什么这么坚持呢？"

"为了取悦您呀。"

"我从中得不到一丝愉悦。"

"那么你们所有人用餐吧，我就坐着。"

"在这种状况下，我们当中没有一个人会用餐的。"

"那好，我来摆拉奇碰过的食物，这样您不会再有责难了吧？"

"在任何方面我都没必要责难，因为在荆棘中也得生活不是吗？"

鹿眼女怒火中烧，装扮一新的拉奇低头坐着。

鹿眼女说道："我不知道您是借着邀请来侮辱人的。"

大王后激动的眼神中流露出一丝狡黠，她说："您的固执是对我们的侮辱。"

鹿眼女站起身，对拉奇说："走，嫂子！"

拉奇没有起身，她双手合十，用手势恳求道："你坐下，让我走吧。”

鹿眼女坚定地说道：“不，从这里离开吧，这个人自视太高了。”

苏门莫希妮想说些什么，但是她的嘴唇仿佛粘在了一起，一个字都没能从口中说出来。

她们俩往自己的寝宫走去。

苏门莫希妮向女仆下令：“把她们俩的食物扔到外面去。”

女仆端起两人的盘子，向外走去。

苏门莫希妮下了第二道命令：“这些食物连清扫夫也不要给，扔得远远的！”

女仆走了，她没把食物给清扫夫，拿到远处去扔给了狗。

吃了这些饭食的狗两天之内都死了，没有一个人知晓狗死亡的真正原因。狗的主人们当然怀疑是中了毒。人们窃窃私语，继而竞相议论，谣言甚嚣尘上，但传到普通民众的耳朵里时已经偃旗息鼓了。

鹿眼女和拉奇很快就知道大王后让人扔掉了她们俩的食物。那天夜里，鹿眼女经历了极度的精神痛苦。然而她还不知道，吃了她们食物的那些狗又遭遇了怎样的灾难。

55

第二天，马纳辛格也知道了这件事。他觉得与苏门莫希妮争论是白费气力。他忧心忡忡地去了鹿眼女的寝宫，心想，好心不得好报。

鹿眼女已经控制了自己的精神痛苦，看到马纳辛格忧心忡忡地走进来，她很快活。

她说："大王的样子看起来就像刚给狮子送去猎物似的。"

马纳辛格安心了，他把鹿眼女搂入怀中，静默片刻之后说："我不知道该怎样给你安慰。"

"干嘛安慰我？过去的都过去了。我下定决心，以后再也不把这种事情放在心上了。"

这样的话马纳辛格以前也听过，但是他知道，不懈努力的另一个名字就是生活。

"你长大了，真的长大了。克服眼前的困难并准备迎接即将到来的困难会使内心得到快乐——"

看到马纳辛格欲要解释的心思，鹿眼女抬起眼朝他望去，唇边漾起的微笑继而在脸庞绽放。

她打断他：“内心得到的快乐跟任何快乐都一样吗？”

“就像我看到这微笑时所获得的快乐一样。”

“从这么近的地方？”

“困难也会来得很近，也必须就近与它对抗。远处的困难只是抛下些许恐惧就远去了。”

“如果您不抛下，那我就板起脸，撅起嘴。”

“那我就要笑了。然后呢？”

“您真坏！”

“可是你非常好，好人和坏人总是配成一对，这是常规。”

“不，您很好，非常好！现在坐远些说话。”

“就这样说吧。”

“好，我要问一件事。”

“不要一件，问两件吧。你快快问，我慢慢答。”

“我要问，等我年纪大了，衰老了，您也会这么爱我吗？”

“你这是在说什么？”

“您说过问两件事的。第二件是这个，怎样才能让爱永恒呢？”

马纳辛格的臂膀松弛下来，神色却严肃起来。鹿眼女与他分开，坐得稍微远了些。

马纳辛格也坐了下来，鹿眼女微笑起来。

马纳辛格严肃的神情消失了。

马纳辛格说：“你真的很伟大，比我还要伟大，还要好。”

“哇！哇！！”

“我说真的。”

“怎么会呢？”

马纳辛格想到她身边来。鹿眼女笑得更厉害了。

“再过来我可就变小人了！”

马纳辛格停住了。

“你以忍耐使爱变得永恒，而我却因为自己的过失而使它动摇。以忍耐为基础的爱未来也值得珍藏。”

鹿眼女垂下头，手指轻抚着下巴，面庞微笑绽放。

“今天看起来，心中的教诲更加令人充实。”

“唉，教诲是潘迪特和大师的事情。”

那时，博顿的形象从他的眼前掠过。他真是愚蠢，马纳辛格心里想着，笑了。

他说：“你的每一个微笑，你在不同时刻展现出来的种种美好，你的倩影的每一部分，我都想把它们具体地展现出来。直到生命终结的时刻，都把它作为自己的爱的永恒不变的反映。现在我想到如何使它成为可能了。把我正在让人建造的宫殿命名为鹿女庙？”

鹿眼女笑着阻止：“一开始就不对了，您还是以大王后的名字命名吧——苏门庙。”

“不，不会叫这个名字的。你是我心里的王后，我们两人将在这座建筑的某一个地方崇敬保卫之神毗湿奴，所以要把它叫作庙。你是我的骄傲，我是你的骄傲，所以它的名字就叫马纳庙。你知道吗？你的哪种样子最使我心潮澎湃？”

“我怎么知道？不知道您都在说些什么。”

“当我在绕火圈的时刻戴上冠冕，而你从绿叶和藤蔓装饰的喜棚之下来到院子里——那时的样子。马纳庙的大门上要展现出那个时刻的样子。”

马纳辛格沉默了片刻。鹿眼女轻柔地转动脖颈，微微抬高视线说道：“还有什么？”

他继续说道：“我要建造这样的大门，射进来的阳光可以清晰地展现你的笑容。你的秀发、面颊，以及散落在两边、轻拂脸颊的发丝也会在大门的装饰中体现出来。而在你的笑容背后，那些如珍珠般闪耀的花纹会通过窗户的光线来衬托。上层的院子里建造的那些窗户、走廊和纤细柔美的线条会展现视线和眉毛。所有这些东西的顶端和大水罐则是你的……”

鹿眼女笑着打断他：“不想再往下听了。”

“好，好，听着，”马纳辛格说道，“外部的宏大和内部的美丽会具体展现你和我坐在神像旁边祈祷以及膜拜毗湿奴大神的形象。”

“嗯，这说的才是实情。”

“你觉得花园里的哪种树最迷人？”

“香蕉树。它那摇曳的大绿叶比大象的耳朵还大，我非常喜欢。”

“就让这些树叶以自身天然的色彩，一排排地分布在马纳庙上层的外部，感觉就好像花园里面的庙。再在石头网格上雕刻出森林里的大象、狮子、老虎、其他动物和湖中的鹭鸶、天鹅和印度鹤等鸟类。它们不都是毗湿奴的创造吗？怎么样？”

“非常好！听说有个艺术家在金代利附近的代沃戈尔特雕刻了微笑的毗湿奴塑像，这微笑可以平复观者的痛苦，并有力地集中他们的精神，不知道我有没有机会欣赏一下那座雕像呢？”

马纳辛格受到了震动，他皱了皱眉，叹气道：“那座雕像被突厥人毁了很久了，但是雕像那永恒的、充满希望的微笑谁也抹不去。代沃戈尔特在马尔瓦苏丹的统治下。如果能够实现先祖的遗言，把代沃戈尔特纳入瓜廖尔治下，你就可以看到了。”

“我们这里的艺术家和工匠们不能从那里把那个微笑装在自己的心中带来吗？”

“也许可以。要是艺术家的内心因为充满崇敬、信念、虔信和忠诚而觉醒，那么他们就能用刻刀和斧凿将那充满祝福的微笑镶嵌在石头之中。我会努力在马纳庙里面建起毗湿奴的雕像。看到它，我们也能保持理智的微笑，把它留在我们的周围。”

“现在您又做起诗来了吧！”

“我说过几次了，有形的诗就是你，让那种情感一直鲜活地保留在我的心中。”

鹿眼女笑了起来。

她说：“我是疯子，可那个要把曲调、微笑、花、树叶、大象、老虎、太阳的光线和月亮的光芒刻进石头里的人又是谁？”

马纳辛格也哈哈大笑起来。

片刻之后他说道：“纳耶格拜朱最近一直在苦思冥想，摆好的饭放在一边，连水都忘了喝，整日独自一人沉浸在新曲调的创作之中。要是有人打断他，他就拿起维纳琴冲上去打人家，难道他就不担心心爱的维纳琴会因此而损坏吗？他用自己的歌词和曲调能收集到微笑的毗湿奴的所有祝福。”

“当艺术家们都这样苦思冥想时，他们就能用刻刀和斧凿复制出毗湿奴像的那种微笑了，对吗？”

“对，完全对。”马纳辛格又起身把鹿眼女拥在怀中。

“不应该这样，话说得好好的，您又起来做什么？”鹿眼女笑着说道。

马纳辛格又分开坐下。

他说：“我们俩在毗湿奴的这座漂亮的马纳庙里当祭司吧，就我们俩！”

“那苏门莫希妮和另外七个王后住哪儿？”鹿眼女的心底突然有人问。那里又有人回答，“就这样吧，就这样吧，我会忍受所有一切，会一直忍受的。毕竟患难与共的女友拉奇还在身边。大王后认为拉奇是不可接触者，我也是！我和拉奇盘子里的食物，她连清扫夫都不让给！！我们俩被人想得这么下贱！！！多么侮辱人！但是我和拉奇都下决心忍受这侮辱了。大王多爱我，那侮辱在这样的爱面前根本就微不足道。但是如果一直这样下去，我们就得纠缠在她的压制之下，我在艺术上会一无所获。”鹿眼女想。

马纳辛格笑道：“在想什么呢？王后？拉伊村的森林、山峦、院子里藤蔓喜棚下新娘的倩影还是拜朱的哪个曲调？”

“没有，”鹿眼女缓缓地说，“我在思念我的河，我的村子里那纯净的河水呢。”

“是不是有点疯了？我说过吧，水渠到达瓜廖尔还需要些时间。”

“那个水渠怎么能到达城堡的上面，到达您的庙宇呢？”

“嗯，上面是到不了。不过，东北角上的小山丘却是可以到达的。”

“请您修到那里吧，再在那儿建造一个宫殿。行吗？”

马纳辛格来到鹿眼女这里正是为了解决那个问题，此时他仿佛从她的口中得到了解决方法。

他兴奋地说：“很好！很好！我一直在想，建好马纳庙后再做什么，你说得非常好。在这里建起庙宇，那边再建宫殿，它的名字就叫古杰莉王后之宫殿。”

“在它上面也刻上您自己的名字。”

“我听你的话取了马纳的名字，你也要听我一次。它的名字就叫古杰莉王后之宫殿。”

“那座宫殿里也要表现出这些东西吗？”

“不，有分别的，就像你在不同的时刻看起来有不同的美一样，它就像你的首饰。”

“我在身上戴了多少首饰？”

“不，质朴的装饰与装饰品内在的质朴。我想努力把想象之中蕴含的思想有形地表现出来。不管能实现多少，我都会觉得心满意足。”

“应该让代沃戈尔特的毗湿奴庙重新回到自己手中，然后照原样对它进行重建。这件事您什么时候做呢？”

意识到这个责任，马纳辛格的艺术想象遭受了强烈的冲击，就好像有人突然阻止了马纳庙和古杰莉宫殿的建设；又仿佛拜朱在唱着美妙曲调的过程中忽然将维纳琴摔出去一样。他说：“时候到了，我也会做的。”

鹿眼女说道：“您是知道在艺术和履行责任之间进行权衡的，我还能说什么呢？有时候对艺术心生厌烦时，我就想射箭瞄准老虎和野牛。我想看看忘了没有。”

马纳辛格的热情并未完全被点燃：“哪天我计划一下，拉伊村的森林就在附近嘛。”

“这一次去纳尔沃尔森林吧，那里能见到象群。跟它们在一起，迦内什大神就像蹦蹦跳跳的孩童。您计划一下，从那里开始，把金代利和代沃戈尔特纳入您的统治之下吧。”

纳尔沃尔、艺术和拉沃·拉吉辛格在马纳辛格的脑海中晃来晃去。“拉沃·拉吉辛格竟然认为纳尔沃尔是属于他的！金代利和代沃戈尔特自然是他无法染指的。宫殿建设与艺术创造的事业还未完成，怎么能突然开始那么多大事呢？先把附近的工事好好建起来吧。尼哈尔辛格死得真不是时候，他是多好的军队统帅啊！唉！”

马纳辛格掩饰住自己的情感说道：“很快就安排。让古杰莉宫动工，加快马纳庙的建设速度之后，我马上着手做这件事。到那时再去拉伊村或是附近森林里打猎更合适。”

56

格拉到达了金代利，她将自己的失利归咎于拜朱。对拜朱的愤怒改变了拉沃·拉吉辛格内心对格拉的不满，他激动起来。

他说："我以前不知道，拜朱竟是这样的蠢驴。在这儿的时候他一点儿也不疯癫，瓜廖尔的水将他变得无用了。"

"他现在正专心于润色霍利特鲁沃伯德的曲调和各式各样的多利[①]。古杰莉多利、门格尔古杰莉，等等。除了这些，他的脑子里什么也不想。"

"让多利见鬼去吧。他留在瓜廖尔也好，什么事也没做成。遗憾的是你也什么都没做成。"

格拉讲述了自己所做的一切努力，然后说："您说过，包围瓜廖尔的时候就立刻报信，可是包围了一半又解围了。但瓜廖尔还会再被包围的，那时您就进攻纳尔沃尔吧。"

"我就只说了这个吗？这些话我可能在其他人面前说过，但私下

① 一种曲调。

里我也对你说过一些吧。”

“记不太清了，但是我在新王后和老王后之间制造了嫌隙。更多的没做成。画了城堡的地图，但是也丢了。我对您说了。”

“你在歌舞上花了更多心思，所以你的信念都丢失了。唉，算了，没关系。德里皇帝总有一天会进攻瓜廖尔，杀了马纳辛格。你没能杀死他，他也会死。我们的这位苏丹如此无能，无能到什么都不做。否则我真想把自己的大象军推到纳尔沃尔城门前。可是这位苏丹！真是太下流了。他把一万一千名美女纳入了自己的后宫。”

“什么？一万一千？”

“对，而且他发誓要凑齐一万五千名才罢休。”

“男人没有好东西，厌倦了一个，立刻又转向另一个。”

“不，格拉，这话可不适用于所有男人，别对我不公平。”

“您又对我公平了吗？”

“我实际上是生拜朱的气，有些话随口就说出来了，以后我不会让你再东奔西跑了，我很害怕苏丹。”

“为什么？”

“你不知道，苏丹为寻找美女新建了一个部门。他的人正在整个马尔瓦四处抓掳年轻美女。这里也来过了，还带走了几个。”

“拉其普特都到哪儿睡大觉去了？”

“拉其普特多的地方法院的人不去，少的地方就有暴动。”

“拉其普特为什么不团结起来？”

“团结不起来。”拉吉辛格的面前突然闪过马纳辛格的画面。瓜廖尔、多摩尔军队和它的力量。此时，纳尔沃尔的遗产和为先祖报仇的想法又出现在眼前。多摩尔和我们能够在同一个地方吃喝、互相尊重地生活在一起吗？

格拉出现在他眼前。

他说：“也在这儿搜寻过你了。”

格拉吃了一惊：“啊？”她冲口而出，问道：“现在我怎么办？该去哪儿？我哪儿也没有亲人了啊。”

拉其普特的肩膀一振。

他说：“有我呢。风暴来到你面前之前，我会先粉身碎骨。”

“你一个人能做什么？”

“能做很多。我们几个人就已经让纳尔沃尔城堡颤抖了，要不是苏丹软弱，纳尔沃尔早已是一片断壁残垣了。”

“可是您不能总是待在家中啊？”

“我会把你安置在某个隐密的地方。此外，省长谢尔汗还是我的朋友，他不是伪君子，不会欺骗我。再说，就算到了紧要关头，要保住名誉，还有我自己的身体呢！”

格拉心想，马纳辛格多伟大呀！

57

冬天过去了，春意正浓。纳西尔－乌德－丁在芒杜搜罗了一万两千名美女，但是距离他一万五千的目标还差不少。比起吉亚斯－乌德－丁，他对莫特鲁施予了更多恩惠。国库里什么也不缺，因为马尔瓦的农民们一直按时缴纳租税。他放弃了建造宫殿的想法，这需要花费。梅瓦尔与德里皇帝不停争战，古吉拉特的马茂德·伯克尔拉已经与康代什、阿默德纳格尔和索拉施特拉[1]的拉其普特们缠斗了好几年。虽然他曾经发誓至少要击败芒杜苏丹一次，但是却始终没得到机会。

纳西尔－乌德－丁清楚这一点，但是他认为，灾难还远在天边。因此，弑父之后的他一直醉心于在芒杜打造一个美女之国的梦想之中。一听到哪里有美女，他就马上派遣使者去，许多人承担起这一任务。马尔瓦的拉其普特愤怒异常，却不能团结在一起。梅迪尼拉耶已经出世，但他也没能将马尔瓦的拉其普特们团结在自己周围。

① 印度古吉拉特邦和卡提阿瓦的旧名。

就算是纳西尔知晓了这件事，他也会完全无视它。再说，当类似的风暴在当时的那个支离破碎的印度风起云涌时，他也没有期望过任何人。梅瓦尔如今在复制桑伽的模式。罗摩奴阇、耆坦亚[①]，格比尔[②]等大师已经使虔诚之路产生了不可抑制的力量。

纳西尔－乌德－丁正全力以赴建造自己的因陀罗城。

一天，他决定让自己的美女们到芒杜最大的湖——迦利亚德赫湖中去嬉水。

莫特鲁也说道："哇，多好的想法！陛下！大概世界上的任何一个地方也没有过这样的事情。"

嬉水的广大区域内竖起了幔帐。一头是涟漪泛起的蓝色湖水，另一头的幔帐里，穿戴色彩缤纷的精致衣物和闪亮饰物的美女们如蝗虫一般聚集着。她们与蝗虫间的区别仅仅在于，蝗虫都是一个颜色的。她们好像雨季的蝴蝶，可是在雨季，一个地方不会出现这么多聚集在一起的蝴蝶。所有人都笑着说着话，所有人都摆动着自己的衣裙，所有人都在展示着自己的青春。所有这一切的结果就是太喧哗了。为了抑制这喧闹，纳西尔－乌德－丁想出了一个主意。他想，这么吵闹，就算是因陀罗也制止不了。

他下令开始歌舞。在他的身旁，享受音乐时的物事一应俱全——酒壶、酒杯、莫特鲁，等等。

美女们高涨的兴致不一会儿就减弱下来。纳西尔不满足，他叫停音乐，说道："跳进水里去，相互打闹着玩吧。我也要下水，不过要看会儿游戏之后再下去。"

---

① 中世纪东印度地区虔诚运动的奠基人（约 1486~1533），主张虔信大神毗湿奴，反对种姓制度。

② 又译迦比尔或伽比尔（1440~1518），印度教虔诚派领袖、诗人。迦比尔教派的创使人，其哲学理论是印度教的吠檀多和伊斯兰教苏菲派一神论的综合，主张通过虔诚信仰而获得"神思"。

传令官们即刻执行了命令。会游泳的姑娘们脱下衣服小心地跳进水里。不会游泳的则坐在岸边，脚伸进水中嬉戏着看起了把戏。纳西尔－乌德－丁一会儿怂恿这一伙儿，一会儿又鼓动那一伙儿。

一些女人游动着、嬉戏着游离了岸边。她们累了，快要沉进水里，于是开始大声呼救。岸边的人群中有一些人为了救她们冲了过去，疲累的女人们抓住她们，纠缠在一起，于是这些人的生命和她们自己的生命都陷入了危境。

纳西尔－乌德－丁喊道："救救她们！救救她们！"

更多人的喉咙里喊出了这句话。

纳西尔－乌德－丁手舞足蹈、上蹿下跳，可是并没下水。莫特鲁比他跳得还欢，可也没做别的。

幔帐的后面站着苏丹的许多仆从，他们当中会游泳的人撕开幔帐跑过来，跳进水里把溺水者都救起来，拖到岸边。女人们昏迷着，但并没有死。于是对她们的救治开始了。那些救了人的仆从低着眼眉，心中希望苏丹的视线能落到他们身上，从而得到奖赏。

苏丹的视线落到了他们身上。他马上叫他们到自己跟前来，他们则低眉顺眼地走到他身边。

"你们的名字是？"

他们说了自己的名字。

"你们怎么钻到帐幔里的？"

他们害怕得说不出话来。

"谁叫你们了？听了谁的命令来的？说！说！"

他们听到了人的呼喊声，因为是男人，所以钻了进来。

但是他们当中有一个人说："陛下下令说要救救她们。"

"倒霉的家伙！谁给你们下命令了！"他咆哮着。

那别人为什么没跳下去？想到这一点，他惊惧害怕地说不出话，身子颤抖起来。

纳西尔 – 乌德 – 丁下令："谁的眼睛看到了这一切，就立刻砍掉他们的头，剁掉他们的手。"

侍从们把他们绑起来，拉到帐幔的外面杀了。苏丹的命令得到了不折不扣的执行。

纳西尔喉咙嘶哑地说："克瓦贾 · 莫特鲁，所有乐趣都被破坏了，再想想别的点子。"

克瓦贾 · 莫特鲁魂飞天外。

纳西尔 – 乌德 – 丁想了想，挑选了几个游戏。女人们吓坏了，但是她们得取悦苏丹，于是又玩了几个游戏。蓝蓝的湖水看到了这一切，并把它们映入了自己永不停歇的波涛之中。

58

西甘达尔·洛蒂讨厌瓜廖尔，如鲠在喉。他进攻了许多次，但从来没成功过。他的兄弟杰拉尔在江普尔—孟加拉一带举起了反叛的旗帜，准备建立自己的苏丹政权。西甘达尔·洛蒂到了那里后，杰拉尔又转移到婆罗摩伐多。西甘达尔·洛蒂毁掉了江普尔。江普尔苏丹侯赛因沙退败到了孟加拉，尽管他用美轮美奂的建筑装点了江普尔城。西甘达尔·洛蒂驻扎在勒克瑙，准备向婆罗摩伐多进发。勒克瑙的确是个小城，但是它的疆土却广袤肥沃。勒克瑙与江普尔同属于德里的统治之下。

驻扎于勒克瑙之时，西甘达尔·洛蒂身边聚集了许多毛拉和毛拉维。西甘达尔·洛蒂是顽固的山头主义者，他懂得他们的政治重要性。

这些毛拉为了展现自己的重要性，声明道：“要是哪个印度教徒有胆量，就来和我们辩论宗教问题。”

其他人没有看出接受这一挑战的意义，博顿却接受了。他在经历了大约三年的圣地朝圣之后从阿育陀来到了马土腊—沃林达森林一带。怀着观看帝王家好戏的愿望，他的心中升起辩论的愿望。他随时都准备进行经典辩论，于是来到了毛拉维的大会。

他身穿宽大的围裤和长衫，头上包着小小的粗布包头巾，一切都洁净雪白。他光着双脚，手中既无刀剑，亦无棍棒。士兵们看着他笑，毛拉们却眉头紧皱，双拳紧握。

不一会儿，大会开始了。西甘达尔·洛蒂来到高高的宝座上坐了下来。辩论开始了。

“真主有一个还是多个？”

“一个，只有一个，他漫游在万物之中。”

“我们这里的苏菲派教徒也这么说，不过他们是错误的。我说的是，真主在万物之外。你来进行反证吧！”

“大梵在万物之中，又在万物之外。我们的经典和仙人们说的，甚至诗人们也这么说。一切都是直接的，一切也是对立的。”

“你倒是承认一部分。要想到达真主身边只有一条道路，只有一条，还是多条？”

“有多少人，就有多少条道路，但是殊途同归。”

“也就是说，崇拜了树木、石头和动物之后？”

“如果把它们，或是它们之中的任何一个置于自己内心，以全部身心来进行崇拜，那就一定能够获得到达真主的良机。”

“那么，崇拜偶像也可以？”

“是的。”

“石块也可以？”

“那不是石块，是人类心愿的痕迹。”

“你们的瑜伽行者将真主称为无形的梵，那么对它的信仰和对石头的崇拜之间有分别吗？”

“有，也没有，这取决于信仰者和崇拜者认知和虔诚的层次。”

“愚蠢和智慧有分别吗？”

“很大，愚蠢是智慧的一个层次，而智慧是愚蠢的另一个层次。”

“胡说什么？”西甘达尔喊道。

博顿回答道：“我说的都是事实，陛下。”

“你是来辩论的，还是来侮辱穆斯林的？”西甘达尔怒气冲冲。

婆罗门毫无惧色，他声音镇定地说：“我是来辩论的，找到真理之后来说真话的。要是您不喜欢我的话，那就请您下令，让我离开这儿？”

但是，他的心中既没有从这里逃走的意愿，毛拉维们也不希望他趾高气昂地离开。寻找真理不是某一个人的目标。双方在相互威吓的刺激之下怒火中烧。博顿的心中没有恐惧，毛拉维们身上也充满力量。

四散站立的穆斯林士兵先是觉得这个孤单的婆罗门疯了，然后在看到他的勇气之后，他们那人类的心对自己说——他是英雄，是战士，可怜的人可别被打了。

一个毛拉维说：“婆罗门，你要一走了之？只有承认自己失败，皈依伊斯兰教，你才能从这里离开。”

“我的宗教不比任何宗教差，让我抛弃它信奉别的宗教？”博顿无畏地说道。

“他是异教徒，他是异教徒！”毛拉维们尖叫起来。

“你是哪里人？”西甘达尔问道。

他答道：“瓜廖尔人。”

“瓜廖尔人！也就是马纳辛格的奸细！”

“我不是马纳辛格的奸细，我是与马纳辛格闹翻之后离开的，已经好几年了。”

“荒谬！谎言！”

辩论戛然而止。问题是，现在该如何处置博顿呢？

苏丹对毛拉维们下令：“我把他的命运交付给你们了，你们决定吧！”

博顿现在才明白发生了什么。他的内心灵光一现，仿佛在以前的生活中他从来没有明白过。

毛拉维们并没有花费多少时间就作出了决定，他们用博顿听不懂的话语讨论了一会儿

毛拉维们决定了：“皈依伊斯兰教，否则就砍下你的头。”

在这一决定面前，博顿低下头，用清晰、镇定的声音说道：“我不会抛弃自己的宗教，砍掉我的头吧，因为它不属于我，我根本不是这颗头。”

“到现在还像苏菲们一样臭！”西甘达尔冲口而出。博顿如同大理石般坚定地站在那里，他的手按在胸膛上。

穆斯林士兵们心中纠结——安拉啊，这是发生了什么？为什么要杀死这个可怜人？

但是在西甘达尔·洛蒂和毛拉维们的统治下，士兵们是无能为力的，他们也明白自己的无能为力。

博顿被交给了刽子手。

死的时候他是坚定而平静的，没有动摇，没有恐惧。他想：“神在万物之中，在我和刽子手之间，在刽子手的宝剑和我的头颅之间，一切都是平等的。他也在拉奇和阿德尔之间。也在他们两人之间？那我为什么要把他们分开？不过，这是种姓的事情。”无论怎样，现

在他的心中对谁都没有怨念，对西甘达尔·洛蒂没有，对毛拉维们没有，对任何人都没有。

看到他平静而严肃的面容，刽子手有片刻动摇。博顿说道："还等什么？动手吧！"

刽子手的手变得无力，一瞬间，宝剑颤抖起来。

博顿又看到了自己内心闪耀的火花。

"动手吧。"博顿冷酷地鼓励刽子手。

宝剑落到了他的颈项上，他到达了自己希冀的那个世界。

博顿已死的消报告给了西甘达尔·洛蒂和毛拉维们。

穆斯林士兵们不赞成杀害这位无欲无求的婆罗门，他们一阵骚动。

西甘达尔·洛蒂和毛拉维们进行了商议。于是，他们所做的一切就永远地玷污了历史的页面。西甘达尔把抢来的一部分财物分给了士兵们，平息了他们的骚动。

捣毁偶像与庙宇并没有熄灭北印度的火焰，一个博顿的被杀却熄灭了它。婆罗摩伐多及其两翼的疆土变得如钢铁一般稳固。

西甘达尔·洛蒂和他的毛拉以及官员们想，现在德里苏丹的政权巩固了。然而他们没有看到，如果看到的话，他们就要颤抖了。要使德里苏丹政权统一，还有两个巨大的障碍——一个是瓜廖尔，另一个是梅瓦尔。梅瓦尔还离得远些，可瓜廖尔就像是眼中钉、肉中刺。从德里向瓜廖尔进攻需要花费许多时间，因此西甘达尔·洛蒂下定决心重建阿格拉，把它作为根据地。他决定把阿格拉当成第二个首都，从那里就可以轻而易举地毁灭瓜廖尔，镇压梅瓦尔。西甘达尔这样想。

59

瓜廖尔城堡所在的那座山的东北部边缘向下扩大了。四年当中，这里建成了鹿眼女的古杰莉宫，与上方的宫殿联成一体。下方宫殿的底部，从拉伊村的桑格河引流的水渠到达了古杰莉宫的底层，水流的出口也已经妥善修建。古杰莉宫的长度约为 150 腕尺[①]，宽度约为 125 腕尺。上层有两部分，下层也有两部分。下层的正中间是水池，里面蓄的正是来自桑格河的水，四面各有两条长廊。上层的中部是宽阔的院子，四面是令人神往的亭台楼阁。宫殿内外都是鹿眼女的形象——强健的、率真的、迷人的、多姿的。内宫的大门上是如同婚礼彩棚状的蔓藤华盖和花串的标志。整个建筑的装饰丝毫也不浮华。

鹿眼女已是两个儿子的母亲。他们一个名叫拉吉辛格，另一个名叫巴尔辛格——玩耍的时候拉奇叫他们拉吉和巴吉。古吉莉宫给人的感觉就像是一位刚毅而美丽的母亲，怀抱着两个前途无量的好

① 旧长度单位，从肘到中指尖的长度，约为 45 至 56 厘米。

儿子平静地坐在那里。古杰莉宫上方是宫殿高大的山墙，它的南面角上坐落着马纳庙，现在它也即将竣工。看上去那面墙壁仿佛是马纳辛格的长剑，马纳庙的马纳辛格手执那柄长剑站立在那里，保护着自己的臣民。

就这样，马纳庙也建成了，只是在上层外面的有些地方，香蕉叶还没能繁茂地生长起来。终于有一天，这项工作也完成了。

乔迁之日定在霍利节之后的初五。初五这一天，人们如同欢度霍利节一般沉醉。马纳庙和古杰莉宫已经在人们心中占据了重要地位。

乔迁的时辰就要到了。

士兵们绑着番红花色的头巾，仿佛在与马纳辛格那高高的番红花色的太阳旗争奇斗艳，城里的女人们绽放在五颜六色的海洋之中。纳耶格拜朱换来换去还是穿上了旧衣服，头巾当然是新的。维纳琴被反复擦拭过，用鲜花装饰，还进行了娑罗室伐底[①]祈祷仪式。马纳辛格把鹿眼女从古杰莉宫带到了马纳庙。从下面看，庙宇仿佛是毗湿奴大神在天界的香蕉林中微笑着播撒下的福祉。香蕉叶的色彩与形状，石头网格中的大象、狮子以及其他动物毫无拘束的游乐都令鹿眼女产生了这样的想象。庙宇的内部，上层的第一个院子的西面是毗湿奴庙，四面是各种形状的比例精细的石头网格。院子的另一面是宏大的图书馆，第三面则是宴会大厅，里面可以举行歌舞宴饮。毗湿奴庙前面是第二个寝宫，里面的装潢、陈设与前者稍有不同，但却同样美好。

鹿眼女说道："真的非常漂亮，您想象中的那些诗歌全都栩栩如生地呈现在马纳庙中了。"

---

①（印度教）文艺女神，辩才天女，又译萨拉斯瓦蒂。

"不是我的诗，而是你的诗，也是能工巧匠们心血的诗。你给予我的情感赋予了工匠们我的语言所不能给予的灵感。工匠们证实了它们之间的联系，他们的心血使那情感成为有形，刻刀和斧凿让你的诗和我的情感浮现于石头之中了。"

鹿眼女想起了自己的那个梦想。夜晚时分坐在守望台上守护着庄稼的自己、月光下近旁流淌的河水的波光、轻轻摇曳的醉人稻穗、身后的高山、浓绿茂密的广袤大树和森林中游逛的野兽。她想，这所有一切都成为了现实，而顶部的罐状塔就好像是狭长而平坦的山脊上结满了果实的石榴树。鹿眼女快乐极了。在马纳辛格眼中，青春的美和母性的美在她的脸上融合，交相辉映。

"今天你会听到纳耶格拜朱美妙的歌曲和演奏。"马纳辛格说道。

她兴奋地说："在此之后，我也会在我那儿为您唱几首歌，表演湿婆神的舞蹈。我准备好了。"

"一定，一定，没有什么你做不到的事情。"

"好嘛，您现在就开始戏弄我了。"

"你承认这一点的话，我就请求宽恕。"

"请您从我这儿离开吧，然后我倒要看看您到底承认多少。今天是初五，别喝醉了来。"

"好了，谁还能灌醉谁呢。"

"我会击败您。"

"那也会是我的胜利。"

"好啊，妙啊，反正都是您有理。"

两人都笑起来，笑声在马纳庙的上层回响，那里正是他们两个人站立的地方。

马纳庙的下层喧闹起来。

两个人各自走到自己的位置。马纳庙中举行了敬礼仪式，然后是歌曲和奏乐。

宴会大厅的上层，女人们就坐的地方是网格状的。那儿坐着八位王后、鹿眼女、拉奇和城市里其他人的女人们。拉奇坐在鹿眼女身旁，那里还有一些平民女人。

纳耶格拜朱演唱了霍利。

亲爱的，不要生气，在霍利的日子里。
是谁对你诉说了什么？
一年一次的日子，你眉头紧皱坐在那里，
亲爱的，不要生气。

纳耶格拜朱的演唱将甜美与技巧融合到了极致。维杰金格姆与他相和了一会儿，说了一句："乐器无法与嗓音相和"，便愉快地承认了自己的失败，然后拨弄起冬不拉，为拜朱的演唱伴奏。

因为是白天，上层没有一位王后打盹或睡觉，但是享受之余，她们之间的窃窃私语也没有中断过。在宴会大厅的歌唱进行的过程中，大王后让一个女仆用金托盘送了两个槟榔包过去，一个给鹿眼女，一个给拉奇。

托盘到达她俩面前时，一个市井女子与另一女子对看了一眼，然后垂下眼帘，朝鹿眼女望去，眼神里突然表达了制止的意思。鹿眼女看到了。她从托盘中拿起槟榔包，触了触前额，收了起来。拉奇从歌曲声中收回心神，拿起槟榔包，低下头行了一礼，正要往嘴里放时，鹿眼女按住了她的手，说："恭敬地收起来吧。"

拉奇用眼神询问，鹿眼女同样用眼神解释说，里面有东西，别吃！

她说："有幸得到这么尊贵的槟榔包，好好收藏着吧。"拉奇收了起来，女仆垂首离开了。

拉奇和鹿眼女的注意力又集中到音乐上。拉奇领悟得非常快。鹿眼女的兴奋掩藏于平静之中。她开始寻找与那几位市井女子搭话的机会。她示意拉奇冷静地待着。当拜朱的歌声从喝彩声中传出时，鹿眼女悄悄地朝苏门莫希妮看了一眼。她生气、沮丧而不安。

觅得合适的机会后，鹿眼女问那个市井女人："怎么回事，为什么阻止我们吃槟榔包？

"我哪里阻止了，没阻止啊，王后大人！"妇人嘴里这么说着，但是她的眼神飘忽，似乎另有他意。

"别用眼睛，说嘛，我不会让任何灾祸降临到你头上的，我保证。"

"谁能说大人物什么呢，王后大人！"

"别犹豫，说吧，我请求您，没人会知道。"

"我怀疑那些槟榔包里有毒。"

"为什么？怎么会？"

"大王后非常恼恨您。"

"这倒是，但是您为什么这么怀疑呢？"

"您不去她的宫中，她也不来您的宫中，这事整个居民区都知道。"

"就这些呢，还是还有别的？"

"您不知道？整个居民区都知道呀。"

"什么？"

"她已经下过一次毒了，只是您没有吃。狗吃了之后都一命呜呼了。"

“什么时候的事？很久以前的事儿了，记不起来了。”

“拉奇拉妮结婚请客的时候。”

“哦，对！”

“我向您行礼了，王后大人，别让任何人知道，要不然我们全家都要遭殃了。”

“相信我！您什么时候得知这件事的？”

“都好几年了，那时就知道了，整个居民区都传遍了。谁也没告诉您吗？”

拉奇也听到了大部分对话。

演唱一结束，宴会大厅中开始了一场争论。

维杰金格姆请求演唱德拉纳[①]。

拜朱说：“德拉纳里除了让喉咙跳动的东西，还有什么？”

维杰金格姆说：“跟您的新歌曲一样丰富，纳耶格戈巴尔和阿米尔·胡斯鲁[②]一起创作了这个曲调。”

除了纳耶格戈巴尔，拜朱不承认任何人。戈巴尔已经是两百年前的人了，因此他的名字代表着陈旧。他嘟哝起来。

片刻后拜朱说道：“我也学习了德拉纳，但是我不唱。”

维杰金格姆坚持，马纳辛格以手势表示同意。

“现在我不唱，就算谁有九个头我也不唱。”

马纳辛格笑了，他劝解道：“请坐，请坐，没有九个头的家伙，罗波那[③]是有十个头。”

拜朱落坐。他严肃地说：“罗波那不可能出生，罗摩金德尔[④]用

① 一种曲调。

② 阿米尔·胡斯鲁（1253~1325），印度中世纪诗人、历史学家和音乐家。

③ 印度大史诗《罗摩衍那》中的罗刹王，又称十首王。

④ 此处指罗摩。

自己的箭射死了他。”

马纳辛格意欲结束大会，说道：“您和维杰金格姆大师要去古杰莉宫。”

大会结束了，上层的女人们开始离去。鹿眼女来到大王后面前，说道：“请您移步我的宫殿吧！”

“我头疼，不能去了，自从吃了槟榔包就难受起来了。”

“就是因为担心这样，我没吃。您移步那里，我不会让您吃槟榔包，也不会让您吃我收起来的那个。”

苏门莫希妮的目光变得尖锐，片刻后她垂下眼帘。

“现在我要走了。”说着她便离开了。

那些市井女人边走边偷眼瞧着。她们担心地想，事情可别败露了。鹿眼女用淡漠的眼神安慰她们。回到古杰莉宫，她打开了那些槟榔包，里面确实有些什么东西。但是她想把事压下去，就扔掉了它们。我不会对国王说的，她下定了决心。

60

古杰莉宫北部的西侧建起了一座很好的大礼堂，礼堂的一头搭建了一个小小的舞台，舞台上矗立着黄金的舞王雕像，它是在维杰金格姆的监督下建成的。

舞王的雕像站立在一朵盛开的莲花之上。圆形的莲花瓣延伸而出，形成了一个光环。雕像的两个方向从光环之中伸出火苗。雕像有四臂，一只右手中是德莫鲁①，一只左手作出恩赐的手势。一侧的火苗碰到了持德莫鲁的手。另一只左手中是火，另一只右手则指向莲花旁边躺着的侏儒。持火的手与另一侧的火苗相连。雕像的腰间是宝石腰带，肩上挂着圣线②。一只耳朵上戴着男人的耳环，另一只则戴着女人的耳环。发髻上是珍珠串，一绺发丝垂落一旁。一篷乱发中有一条盘了四圈半的蛇、小小的人头以及恒河的形象，上面则是第四日③的月亮。半裸的上体裹着虎皮。

---

① 一种用手拍打的长鼓，中间细，两端粗。

② 用细绳制成，印度教四种姓中仅婆罗门、刹帝利和吠舍三个种姓可以佩戴，一般斜挂左肩而垂于右肋下。

③ 印历白半月或黑半月的第四日。

马纳辛格，维杰金格姆和拜朱向雕像行礼。马纳辛格去了旁边的宫室，礼堂和那个宫室的中间正是石头网格。

鹿眼女身着舞王湿婆的服饰，而拉奇手持维纳琴，身穿娑罗室伐底的服饰。鹿眼女尽管身着湿婆的服饰，仍然把自己的身体遮蔽得严严实实。

马纳辛格说道："去礼堂吧，首先跳湿婆之舞，然后是他们的演唱和演奏。"

"不能在他们面前跳湿婆之舞。"

"他们是你的老师，你从一位那里学习了歌唱和演奏，从另一位那里学习了经典。"

"除了您，我不能在任何男人面前跳舞，拉奇也是。"

"面纱你都不戴了，这又有什么呢？"

"您说的这件事跟不戴面纱一点关系都没有。"

"那好，过去听他们的演唱和演奏吧。"

"演唱我们俩就在这里听。"

马纳辛格离开了。对于鹿眼女所作的一切，维杰金格姆和拜朱二人很满意，尤其是拜朱。

演唱和演奏之后，他们二人离开，鹿眼女和拉奇来到了礼堂。

鹿眼女演唱了湿婆之舞的颂神诗，拉奇用维纳琴为她伴奏，然后鹿眼女跳了湿婆舞。

正如干木柴中隐含有火一样，根源和理智之中也蕴含着湿婆的力量。湿婆通过舞蹈使力量运动于根源和理智之中。湿婆的舞蹈表现在生活和外在的形态之中。永恒的湿婆之舞代表了整个世界的运转。湿婆的四只手向四个方向伸展，德莫鲁，它的声音和声音所传达的意义代表着世界的起源。恩赐的手势是保护，火是一切扩散开来的力量，第四只手伸向为了舞蹈而翘起的足，表达着庇护与恩赐。半个月亮代表着觉醒的思想之中心，而蛇则代表着承受的状态。万物与本质的关联以这种方式真实地成为可能。湿婆身上来自喜玛拉雅的恒河赋予印度富庶与虔敬；一只耳上的男人耳环和另一只耳上的女人耳饰是男女性力的标志；腰间的宝石腰带紧紧地系着，不让苏醒的性力流向腰际之下，而是将它向高处引导。莲花是世界的模型，代表着湿婆神圣永恒；莲花四面的光圈是湿婆神无上宽广的光芒的反映；头则代表着对自命不凡者的镇压。

鹿眼女以自己的舞蹈虔诚地表现出湿婆之舞的这种自然的特点。在舞蹈的结尾部分，当鹿眼女静止之时，马纳辛格的心中泛起波澜。这舞蹈如此迷人，它将无限沉醉的心引向高处，又在心中培植起埋藏已久的虔诚。它不激起欲望，而是令意志更加坚定。马纳辛格觉得鹿眼女的美是如此辉煌，这是在第一次遇到她时他未曾体验过的感觉。

马纳辛格觉得，女人之美在于静止，就如同河水，雨季之时水流湍急，呈现出浑浊的土色；而一入秋季，却缓缓而行，色彩也变得碧蓝。远观是绝对的静止而平和，近看却分明在流动。

马纳辛格愉悦地说道：“要是大王后今天来这里，也会从这里带走些什么的。”

“我也从庙里带了些回来了。”鹿眼女脱口而出，但她立刻克制住自己。

“什么？”马纳辛格问道。拉奇盯着鹿眼女的脸。

鹿眼女的唇边露出微笑——仿如跳湿婆之舞时那样的微笑。

她说：“毗湿奴的微笑、祭品和音乐的享受。”

马纳辛格有些疑惑，他问道：“大王后为什么没来？”

鹿眼女答道："随自己的心意吧。请您停止对后宫的所有担忧，专注于外部的事务吧。"

马纳辛格叹息一声，说道："只剩下在拉伊村再建一座庙了，我向博顿承诺过。博顿的灵魂会得到安宁。"

两人有些吃惊。

在她们发问之前，马纳辛格说道："博顿在勒克瑙被西甘达尔·洛蒂杀了。"

马纳辛格把他所听说的博顿遇害的故事原原本本地讲述给她们听。

"消息何时传来的？"鹿眼女难过地问。

"刚刚。"马纳辛格答道。

"杀死那个可怜的婆罗门，这个恶毒的皇帝会得到什么？"鹿眼女缓缓地说。

拉奇低声说道："他倒是不可怜，又唠叨又固执。"

鹿眼女平静的目光中闪现一抹责备，拉奇没有看到。

马纳辛格说："尼哈尔辛格死了，博顿被杀了。西甘达尔摧毁了婆罗摩伐多的寺庙和雕像。我会看着办的。"马纳辛格没有讲述西甘达尔·洛蒂的其他暴行。

门外稍远的地方传来喧哗声，马纳辛格侧耳倾听。

"好像是庆祝初五的喧哗声。"他说道。

"这么大声！"鹿眼女非常吃惊。

马纳辛格派门卫去打听。他回来后报告说："士兵们吸了大麻胡闹，是他们的吵闹声。"

三人走到楼上的窗边，开始观看那边的喧闹。士兵们胡言乱语，丑态百出。有几个骑在驴背上。一个骑在驴背上的士兵用一根破竹竿插在一只破葫芦上，佯装维纳琴，弹奏着胜利的曲调；另一个唱着拜朱的歌曲；另外几个大胡子士兵穿着难看的女人衣服。

“这些人多粗鲁！”鹿眼女说完这句话，和拉奇一起走开了。

马纳辛格盯着看了半晌。吵闹的人讥讽地谈论着音乐，把破维纳琴和破葫芦如雨点般砸向对方。开始时只是闹着玩儿，不久就变成了真正的打斗，穿女人衣服的男人们也加入进来。又有一些人跑了过来，很快分成两个战团，开始了真正的混战。士兵们手持武器叫喊着，相互挑衅着。

马纳辛格从楼上下来，来到了门口。门卫惊慌失措，不知如何是好。

马纳辛格来到混乱的人群跟前，大声喝止。士兵们吸了大麻，可是国王的怒气令他们发抖，于是他们纷纷离开那里，回到各自的岗位。马纳辛格安排好这一切之后回来了。在古杰莉宫第一道门右边的希罗拉门，一些士兵依然很激愤。安抚了他们之后，他来到鹿眼女身边。

他说：“你的湿婆之舞抑制了博顿被杀的忧伤，唤醒了美好的情感，现在这混乱又让我心中充满了沮丧。”

“是霍利的这四五天让人们有些疯狂了。”鹿眼女说。

“这么疯狂！马纳庙的宏大和美丽不曾在他们心中产生任何影响！这些倒霉的家伙如此模仿纳耶格拜朱和维杰金格姆大师！这种情况也发生在城堡内部和你的宫殿附近！”马纳辛格表达了自己的气恼。

鹿眼女思索了半晌，说道：“对艺术的尊重会慢慢深入这些人心中的。”

“城里的人们都开始学习纳耶格拜朱的曲调。他们开始理解艺术，尊重艺术。但是这些人离我这么近，却仍然这么野蛮粗鲁！”

“这些人什么都没学呢。“

“我想建立一所音乐学院，让纳耶格拜朱的传统流传于整个国家。这些人也会学，也会进步。”

“很好的想法，请您建立音乐学院吧。”

“你提出的微笑毗湿奴雕像的建议已经在马纳庙中实现了。我还要为拉伊村修建一座规模较小的庙和那样的雕像，我向博顿承诺过。”

“这个想法也很好，请您完成它吧。还要在什么地方建庙吗？还有音乐学院？”

马纳辛格从鹿眼女的语气中觉出了一丝嘲讽，他不明就里地凝视着她。鹿眼女微笑着，眼中是坚定与平静，笑容里充满了宽宏。

“您那优美的艺术会让瓜廖尔之名永恒，所以我才问的。”

“你心中有什么话，就说吧。我向你发过誓。”

“请您永远不要食言。我就是您的女奴，还说什么呢？”

“你不是女奴，是女神，是我心中的女王。说吧，我有些糊涂了。”

“我有意制订出湿婆之舞的计划，是有目的的。”

“什么？我想知道。你今天的样子，以前我从未见过。”

“您是般度族阿周那的子孙，这需要我提醒吗？”

“这一点所有的多摩尔都不能忘记。这一点也不能忘记，那就是我的鹿眼女与黑天一族的关系。”

“我无论是谁，都属于您。现在，您这位阿周那和毗湿摩的后裔，想要为保卫雅利安瓦尔塔做些什么呢？难道就让那些饮酒成癖的士兵用他们的双手去保卫它？用我刚刚看到的那可笑的样子？”

鹿眼女眼神犀利，却没有责备。

“我会严厉惩罚这些士兵，”马纳辛格激动地说道，“就在这座宫殿的门口，就在此时此刻！”

鹿眼女想起了自己村子里农民们的霍利。

“惩罚不会有任何结果，大王！应该努力让他们随时保持警惕。艺术得到了丰富，对箭术和战争的演练却减少了。您的士兵都来自农民家庭，我们的艺术不在他们的思想之中，因此他们会拿自己熟悉的事物来开艺术的玩笑。要是我们多给艺术一些时间，那么这些人一旦有机会，就会超越自己的欲望。”

马纳辛格内心里并不赞同这种说法。他开始思索。

鹿眼女说道：“我在《摩诃婆罗多》中读过，尽管要靠武器来保卫国家，但是也要考虑到经典。这就是我的意思，没别的。”

“你说得非常对，我同意你的看法，也会这样做。我会朝这个方向思考。在拉伊村建立一座庙的宿愿可以实现这样的想法，同样，在瓜廖尔建立一所音乐学院也可以。是时候了。我是宣布之后过来这里的。”

“很好！但是大王，艺术会使责任觉醒，感情赋予理智力量，请让毅力与信念携手同行，我没有别的什么可说了。”

“我会这么做，我发誓。听说西甘达尔·洛蒂已经在阿格拉扎下营地，准备向瓜廖尔发起疯狂进攻。现在我要努力整治军队。”

“要是我说了什么不合适的话，希望得到您的原谅。”

“你什么不合适的话也没说。要是看到我身上有任何缺点，你一定要毫不犹豫地告诉我。”

鹿眼女开怀地笑了。

她说：“您觉得舞蹈怎么样？”

马纳辛格高兴起来。

“好得没得说，你表现得比维杰金格姆大师教授的还要好，多么生动，多么漂亮！以后我还要再观赏，不过已经说了，要先履行责任。这种曲调是南方的，北方也可能有，也许已经从南方传入了，就像戴勒庙顶的艺术是从南方流传到这里的一样。但是现在这里可能极少有人知道它了，它正在走下坡路，我想振兴它。”

马纳辛格心中保护优美艺术的想法重又升起。

他说：“你已经获取了很多绘画的技能。短短几年就学了这么多，你真是不一般！青出于蓝而胜于蓝了。”

马纳辛格的脑海中出现了格拉的样子，忽而又消失不见。

鹿眼女羞赧地笑了。

马纳辛格忆起了过去的时光。他觉得，鹿眼女容貌的美伴随着内在的美与日俱增。

鹿眼女说道：“走，我带您去我的画室，在那儿，我会给您的身上也洒上一些颜色。”

“我也想这样呢，难道我会让你干干净净的？”马纳辛格一边说，一边笑着和她一起前往。

鹿眼女的画室他已经见过多次了。有仙人、大神的画像，还有很多不同状态下的马纳辛格的画像，也有排灯节和春节时的画像。旁边还有一些曲谱。有一幅画还没有完成。线条已经勾勒完成，还没有上色。马纳辛格仔细地看着。画面分为两部分。一部分是一位精心装饰的美女坐在舞台上，手中拿着鼓。第二位女子拿着伴奏的乐器，第三位正用手指拨弄着维纳琴，第四位在舞蹈，第五位在歌唱。一个女人拿着颜料和香料，侍立于坐在舞台上的美女身旁。整个画面仿佛是某位王后的寝宫。画面的另一部分是不远处背景中的森林和山峰，依稀可见一些佩带武器的敌人躲藏在那里。王后寝宫的门外，站着一名举棋不定的战士——他的一只脚抬起，正要向王后的寝宫中走，面孔却望向森林中躲藏着敌人的方向，眼睛则瞥向寝宫。他的箭壶中没有箭，腰间的佩剑一半露出鞘外。

马纳辛格思忖道："难道这个战士的外形是以我的样子来创作的？舞台上坐着的美女的样子也与鹿眼女相仿。"细看一阵之后，他确信画中的人物的确是他们二人。画作的意图很明显。

他问："这幅画什么时候上色？已经很美了。"

"我应该从哪个方向开始给画上色呢？先从森林的方向开始，还是舞台的方向？"鹿眼女斜睨着眼，笑着问道。

马纳辛格大笑起来。

他说："两边一起上色。"

"一起！"鹿眼女笑道。

"那就随你的心意吧，你早就把你的这幅画嵌进我心中了，"他笑着说，"你做的画很特别，要给画的哪一部分涂上第一笔颜色，也应该由你自己来决定。现在先来下初五的颜色雨吧！"

鹿眼女微笑着抬起眼帘，又垂了下去。她在马纳辛格的身上画上颜色，马纳辛格也在她身上画上颜色。

拥她入怀，马纳辛格说道："你真是我的女神！"

过了一会儿，马纳辛格返回了马纳庙。

现在太阳还未落山。马纳庙的石头的颜色似乎在与黄昏的光线交相辉映。香蕉嫩叶的形状和颜色令人神往，越往近处走，就越会沉浸在它不可思议的优美与雅致之中。走到门口，他对自己的想象力与工匠的技艺油然生出自豪感。那一刻，他想起鹿眼女画室中的那幅未完成的画。研究艺术与履行责任是可以并行的。

“我要壮大军队，也要发展优美的艺术。纳耶格唱霍利之歌唱得多么甜美呀！他是多么伟大的艺术家！鹿眼女的湿婆之舞也是那么美丽，那么迷人！鹿眼女那未完成的画作也可以从两个方向一起上色。”他想。

61

瓜廖尔城堡中的婆媳庙附近城堡围墙东面的一个角落里，有一座砖石砌成的两层小楼。

拜朱独自住在这座小楼中。国王专门指派厨娘为他做饭，因此他毫无后顾之忧，全心地投入音乐的演习之中。

春季将逝，可是他到现在还未曾享受过拂晓时分空气的清冷和芬芳。

纳耶格拜朱正在用嗓音和维纳琴反复地琢磨马纳辛格和鹿眼女提议的一个多利调的分支。附近的庙宇里，有人弹奏着维纳琴，这是阿德尔。瓜廖尔城里，许多结婚成家的人喜欢上了唱歌和演奏维纳琴。那些觉得维纳琴艰深的人则拿起了七弦琴。阿米尔·霍斯陆在两百年前就已经将七弦琴的形式赋予了维纳琴。七弦琴的简单易学是它在瓜廖尔流行的主要原因。

不过，阿德尔并没有拿起七弦琴，而是下定决心要弹奏维纳琴。他的维纳琴很普通，比较小。从师父处接受了所谓的指导之后，他就不分昼夜地练习用维纳琴弹奏四处听来的歌曲和自己的歌曲。

他觉得自己已经学会了很多，于是想用手上的技艺去让拜朱认识自己。把拜朱请来自己家很难，而带着维纳琴去他家里，一不小心成为笑柄，他更不喜欢。婆媳庙就在附近，媳妇庙离得尤其近，因此他带着乐器，来到这座庙外面。这没有什么特别的，在家里、露台上、十字路口、庙里或大树下，都可以这么做。甚至于清早去城外的水井、水池或是湖边沐浴时，人们也把维纳琴或七弦琴扛到肩头、绑在腰间带过去。而且一有机会，他们就会沉浸于乐曲的旋律之中。

阿德尔正饶有兴致地用维纳琴演奏一首歌曲。他希望拜朱一注意到这里，就立刻将他唤到家中，然后两位艺术家尽情地切磋——一位老师，另一位当然是有资格成为学生的人。

楼上的窗户边，拜朱正深深地沉浸在自己的工作之中。这个曲调，那个曲调，这个鼓点，那个鼓点。突然，拜朱的喉间出现了一些曲调，他兴奋得手舞足蹈，马上试着用维纳琴把那些曲调弹奏出来。几次都失败了，于是他把维纳琴放在一边，透过窗户向马纳庙的一个尖顶看过去。他的眼神落到了飞檐下面用石头雕刻而成的婀娜多姿的印度茉莉中间的四方形网格和扬着长鼻子的大象身上的日光上。偶尔，他的眼神又落到石头网格中雕刻的花朵和天鹅之上。

“哎呀，这座庙也能接纳多利的这个曲调了！曲调和鼓点现在都能随意地从维纳琴上流出了！”他兴奋地说。

他冲过去拿起维纳琴，搂入怀中亲吻了好几下。这拥抱和亲吻令维纳琴的一个螺丝松动，琴弦也不紧绷了。拜朱对此一无所觉。他的手指一触到琴弦，维纳琴就发出跑调的声音。

拜朱生气地说道：“怎么回事？”立刻又明白过来，是螺丝的过错，于是笑了起来。

“哎哟！你偷看了马纳庙一眼，就松了。马上收拾你！”

声音也传到了阿德尔耳中，他将自己的乐器演奏得更大声了。

当拜朱扭动螺丝，调整琴弦的时候，阿德尔的乐器的铮铮之声传入他的耳中。拜朱将自己的维纳琴抱在怀中，开始专注地倾听从庙宇处传来的声音。倾听片刻之后，他手持维纳琴来到窗边。从那里，他看到了阿德尔。

拜朱的脸色变了，他斥责地喊道：“唉，嗨，哎呀，这走音的曲调，快停下这折磨人耳的曲调吧！”

阿德尔站起身来，向他行礼。拜朱仿佛没看见。

他说：“为什么一心做这扼杀曲调的事呢？停止这罪孽吧，否则会下地狱的。”

“我想与您讨论关于音乐的事，想向您学习，刚才我在演奏歌曲。”阿德尔说道。

拜朱怒斥道：“嘿，唱歌的小子，要么从这儿离开，要么我把鼓扔到你头上，砸烂你的头！”

“我是贡沃尔·阿德尔辛格，您不认识我。”阿德尔说。

拜朱喊着：“走！走！走！哪儿来的辛格温格，来得可真好。”

阿德尔吃惊地退到了庙宇后面，拜朱仍在自己的阁楼里。

阿德尔心想，干脆把维纳琴随便扔到婆婆庙或媳妇庙的石头上砸个粉碎之后再走，可他还是把琴夹在腋下离开了。

62

鹿眼女也曾几次与马纳辛格一起前往拉伊的森林狩猎，但是这一次，她的心中却体会到了特别的欢乐。

她和拉奇一起兴奋地来到了几年前的那个地方。在那里，她和拉奇杀死了两名骑兵，赶跑了另外两名。发生这件事的那片灌木已不知所踪，不过骑兵们绕行而来的山脚的拐弯处和那个大坑依然如旧。

鹿眼女心想："如果再次面临那样的境地，我能应付吗？那时我还小，现在已经长大了。手脚比以前当然更有力了，可是勇气也还是那样满满于怀吗？还会那样冲动吗？总感觉少了点什么。对艺术的钻研是否能够多一些平衡？现在我还能说什么就是什么吗？还能像那样奔跑吗？还能把死了的野猪扛在肩上走吗？也许做不了这些了。"

拉奇并没感觉到心里少些什么。"不过为什么要让那样的机会来临呢。"她想。

然后，二人又去了第一次遇见马纳辛格的地方。“我说了多么鲁莽的话！那些话真的都是我说的吗？一个农民的女儿！农民的女儿能那样对国王说话吗？可是那时候我也不知道国王有多了不起。假如我早知道国王有八个王后的事，那我还会不会答应？况且要是知道苏门莫希妮是谁，是怎样的人，我一定不会答应的。可是现在又如何？就算有苏门莫希妮和那七个王后的存在，我还是获得了国王全部的爱，而且还会一直拥有。”鹿眼女想。

狩猎之后，国王与她们二人一起去了博顿祭司的住处。榕树下有个小帐篷，原来破庙的地方建起了一座漂亮崭新的庙宇。可是村子里的信徒并没有增加。新祭司从农民那里收取的农作物里，百分之二十献给神，百分之三十多留给自己。村里人心中不满，然而由于对宗教的敬畏，他们也不能说什么。

鹿眼女想：“如果有人来毁掉这座漂亮崭新的庙宇，那么还会再有一座新庙宇建起来吗？这样的循环往复还会持续吗？只要它的信徒缺乏有力的臂膀，就一定会再持续。通过艺术的教育如何使农民们变得有力量？哼，它能使他们的臂膀得到多少力量？填饱肚子的牛奶、乳浆和酥油、衣物什么的他们身边也有，那艺术能让他们永远保持勇敢吗？这一切如何实现？国王要使军队强大，我要对他说说这事。”

鹿眼女表达了想去村子里的意愿，尤其想去自己初次看到马纳辛格的地方，去自己向他行阿尔迪礼的地方。

他们坐车去了那里，阿德尔骑着马。

看到那个地方，鹿眼女心中一阵慌乱。那里有许多人就那样站在那里，那样行着阿尔迪礼。盘子里没有花，因为没能种植祭祀所用的花树。那一天，她也是这样站在队伍里。

马纳辛格来到她的身旁。

他说："这里就是第一次见到你和拉奇拉妮的地方。"

拉奇辨认那些女人的脸，有些认出来了，有些是新面孔。她想："因为她们的偏见和阴谋，我从这里离开了。可此时此刻她们显得多么纯朴和恭顺！这些人曾经多么恶劣地对待阿德尔和我！"

鹿眼女对马纳辛格说道："我就是在这里为我的天神献花的。"

他说："而且天神把那朵花插到了自己的头巾里。"

"那朵花怎么样了？"

"就在眼前呀。"

"您可真是。"

"不，的确是插在头巾里了，可是谁看不到它。"

"不知道该说什么了，现在我不开口了。"

鹿眼女的家在不远处，房子已经倒塌了。阿德尔去看了一眼，回来之后对国王说："房子都已经塌了。以前家里又有什么呢，可到底是家乡。"

拉奇低声对鹿眼女说："能说什么呢，那是他的家乡！"

马纳辛格对阿德尔说道："不管里面有什么，现在建一座堡垒吧，贡沃尔先生！"

阿德尔大吃一惊："堡垒，这儿怎么能建堡垒呢，大王？"

马纳辛格鼓励道："先看看，难道这儿连一点儿建堡垒的地儿都没有吗？"

阿德尔环视了河流两岸之后，视线落在背后的高山上。

"有倒是有，大王，这座山顶可以，但是太高了，而且会有用水短缺的问题。"阿德尔说。

马纳辛格说道："以前这儿有一座堡垒，还有湖。堡垒坍塌了，湖也变成了城镇。我会让人挖出湖泊，建造堡垒。为了保卫瓜廖尔，在这座山的山顶上建造一座坚固的堡垒非常有必要。真是奇怪，为什么直到今天我才想到这一点，我很早以前就已经知道这个地方了。”

鹿眼女的脑海中出现了自己画室中的那幅未完成的画，草图中森林的那一部分已经开始上色。她高兴地想。

国王在全村人面前对阿德尔说：“我把这个村子和纳戈达的土地作为世袭领地交给你。堡垒很快会建起，你要把保卫王国和臣民的事放在心里。”

阿德尔幸福得心花怒放。现在拜朱或是其他什么朱都不能轻视他，这种想法从他的内心升起，又在快乐中消失。

鹿眼女心想：“现在村里的农民们会因为哥哥成为领主而感到幸福吗。我们一直保护的那些田地后来谁来耕种了？如今又是谁在耕种？问问？没用的。那也要问问。可是有什么用？只是小小的一块田地。要是问的话，可别变成这个意思——现在它在谁那里，就是谁夺走的。就这样吧。”

她对拉奇说：“现在你可要住在自己的堡垒里了，拉沃·拉奇大人！”

拉奇“哧”了一声回答道：“我可要住在自己的古杰莉宫，王后大人！”

鹿眼女笑出声来。

“嫂子，你总有一天得来这儿住的。”

“小姑子，我不会听你的话。”

拉奇模仿着鹿眼女的语调，嘲讽地说。她很高兴。

63

怀着再次进攻瓜廖尔，并且这次一定要把它踏为齑粉的愿望，苏丹西甘达尔·洛蒂在阿格拉扎下重兵，大约有十万骑兵、二十万步兵、二十万奴隶和一千头大象。他曾经开办了一所很大的学校来进行阿拉伯语和波斯语教育，因此他决定既带上宫廷毛拉，也带上这所学校的毛拉维。现在进攻被推迟了。他的密探们带来了新消息，古吉拉特的马茂德·伯克尔拉正朝着马尔瓦而来。他想看到古吉拉特与马尔瓦之战的结果之后再进攻瓜廖尔。毛拉维和好战的官员们怂恿他立刻进攻。为了定下进攻的时辰，尽管已是凌晨，在阿格拉，宫廷会议仍在进行。天气非常怡人。西甘达尔·洛蒂的情报部门组织得井井有条。情报中说，马纳辛格把建设音乐学院的事情交到了那个疯子——纳耶格拜朱手中，如今他极少参与建设工作，而是把大部分精力都投入到了扩充军队上面。

“陛下，这正是进攻的好时机。离雨季还有三四个月，不能再延迟进攻的时间了。”一位官员请求道。

大毛拉说道："毁灭马纳庙的时候到了。"

西甘达尔·洛蒂说："马茂德·伯克尔拉消灭了芒杜之后，会途经金代利、纳尔沃尔来到瓜廖尔。我希望能够在消灭了瓜廖尔之后途经纳尔沃尔、金代利，将芒杜纳入治下，然后再去古吉拉特。在伯克尔拉和纳西尔–乌德–丁的军队相互缠斗的时候进攻更适宜。

一位官员赞同道："要是伯克尔拉在前来马尔瓦的途中转向拉其普塔纳，而不与纳西尔–乌德–丁交战，就更合适了，所以再观望一阵比较好，等待的建议是正确的。"

大多数军队统领和毛拉主张立即进攻。这么大批的军队驻扎在阿格拉，给养的费用会令国库越来越空虚。

西甘达尔·洛蒂接受了他们的建议。正在这时，"轰隆隆"的雷声传来。平民议事厅的天花板、墙壁、柱子、地板、座椅和靠垫都颤抖起来，仿佛世界末日已经到来。所有毛拉们、官员们都头痛欲裂。宝座之上的皇帝脸朝下摔倒在地，打扇的奴仆压在他身上。毛拉维们和西甘达尔·洛蒂的眼前再次出现了博顿被杀的画面。

"安拉啊！仁慈！仁慈！"那些人口中叫喊着。烛火熄灭了，周遭被黑暗笼罩，仿佛是最高神拒绝倾听他们的叫喊。人们四处翻滚。

巨大而强烈的地震开始了。

在那之前不久，远离芒杜的伯克尔拉迅速地寻找到适合的地方，扎下营地，在撑起的帐篷中躺下。床铺的一侧是两个半赛尔煮熟的米饭，另一侧的金盘子当中也盛着两个半赛尔米饭。半夜醒来，腹中饥饿，毫无疑问是饿醒的。每天的习惯如此，可怜的人又能如何？等到天明吗？那可怜的肠胃会怎样？它们可等不了。翻身向那边睁开眼，有装满整整两个半赛尔的米饭盘子，再翻身向这边睁开眼，有同样重量的另一个盘子。究竟把五塞尔米饭都放在同一边又能怎样？为什么要翻来翻去这么麻烦呢？翻身向那边睁开眼，手一伸，两个半赛尔米饭没了。三四个钟头之后，再次翻身睁眼，手一伸，另外两个半赛尔也没了。清早，整整一赛尔酥油、一赛尔蜂蜜和一百五十个香蕉的早点又会为了止住饥饿而待命。这没什么可犹豫的。

头一个时辰伯克尔拉睡得很沉，床晃动了一下，就像是腹中的肠鸣。伯克尔拉平躺在那里时，床铺的剧烈震动只令他翻了个身。睁开眼睛，伯克尔拉把手伸向床边矮凳上装着米饭的盘子，矮凳滑动了一下。伯克尔拉又伸手，矮凳又滑动了一下。伯克尔拉嘟哝着把一只手伸得更长，另一只手揉了揉眼睛，但是手还是没碰到米饭。盘子“啪”地一声掉在地上，矮凳“腾”地倒在盘子上。另一边也是这种情况，区别是那边的盘子和矮凳没落到地上，而是落到了他宽阔的后背上。伯克尔拉“扑通”落地，床压在他身上。掉落在下面的米饭变成了枕头，一些米饭沾到长胡须上，把胡须变成了白色。掉落在床上的米饭，有些飞到了脸上，有些飞到了胸前。

伯克尔拉喊道：“啊唷，谁干的！倒霉的家伙把什么都打翻了！救命，救命！”

整个营地一片混乱。大象挣断了锁链吼叫着，马儿嘶鸣着，人们哭天抢地地滚来滚去。

山上的碎石骤雨般滚落下来，树木被连根拔起，“咔嚓咔嚓”断裂后倒落，河流和湖泊中暗流涌动。

地震正以雷霆之势袭击着大地。

那天夜里，芒杜苏丹纳西尔－乌德－丁决定对自己的后妃进行统计。现在距离一万五千人的数量大约还差一千五百人。名册每天都打开，统计工作也进行着，因此真正的数目总是一清二楚。关于数量的问题，纳西尔－乌德－丁丝毫也不担心，但是他听说有许多年轻小伙子穿着女人的服饰进入了后宫。他疑心这些年轻小伙子是为了满足一些后妃的情欲而潜入后宫的。要想消除疑虑，安排处罚事宜，人口统计的必要性就显现出来了。

一些女护卫展开各自的名册，与苏丹走在一起。协助人口统计的一些女人也举着无数的火把跟随在苏丹身边。人口统计的工作并不罕见，是很寻常的事。穿着女人服饰的青年当然不会束手就擒，伴随着点名和检视的进行，他们四下逃窜。最后他们当然都被捉住了，因为宫殿四周有军队严密把守。纳西尔－乌德－丁不一会儿就感觉疲累。倒不是脚累的问题，女仆们一直把他的宝座抬在肩上走着呢。宝座放下之后，纳西尔－乌德－丁靠在了软垫和靠枕之上。

“轰隆隆”，“轰隆隆”，响声大作。顷刻间，坐落于山脊之上的芒杜城堡颤抖起来。纳西尔的软垫和靠枕翻倒，宝座倒扣，他脸朝下摔在地上。

他大叫道：“救命！救我！现在我谁也不折磨了！魔鬼要抓走我了，谁来救救我！”

火把纷纷从手中滑落，在地上滚动着，如萤火虫般一明一灭。名册掉了下去，书页开开合合，“啪啦啪啦”作响。火把掉在一些书页上，它们如同霍利一般燃为灰烬。女仆和后妃们你挤我，我挤你，跌跌撞撞地摔倒在地。附近的宫殿也摇晃起来，仿佛在催促说，快走！后妃们艳丽昂贵的衣物七零八落，她们当中有不少人头朝下摔倒在地。士兵们明白灾难来临之后抱头四处逃窜。那些身着女装的青年心想，我们走了，我们的爱人也走了，那个折磨人的纳西尔－乌德－丁也走了。跌跌撞撞着逃跑之际，他们也弄不清楚往外去的道路，仿佛正是因为他们，地震才会发生。

马纳辛格正从马纳庙向古杰莉宫而来。昏暗的月光下，马纳庙仿佛在沉思。他站在那里，凝视了片刻之后离开了。他来到鹿眼女身边说道："这会儿我觉得马纳庙仿佛在沉思。"

鹿眼女说："有时觉得它在欢笑，有时觉得它在歌唱，有时觉得它在沉思。总有一天您也会看到它敲响战鼓的。"

正在这时，"轰隆隆"的声响传来。两人仔细倾听。古杰莉宫开始颤抖。藤蔓装饰的大门晃动起来。矗立在上方笔直山脊上的笔直城墙也如同秋千一般摇摆起来。二人跌进对方的怀中，紧紧相拥着，不断地跌跟头。

"灾难来了！"马纳辛格大呼道，"此前要是再多做事情就好了。"

两人相互纠缠着摔倒在地。马纳辛格的双眼紧闭，鹿眼女却大睁着双眼。她目光坚定，双唇紧抿，双拳紧握。

"没关系，请您冥想大神的微笑和湿婆之舞。冷静而平和地冥想吧，我最亲爱的人，在灾难面前保持坚定。"

像往常一样，维杰金格姆白天工作了七个小时。此时，他给长发抹了油，正戴着银制圣线，手持湿婆林伽做祈祷——棉制圣线在他的教派中是被禁止的。正在那时轰鸣声响起，他睁开了眼睛。家中的墙壁在颤抖，他也从坐垫上滚了下来。

他说："湿婆的鼓敲响了，这是湿婆之舞的开端。大神啊，你忍受不了迦利时代的恶行了！庇护我吧，我这就到你的世界去。"

一生中，他为了生活而做着该做的事情。他相信，和自己一样做好本分的人都能够轻而易举地到达湿婆神的吉罗娑山。

纳耶格拜朱稍微吃喝了一点，又迅速拿起冬不拉，开始努力用特鲁沃伯德弹奏一个新的曲调。旋律之中，他感觉轰鸣声仿佛是有人用力在鼓上敲击，但是那轰鸣声却与他的歌曲节奏不相符。

他大叫起来：“干嘛呢，嗯？”

睁开双目，那里什么人也没有，挂在墙壁挂钩上的维纳琴颤动着摇摇晃晃。

他说：“娑罗室伐底母亲，要是有什么不合适的曲调，请原谅。”维纳琴摇晃着“哐”地一声掉了下来，他自己也抱着冬不拉滚向一边。

“哎，谁呀，别把我的冬不拉弄坏了！”

富商、高利贷者和有钱人为了自己的财产长吁短叹，农民和雇工踉跄着用身体遮蔽着自己的孩子们。许多还未建成的茅屋从顶上坍塌。人们哭喊着，挣扎着。

那场可怕的地震带来了不寻常的影响——只在顷刻之间，就摧毁了大地。地震平息之后人们才明白，是地震来了。

西甘达尔·洛蒂的平民议事厅中，吃了跟头的人们重新坐起。烛火点起来，西甘达尔作出了近期不向瓜廖尔发起进攻的决定。

在芒杜，纳西尔－乌德－丁清醒过来，说了一通废话，他的那些跌得横七竖八的美女们摸索着整理好衣物。士兵们集合起来的时候，那些男扮女装的青年们已经摸清了道路，溜之大吉。清点美女数量的工作数天后才尘埃落定。

古吉拉特苏丹马茂德·伯克尔拉好不容易从米饭、矮凳和床铺之间脱身。一番清扫之后，长长的胡须凌乱不堪。该死的地震把饭食弄糟了也就算了，还给胡子带来了灾难。在等待早点与整理帐篷的过程中，他度过了一个不眠之夜。他觉得继续前进不吉利，于是返回了古吉拉特。

马纳辛格看到，所有一切都是原来的样子。睁开双眼时，他看到鹿眼女坚定地坐在那里。

“这都是怎么了？”马纳辛格问道。

鹿眼女答道：“是地震，它是来提醒我们所有人履行责任的。”

维杰金格姆看到自己没能到达吉罗娑山。“我要更加努力地把生命的每一个钟头都献给自己的本职工作，最终一定会到达吉罗娑山。”他下定了决心。

拜朱说道：“娑罗室伐底母亲，你原谅了罪过。原谅了吗？以前因为失误而出现了不和谐的曲调和节奏，以后不会再有了，我发誓。瓜廖尔出现了这么多不和谐的曲调和节奏，太糟糕了！无论如何，这都是他们的罪过的结果。”

有些坚固的楼房倒塌了，有些裂开了口子，但没过多久就修缮一新。倒塌的那些未建成的房子，修缮起来需要多花些时日。穷苦的农民和雇工们的茅屋已经塌得无法修缮，于是他们在做工的空闲搜集材料，用了很长时间才建起能居住的小茅屋。

马纳辛格开始让人在拉伊山上建造堡垒，但是这项工作并未能像他的艺术事业那样迅速开展。鹿眼女画室中的那幅画依旧没有完成。

64

整个瓜廖尔城中盛传，一位圣人徒步从拉梅斯瓦兰[①]来到了瓜廖尔。他居住在距离瓜廖尔北部两三柯斯远的莫迪湖畔，身上只穿着三角裤，以楝树叶子度日，整日冥想。三角裤、光脚，还从拉梅斯瓦兰走到了瓜廖尔！要留神他！恐惧在人民当中蔓延，他们为了奉献自我和获得恩赐而聚集。

莫迪湖是马纳辛格命人建造的，已经完工了。从湖中引水来灌溉周边土地的计划正在进行。由于地震，湖的一些地方被破坏了。马纳辛格不仅派人修缮，还让人在几个月之内将湖的堤坝加高加宽。圣人来到湖边安顿下来。他希望与国王会面，或者如马纳辛格的使者所言："圣人想与您见面，但是国王应该亲自到湖边去会面。"维杰金格姆也得知了这个情况。

国王想去圣人那里。圣人为了会面，六七百柯斯的路都走了，我难道都不能走两三柯斯的路去见他吗？

---

① 印度岛屿，属泰米尔纳德邦。

维杰金格姆阻止道：“瑜伽行者和圣人不会如此奔波，只有想赢得恐怖力量的人才会这样做。”

“苦行者嘛，见见又有什么不好？”

“这样实行苦行的人只有一个目的，不管想不想获得来世，他们都希望通过自己的苦行的力量将这个世界控制在自己手中。几年前我与一个毗湿奴派教徒辩论的时候，您就说过这话，您还记得吗？”

“是的，还有一些模糊的记忆。那天，博顿祭司首先从拉伊村来到这里，报告了古杰莉王后的事迹。我也在往世书中的不少地方读过，苦行者来到国王身边给予教诲，国王则给予他们尊敬。”

“让那个时代的事情过去吧，请考虑这个时代的事情。他会在您的民众中产生什么样的影响？庙会和市集会开办。就要同突厥人打仗了，人民和士兵的注意力会从自己的事情转移到那个骗子身上去的。”

“不管是不是骗子，现在我不去。我得考虑考虑。”

马纳辛格两天没去。然后他得到了苦行者绝食的消息：“如果国王不来见我，我连楝树叶子也不吃了。”

马纳辛格坐不住了。

维杰金格姆说道：“大王，他要是死了，就少了一个愚蠢的疯子。”

“人们也说拜朱是疯子，可没人会希望拜朱死吧？”

“拜朱是知识疯子，这个苦行者是所谓的愚蠢自大的疯子。”

“我不能让他绝食而死，他这种结束生命的方式会给人们带来极坏的影响。”

马纳辛格没有听取维杰金格姆的建议，他去见了苦行者。

苦行者身材瘦削单薄，胳膊又瘦又长。看身体是青年，看头发却像百岁之人。他的眼睛仿佛在冒火。马纳辛格心想，苦行的修炼将他锻造得像金子一样了。

马纳辛格行了礼，苦行者作出赐福的手势。他说道："你真是傲慢！"

马纳辛格那刹帝利的自尊被唤醒了，但是艺术的谦逊令他克制。他说："不是因为傲慢，而是因为忙于战争的准备没有来。"

"我正想说说战争的事情。"

"您吩咐的话，我会考虑照办。"

"准备了多少士兵了？"

"这里有五十万，还有二十五万在纳尔沃尔，旃布尔河的各个哨卡还有千余名。"

"别提哨卡的事了，还能再增加吗？"

"有困难，但我会努力。"

"瓜廖尔城堡已经安排妥当了吗？"

"妥当了。"

"保证地道通畅，说不定会用得上。"

"很通畅。"

"有几条？"

"一条。"

"通向哪里？"

"森林和山峰。不过大师，先祖们告诫说，除了儿子和军队首领，地道的情况不能告诉任何人，所以我不能再继续说了。"

"没关系，没关系，与战争的准备相比，你要更注重颂歌和祈祷，兵士们也一样，这样才有益处。走吧，现在别围着我转了，我要静思冥想。"

马纳辛格离开了。苦行者瘦削的身体和炽热的眼神令他印象深刻。维杰金格姆急切地想知道结果。第二天，两人得到了交谈的机会。

马纳辛格向维杰金格姆讲述了一切。他说道："没发生什么特别重要的事情。我很喜欢他发光的身体和熠熠的双目。"

"没发生什么重要的事情！您说什么呀！他获取了军队和城堡的所有机密。"

"您就是这种怀疑一切的个性。"

"现在您还相信那个苦行者的骗术！战争时期，他却教诲您和您的兵士们要多注重祈祷。不管他是谁，是什么样的人，我都认为不对。您再让人去看一回，看他还在不在莫迪湖边？"

国王派人去找。从头一天的黄昏时分起，苦行者就不知所踪了。

"大王！"维杰金格姆目光锐利地对马纳辛格说道，"我觉得他是敌人的密探，他带走了军队和地道的秘密。知道军队的数目还没那么要紧，可是地道的秘密泄露，是十分糟糕的事情。现在赶快在城堡里贮满粮食。地道已经不安全了，困难来临之时，既无法从地道得到粮食，也不能得到任何帮助。相反，敌人还有可能通过地道钻进城堡里来。"

马纳辛格非常懊悔，他想起了鹿眼女的告诫。"难道对艺术的钻研已经让我心中的戒备松懈了？艺术有什么错？再怎么说，他也只是个苦行者，放弃一个地方去另外一个地方不应该成为被怀疑的理由。他教诲我们要注重唱颂和祈祷是很自然的，苦行者还能有其他什么教诲呢？维杰金格姆的怀疑是出于误解。但这一点是对的，我应该马上组织军队，堵住那个地道。那么困难时期的守卫方法呢？守卫的方式是相信大神和臂膀的力量。我要堵住地道。"他想。

马纳辛格迅速命人堵住了地道，再次投入战争的准备之中。拉伊村的堡垒建好了，其他的堡垒和修缮工作也做好了。

雨季伊始的一天，马纳辛格得到消息，西甘达尔·洛蒂的大军渡过了旃布尔河。

65

西甘达尔·洛蒂将大军分为三路：一路派去纳尔沃尔，其他两路从不同方向进军瓜廖尔，他亲自随同从拉伊村附近进军的一路。马纳辛格并不知晓纳尔沃尔方向的大军，他认为，三路应该都是进攻瓜廖尔。

作战计划很快制订。北部边境由马纳辛格率军前去驱逐敌军的中路，南部边境由马纳辛格的一个将军率军抗敌，中部则由阿德尔阻击。拉伊村的堡垒在阿德尔统率之下协助中路的多摩尔军队，堡垒建成之际它就已经获得了帮助。

拉奇也要和阿德尔一起去拉伊的堡垒，她去向鹿眼女道别。她已经到过堡垒一次了。

“真希望能继续待在这里。”拉奇说道，她的喉咙有些哽咽。

鹿眼女说：“我也希望这样，我去对哥哥说。拉伊的堡垒不大，我们俩一起留在这里保卫城堡。”

“他总说他得出去战斗，我留在里面可以照看堡垒，伺机协助。”

“你一个人在那儿做什么？”

“倒不是一个人，还会有一些官员的夫人们。以前打仗的时候，村子里的男男女女都逃到森林里去受罪——我和你什么罪没受过。这一次，所有人都会来堡垒里。”其他倒没什么，“但可别被困在堡垒里面。”

“哪儿都有可能被困的。”

“在这里可能性小一点，可是实际上还是一起待着好。在那个小小的堡垒里，你和哥哥在一起更有用。”

“我也这么想，但是不知道为什么心中是那种感觉。好了，现在你就用第一次派去拉伊堡垒的那种微笑来与我告别吧。”

鹿眼女的唇边现出了微笑，她的眼睛湿润了。拉奇眼中大滴的泪珠夺眶而出。两人拥抱在一起。

鹿眼女克制着自己说：“一旦出现困难，马上送信来，我从这里派援军去。”

“要是没有送信的良机呢？”拉奇问道。

“那就发信号，让这里能看得到。”鹿眼女答道。

拉奇思索着信号的事情，她记起了纳尔沃尔的事。那天晚上，杂耍艺人们点燃了大大的火堆。拉奇从纳尔沃尔来到这里之后曾经对鹿眼女讲过这件事。

鹿眼女说道：“我希望这一次还能击退敌人，就像以往那几次一样。”

拉奇走了。走的时候，她扭过脸，眼泪又流了出来。

根据计划，马纳辛格也离开城堡去战斗了。

第二天，鹿眼女去了自己的画室。在那幅未完成的画作中，她给指向责任的那部分涂上了一些颜色。但是画作现在依旧没有完成。

66

在穆莱那附近、阿勒姆普尔高低起伏的平原上，西甘达尔·洛蒂的北路军与马纳辛格的先头部队首先交锋。马纳辛格的大象军并不在西甘达尔·洛蒂军队的大象军的前方，但随着战斗的进行，双方的大象军也交手了。马纳辛格骑在战马上。相比于大象，他更信任自己的战马。

双方的象群散开，开始战斗。但是大象与大象之间的碰撞少，大象的尖叫与嘶鸣更多。双方从大象背上射出箭雨。战士们都身着沉重的盔甲，因此并不能给对方带来多少伤害。残酷的战斗发生在步兵和骑兵之间。

马纳辛格看到德里军队里有一部分样子奇特的士兵在毫无章法地战斗。彩色的头盔，狭窄的额头，小眼睛，扁平鼻子——扁平得仿佛快到耳朵边，嘴大得好像没笑的时候也在笑。他们面颊好似皮酒壶一般鼓起，颧骨突出，头紧贴肩膀，仿佛没有脖子，下巴上的胡子少得可怜。马纳辛格立即下令骑兵队向他们发起攻击。

多摩尔人进攻了。突厥骑兵前来援助莫卧儿步兵，但是多摩尔人的雷霆一击早已结束。莫卧儿士兵开始殊死战斗，然而多摩尔骑兵的进攻如同闪电一般。突厥骑兵还未来得及赶来援助那些步兵，多摩尔骑兵就几乎将他们踏平。马纳辛格的队伍高呼着“杀了他们，杀了他们，大神”，向突厥骑兵直冲过去，与他们正面交锋。冲散莫卧儿步兵的多摩尔骑兵也从另一侧向突厥骑兵冲了过去。顷刻之间，突厥骑兵就被击退。然后，德里军队且战且退。德里军队的大象军看到己方军队的大部都在后退，也开始撤退。这种情况一直持续到黄昏时分——德里军的这一翼不断溃散，与中路军会合后继续抵抗。

马纳辛格集合了军队，在一个安全的地方扎下营地过夜。

清晨，战斗再次开始。这一次，德里军队非常谨慎地战斗，因为第一天他们损失巨大。西甘达尔・洛蒂亲自指挥大军作战。

马纳辛格的队伍与阿德尔率领的中路军取得了联系。身后的高原和森林形成了保护屏障，它们的后面是拉伊的堡垒。由于担心会遭遇敌方军队，左翼的一队多摩尔士兵被派往纳尔沃尔方向，但这种情况并未发生。西甘达尔・洛蒂在夜间派人向去往纳尔沃尔的那一队传达了命令，让它返回头猛击马纳辛格的全部军队。

战斗以常规形式一直进行到了中午，下午突然激烈起来。向纳尔沃尔方向进发的军队从高原和森林迂回过来进攻了马纳辛格的左翼军队。

马纳辛格对阿德尔和其他将领说道：“你们控制住中心，让突厥人无法突破中心向前进攻，我来解决他们。”

阿德尔和其他领主们斗志昂扬地控制着中心战斗。马纳辛格率领步兵和骑兵从身后进攻来敌，他下令大象军跟随在他们后面。

森林中的战斗对于马纳辛格来说困难重重，对于德里军队来说就更加艰苦了。德里军队不得不缓缓后退。黄昏时分，马纳辛格已经将德里军队完全击退，但是这支军队撤退之后与西甘达尔·洛蒂率领的那一支军队取得了联系。马纳辛格的大象军无法追击他们。

看到一部分军队从新的方向出现，阿德尔的中心部队动摇了。西甘达尔·洛蒂发起了猛烈的攻击，新方向出现的队伍带来了新的战斗力。马纳辛格的中路部队被迫向北部撤退。西甘达尔·洛蒂谨慎地前进了一段之后停下了脚步。晚间，马纳辛格与阿德尔的部队没能建立联系。天一亮，战斗再次开始。阿德尔的部队再次被迫后撤了些许。现在，除了去瓜廖尔或是拉伊村，他想不出别的办法。拉伊的堡垒就在附近，从那里与马纳辛格取得联系唾手可得。因此，天一黑，他就与部队一道来到了拉伊堡垒，并制订了在那里作战的计划。

白天，马纳辛格不得不与南面而来的西甘达尔·洛蒂的大部队对抗。这一队敌人形成半圆状进行战斗。一头与阿德尔部交战，另一头与马纳辛格部交战。马纳辛格的中央部队已经后撤，因此西甘达尔·洛蒂从半圆中分出一队形成长箭般的阵势。马纳辛格觉察到西甘达尔·洛蒂的这一手，将自己的队伍分成两队，努力从两翼向后撤退。但是，西甘达尔·洛蒂的那支箭在充分深入拉伊村森林的方向之后散开了。因为夜晚降临，马纳辛格没能击退它。

三天的战斗中，西甘达尔·洛蒂遭受了巨大损失，但是到了第四天，他在北部看到了空隙，于是派一队人马迂回去占领瓜廖尔附近地区。马纳辛格得知了消息，他必须从瓜廖尔西南方的伯尼亚尔村方向赶到西甘达尔·洛蒂的北翼军与瓜廖尔之间。他想，瓜廖尔可千万别被包围了，否则自己就得从外围突进去。马纳辛格刚转往那个方向，西甘达尔·洛蒂就将阿德尔的人马包围在了拉伊的堡垒。

堡垒位于山顶之上，两侧都是深谷，东面朝向村庄和桑格河方向是高山。南面、北面和东面非常安全，但是在西面，堡垒下方的地面不是很高。阿德尔决定在这里坚决抗击敌人。

马纳辛格没有得到阿德尔的消息。他认为全部队伍都在拉伊堡垒中，但是在没有确保瓜廖尔安全的良策之前，他不能前往拉伊堡垒。尽管如此，他还是痛击了西甘达尔·洛蒂的北翼军队。西甘达尔·洛蒂的那一路军队损兵折将，被迫后撤。为了包围拉伊堡垒，西甘达尔·洛蒂丢下一部分军队继续前进。马纳辛格刚刚击退了北翼军，西甘达尔·洛蒂的主要兵力就从南面而来，与他展开了战斗。

马纳辛格迅速组织对抗。西甘达尔·洛蒂的进攻也异常迅猛，他屡次试图包围瓜廖尔城堡和瓜廖尔附近的山峰，却屡屡以失败告终。他的骑兵如大海中的惊涛骇浪般扑向多摩尔人，可是又如海浪撞上山峰般一次次地向后退去。就这样，他们不得不节节后退。

晚间，马纳辛格看到在瓜廖尔城堡指挥战斗更有利，于是他率领军队去了瓜廖尔。西甘达尔·洛蒂制订计划，决定天亮之前包围瓜廖尔和散开的马纳辛格军队，可是待到天亮之时，他发现马纳辛格已经带着军队和全部辎重进入了瓜廖尔城堡。他回想起了以前的几次经历。大约二十年前，西甘达尔·洛蒂的父亲伯赫洛尔也是这样先包围了马纳辛格，试图击败他，但也是这样努力了好几次，却每次都以失败告终。他不想重复以往的经历。

用任何办法偷偷进入城堡或是爬上城堡都不可能。在过去的年月中，所有一切的努力都以失败告终，拥有大约二百五十腕尺长的斜坡的城堡夺去了数万名进攻战士的生命和他们的努力。

他唤来密探头目。

“那个地道在哪儿？”西甘达尔·洛蒂问道。

瘦瘦长长的密探——他的脸上和头上没有白发——说道："陛下，就在周围山峰的某处，只从马纳辛格那里获得了这些信息。明天白天就去搜寻。"

一天过去了，马纳辛格和西甘达尔·洛蒂的军队没有任何交锋。西甘达尔·洛蒂从四面包围了瓜廖尔，但是双方的兵士由于疲惫而很懒散，所以一直在休整。密探们找到了地道的位置，把地点指给西甘达尔·洛蒂。但是，地道已经被封闭了。

"可以打通它的，"西甘达尔·洛蒂说道，"然后从上下两个方向连续进攻瓜廖尔。"

打通地道的工作开始进行。地道里有很长的一段是松动的石头，把它们搬出来之后，看到的却是牢固的砖砌墙，一丝也不能撼动。西甘达尔·洛蒂失望而返。晚间，德里军队的营地保持着警惕休息了。"明早我会想出办法，"西甘达尔·洛蒂思索着。夜半时分，军营的防备松懈下来。喧嚣声响起，睡梦中的士兵们醒了过来，"噼哩啪啦"地跃起，抓起武器四处散开。昏暗之中箭矢不断射来，刺入他们的身体。伤亡了许多军士之后，西甘达尔·洛蒂的军队来到了瓜廖尔军队附近。短兵相接之时，箭雨又从四面八方射向西甘达尔·洛蒂的军队。军队不得不稍微后撤。好不容易将溃散的兵士们集合起来，战场上已一无所有。凌晨，西甘达尔·洛蒂看到，马纳辛格的一小队人马从某个地道而来，实施打击之后又原路而返。"什么地方一定还有别的地道，密探没打听到。白天再去寻找。"他谋划到。

67

搜寻了整日，也没有地道的影子。西甘达尔·洛蒂想，不可接受攻克拉伊堡垒，也能满意了。于是，将瓜廖尔的包围圈缩小少许之后，他把精力集中于拉伊堡垒。就算有地道，也肯定在包围圈外，因此现在不必害怕夜晚被偷袭了，他思忖道。

西甘达尔·洛蒂的军队反复进攻拉伊堡垒，可并未取得成功。堡垒的两翼有大大的石头堆，从高处推下来就能把进攻者砸得乱作一团。箭雨就更不用说了。

那天晚上，西甘达尔·洛蒂的军队没有遭到袭击。第二天又再次寻找地道，仍旧一无所获。再次进攻拉伊堡垒，可是直到黄昏还是以失败告终。

半夜之后，西甘达尔·洛蒂的营地遭到了袭击。这一次的袭击非常猛烈，不过西甘达尔·洛蒂也做好了应对袭击的充分准备。偷袭者边奋力战斗边撤退。西甘达尔·洛蒂希望想方设法阻拦偷袭者，直到天亮。许多兵士受伤了。天快亮的时候，除了一小队人马，其余的偷袭者都消失了。他们想尽办法也没能解救这一小队人，只能自己撤退。太阳升起时，这一小队中只剩下一个人。其余的人都战死了。剩下的那一人也已身负重伤。西甘达尔·洛蒂让人为他包扎伤口，可是他已经快死了。

西甘达尔·洛蒂抚摸着他，问道：“你们从哪儿来的？”

伤者指了指城堡的方向。

西甘达尔·洛蒂得到了鼓舞，又问了第二个问题：“是从哪个地道来的吧？”

伤者承认了。

西甘达尔·洛蒂更加得到了鼓舞，他的抚摸更亲热了。

“那个地道的入口在哪里，我的年青人？”

伤者断断续续地说：“就在右手那边的大水井中。”

西甘达尔·洛蒂呆住了，立即派几个士兵去寻找。士兵还没回来，伤者就断气了。

士兵回来之后报告说，左右两边无论哪口水井里也没有地道的痕迹。

西甘达尔向死去的士兵瞥了一眼。他的脸上带着淡淡的微笑。人已经死了，所以也没有希望从他那里得到什么了。西甘达尔亲自去水井那里搜寻地道的踪迹，可是千真万确，哪个水井中也没有地道的迹象。他无功而返。

突然，西甘达尔·洛蒂的目光投向死去的士兵。他的微笑仿佛在挑衅。

西甘达尔·洛蒂说：“他骗了我们，该死的家伙都死到临头了还说谎！”

安排好包围瓜廖尔的哨卡之后，西甘达尔·洛蒂向拉伊堡垒发起了可怕的攻击。

随着攻击的进行，天渐渐黑了，但是攻击还是在继续。大半夜过去了，拉伊堡垒周围才恢复了平静。

拉奇堆起巨大的柴堆，点燃了烽火。两个钟头之间，火光冲天。火苗呼呼地上蹿，越来越高。

瓜廖尔城中也看到了这火光。马纳辛格看到了，鹿眼女也看到了。两人都清楚这火光代表什么。两个钟头之后，火光逐渐暗淡。此时，马纳辛格见到了鹿眼女。

“大王，拉伊堡垒、阿德尔辛格和拉奇有危险了。”鹿眼女说道。

马纳辛格很坚定。

“我们知道他们两个人都在拉伊堡垒，明天我就解决他们的困境。凌晨时分我要向突厥人发动猛烈的攻击，让他们即便是逃脱了，也永世难忘。”

“但是您可别让自己身临险境。”

“哈！哈！哈！！濒临困境的时候还得看看它是大还是小？现在到了给画室的那幅未完成的画再添点颜色的时候了。”

“我只是一时糊涂，以后不会再这样了，夫君。我只是对不能和你一起在外面这一点感到懊悔。”

“西甘达尔的包围圈离城堡越来越近，如果明天能突破包围，击溃他的军队，就一切还好，如果不能，包围一定会更密集。然后你再施展你心心念念的箭术吧。”

拉伊堡垒方向的火光已经完全熄灭了，火星的微光仅仅停留在地平线上。马纳辛格再次埋头制订计划。

在拉伊堡垒附近包围的士兵们看到那冲天的火光，都惊骇不已。他们心想，拉其普特的女人们自焚了，拉其普特们现在肯定在准备向我们发起进攻。火苗熄灭之后，四面都没有人来进攻，即便是竖起耳朵，也听不到堡垒中的喧嚣声，他们这才放了心。那么点这么大堆火的意思是？天还没冷到需要这么大张旗鼓点篝火的地步。一定有别的什么事，将领们猜测道。

一些勇敢的战士们已经做好登上堡垒，打开堡垒的大门，把外面的人赶进里面，迅速结束包围的准备。他们准备好绳子和梯子，开始埋头制订登上堡垒的计划。而在堡垒内部，当火势平静之后，拉奇把阿德尔叫过来，对他说道："瓜廖尔已经得知我们遇险的消息了。"

"那边也被包围了，看看明天会怎么样。大王明天也许会做些什么。"

"今天晚上就会有事发生的。"

"双方都打累了，晚上不可能发生什么的。"

"我的眼睛都睁不开了。"

"你去睡吧，我不睡。"

村子里的一些来堡垒里寻求庇护的农民来到了阿德尔身边。他们没有行礼——规矩是无论是不是士兵，不管来到领主或要塞司令面前多少次，都要行礼。

一个自认为与阿德尔有兄弟之谊的农民说道："我们已经几个晚上没睡了，今天你让其他人来放哨吧，兄弟，我们要睡觉。"

阿德尔从来不曾忘记过，由于这些人的残酷无情，他不得不在那些日子里与杂要艺人们到处漂泊。

他微怒道："你们就这样到我这儿来啦？连话都不会说！"

农民们没明白，有些困窘。

他们的头儿说："那你说吧，我们会照做，太累了。"

阿德尔斥责道："去干活儿吧，为了你们所有人，我们正在豁出自己的性命。"

农民们认为他是在为保护领地而战斗。他们默不作声地从那里离开了。拉奇知道，他们的哨卡所在的地方，敌军爬上来的可能性很小。

农民们离开之后，拉奇对阿德尔说道："你去睡，我不睡，我来照看。"

他说："好，我小睡一会儿，过会儿你叫醒我，自己去睡。"

阿德尔走去躺下，瞬间就睡着了。拉奇拿起箭壶，腰间佩带宝剑，胸前佩戴着护心镜走了出去。

在所有的哨卡，她都看到了懒散的迹象。提醒了所有人之后，她来到了那几个农民的哨卡。农民们在打盹，有几个已经睡着了。

她低声对他们说："你们回家去睡吧，我替你们在这儿放会儿哨。"

农民们很吃惊，假意地坚持要放哨。

拉奇很坚定，关爱地与他们告别。

农民们还在说："两个人都是村里人，可却是一个天上，一个地下。"

堡垒这个地点的下方有一棵大树，枝杈一直伸到了上面。那几个农民就是在大树的阴影下睡着放哨。拉奇兴奋地坐下来，她的眼中没有一丝瞌睡的痕迹。

稍坐片刻之后，拉奇站起身来，透过塔楼的窗户向下望去。无边的黑暗，浓密森林的轮廓丝毫也看不清楚。天空中星光点点。远处的山峦仿佛长长的溪流，迂回曲折的桑格河那狭窄的河岸倒像是它的影子。不远处包围者的营地中，燃烧的篝火不时地提醒着拉伊堡垒目前的困境。拉伊的密林中，老虎等森林动物在夜间通常会嚎叫，然而由于侵略者的践踏，它们都远远地逃遁了。除了蟋蟀的叫声，别的什么声音也听不到。堡垒里不时传来的“清醒点，清醒点”的呼喊声打破着夜晚的沉寂。

拉奇在那些刺破夜空的呼喊声里，听到了塔楼下面沉沉黑暗中“窸窸窣窣”的声音。什么都看不见，于是她竖起耳朵仔细听。片刻的寂静。拉奇思量着，说不定是森林里的什么野兽。她靠墙坐下来，回想起了纳尔沃尔的那个夜晚。也是这样的一个夜晚，比这里还要高的城墙，他们俩夹在杂耍艺人的中间。要是一不小心，一切就都完了。现在她却安然无恙。

下方又传来“窸窸窣窣”的声音。拉奇站起身仔细倾听，还是什么也没听到。拉奇确信是森林里的某个动物偷偷地来河边喝水了。“窸窣”声大了起来，拉奇的想法更坚定了。之后好一会儿没听到“窸窣”声。

拉奇想：“瓜廖尔城中现在怎么样了？他们所有人可能都看到了火光。明天国王就会来救援，拉伊堡垒会得救，我又能见到我的尼妮了。”拉奇好几夜没合眼，有些困了。她头靠着墙，发髻变成了枕头。她做了个梦，梦中仿佛有一群野水牛在山林的背后“窸窸窣窣”、“噼噼啪啪”地奔跑，而她一手执弓，一手搭箭，正在向它们瞄准，箭已经在弦上，可是却拉不动弓。惊吓之下她睁开眼揉了揉，手摸了摸弓和箭壶，一切如常。野水牛倒是没有，可是旁边不远处发出“腾”的声响。扭过头去一看，发现一些人正从塔楼向城墙上跳。这些是什么人？她心里一动。是自己人吗？正在这时，一个脑袋又出现在塔楼上，他高得仿佛快顶到天了。一个人的脚刚踏上城墙，就“腾”的一声掉了下去。她又从塔楼的窗户向外窥视，听到有人正说着她听不懂的话。这些不是自己人，她丝毫也不怀疑。远处尖塔上传来了“清醒点”的声音。

拉奇紧盯着侵略者，想弄清楚他们的数量。她在黑暗的树影中缩成一团，而他们在不远处，以灌木为掩护，快速地低语。他们当中的一个人抵着城墙，正协助外面的人往里面进。

转瞬间，拉奇就确定了自己的责任。

她轻轻地从肩上取下了弓箭和箭壶，缓缓地转身。她将一支箭搭上弓弦，瞄准城墙上新出现的一颗脑袋射了出去。箭飞出，惨叫声从那边传来，新上来的人惊慌失措，与紧跟在后面爬上来的人一起“腾”地掉了下去，重重地落在站在黑暗中的人群里，然后一命呜呼。那边一片喧哗，这边的灌木丛中也闹嚷起来。拉奇的箭又“嗖嗖”地射向灌木丛。一些人被射中，发出呻吟声；一些箭射在护心镜上，发出“当啷”的声音。灌木那边的人也明白了箭来自哪里，箭雨从那边飞向拉奇。一些箭“嗡嗡”地飞过，一些撞上护心镜，发出“当啷”声。有一支箭射入了拉奇肩膀下方的肋骨缝中，但拉奇并没有扔掉弓箭。

灌木散开，拉奇看到一两个人站着，一些人蜷缩着。拉奇向站立的人射出了最后一支箭。他们试图爬上城墙的塔楼，却由于没有发现绳索或是梯子而走了下来。

拉奇站起身来，拔出了宝剑。她咳嗽起来，伴随着咳嗽，鲜血自口中喷涌而出。

“我要杀了他们再死。”她下定决心。再次咳嗽，再次血如泉涌。手中的宝剑垂落下来。拉奇想，应该大声发出警告。于是她大喊，口中又冒出鲜血。她再次大喊，并靠着墙站立。有人听到了她的喊声，举着火把奔过来。

一个入侵者举着宝剑扑向拉奇。从天而降的灾难刺激了她，给了她力量。她的手握紧了宝剑。侵略者一向她发动攻击，她就“腾”地坐了下来，举到头顶的剑尖穿过入侵者的下腹，直达心脏，他尖叫着仰面倒下。举火把的人过来了。

他们看到拉奇伤得很重。入侵者奄奄一息，不远处还有一堆人，有死有伤。火光中，他们看到了塔楼上绑着的一些绳索。他们立刻砍断绳索，然后来到拉奇身边。

拉奇呻吟着说：“把我的主人，我的主人叫来。”

“我们带您过去。”一个人马上回答。

她说：“不，叫他到这儿来。别碰我！”

其中一人跑去叫来了阿德尔，另一个拿来了水。

阿德尔看到拉奇的口中流着血，眼神涣散。他要将她抱在怀里，拉奇摇动着抬起的手制止他，如同守卫的大蛇吐着信子。

“这是怎么了？”阿德尔抽噎着说道。

“没什么，我有一个请求，答应我。”拉奇断断续续地说。

阿德尔双手合十。

“呸，干嘛这样！！”拉奇染血的唇边绽放出一丝微笑，然后又消失了。

阿德尔放下了手。

她的声音更加断断续续：“找一个同种姓的姑娘结婚吧。”

然后拉奇再也说不出别的话。她的唇嗫嚅着，身体猛地一震，就永远地去了那个圣洁的世界。

阿德尔用粗壮的手指狠狠地擦去了眼泪。

他哽咽着说道：“搭建焚尸架，做好准备，就在这儿搭建焚尸架。把所有人叫醒，搜查堡垒的每一个角落，别让敌人从其他地方钻进来！”

就在那个地方，一些人搭起了焚尸架。其余人叫醒堡垒的所有人，做好了战斗的准备。睡觉去的那几个农民也战战兢兢地过来了。阿德尔用可怕的眼神看着他们，却什么也没对他们说。

阿德尔从拉奇身上取下首饰，放在一边。“现在让种姓见鬼去吧。”他的心中这样想。

拉奇被放在焚尸架上，火点燃了。

阿德尔向焚尸架合十行礼，心中暗道：“女神，我一定会结婚，很快就结婚。”

阿德尔回到自己的帐篷。在那里，焚尸架的火光依旧可见。“尼妮也看到这火光了吗？”他在心里问。喉咙哽住了，他迅速压下这感觉。他从火光的方向转过脸来向将领下令：“必须在凌晨时分打开大门向突厥人进攻。让那些热爱自己生命的人安息，让那些热爱多摩尔和古杰尔的人穿上番红花色的战袍！要是能扯断敌人的肠子，明天我们就在瓜廖尔！”

68

只有守卫们的话语打破了夜的寂静。马纳辛格的步兵从瓜廖尔城堡西面格尔格吉门那蜿蜒隐蔽的小径冲了下来，骑兵和大象则从古杰莉宫附近的东门倾泻而出，从两个方向对西甘达尔·洛蒂散开的兵力发起了猛攻。

西甘达尔·洛蒂对这样的进攻并没有准备。他本来以为，小股的袭击者从某个未知的地道中钻出来进行的骚扰会持续。对这样的战斗，他丝毫也不担心。

一个方向，马纳辛格的大象军开始了践踏；另一个方向，骑兵们挥舞着宝剑；而第三个方向，步兵们射出了毁灭的箭雨。

西甘达尔·洛蒂的所有军队颤抖了，动摇了，开始边战边退。军队一次次地集结起来准备作战，却又不得不一次次地后撤。战斗在平原上发生、在山峰山谷里发生，然而西甘达尔军队的脚步却无法停歇。一些军队向南方撤退，一些军队向拉伊方向撤退，有一部分则陷入大象军的包围，在天亮之前战死殆尽。马纳辛格沉着地指挥着战斗。来来往往传令和送信的兵士谨慎而迅捷地履行着自己的使命。现在离天亮还有一段时间。

几个骑兵从拉伊方向飞驰到西甘达尔跟前。他们报告说，包围拉伊的军队遭到一队新的敌人攻击，正在仓促交战。西甘达尔不清楚真实的状况。

拉伊的大门在黎明时分打开了。身着番红花色战袍的拉其普特多摩尔和古杰尔以密集的队形扑向西甘达尔·洛蒂的军队，包围圈被冲破了。可是，当拉奇与登上梯子和绳索的士兵对抗时，一部分包围的士兵已经开始警惕。这一部分士兵与阿德尔的队伍交手了，战斗非常激烈。一些骑兵跑出来给西甘达尔·洛蒂送信，他们当中没有人知道阿德尔的队伍是从什么地方扑过来的。

阿德尔迅猛地与那支队伍战斗着。由于被包围，没法射箭，左右的宝剑如闪电般闪耀着。他扑向哪里，哪里就变得空旷。他的同伴们也不遗余力地战斗着。他们一边战斗，一边迫使包围者后退。拉伊的这些战斗者们觉得死似乎是难以企及的。

天亮了，破晓的曙光映照着桑格河的浪花。一支箭射中了阿德尔的眼睛，阿德尔倒下了。他实在是太累了，所以伤口并没有带给他太多痛苦。他的脑海中闪现了这样的想法："我要结婚了，和她一起，我现在要去她去的地方了。"

阿德尔死去了，然而他的同伴还在，他们竭尽全力找寻着死亡。看到阿德尔死去，他们更加怒火中烧。战斗继续进行着。

太阳刚一升起，西甘达尔·洛蒂的信使就送来消息：马纳辛格的骑兵从纳尔沃尔方向冲过来了。西甘达尔·洛蒂进攻的消息传到了纳尔沃尔，所以一支一万人的骑兵队伍正在赶来援助瓜廖尔。

西甘达尔·洛蒂不喜欢腹背受敌。冷静地思考之后，他决定向拉伊的森林和山谷进发。

抵达拉伊之后，他看到战斗已经结束，许多伤亡的己方士兵和拉其普特躺在那里——仿佛忘却了所有的敌意之后睡去了。

安置好伤亡士兵，西甘达尔·洛蒂在拉伊的山峰和高原背后驻扎下来。瓜廖尔和拉伊都得救了。西甘达尔·洛蒂决定从婆罗摩伐多调遣更多的军队分为两部，一部继续包围瓜廖尔，另一部进攻纳尔沃尔，这样两处就无法互相援助。

马纳辛格在天亮之后终结了西甘达尔·洛蒂对瓜廖尔的包围。他很担心拉伊的情况，安排好瓜廖尔之后，他立即赶往拉伊村。那时，西甘达尔·洛蒂已经率领军队撤退出很远了。

看到身着番红花色战袍的阿德尔和同伴们躺在战场上，马纳辛格头痛欲裂："他们为什么要这么做呢？有什么必要自杀呢？我正在赶来，已经看到遇难的信号了呀。他们只要再坚持一天，为什么这么冲动呢？堡垒空荡荡的，不见敌人的影子。我去看看是怎么回事。"

马纳辛格看到堡垒的门开着，里面还有少许农民。他走进去，听说了拉奇的事迹和死亡的消息。他去了焚尸架，木柴现在还是热的。拉奇的首饰原封不动地放在焚尸架附近，里面还有打猎的时候他为她戴上的那条宝石项链。马纳辛格叹着气收起了那些首饰，交给一位护兵。安排好拉伊堡垒的守卫事务之后，他返回了瓜廖尔。

鹿眼女听到对拉奇的事迹与死亡的叙述，听到对自己兄长的英勇事迹的叙述，她努力使自己的心变得像钢铁一样坚硬无比。内心如浪涛在击打，呜咽从喉间发出，但她努力克制自己，没有痛哭失声。

马纳辛格将拉奇的首饰放在她面前说："这里面还有那天打猎时

给她戴上的这条宝石项链。”

此刻，鹿眼女哭了。她无声地哭泣着。过了一会儿，她控制住自己的情绪说道：“我要把宝石项链挂在那幅画上。”

马纳辛格安慰了她之后，又去安排事务。纳尔沃尔的军队被召回。他更加积极地准备与西甘达尔·洛蒂对抗。信使报告说，西甘达尔·洛蒂大约是在向阿格拉方向返回。出于巩固己方防务的考虑，他认为追击西甘达尔·洛蒂不是明智之举。

69

西甘达尔·洛蒂的援军驻扎在埃塔伐。他们迅速渡过旃布尔河，在旃布尔山谷与西甘达尔大军会师。西甘达尔·洛蒂立即出发。大军分为两支，他亲自统率一支去了纳尔沃尔方向，另一支则去往瓜廖尔。由于手段有限，马纳辛格无法长期在城堡外战斗，因此他派出了几支游击部队，不时骚扰德里大军，而自己则专心制订从城堡里继续战斗的计划。

西甘达尔·洛蒂包围了纳尔沃尔。纳尔沃尔人认为自己的城堡是不可战胜的，的确是这样。西甘达尔·洛蒂尔丝毫也不惧怕芒杜。任何时候只要他有意愿，就能踏平金代利。他得知芒杜苏丹的统治已经衰弱，拉其普特集团和突厥－帕坦集团矛盾重重。他坚信，只要赢得纳尔沃尔，金代利就会手到擒来，马尔瓦会匍匐在自己脚下，瓜廖尔也会被征服。

拉吉辛格也前来援助西甘达尔。在这个世界上，除了纳尔沃尔的遗产，他再也看不到其他东西。他的宫廷诗人始终伴随在他左右，激励着他。那个时期，突厥和帕坦人的政治激励通常来自毛拉和毛拉维，而大多数拉其普特们的政治激励则来自宫廷诗人。

所有拉其普特都相信这句箴言：

就算你能从阎罗那里脱身，
也无法摆脱修行人和诗人的诅咒。

西甘达尔与拉吉辛格进攻了纳尔沃尔，可是纳尔沃尔的城门岿然不动。纳尔沃尔人希望瓜廖尔的援兵总有一天会像以前一样到来，但是他们如何知道，瓜廖尔也已经被四面包围了。

对纳尔沃尔的包围持续了一年。西甘达尔咬牙切齿地等待着纳尔沃尔的覆灭。他相信，就算武器不能毁灭纳尔沃尔，饥饿也能将它毁灭。

事实也是如此。

纳尔沃尔城内的粮食消耗光了。靠树皮和树叶支撑了几天之后，就再也无法坚持下去了。

战斗者们聚集在爱神湖畔喝了水。他们回忆往昔的爱神湖，向每日照常升起和落下的太阳告别。他们瞥向寺庙的方向，皱起了眉头。

于是应该发生在这种境况中的事情发生了——焚尸架搭了起来，女人们投火自焚。战斗者们打开城堡的大门，高举着宝剑，扑向敌人的宝剑。西甘达尔获得了胜利。但是在那一天，他的史官也不得不写下——纳尔沃尔由于饥饿而投降。

西甘达尔的确是获胜了，但却更加愤怒。他对拉吉辛格说道："我彻底改变纳尔沃尔地图的时候，就让你来做领主。要走，就和我一起进去，看看武器的厉害。否则，我什么时候召唤你，你什么时候来。”

拉吉辛格没有与他一起进城堡。他明白，宫廷诗人也明白，因此没有鼓励他。

西甘达尔·洛蒂进了城堡，仔细地四下巡视。城堡里只有少量的湿婆庙和毗湿奴庙，大多数都是耆那教寺庙。耆那教的神像都是平静的化身，传达出平静的意味。而毗湿奴的微笑、湿婆的光辉以及耆那教大雄的和平赐予又与他何干？

西甘达尔·洛蒂在纳尔沃尔住了六个月，将所有的寺庙与神像都化为齑粉，以至于没有人能说纳尔沃尔曾经拥有过寺庙或神像。他亲自监督，摧毁了所有这些美与和平的象征。他没能消灭马纳辛格和瓜廖尔，于是就摧毁了他所钟爱的这些象征！他试图以这种方式来扑灭自己的怒火。

但是，西甘达尔·洛蒂没有折磨做生意的富商和放贷人。他需要这些人的生意，而富商和放贷人需要他的金钱。农民们对谁都得交租，村子里以前也有五老会。现在虽然人变了，可收租的事还和以前一样。

六个月之后，西甘达尔·洛蒂召唤来拉吉辛格，将城堡和纳尔沃尔的领地交给他，然后向瓜廖尔进发。然而，他离开德里已经一年半有余了。已经在纳尔沃尔平息了怒火，又没有战胜瓜廖尔的希望，于是他集结了来自瓜廖尔的军队，返回了德里。

拉吉辛格获得纳尔沃尔之后，也唤回了格拉。他的新老士兵驻扎在城堡的一隅，其他的地方都毁坏殆尽。方圆两个半柯斯的巨大城堡！在这么高的地方！多少个百年之后，今天又重新回到自己的家！拉吉辛格反反复复地欣赏着自己的这个巨大的财富。

北部的第一个区域以托拉[1]围场的名称而著名。拉吉辛格讲述道："托拉是我们的祖先，他不得不从这个门逃出去。他也被称为杜尔哈[2]。今天我代替他成为杜尔哈，与你在一起。"

停顿了一下，他又说道："瞧，这个大门旁的飞檐向下弯曲。当纳尔国王放弃这个地方的时候，这些飞檐因为悲伤而弯了下来。你再看，这是纳尔国王的坐位，这是他坐过的席子。纳尔国王是我们古老的祖先。"

难道纳尔国王这么穷，就坐在这么不起眼的座位和这张腐烂的席子上？格拉心想。当他们俩到达遍地是塑像碎片的那片区域时，格拉惊呆了。她问道："这是怎么了？"

拉吉辛格详细地讲述了西甘达尔·洛蒂的毁灭行径。

格拉觉得这些破碎的塑像仿佛在诅咒，你为什么不救我们？格拉的眼中充满了泪水。她哽咽地说："您为什么让这一切发生呢？怎么能？"

拉吉辛格满面羞惭。片刻后，他克制住自己说道："那些日子我不在这里，我没有插手这些事情。"

"那您为什么不阻止？"

"我身单力孤，能做什么呢？是照顾你呢，还是照看这里？现在发生的已经发生了，我会在这里建起许多寺庙和宫殿。"

"我再也不来这里了。我不知道，从来没想过。"尽管被毁坏了，那些神像的碎片依旧平静——破碎的平静。艺术可能被破坏，瑜伽行者可能会堕落，但是其中必然还残存着些许崇高。格拉思索着，与他一起离开了。

---

① 意为"新郎"。
②"新郎"的另一印地语说法。

70

随着年龄的增长，鹿眼女的美丽也与日俱增。外表的美趋于稳定，而内在的与日俱增的美却从她的双眼之中流露。

尽管已经掌握了优美的艺术，鹿眼女仍然不懈地练习。拜朱创作了一种新形式的特鲁沃伯德，在润色的过程中，他得到了马纳辛格的帮助，但与之相比，从鹿眼女那里得到的帮助更多。在他之前，特鲁沃伯德也以其他形式被演唱过，但是它如今的形式却是在这三人的合作之下形成并润色得更加出色的。在鹿眼女的建议、鼓励和协作之下，拜朱创作了一些曲调，如古杰莉、马尔古杰莉、巴胡古杰莉和门格尔古杰莉。

维杰金格姆总是说："工作就是一切，工作就是人类的正法。只有在工作的过程中，人才能到达天堂。"

马纳辛格总是说："一个人独自工作的确能够获得满足与愉悦，但是，当与他人合作工作时，幸福就唾手可得。"

西甘达尔·洛蒂或是其他侵略者带来的灾祸已经被消除了，可是他知道，这灾祸还会再次到来，因此他依然专心于军队事务。抽出空来的时候，他也常去古杰莉宫。

印历二三月的一天，他们两个人在古杰莉宫的楼顶上。昏暗夜色中的月光格外明亮。马纳辛格提出了要求：“唱点儿什么吧！”冬不拉就放在旁边。

“唱什么呢？”鹿眼女平静地问道。

“随便哪个特鲁沃伯德。我觉得很好听。纳耶格拜朱的歌声也没有你的嗓音那么甜美。”

“纳耶格就是纳耶格，我最多也就是他的学生而已。”

“他的学生已经很多了，会在全国各地传唱这个新形式。不过你就是你。”

“我不想唱特鲁沃伯德，我要唱点儿别的。”

“你心里想唱什么，就唱什么，我只是想听。”

鹿眼女拿起冬不拉，唱了起来——

天神啊，在你面前我羞涩不已，
太阳月亮也侍奉你，
数不清的星辰也请求你，
在你面前我羞涩不已……

鹿眼女动情地一遍遍唱着这几句。一曲唱罢，两人都望向天空。在他们的眼中，月亮和星星仿佛在颤抖。

一个女侍禀报说：“纳耶格拜朱来了。”

拜朱被安排坐下，他们两人来到院子里和他会面。

拜朱抱怨道：“现在您关注音乐越来越少了，请您多关注点儿吧。”

鹿眼女说：“我很关注的，请让他专注于军队和政治事务吧。您的音乐学院一直得到全力的支持，还有什么需求吗？”

拜朱谈起了需求：“国王对音乐知之甚深，他在我跟前的时候，我就会有许多灵感，他应该在我跟前。”

“敌人会再来的，所以时刻准备与他们对抗更有必要。”马纳辛格说道。

拜朱叫嚷起来：“您说什么？所有的敌人都死了。托娑罗室伐底的福，不会再有新的敌人了。就算来了，也会像以前那样逃回去的。”

“请不要固执，纳耶格先生。”鹿眼女谦逊地说道。

“可是我集中不了精神。”拜朱说道。

片刻后，鹿眼女问道：“维杰金格姆大师说，以前您创作的新曲调创作了也就创作了，现在已经不能创作了，这话对吗？”

“维杰金格姆知道什么？他总是这么说的。”

“还有些人觉得，您无意中创作的古杰莉多利曲调，古吉拉特早就有了。”

“哪个蠢货说的？有一天，您在演唱多拉曲调的时候，无意中使用了一个拍子。我把它记在心里，扩展之后创作了古杰莉多利。蠢货们知道什么？”

“那现在如何创作新曲调呢？您气馁了吗？”

“哪里？当我独自向娑罗室伐底祈祷时，新的想法就呼之欲出。我永远不会气馁的。”

鹿眼女悄悄看了马纳辛格一眼，拜朱没有注意到，他正在咕哝些什么。

马纳辛格微笑着说道：“那么当我用宝剑向杜尔迦祈祷的时候，您就用新曲调的创作向娑罗室伐底祈祷吧。”

拜朱笑了起来，说道：“对，没错，会这样的。”

71

纳尔沃尔被毁灭已经好几年了。金代利也从马尔瓦被分割出去，归于纳尔沃尔的统治之下。但是，纳西尔－乌德－丁却感觉好像只过了几天，什么都没发生过似的。

因为他的梦想实现了。在他的美女登记簿上，美女的数目已经整整一万五千名了。

印历二三月接近尾声的时候，他又一次想到了戏水。黄昏之前，在迦利亚德赫湖边，被幔帐围起的五彩缤纷的华盖之下，美人再一次云集。较之以往，这一次的衣饰更艳丽多彩，与众不同，另外还设置了新的游戏。华盖之下的人们开始尽情享乐，五彩斑斓的美人们忸怩作态，风情万种。克瓦贾·莫特鲁在旁侍立。纳西尔下令："先进行戏水游戏，接下来是歌舞。"

"遵命，陛下。"

"我也要参加戏水游戏。"燃烧的情欲刺激着他。

"遵命。"克瓦贾·莫特鲁再次回答。

媚态百出的歌舞开始了，淫秽到连淫秽自身可能也会觉得羞臊。歌舞快结束时，纳西尔靠着枕头睡着了。经历了如此多的淫秽之事，此时，没有什么淫秽的事能够再吸引他。

美人们都渴望去戏水，可是有谁胆敢唤醒苏丹？谁有这么大的勇气？众人向莫特鲁提出请求，然而他也没有勇气。

莫特鲁在一个胆大的女人耳边说了几句话。她往远处跑了几步，大叫道："蛇！蛇！蛇！"

又有几个人喊了起来。

纳西尔也被惊醒，叫喊起来："蛇！蛇！蛇！在哪儿？在哪儿？"

莫特鲁跑过来报告："陛下，被打死了！"

纳西尔命令道："把它扔得远远的！不过别扔到湖里，扔到幔帐外面去吧。守卫会把它埋在什么地方。"

"已经扔掉了，陛下。"莫特鲁安慰道。

纳西尔放下心来，说道："从明天开始，把所有碰到的蛇都打死。好吧，现在开始那个游戏吧。"

美女们跳进水中，纳西尔也跳了进去，游戏开始了。玩着玩着，游泳的人们游得远了一些，但不是很远。纳西尔也稍微游得远了些。

玩耍了一会儿之后，纳西尔累了，有些上气不接下气，开始手忙脚乱。莫特鲁从岸边看到了这一切。他想，苏丹在开玩笑呢。

苏丹的手脚无力，他叫道："救命！"幔帐外围的士兵们听到了，但是谁也没胆量进来。"谁想让人砍掉自己的脑袋和手呢？"他们想。

苏丹再次叫道："救命！"

美女们也记起了以前的经历。我们可别为了救他把自己给淹死了！没有人游向纳西尔。所有人都想，会有人来救他的。

莫特鲁东奔西跑地叫喊着。

“没用的东西，救人！”他的所有努力只是表面功夫。他希望苏丹看到克瓦贾有多么焦急。

没有人赶来救人，苏丹沉到了水底。

这时，哭天抢地的叫喊声顿时响起。美女们纷纷从水中出来，开始穿衣服。外面也喧嚣大作。

这句话回响在所有的喧嚣声中：“苏丹淹死了！”“苏丹淹死了！！”

守卫们的冷静和畏惧都不复存在，他们割开幔帐，闯了进来。女人们惊叫着四处奔逃，相互碰撞。士兵们抓住了莫特鲁。

消息传到了纳西尔的儿子那里，他立刻赶了过来。他所做的第一件事是：杀掉莫特鲁。

他所做的第二件事是：捣毁美女之国。

他所做的第三件事是：叫来梅德尼拉耶，利用拉其普特镇压不驯服的领主，统治马尔瓦。毛拉和毛拉维们很不高兴，但是他不予理睬。纳西尔的儿子以马茂德·基尔吉二世之名闻名于世。

72

拉纳·桑伽获得了梅瓦尔的王位。两年之后，马茂德·伯克尔拉在饮宴和杀戮之中死去。在南方，克里希那戴沃拉耶复兴了维贾耶纳伽尔。西甘达尔·洛蒂的兄弟杰拉尔不断烦扰他，战争自然不可避免。战争发生了，杰拉尔战败，他为了寻求西甘达尔·洛蒂的宿敌马纳辛格的帮助，逃到了瓜廖尔。马纳辛格不想为了这样的战争而让自己的士兵无谓地牺牲，因此杰拉尔把自己的的许多同伴丢在瓜廖尔，逃往贡尔瓦纳[①]。在那里，他被人抓住，送往阿格拉。西甘达尔·洛蒂做了这种情况下惯常会做的事情，即给予他处死的惩罚。

那些被杰拉尔留在瓜廖尔的同伴们发现自己孤立无援。他们不能去德里，因为西甘达尔·洛蒂不让人杀死他们不会罢休，而他们也没有其他的容身之处。

马纳辛格庇护了他们，安慰道：“我是在与苏丹和苏丹政权战斗，

① 印度中央邦的一个原始部落。

而不是与穆斯林战斗。做你们的事，忠于国王，得到像印度教徒一样的待遇，有尊严地生活吧！”

西甘达尔·洛蒂从来不曾忘记在瓜廖尔的失败。这一次他做了充分的准备。他下定决心，要给瓜廖尔带去灭顶之灾，就像对纳尔沃尔一样。然而在对这次备战的思虑中他也死去了。

马纳辛格正致力于将发展优美艺术和建设军队统一起来。他只有一个担心——与大王后所生之子维格尔马蒂迭。鹿眼女育有两子：拉吉辛格和巴尔辛格——拉杰和巴莱。国政由谁执掌？一个人还是三人一起？或者将国家平均分为两部分或是三部分？要是分成了两部分或三部分，那瓜廖尔在与阿格拉和德里的对抗中还能坚持多久？他一直在思考这个问题。当苏门莫希妮开始坚持要解决这个问题的时候，他的忧虑就更甚了。他想：“大王后是担心我哪天突然死去，古杰莉王后会叛乱，因为她已经得到了国家大部分臣民的信任和景仰。她在思虑我死之后的事。”对于自己死亡的这个严峻问题，他非常恼火。

一天，苏门莫希妮下定决心，要把这个问题从悬而未决的迷雾中毫不犹豫地摆到光天化日之下。

机会来临之时，她对马纳辛格说道：“德里苏丹又在准备进攻了。”

“消息传来了，他死了。”

“他死了，别人又会来。”

“那就面对。生活正是如此。”

“您的整个一生都是在劳碌中度过的，现在也应该得到休息了。也该在祭祀祈祷上多花些时间。”

“做事的人直到死前的几小时才会变老。我对任何事情都不松懈，祭祀祈祷我也一直在做啊。”

“也让这些王子们做些事情，否则他们会变得无能的。”

“我正在教他们。”

“如果纳尔沃尔城堡在哪个王子手中，就不会随便丢掉。还能再夺回来吗？”

“我正在努力。”

“如果夺回来，要交给哪位王子？”

“他们俩还小着呢。我会派大王子维格尔马蒂迭去，如果夺回的话。”

“小王子们为什么不行？难道您这么喜爱他们，让他们住在瓜廖尔，而让维格勒姆[①]住在纳尔沃尔？”

“既没棉花又没线，纺织工也没办法[②]。”

“古杰莉宫中线和棉花都有。您为什么不明说把国家交给拉吉辛格或是巴尔辛格两人当中的一个，而让维格勒姆当纳尔沃尔或者哪个不知名的森林或是山峰的领主呢？”

“现在我还在，而且还会活很长时间。”

“老天保佑，让您活一千岁，让我明天就死，您再结十次婚。”

大王后抽泣起来，马纳辛格的唇边带着微笑。大王后停止了抽泣，泪水中迸出火星。

她说：“您应该说清楚，要把国家交给谁，现在就请说吧。”

“谁有能力，谁就治理国家。现在为什么要种下毒苗呢？维格勒姆知道我有多爱他，您不知道。”

“但是维格勒姆却不如我了解您。”

---

① 维格尔马蒂迭的昵称。

② 这是一句谚语，此处马纳辛格要表达的意思是鹿眼女的两个儿子还小，只能派维格尔马蒂迭去纳尔沃尔。

“您也不知道他们兄弟三人有多友爱！”

“是呀，这些事情古杰莉王后清楚得多。难道要把瓜廖尔一分为三吗？”

马纳辛格带着平静的微笑回答道：“今天是不会分的。”

平静的微笑下面是马纳辛格充满愤怒的心。

73

几天之后，鹿眼女对马纳辛格说：“走，我给你看看画室里的那幅画。”

马纳辛格期待地问：“全部完成了？”

她答道：“倒还没有，还有些不足，但已经进步不少了。”

马纳辛格同她一起走进画室。画中舞者的身体又上了一些颜色，另一个人物的身体已经完全上了色，但还有些瑕疵。

舞者的上方写着“艺术”，另一人上方写着“责任”，马纳辛格之前没见过这些字样。“责任”者的身上有一个挂钩，拉奇的珍珠项链挂在上面。在网格窗透进的微光中，项链闪烁着光芒。

鹿眼女把一封信放在马纳辛格的手上，马纳辛格看了起来。信中写道：“拉吉辛格和巴勒辛格不会登上宝座，也不会成为领主。他们只会听从兄长的命令，履行自己的职责。这封信的副本今天已经送到大王后苏门莫希妮处。”

看完信，国王诧异地望向鹿眼女。

她微笑着。

鹿眼女浓密的发辫中闪耀着几丝银色的光芒，恰如健康的微笑中几许茉莉的倩影闪现。

肢体的美丽令灵魂的美更加凸显。

他想："女人的骄傲、美丽与伟大都体现在坚定之中，就如同那条河，在雨季的时候，湍急的水流泛着泥土的色彩；而到了秋季，缓缓的水流呈现出清澈的蓝色。远看是完全静止的，而走到近前，却是暗流涌动。"

马纳辛格的眼睛湿润了。

"你这是做了什么呀？"马纳辛格双唇颤抖，缓缓地说道。

她一边用手指轻抚着画中的"责任"者，一边说："这个！"

鹿眼女绽开了笑颜，马纳辛格的眼睛更加湿润。

马纳辛格更加缓慢地吐出了一句话："现在画的这一部分应该完成了。为什么一直把它搁置在那儿呢？"

鹿眼女说："理智和感情是生活天平的两端。一端负重过多，它就会往下沉。理智是责任，而感情是艺术，两者需要平衡地结合在一起。在这幅画中，艺术的部分没有完成，责任的部分也没有完成，天平的两端平衡了。"

鹿眼女的视线落到了拉奇的珍珠项链上，眼神闪烁了一下。

马纳辛格也看到了。他用更加低沉的声音说道："责任者的部分现在还有什么欠缺呢，女神？"

环视着珍珠项链和整幅图画，鹿眼女把手指放在"责任"者的身上说："百姓的幸福，国家的自由。"

马纳辛格把鹿眼女搂进怀里，她的头靠在他的肩上。她大而明亮的双眸紧盯着他低垂的睫毛，两人的泪水交织在一处。

话语从马纳辛格颤抖的双唇中缓缓地流出：“艺术和责任的结合总有一天会弥补这个缺憾。”

两人的目光再次落到拉奇的珍珠项链上。

它在闪闪发光。